我的第一 韓語語源
記單字

全MP3一次下載

9789864542437.zip

| 머리말 |

前言

　　單字是外語學習者增加語言熟練度的基礎。韓語字彙中含有大量漢字語。這些運用在韓語中的漢字，原先在中文裡各有其意思，到了韓語，每個漢字語語素也各有其代表涵義。對中文母語人士來說，用漢字語學習韓語單字非常輕鬆，可說是一大優勢，因為本身就對漢字有一定的了解，學習時更有效率。

　　本書精選 50 個漢字作為主題，幫助學生有效建立超過 2000 個的漢字語字彙。書中分為基礎字彙 1000，延伸單字 1000，還有同音字、常見字首字尾等補充單字。在基礎字彙階段，先透過漢字對應的相關中文解釋進行初步了解，接著學習該單元漢字的意義，加深學習印象。這種用語源記憶單字的方法，能有效幫助學生記憶漢語字彙。漢字語單字除了漢字的部分之外，發音通常也與中文極為相似，毋須死記硬背。

　　若沒有大家幫忙，我是無法完成這本書的。非常感激透過這長久計畫，幫我整理資料的朴贊希女士（音譯），還有長久鑽研韓語、中文與日語的 William Colman 博士，他在本書製作過程中給予許多建議。

　　我還想感謝其他協助本書校稿的人。Crisoph Mark 先生、William Furnish 先生、Stephanie Kang 女士（美國大使）與 Anna Connolly 女士（英國大使），感謝他們閱讀這本書草稿的同時，提供我有用的建議。此外，我打從心底感謝經常鼓勵我的博士指導教授 – 文錦賢教授（音譯）、給我統整本書意見的金娜英博士（音譯）、給予我本書方向寶貴建議的韓智吾女士（音譯）、提供身為韓語講師深刻見解的李潤真女士（音譯）、10 年前建議我寫這本書的金鉉正教授（音譯），以及幫我命名此書的 Gorden Church 先生（美國大使）。此外，還想感謝我女兒秀彬理解本書的主旨並畫出吸引人的圖像。

　　最後，我想特別感謝 SOTONG 出版社董事長以及編輯同意出版本書。

李英熙
首爾，韓國

| 이 책의 특징 |

本書特色

1. 本書是為了幫助中級程度學習者，以高頻的 50 個漢字為中心，快速、有效地提升 2000 多個漢字語編寫的教材。此外，也會成為對漢字不熟悉的韓語教師們有用的授課資料。

2. 本書盡可能幫助學習者對漢字有個基本了解。以漢字的讀音、意義、圖畫、中文解說等構成，藉此拓展學習者的漢字語詞彙量。此外，可以看出同一個漢字根據擺放位置不同，會有不一樣的韓語標記方式。學習者會了解到「이해〈理解〉（理解、體諒）」的「이〈理〉」跟「논리〈論理〉（邏輯、法則）」的「리〈理〉」是同一個漢字。

3. 本書從《為了外國人編寫的韓語學習字典》中提取 50 個高頻漢字，考量學習效率後進行排列。比方說，「인〈人〉、생〈生〉」在眾多研究中的共通點就是排序都排得很前面，因此編排在本書比較前面的位置。至於「적〈的〉」，它的使用頻率高，而且也是高頻「어기〈語基〉*」，因此編排在本書比較後面的地方。

* 어기 [語基]：單字構成的基本要素之一。

4. 每一單元總共編列 20 個漢字語。部分重要的漢字語會重複出現，此時例句會不一樣。漢字語會依據漢字出現在字首或字尾進行排列，並依照漢字出現位置的頻率分類，學習者可當作詞彙學習策略參考。

5. 每個漢字語都和同義語、反義語、例句、翻譯一起收錄。例句皆使用符合中級學習者程度的字彙與文法，編寫時同時參考國立國語院的《韓國語基礎字典》以及《標準國語大辭典》。此外，也有標示出《韓國語基礎字典》的重要程度（星號）與 TOPIK 等級，對教學與學習都有幫助。

6. 當編寫的漢字語以多種意義被使用時，為了讓學習者一眼就能確認，編排時會依照意思排列。比如，「생〈生〉」除了有「나다（生、長、出現）」這個基本含意，也用作「날 것（生的），如생선〈生鮮〉」、「학생〈學生〉，如신입생〈新生〉」等衍生意義，考量到這些因素，便依照意思的類別排列。除了上述情形之外，其餘皆以韓文字母順序排列。

7. 書中也一併呈現同音詞，讓學生了解雖然韓文標記方式一樣，但意思是不一樣的。比方說，學生能夠分辨「수입〈收入〉」與「수입〈輸入〉」的意思。

8. 本書的漢字語，會使用比字典更簡單的方式呈現。也就是說，若與「하다」等相結合，本書只會呈現名詞，然後將「하다」置於括號中。此外，像「합리적」這種在字典中分為名詞與冠形詞的詞彙，在本書中只會以一個方式呈現。

9. 練習題以能夠驗收漢字語造詞特性（構詞特性）以及對漢字意義理解的形式編排而成。

10. 在延伸單字的部分，依韓文字母順序，每課編寫 20 個補充單字。附錄部分，也收錄常見同義字尾與字首及常用同音詞。

| 本書架構與活用 |

本書是幫助中級程度學習者，以 50 個高頻漢字為中心快速有效地提升超過 2000 個漢字語的教材。

1 漢字

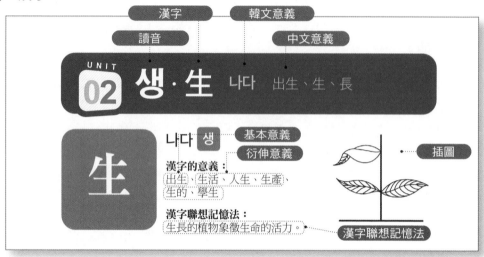

2 單字列表

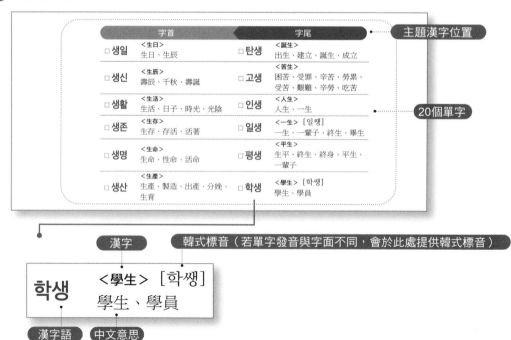

③ 完整單字列表與例句

일생	一生、一輩子、終生、畢生	他一生獻身教育。
Ⅱ** 평생	<平生> 生平、終生、終身、平生、一輩子	여왕은 평생 독신으로 살았다. 女王終身保持單身。
Ⅰ*** 학생	<學生> [학쌩] 學生、學員	학생들은 지금 수업 중이다. 學生們現在在上課。
* 모범생	<模範生> 模範生、模範學生	학창 시절에 그는 늘 모범생이었다. 學生時期他一直是模範生。
Ⅰ*** 유학생	<留學生> [유학쌩] 留學生	2000 년 이후 외국인 유학생 수가 증가했다. 2000 年以後，外國留學生人數增加。
*	<獎學生> [장학쌩]	나는 장학생으로 선발되어서 뿌듯하다

TOPIK初級（Ⅰ）、中級（Ⅱ）

韓國語基礎辭典，以星號表示程度（***初級、**中級、*高級）

漢字 / 韓式標音 / 例句

Ⅰ*** 학생 / <學生> [학쌩] 學生、學員 / 학생들은 지금 수업 중이다. 學生們現在在上課。

漢字語 / 中文意義 / 翻譯

字首 / 字尾

④ 練習題

確認是否理解漢字語造詞特性與漢字意思。有 * 標示的字彙可參考附錄「延伸單字」來增加字彙。

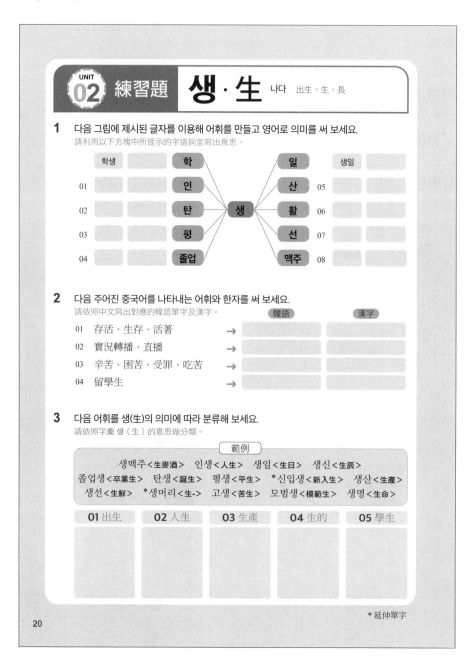

UNIT **02** 練習題 **생 · 生** 나다 出生、生、長

1 다음 그림에 제시된 글자를 이용해 어휘를 만들고 영어로 의미를 써 보세요.
請利用以下方塊中所提示的字造詞並寫出意思。

학생		**학**		**일**	생일	
01		**인**		**산**	05	
02		**탄**	**생**	**활**	06	
03		**평**		**선**	07	
04		**졸업**		**맥주**	08	

2 다음 주어진 중국어를 나타내는 어휘와 한자를 써 보세요.
請依照中文寫出對應的韓語單字及漢字。

			韓語	漢字
01	存活、生存、活著	→		
02	實況轉播、直播	→		
03	辛苦、困苦、受罪、吃苦	→		
04	留學生	→		

3 다음 어휘를 생(生)의 의미에 따라 분류해 보세요.
請依照字彙 생（生）的意思做分類。

範例

생맥주<生麥酒>　인생<人生>　생일<生日>　생신<生辰>
졸업생<卒業生>　탄생<誕生>　평생<平生>　*신입생<新入生>　생산<生産>
생선<生鮮>　*생머리<生->　고생<苦生>　모범생<模範生>　생명<生命>

01 出生	**02** 人生	**03** 生産	**04** 生的	**05** 學生

* 延伸單字

20

8

⑤ 延伸單字

基礎單字

UNIT 02 생(生) | 나다 出生、生活、人生、生產、生的、學生

생일 생신 생활 생존 생명 생산 생선 생수 생맥주 생방송

漢字在字首

單字	字音	釋義	例句
생계	<生計>[생계]	生計、生路	물가가 올라서 생계를 유지하기 힘들다. 物價上漲，很難維持生計。
생기**	<生氣>	生機、朝氣、活力、生氣	그 환자 얼굴에 생기가 없다. 那位病患臉上沒有生氣。
생년월일	<生年月日>[생녀눠릴]	出生年月日、生日	생년월일이 어떻게 됩니까? 您生日是什麼時候？
생리 생리(하다)= 월경	<生理>**<月經>[생니]	生理、生活方式、本能、月經	생리가 시작되었다. 我月經開始。
생머리**	<生머리>	直髮、自然髮型	남자들은 긴 생머리의 여성을 선호한다. 男生們喜歡直髮的女性。
생물*	<生物>	生物、活物	물이 없으면 생물은 존재하지 못한다. 如果沒有水，生物沒辦法存活。
생모	<生母>	生母、親生母親	그 입양아는 드디어 생모를 찾았다. 那個養育的孩子終於找到親生母。
생사	<生死>	生死、存亡	그것은 생사가 걸린 문제이다. 那是攸關生死的問題。
생성 생성(하다)= 되다)	<生成>	生成、產生、形成、誕生、出現	이메일 계정이 생성되었다. 產生電子郵件帳號。
생필품*	<生必品>	生活必需品、日常用品	생필품의 가격이 올라간다. 生活必需品價格上漲。

⑥ 常見同義字尾與字首

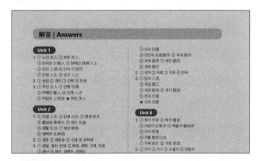

常見同義字尾與字首
以組合出現頻率為順序

1. 人

	單字	釋義		單字	釋義
자 <者> 者、人員	관계자 <關係者>	相關人員	기자 <記者>	記者、撰稿人
	교육자 <教育者>	教職人員	부자 <富者>	有錢人、富翁、富豪
	근로자 <勤勞者>	白領階級、勞工	저자 <著者>	作者、著者、著作人
	기술자 <技術者>	技術人員	필자 <筆者>	筆者、撰稿人、作者
	노동자 <勞動者>	藍領階級、工人	학자 <學者>	學者
	소비자 <消費者>	消費者、用戶	환자 <患者>	患者、病人、病患、傷兵
-인 <人> 人、同伴	대변인 <代辯人>	發言人、辯護人、代言人	군인 <軍人>	軍人、當兵的
	방송인 <放送人>	廣播員、電台主持人	노인 <老人>	老人、老年人
	언론인 <言論人>	媒體人、新聞工作者	부인 <夫人>	夫人、太太、女士
	연예인 <演藝人>	演藝人員、藝人	성인 <成人>	成人、成年人、大人
	외국인 <外國人>	外國人	시인 <詩人>	詩人、騷人
	직장인 <職場人>	上班族、職場人士	주인 <主人>	主人、丈夫、東道主
-관 <官> 官員	경찰관 <警察官>	警察、警官	장관 <長官>	部長、長官
	외교관 <外交官>	外交官	차관 <次官>	次官、次長、副部長、副國務卿
	사령관 <司令官>	司令官、指揮官、主將		

⑦ 常用同音詞

常用同音詞

	單字	字義	對照	例句
❶	가구***	<家具>	傢俱	가구 배치를 바꿨더니 집이 더 넓어 보여요. 改變家具配置後發現，家裡空間看起來更寬。
	가구*	<家口>	家、戶	최근 일인 가구가 늘어나는 추세이다. 最近一人家�有增加的趨勢。
❷	가정**	<家庭>	家、住所、家庭	나는 화목한 가정에서 자랐다. 我在和睦的家庭中長大。
	가정** 가정(하다)	<假設>	假定、假設、假說、暫定	경찰은 그가 범인이라는 가정 하에 수사를 진행했다. 警察以他是犯人的假設下進行調查。
❸	대비하다**	<準備하다>	防備、針對、防範、應對	노후를 대비해서 열심히 저축하고 있다. 為了應對老年生活，正努力儲蓄。
	대비** 대비(되다/하다)	<對比>	對比、比較、反差、對照	우리 회사는 작년 대비 10%의 성장률을 보였다. 我們公司對比去年表現出 10% 的成長率。
❹	대상*	<大賞>	大獎	이 작가는 이번 사진전에서 대상을 수상했다. 這位攝影作家在這次攝影展中得到大獎。
	대상**	<對象>	對象	그 연구는 십대들을 대상으로 했다. 那項研究以 10 幾歲年輕人為對象進行。
❺	동기**	<動機>	動機、出發點、緣起	아이들에게 적절한 동기를 부여하는 것은 매우 중요하다. 賦予孩子們適當的動機是很重要的。
	동기**	<同期>	同期、同屆、同年級	회사의 매출액이 작년 동기보다 10% 증가했다. 公司的銷售額比去年同期增加 10%。

⑧ 解答

解答 | Answers

Unit 1

1. ① 노인 老人 ② 부인 夫人
   ③ 외국인 外國人 ④ 직장인 上班族
   ⑤ 언론 人 ⑥ 인사 打招呼
   ⑦ 인생 人生 ⑧ 인구 人口
2. ① 성인 成人 ② 연예 人 연예인
   ③ 주인 主人 ④ 연예 演藝
   ⑤ 변예인 藝人 ⑥ 성인 成人人
   ⑦ 정치인 政治人 ⑧ 美人 美人

Unit 2

1. ① 생명 生命 ② 탄생 誕生 ③ 평생 終生
   ④ 출생률 出生率 ⑤ 생산 生產
   ⑥ 생활 生活
2. ① 생존 生存 ② 생활 生活 ③ 고생 ④ 유학생
   ⑤ 생물 生物 ⑥ 학생 ⑦ 평생、생명、고생、인생
   ⑧ 생산 生產 ⑨ 생선、생각 생선(生鮮)、생각하다)

   ④ 귀국 回國
   ⑤ 선진국 先進國 ⑥ 국내 國内
   ⑦ 국제 國際 ⑧ 국민 國民
   ⑨ 국벌 國벌
3. ① 국적 國籍 ② 외국 外國 ③ 한국 韓國
   ④ 입국 入國
2. ① 국립 國立
   ② 국경 國境 ③ 국가 國家
   ④ 국회 國會 ⑤ 국기 國旗
   ⑥ 한국 全國 ⑦ 전국 全國
   ⑧ 국내 國内 ★ 외국 美人

Unit 6

1. ① 작가 作家 ② 화가 畫家
   ③ 사업가 企業家 ④ 藝術가 藝術家
   ⑤ 가사 家事
   ⑥ 가출 離家出走
   ⑦ 가정 家庭 ⑧ 가정 家庭
2. ① 가구 / 가구 ② 소설가 / 전문가

⑨ 索引

索引 Index

ㄱ			감각	感覺	162	거동	擧動	279	계발	啟發	131
			감격	感激	195	거리	距離	292	계산기	計算機	294
가게	家計	42	감기	感氣	162	거부감	拒否感	292	계약금	契約金	286
가구	家具	42	감동	感動	135	건설	建設	99	고국	故國	231
가구	家口	42	감동적	感動的	218	건설업	營업	315	고급	告發	171
가능성	可能性	171	감명	感銘	162	건축가	建築家	232	고생	苦生	27
가능	可動	279	감사	感謝	162	검도	劍道	316	고심	苦心	263
가문	家門	232	감사	監査	111	검사	檢事	292	고용	雇用	264
가보	家寶	232	감상문	感想文	83	검사	檢査	294	고유어	固有語	264
가부장	家父長	232	감성	感性	290	검색	檢索	205	고정	固定	199
가사	家事	42	감수성	感受性	296	격년	隔年	237	곡물	穀物	260
가업	家業	232	감염	感染	162	격일	隔日	235	곡식	穀食	87

|目錄|

以韓文字母順序為目錄

UNIT 01 인·人 사람 人、人類、人才、人物

사람 인

人

漢字的意義：
人、成人、人類

漢字聯想記憶法：
一個人的側面輪廓。

字首		字尾	
□ 인간	<人間> 人、人類、人間、品品、人性	□ 개인	<個人> 個人、私人、個體
□ 인공	<人工> 人工、人造、人為	□ 군인	<軍人> [구닌] 軍人、當兵的
□ 인구	<人口> 人口、人數	□ 노인	<老人> 老人、老年人
□ 인권	<人權> [인꿘] 人權	□ 부인	<夫人> 夫人、太太、女士
□ 인기	<人氣> [인끼] 人氣、名聲、聲望、受歡迎	□ 성인	<成人> 成人、大人、成年人、冠禮
□ 인력	<人力> [일력] 人力、勞動力	□ 주인	<主人> 主人、東道主、家長、丈夫
□ 인사	<人事> 打招呼、問候、寒暄、行禮	□ 연예인	<演藝人> [여녜인] 演藝人員、藝人
□ 인생	<人生> 人生、一生	□ 외국인	<外國人> [외구긴] 外國人、老外
□ 인재	<人材> 人才、人材	□ 장애인	<障礙人> 殘障人士、身心障礙者
□ 인형	<人形> 玩偶、娃娃、木偶	□ 직장인	<職場人> [직짱인] 上班族、職場人士

字首

인간 ▣ **	<人間> 人、人類、人間、 人品、人性	말을 하는 것은 인간만이 가진 특성이다 . 說話這件事是人類才有的特點。
인공 ↔ **천연** ▣ **	<人工> ↔ <天然> 人工、人造、人為	눈이 아파서 인공 눈물을 넣었다 . 因為眼睛痛，所以點了人工淚液。
인구 ▣ **	<人口> 人口、人數	서울의 인구는 천만 명이 넘는다 . 首爾的人口超過一千萬人。
인권 *	<人權> [인꿘] 人權	인권은 항상 보장되어야 한다 . 人權必須要時常保障。
인기 ▣ ***	<人氣> [인끼] 人氣、名聲、聲望、 受歡迎	한국 드라마가 외국에서 인기를 얻고 있다 . 韓劇在國外很有人氣。
인력 ▣ **	<人力> [일력] 人力、勞動力	철도를 건설하는 데 많은 인력이 필요하다 . 建鐵路需要很多人力。
인사 인사(하다) ▣ ***	<人事> 打招呼、問候、寒 暄、行禮	한국인들은 고개를 숙여 인사한다 . 韓國人們鞠躬打招呼。
인생 ▣ **	<人生> 人生、一生	인생에는 돈보다 더 중요한 것이 있다 . 人生中有比錢更重要的東西。
인재 ▣ **	<人材> 人才、人材	회사는 유능한 인재를 뽑으려고 한다 . 公司想要聘僱有能力的人才。
인형 ▣ ***	<人形> 玩偶、娃娃、木偶	아이들은 대부분 인형을 좋아한다 . 小孩子大部分都喜歡玩偶。

-인 人

Ⅱ** **개인**	**<個人>** 個人、私人、個體	민주주의는 개인의 권리를 존중한다. 民主主義尊重個人的權利。
Ⅰ*** **군인**	**<軍人>** [구닌] 軍人、當兵的	군인들은 나라를 지키기 위해 전쟁에 나갔다. 軍人們為了保護國家而參戰。
Ⅰ*** **노인**	**<老人>** 老人、老年人	65 세 이상의 노인은 무료로 지하철을 이용할 수 있다. 65 歲以上的老人能夠免費搭乘地鐵。
Ⅰ*** **부인**	**<夫人>** 夫人、太太、女士	대사님이 파티에 부인과 함께 오셨다. 大使與夫人一同出席派對。
Ⅱ** **성인**	**<成人>** 成人、大人、成年人、 冠禮	한국에서는 20 세가 되면 성인이 된다. 在韓國年滿 20 歲即是成人。
Ⅰ*** **주인**	**<主人>** 主人、東道主、家長、 丈夫	애완동물 주인들은 가족처럼 동물을 대한다. 寵物的主人們對待寵物就像是自己家人一般。
Ⅰ*** **연예인**	**<演藝人>** [여녜인] 演藝人員、藝人	많은 청소년들이 연예인이 되고 싶어 한다. 許多青少年想成為演藝人員。
Ⅰ*** **외국인**	**<外國人>** [외구긴] 外國人、老外	점점 더 많은 외국인들이 한국어를 배우고 있다. 漸漸有越來越多的外國人在學習韓國語。
Ⅱ** **장애인**	**<障礙人>** 殘障人士、身心障礙者	장애인들은 대중교통을 이용하기가 어렵다. 殘障人士們在搭乘大眾交通工具上有困難。
Ⅱ** **직장인**	**<職場人>** [직짱인] 上班族、職場人士	대부분의 직장인들이 주 5 일 근무를 하고 있다. 大部分的上班族們一週工作五天。

1 다음 그림에 제시된 글자를 이용해 어휘를 만들고 영어로 의미를 써 보세요.

請利用以下方塊中所提示的字造詞並寫出意思。

	군인	軍人	군		기		인기	人氣
01			노		간	05		
02			부	인	사	06		
03			외국		생	07		
04			장애		구	08		

2 다음 주어진 중국어를 나타내는 어휘와 한자를 써 보세요.

請依照中文寫出對應的韓語單字及漢字。

		韓語	漢字
01	大人、成人、成年人、冠禮 →		
02	個人、私人、個體 →		
03	人力、人材 →		
04	人權 →		

3 다음 중에서 하나를 골라 인(人)과 함께 여러분의 어휘를 만들어 보세요.

請從下列漢字語中擇一，與 인（人）相結合造韓語詞彙。

> 範例
> 공<工> 주<主> 형<形> 연예<演藝> 재<材> 직장<職場> *미<美>

예)	인공	人工
01		
02		
03		
04		
05		

*延伸單字

UNIT 02 생·生 나다 出生、生、長

生 나다 [생]

漢字的意義：
出生、生活、人生、生產、
生的、學生

漢字聯想記憶法：
生長的植物象徵生命的活力。

字首		字尾	
□ 생일	<生日> 生日、生辰	□ 탄생	<誕生> 出生、建立、誕生、成立
□ 생신	<生辰> 壽辰、千秋、壽誕	□ 고생	<苦生> 困苦、受罪、辛苦、勞累、 受苦、艱難、辛勞、吃苦
□ 생활	<生活> 生活、日子、時光、光陰	□ 인생	<人生> 人生、一生
□ 생존	<生存> 生存、存活、活著	□ 일생	<一生>［일쌩］ 一生、一輩子、終生、畢生
□ 생명	<生命> 生命、性命、活命	□ 평생	<平生> 生平、終生、終身、平生、 一輩子
□ 생산	<生產> 生產、製造、出產、分娩、 生育	□ 학생	<學生>［학쌩］ 學生、學員
□ 생선	<生鮮> 魚、生魚、鮮魚、活魚	□ 모범생	<模範生> 模範生、模範學生
□ 생수	<生水> 礦泉水、冷水、泉水、生水	□ 유학생	<留學生>［유학쌩］ 留學生
□ 생맥주	<生麥酒>［생맥쭈］ 生啤酒、生啤、鮮啤酒	□ 장학생	<獎學生>［장학쌩］ 獲得獎學金的學生
□ 생방송	<生放送> 直播、實況轉播	□ 졸업생	<卒業生>［조럽쌩］ 畢業生、結業生

17

生일 1 ***	**<生日>** 生日、生辰	생일을 맞아 친구들을 초대했다. 迎接生日而邀請朋友們。
생신 1 ***	**<生辰>** 壽辰、千秋、壽誕	온 가족이 할머니의 생신을 축하드리기 위해 모였다. 全家族的人為了慶祝奶奶的壽辰而聚在一起。
생활 생활(하다) 1 ***	**<生活>** 生活、日子、時光、光陰	누구나 행복한 생활을 위해 노력한다. 每個人都為了幸福的生活而努力。
생존 생존(하다) 2 **	**<生存>** 生存、存活、活著	환경 문제는 인류의 생존이 걸린 문제이다. 環境問題是關乎人類生存的問題。
생명 2 **	**<生命>** 生命、性命、活命	모든 생명은 소중하다. 所有的生命都是珍貴的。
생산 생산(하다) 2 **	**<生產>** 生產、製造、出產、分娩、生育	그 회사는 자동차 생산을 증가시켰다. 那個公司增加汽車產量。
생선 1 ***	**<生鮮>** 魚、生魚、鮮魚、活魚	생선 가게에서 고등어 두 마리를 샀다. 我在魚攤買了兩條鯖魚。
생수 *	**<生水>** 礦泉水、冷水、泉水、生水	탄산음료보다는 생수를 드세요. 與其喝汽水，不如請喝礦泉水。
생맥주	**<生麥酒>** [생맥쭈] 生啤酒、生啤、鮮啤酒	우리는 모두 생맥주를 주문했다. 我們都點了生啤酒。
생방송 ↔ 녹화방송 2 **	**<生放送> ↔ <錄畫放送>** 直播、實況轉播	그 인터뷰는 생방송이었다. 那場專訪是直播。

-생 生

字尾

ⅠⅠ** **탄생** 탄생(하다/되 다/시키다)	<誕生> 出生、建立、誕生、 成立	우리 모두 아기의 탄생을 기뻐했다. 我們都對小孩的出生感到高興。
ⅠⅠ** **고생** 고생(하다/스 럽다)	<苦生> 困苦、受罪、辛苦、 勞累、受苦、艱難、 辛勞、吃苦	김 사장님은 가난으로 고생하셨지만 지금은 큰 회사를 운영하신다. 雖然金老闆曾因貧困吃苦，但現在經營大公司。
ⅠⅠ** **인생** ☞unit 1	<人生> 人生、一生	인생에는 많은 장애물이 있다. 人生中有許多障礙物。
ⅠⅠ** **일생**	<一生> [일쌩] 一生、一輩子、終生、 畢生	그분은 일생을 교육에 헌신했다. 他一生獻身教育。
ⅠⅠ** **평생**	<平生> 生平、終生、終身、 平生、一輩子	여왕은 평생 독신으로 살았다. 女王終身保持單身。
ⅠⅠ*** **학생**	<學生> [학쌩] 學生、學員	학생들은 지금 수업 중이다. 學生們現在在上課。
* **모범생**	<模範生> 模範生、模範學生	학창 시절에 그는 늘 모범생이었다. 學生時期他一直是模範生。
ⅠⅠ*** **유학생**	<留學生> [유학쌩] 留學生	2000년 이후 외국인 유학생 수가 증가했다. 2000 年以後，外國留學生人數增加。
* **장학생**	<獎學生> [장학쌩] 獲得獎學金的學生、 受獎學生	나는 장학생으로 선발되어서 뿌듯하다. 我獲選為受獎學生而感到自豪。
ⅠⅠ** **졸업생** ↔ 신입생	<卒業生> [조럽쌩] ↔ <新入生> 畢業生、結業生	올해 졸업생들이 거의 다 취직했다. 今年畢業生們幾乎都找到工作了。

UNIT 02 練習題 생·生 나다 出生、生、長

1 다음 그림에 제시된 글자를 이용해 어휘를 만들고 영어로 의미를 써 보세요.

請利用以下方塊中所提示的字造詞並寫出意思。

학생		학		일		생일	
01		인		산	05
02		탄	생	활	06
03		평		선	07
04		졸업		맥주	08

2 다음 주어진 중국어를 나타내는 어휘와 한자를 써 보세요.

請依照中文寫出對應的韓語單字及漢字。

		韓語	漢字
01	存活、生存、活著 →		
02	實況轉播、直播 →		
03	辛苦、困苦、受罪、吃苦 →		
04	留學生 →		

3 다음 어휘를 생(生)의 의미에 따라 분류해 보세요.

請依照字彙 生（生）的意思做分類。

範例

생맥주＜生麥酒＞　인생＜人生＞　생일＜生日＞　생신＜生辰＞
졸업생＜卒業生＞　탄생＜誕生＞　평생＜平生＞　*신입생＜新入生＞　생산＜生產＞
생선＜生鮮＞　*생머리＜生-＞　고생＜苦生＞　모범생＜模範生＞　생명＜生命＞

01 出生	02 人生	03 生產	04 生的	05 學生

*延伸單字

20

UNIT 03 대·大 크다 大、巨大、極大

크다 대

大

漢字的意義：
大、巨大、偉大、大學

漢字聯想記憶法：
一個人盡可能地展開雙手雙腳站著。

字首	字尾
□ 대중 <大眾> 大眾、群眾、民眾	□ 거대 <巨大> 巨大、宏大、浩大、龐大
□ 대학 <大學> 大學、大專院校	□ 관대 <寬大> 寬大、寬宏、寬容、寬厚
□ 대도시 <大都市> 大都市、大城市	□ 막대 <莫大> ［막때］ 莫大、巨大
□ 대부분 <大部分> 大部分、大多、大半、大都	□ 성대 <盛大> 盛大、隆重、豐盛
□ 대통령 <大統領> ［대통녕］ 總統	□ 중대 <重大> 重大、重要、嚴重、沉重
□ 대가족 <大家族> 大家族、大家庭、大戶	□ 최대 <最大> ［췌대］ 最大、極大、頭號
□ 대기업 <大企業> 大企業、大公司、大集團	□ 확대 <擴大> ［확때］ 擴大、擴充、開拓、擴張、擴建
□ 대량 <大量> 大量、大批、批量	□ 증대 <增大> 增加、增大、增長
□ 대형 <大型> 大型、甲級、（規格或規模）大	□ 위대 <偉大> 偉大
□ 대회 <大會> ［대훼］ 比賽、競賽、大會、大賽、錦標賽	□ 여대 <女大> 女子大學、女大

Unit 3 大 대-

003

字首

ᕄ** ** **대중**	<大眾> 大眾、群眾、民眾	그 영화에 대한 대중의 관심이 높아지고 있다 . 大眾對那部電影的興趣正在提高。
ᕄ*** **대학**	<大學> 大學、大專院校	저는 대학에서 법학을 전공했어요 . 我在大學主修法學。
ᕄ** **대도시** ↔ 중소도시	<大都市> ↔ <中小都市> 大都市、大城市	대도시에는 쇼핑을 하거나 영화 , 스포츠 등을 관람할 수 있는 시설이 많다 . 在大都市，有許多能購物或看電影、運動比賽等的設施。
ᕄ*** **대부분**	<大部分> 大部分、大多、大半、大都	호텔에 있는 사람들 대부분은 외국 관광객이었다 . 在飯店的人大部分是外國觀光客。
ᕄ** **대통령**	<大統領> [대통녕] 總統	대통령은 5 년마다 선출된다 . 總統每五年選舉一次。
* **대가족** ↔ 핵가족	<大家族> ↔ <核家族> 大家族、大家庭、大戶	우리 집은 삼대가 모여 사는 대가족이다 . 我們家是三代同堂的大家庭。
ᕄ** **대기업** ↔ 중소기업	<大企業> ↔ <中小企業> 大企業、大公司、大集團	젊은이들은 월급도 높고 복지 혜택이 많은 대기업에 입사하기 원한다 . 年輕人都希望進入薪水高、福利多的大企業。
ᕄ** **대량** ↔ 소량	<大量> ↔ <小量> 大量、大批、批量	기계화를 통해 대량 생산이 가능해졌다 . 透過機械化得以大量製造。
ᕄ** **대형** ↔ 소형	<大型> ↔ <小型> 大型、甲級、（規格或規模）大	대형 쇼핑센터에서 쇼핑하는 것을 좋아한다 . 我喜歡在購物中心購物。
ᕄ*** **대회**	<大會> [대훼] 比賽、競賽、大會、大賽、錦標賽	한국어 말하기 대회에서 상을 받았다 . 我在韓國語演講比賽中得獎。

字尾

⑪ ** **거대** 거대(하다)	<巨大> 巨大、宏大、浩大、龐大	서울은 천만 명의 인구가 사는 거대 도시이다. 首爾是千萬人口居住的大都市。
관대하다	<寬大> 寬大、寬宏、寬容、寬厚	어머니는 모든 사람에게 관대하시다. 媽媽對每個人都很寬厚。
* **막대하다**	<莫大> [막때] 莫大、巨大	주식 투자로 막대한 손해를 봤다. 我因為投資股票而蒙受巨大損失。
* **성대하다**	<盛大> 盛大、隆重、豐盛	정말 성대한 결혼식이었다. 真的是很盛大的結婚典禮。
* **중대** 중대(하다)	<重大> 重大、重要、嚴重、沉重	지금부터 중대한 발표를 하겠습니다. 我現在要進行重大發表。
⑪ ** **최대** ↔ 최소	<最大> [췌대] ↔ <最小> 最大、極大、頭號	서울은 한국의 최대 도시이다. 首爾是韓國最大的都市。
⑪ ** **확대** 확대(하다/되다) ↔ 축소(하다/되다)	<擴大> [확때] ↔ <縮小> 擴大、擴充、開拓、擴張、擴建	사진을 확대해서 액자에 넣어두었다. 我把照片放大後裱框。
* **증대** 증대(하다/되다/시키다)	<增大> 增加、增大、增長	국가들은 수출 증대를 통해 경제를 살리려고 노력한다. 許多國家努力透過增加出口挽救經濟。
⑪ ** **위대하다**	<偉大> 偉大	세종대왕은 위대한 업적을 많이 남기셨다. 世宗大王留下了許多偉大事蹟。
여대 = 여자 대학	<女大> 女子大學、女大	우리 언니는 여대에 다닌다. 我姊姊就讀女子大學。

UNIT 03 練習題 대·大 크다 大、巨大、極大

1 다음 그림에 제시된 글자를 이용해 어휘를 만들고 영어로 의미를 써 보세요.

請利用以下方塊中所提示的字造詞並寫出意思。

| 거대(하다) | 巨大 | 거 | | 학 | 대학 | 大學 |

01 ___ ___ 거 대 학 05 ___ ___

02 ___ ___ 위 대 형 06 ___ ___

03 ___ ___ 관 대 량 07 ___ ___

04 ___ ___ 막 대 회 08 ___ ___

여 대 가족

2 다음 주어진 중국어를 나타내는 어휘와 한자를 써 보세요.

請依照中文寫出對應的韓語單字及漢字。

		韓語	漢字
01	總統 →		
02	大眾、群眾、民眾 →		
03	最大、極大、頭號 →		
04	擴大、擴充、開拓、擴建 →		

3 다음 중에서 하나를 골라 대(大)와 함께 여러분의 어휘를 만들어 보세요.

請從下列漢字語中擇一，與 대（大）相結合造韓語詞彙。

範例

부분＜部分＞ 증＜增＞ 기업＜企業＞
중＜重＞ 도시＜都市＞ 성＜盛＞ *사＜使＞

예)	**대부분**	大部分
01		
02		
03		
04		
05		

*延伸單字

배우다 학

學

漢字的意義：
學、學校、學生

漢字聯想記憶法：
一孩子（子）在家（宀，屋頂）
閱讀時跟著老師學習。

字首		字尾	
□ 학교	<**學校**> [학꾜] 學校	□ 유학	<**留學**> 留學
□ 학기	<**學期**> [학끼] 學期	□ 대학	<**大學**> 大學、大專院校
□ 학생	<**學生**> [학쌩] 學生、學員	□ 방학	<**放學**> 放假、放學
□ 학습	<**學習**> [학씁] 學、學習、習得	□ 입학	<**入學**> [이팍] 入學
□ 학원	<**學院**> [하권] 補習班、學校	□ 재학	<**在學**> 在校、在學、上學
□ 학과	<**學科**> [학꽈] 學科、學系、科系、主修	□ 진학	<**進學**> 升學、進修、深造
□ 학자	<**學者**> [학짜] 學者、學士、讀書人	□ 휴학	<**休學**> 休學
□ 학위	<**學位**> [하귀] 學位、頭銜	□ 과학	<**科學**> 科學
□ 학년	<**學年**> [항년] 學年、年級	□ 문학	<**文學**> 文學
□ 학비	<**學費**> [학삐] 學費、學雜費	□ 수학	<**數學**> 數學

Unit 4　學 학-

004

字首

I *** **학교**	**<學校>** [학꾜] 學校	아이들이 8 살이 되면 학교에 들어간다 . 孩童到了八歲就去學校上課。
I *** **학기**	**<學期>** [학끼] 學期	첫 번째 학기는 3 월에 시작된다 . 第一個學期在 3 月開始。
I *** **학생** ☞unit 2	**<學生>** [학쌩] 學生、學員	학생들은 다음 주까지 수강 신청을 해야 한다 . 學生們必須在下周之前完成選課。
II ** **학습**	**<學習>** [학씁] 學、學習、習得	외국어 학습은 반복 연습이 필요하다 . 外語學習必須反覆練習。
I *** **학원**	**<學院>** [하권] 補習班、學校	학교가 끝나도 학생들은 더 많은 것을 배우기 위해 학원에 간다 . 儘管放學了，學生們為了要學更多而去補習班。
II ** **학과**	**<學科>** [학꽈] 學科、學系、科系、 主修	학과를 신중하게 선택해야 한다 . 必須慎重選擇科系。
II ** **학자**	**<學者>** [학짜] 學者、學士	아인슈타인은 세계적으로 유명한 학자였다 . 愛因斯坦是世界有名的學者。
* **학위**	**<學位>** [하귀] 學位、頭銜	동생은 작년에 경영학 석사 학위를 받았다 . 弟弟去年取得經營學碩士學位。
I *** **학년**	**<學年>** [항년] 學年、年級	한국에서는 보통 3 월에 새 학년이 시작된다 . 韓國通常 3 月開始新的學年。
II ** **학비**	**<學費>** [학삐] 學費、學雜費	학비를 벌기 위해 아르바이트를 하고 있다 . 我為了賺學費而打工。

字尾

Ⅰ *** **유학** 유학(가다)	<留學> 留學	대부분의 학생들은 더 나은 직업의 기회를 얻기 위해 유학을 결심한다. 大部分的學生們為了取得更好的就業機會，決定去留學。
Ⅰ *** **대학** ☞unit 3	<大學> 大學、大專院校	저는 대학에서 한국어 교육을 전공했어요. 我在大學主修韓國語教育。
Ⅰ *** **방학** 방학(하다) ↔ 개학(하다)	<放學> ↔ <開學> 放假、放學	이번 방학 동안 해외여행을 가고 싶다. 這次放假我想去國外旅行。
Ⅰ *** **입학** 입학(하다) ↔ 졸업(하다)	<入學> [이팍] ↔ <卒業> 入學	올해 3월에 대학에 입학한다. 今年 3 月上大學。
Ⅱ ** **재학** 재학(하다)	<在學> 在校、在學、上學	저는 대학교 2학년에 재학 중입니다. 我目前就讀大學二年級。
Ⅱ ** **진학** 진학(하다)	<進學> 升學、進修、深造	내년에 대학에 진학할 예정이다. 我預計明年上大學。
Ⅱ ** **휴학** 휴학(하다)	<休學> 休學	일 년 동안 휴학하려고 한다. 我要休學一年。
Ⅱ ** **과학**	<科學> 科學	과학의 발달은 우리의 생활 방식을 바꾸어 놓았다. 科學的發展改變了我們的生活方式。
Ⅱ ** **문학**	<文學> 文學	저는 시, 소설, 수필 등 문학을 좋아해요. 我喜歡詩、小説、散文等文學。
Ⅱ ** **수학**	<數學> 數學	수학은 내가 제일 못하는 과목이다. 數學是我最不擅長的科目。

UNIT 04 練習題 학·學 배우다 學、學習

1 다음 그림에 제시된 글자를 이용해 어휘를 만들고 영어로 의미를 써 보세요.

請利用以下方塊中所提示的字造詞並寫出意思。

2 다음 주어진 중국어를 나타내는 어휘와 한자를 써 보세요.

請依照中文寫出對應的韓語單字及漢字。

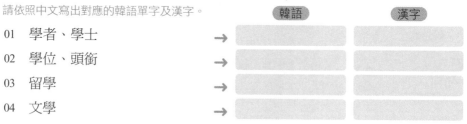

	韓語	漢字
01 學者、學士 →		
02 學位、頭銜 →		
03 留學 →		
04 文學 →		

3 다음 어휘를 생(學)의 의미에 따라 분류해 보세요.

請依照字彙 학（學）的意思做分類。

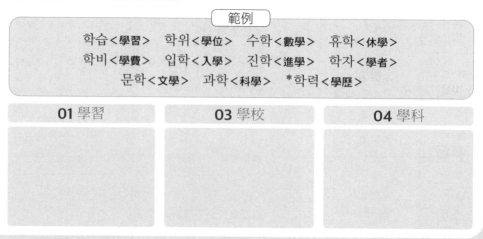

範例

학습<學習>　학위<學位>　수학<數學>　휴학<休學>
학비<學費>　입학<入學>　진학<進學>　학자<學者>
문학<文學>　과학<科學>　*학력<學歷>

01 學習	03 學校	04 學科

* 延伸單字

UNIT 05 국·國 나라 國家、國度、世界

國 나라  국

漢字的意義：
國家、國土

漢字聯想記憶法：
士兵們手上握著武器並站在邊境
保護著他們的人民與領土。

字首		字尾	
□ 국가	<**國家**> ［국까］ 國家、國	□ 각국	<**各國**> ［각꾹］ 各國、各個國家
□ 국경	<**國境**> ［국껑］ 國境、邊界、國界、邊境	□ 귀국	<**歸國**> 歸國、回國
□ 국기	<**國旗**> ［국끼］ 國旗	□ 양국	<**兩國**> 兩國、兩個國家
□ 국내	<**國內**> ［궁내］ 國內	□ 외국	<**外國**> ［웨국］ 外國、國外
□ 국립	<**國立**> ［궁닙］ 國立、公立	□ 입국	<**入國**> ［입꾹］ 入國、入境
□ 국민	<**國民**> ［궁민］ 國民、公民、百姓	□ 전국	<**全國**> 全國、舉國
□ 국방	<**國防**> ［국빵］ 國防	□ 천국	<**天國**> 天國、天堂、西方極樂世界
□ 국적	<**國籍**> ［국쩍］ 國籍	□ 출국	<**出國**> 出國、出境、離境
□ 국제	<**國際**> ［국쩨］ 國際	□ 선진국	<**先進國**> 先進國家、已開發國家
□ 국회	<**國會**> 國會、議會、立法院	□ 회원국	<**會員國**> ［훼원국］ 會員國、成員國

005

Unit 5　國 국-

字首

■ ** ** **국가**	<國家> [국까] 國家、國	한국은 세계 여러 국가와 무역하고 있다 . 韓國與全世界許多國家進行貿易。
* **국경**	<國境> [국꼉] 國境、邊界、國界、 邊境	국경 지역에서는 전쟁이나 분쟁이 끊이지 않는 다 . 邊境地區戰爭或紛爭不斷。
■ ** ** **국기**	<國旗> [국끼] 國旗	한국의 국기는 태극기이다 . 韓國的國旗是太極旗。
■ *** *** **국내** ↔ 국외	<國內> [궁내] ↔ <國外> 國內	많은 수입품이 국내 시장에 들어왔다 . 許多舶來品進入國內市場。
■ ** ** **국립** ↔ 사립	<國立> [궁닙] ↔ <私立> 國立、公立	국립대라서 학비가 싸다 . 因為是國立大學所以學費便宜。
■ ** ** **국민**	<國民> [궁민] 國民、公民、百姓	국민의 대다수가 새로운 정책을 지지한다 . 大部分國民支持新政策。
* **국방**	<國防> [국빵] 國防	한국은 국방에 많은 예산을 투자하고 있다 . 韓國在國防方面投資許多預算。
■ *** *** **국적**	<國籍> [국쩍] 國籍	그 대학에 다양한 국적의 학생들이 모였다 . 那所大學匯集多種國籍的學生。
■ *** *** **국제**	<國際> [국쩨] 國際	그 여배우는 국제 영화제에서 상을 탔다 . 那位女演員在國際影展中得獎。
■ ** ** **국회**	<國會> 國會、議會、立法院	국회는 새로운 법을 통과시켰다 . 國會通過新法。

국- 國

Ⅱ ★★ **각국**	<各國> [각꾹] 各國、各個國家	각국에서 많은 사람들이 한국에 왔다 . 各國許多人來到韓國。
Ⅱ ★★ **귀국** 귀국(하다) ↔ 출국(하다)	<歸國> ↔ <出國> 歸國、回國	다음 달에 한국으로 귀국할 예정이다 . 我預計下個月回韓國。
Ⅱ ★★ **양국**	<兩國> 兩國、兩個國家	양국은 서로 동맹관계를 맺고 있다 . 兩國締結同盟關係。
Ⅱ ★★★ **외국**	<外國> [웨국] 外國、國外	외국 문화를 접하는 것이 재미있어서 해외 여행을 자주 다닌다 . 因為接觸外國文化很有趣，所以我經常到國外旅行。
Ⅱ ★★ **입국** 입국(하다) ↔ 출국(하다)	<入國> [입꾹] ↔ <出國> 入國、入境	그 나라는 입국 절차가 까다롭다 . 那個國家入境手續繁瑣。
Ⅱ ★★ **전국**	<全國> 全國、舉國	내일은 전국이 맑고 따뜻하겠습니다 . 明天全國將會晴朗溫暖。
Ⅱ ★★ **천국** ↔ 지옥	<天國> ↔ <地獄> 天國、天堂、西方極樂 世界	누구나 죽으면 천국에 가기를 원한다 . 每個人都想要死後上天堂。
Ⅱ ★★ **출국** 출국(하다) ↔ 입국(하다)	<出國> ↔ <入國> 出國、出境、離境	다음 달에 미국으로 출국할 예정이다 . 預計下個月要出國到美國去。
Ⅱ ★★ **선진국** ↔ 후진국	<先進國> ↔ <後進國> 先進國家、已開發國家	한국도 이제 선진국 수준에 이르렀다 . 韓國如今也到達先進國家的水平。
★ **회원국**	<會員國> [훼원국] 會員國、成員國	국제 연합의 회원국이 되기 위해서는 의무 와 요건이 있다 . 成為聯合國會員國，是有義務與條件的。

国·國 나라 國家、國度、世界

1 다음 그림에 제시된 글자를 이용해 어휘를 만들고 영어로 의미를 써 보세요.
請利用以下方塊中所提示的字造詞並寫出意思。

| 외국 | 外國 | 외 | | 가 | | 국가 | 國家 |

01 양
02 출 국
03 귀
04 선진

05 내
06 제
07 민
08 방

2 다음 주어진 중국어를 나타내는 어휘와 한자를 써 보세요.
請依照中文寫出對應的韓語單字及漢字。

		韓語	漢字
01	國籍 →		
02	國會、議會、立法院 →		
03	各國、各個國家 →		
04	天堂、天國、西方極樂 →		

3 다음 중에서 하나를 골라 국(國)과 함께 여러분의 어휘를 만들어 보세요.
請從下列漢字語中擇一，與 국（國）相結合造韓語詞彙。

範例

회원<會員> 입<入> 립<立> 경<境> 기<旗> 전<全> *고<故>

예)	회원국	會員國
01		
02		
03		
04		
05		

* 延伸單字

가·家 집 家、房屋、窩、巢

집 가

漢字的意義：
房子、家庭、家、專家（專精特定領域）

漢字聯想記憶法：
以前許多家庭（宀）裡都有養豬（豕）。

字首		字尾	
□ **가구**	<家具> 家具	□ **귀가**	<歸家> 回家、返家
□ **가구**	<家口> 家、戶	□ **국가**	<國家> [국까] 國家、國
□ **가계**	<家計> [가게] 家計、生活、家境、生計	□ **양가**	<兩家> 兩家
□ **가사**	<家事> 家事、家務事	□ **사업가**	<事業家> [사업까] 企業家、事業家
□ **가축**	<家畜> 家畜、牲畜	□ **소설가**	<小說家> 小說家
□ **가출**	<家出> 離家出走、車走	□ **예술가**	<藝術家> 藝術家
□ **가장**	<家長> 家長、一家之主、戶長	□ **음악가**	<音樂家> [으막까] 音樂家
□ **가정**	<家庭> 家庭、家	□ **작가**	<作家> [작까] 作家、作者
□ **가족**	<家族> 家族、家庭成員、家屬、家庭	□ **전문가**	<專門家> 專家、行家、內行的
□ **가훈**	<家訓> 家訓、家規、祖訓	□ **화가**	<畫家> 畫家

Unit 6　家 가-

字首

Ⅰ* **가구**	<家具> 家具	가구 위치를 바꿨더니 집이 넓어 보인다. 換了家具擺放位置，房子看起來比較寬敞。
* **가구**	<家口> 家、戶	최근 1 인 가구가 늘어나는 추세이다. 最近一人家庭有增加的趨勢。
* **가계**	<家計> [가게] 家計、生活、家境、 生計	사교육비가 가계에 큰 부담을 주고 있다. 補習費帶給家計很大的負擔。
* **가사**	<家事> 家事、家務事	일과 가사를 병행하는 것은 쉽지 않다. 兼顧工作與家務事是不容易的。
* **가축**	<家畜> 家畜、牲畜	삼촌은 농장에서 소, 닭, 돼지 등 가축을 키우 신다. 我叔叔在農場飼養牛、雞、豬等牲畜。
* **가출** 가출(하다)	<家出> 離家出走、車走	선생님은 가출 학생들이 집에 가도록 설득하셨 다. 老師説服離家出走的學生們回家。
Ⅰ** **가장**	<家長> 家長、一家之主、 戶長	아버지는 가장으로서 최선을 다했다. 爸爸作為一家之主盡心盡力。
Ⅰ** **가정**	<家庭> 家庭、家	나는 화목한 가정에서 자랐다. 我在和睦的家庭中長大。
Ⅰ*** **가족**	<家族> 家族、家庭成員、 家屬、家庭	갈수록 많은 남성들이 가족과 더 많은 시간을 보내고 싶어 한다. 越來越多的男性想與家庭成員共度時光。
* **가훈**	<家訓> 家訓、家規、祖訓	우리 집 가훈은 성실과 정직이다. 我們家的家訓是誠實與正直。

字尾

II ** **귀가** 귀가(하다/ 시키다)	<歸家> 回家、返家	어제는 회식 때문에 늦게 귀가했다. 昨天因為聚餐而晚回家。
II ** **국가** ☞unit 5	<國家> [국까] 國家、國	한국은 자유 민주주의 국가이다. 韓國是自由民族主義的國家。
* **양가**	<兩家> 兩家	두 사람은 양가의 축복 속에 결혼했다. 兩人在兩家的祝福中結婚了。
II ** **사업가**	<事業家> [사업까] 企業家、事業家	그분은 세계적으로 유명한 사업가다. 他是世界有名的企業家。
II ** **소설가**	<小說家> 小說家	그 소설가는 애독자가 아주 많다. 那位小説家有許多忠實讀者。
II ** **예술가**	<藝術家> 藝術家	많은 예술가들이 이번 전시회에 참여했다. 許多藝術家參與了這次展覽。
II *** **음악가**	<音樂家> [으막까] 音樂家	음악가들은 연주를 통해 사람들을 즐겁게 해 준다. 音樂家透過演奏使人們開心。
II ** **작가**	<作家> [작까] 作家、作者	그는 노벨 문학상을 받은 세계적인 작가다. 他是得到諾貝爾文學獎的世界級作家。
II ** **전문가**	<專門家> 專家、行家、內行的	전문가들은 경기가 회복될 것으로 전망한다. 專家們預期景氣將會恢復。
II *** **화가**	<畫家> 畫家	그 화가는 아름다운 풍경을 스케치했다. 那位畫家素描美麗的風景。

UNIT 06 練習題 가·家 집 家、房屋、窩、巢

1 다음 그림에 제시된 글자를 이용해 어휘를 만들고 영어로 의미를 써 보세요.

請利用以下方塊中所提示的字造詞並寫出意思。

| 국가 | 國家 | 국 | | 족 | | 가족 | 家族 |

01 작
02 화 가 사 05
03 사업 출 06
04 예술 계 07
정 08

2 다음 주어진 중국어를 나타내는 어휘와 한자를 써 보세요.

請依照中文寫出對應的韓語單字及漢字。

韓語　　　漢字

01 家具 →
02 家、戶 →
03 小說家 →
04 專家、行家、內行的 →

3 다음 중에서 하나를 골라 가(家)와 함께 여러분의 어휘를 만들어 보세요.

請從下列漢字語中擇一，與 가（家）相結合造韓語詞彙。

範例

장<長> 양<兩> 귀<歸> 축<畜> 음악<音樂> 훈<訓> *작곡<作曲>

예)　　　　　　　　　　　　　　　　　　　　　家長
01
02
03
04
05

*延伸單字

해 **일**

日

漢字的意義：
太陽、天、日本

漢字聯想記憶法：
太陽的象形。

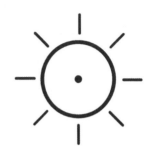

字首		字尾	
□ 일출	<日出> 日出	□ 내일	<來日> 明天、明日、將來、來日
□ 일기 예보	<日氣預報> 天氣預報	□ 당일	<當日> 當日、當天、即日
□ 일광욕	<日光浴> [일광녹] 日光浴、曬太陽	□ 매일	<每日> 每日、每天、天天
□ 일기	<日記> 日記	□ 생일	<生日> 生日、生辰
□ 일상	<日常> [일쌍] 日常、經常、平常	□ 시일	<時日> 時日、時間、期限、時限
□ 일시	<日時> [일씨] 時日、日期	□ 요일	<曜日> 星期、禮拜
□ 일정	<日程> [일쩡] 日程、路程、行程、議程	□ 종일	<終日> 整天、終日、成天、一整天、一天到晚
□ 일교차	<日較差> 日溫差、日夜溫差	□ 평일	<平日> 平日、平時、往常、平常
□ 일식	<日食> [일씩] 日式料理、日本料理、和食	□ 휴일	<休日> 公休日、休息日、假日
□ 일어	<日語> [이러] 日語、日本語	□ 기념일	<紀念日> 紀念日、節日

字首

▣ ** **일출** ↔ 일몰	<日出> ↔ <日沒> 日出	일출을 보기 위해 일찍 일어났다 . <small>為了看日出而早起。</small>
일기 예보	<日氣豫報> 天氣預報	일기 예보에 따르면 내일은 비가 온대요 . <small>根據天氣預報，明天會下雨。</small>
* **일광욕**	<日光浴> [일광뇩] 日光浴、曬太陽	사람들이 해변에서 일광욕을 즐기고 있다 . <small>人們在海邊享受日光浴。</small>
▣ *** **일기**	<日記> 日記	나는 매일 밤 일기를 쓴다 . <small>我每天晚上寫日記。</small>
▣ ** **일상**	<日常> [일쌍] 日常、經常、平常	반복되는 일상에서 벗어나고 싶다 . <small>我想從重複的日常中脫離。</small>
▣ ** **일시**	<日時> [일씨] 時日、日期	직원들에게 회의 장소와 일시를 알려주었다 . <small>我通知了員工會議場所與日期。</small>
▣ ** **일정**	<日程> [일쩡] 日程、路程、行程、 議程	내일 일정을 알려 주세요 . <small>請告訴我明天的行程。</small>
▣ ** **일교차**	<日較差> 日溫差	아침과 저녁의 일교차가 매우 크다 . <small>早上與晚上的日溫差非常大。</small>
▣ *** **일식**	<日食> [일씩] 日式料理、日本料 理、和食	돈가스 등 일식을 자주 먹는다 . <small>我經常吃炸豬排等日式料理。</small>
▣ ** **일어** = 일본어	<日語> [이러] 日語、日本語	요즘 학원에서 일어를 배우고 있다 . <small>我最近在補習班學日語。</small>

Ⅱ* 내일	<來日> 明天、明日、將來、來日	내일 아침 일찍 출발해야 한다 . 明天早上必須早點出發。
Ⅱ 당일	<當日> 當日、當天、即日	수술 당일에 바로 퇴원할 수 있다 . 手術當天就能出院。
Ⅱ* 매일	<每日> 每日、每天、天天	매일 아홉 시까지 출근해야 한다 . 每天早上九點前得到公司。
Ⅱ* 생일 ☞unit 2	<生日> 生日、生辰	친구의 생일을 축하해 주려고 꽃과 선물을 샀어요 為了慶祝朋友的生日而買了花與禮物。
Ⅱ 시일	<時日> 時日、時間、期限、時限	가까운 시일 내에 다시 뵈었으면 합니다 . 希望近期能再次相會。
Ⅱ* 요일	<曜日> 星期、禮拜	금요일은 대부분의 직장인들이 좋아하는 요일이다 . 星期五是大部分上班族喜歡的一天（星期）。
Ⅱ 종일	<終日> 整天、終日、成天、一整天、一天到晚	내일이 시험이라서 도서관에서 종일을 보냈다 . 因為明天要考試，所以我整天都在圖書館度過。
Ⅱ* 평일 ↔ 주말	<平日> ↔ <週末> 平日、平時、往常、平常	평일에는 보통 여섯 시 반에 일어난다 . 我平日通常六點半起床。
Ⅱ* 휴일	<休日> 公休日、休息日、假日	휴일이라서 고속도로가 많이 막혔다 . 因為是假日，所以高速公路塞車很嚴重。
Ⅱ 기념일	<紀念日> 紀念日、節日	8 월 15 일은 한국의 독립 기념일이다 . 8 月 15 日是韓國的獨立紀念日。

1 다음 그림에 제시된 글자를 이용해 어휘를 만들고 영어로 의미를 써 보세요.

請利用以下方塊中所提示的字造詞並寫出意思。

		생		시		일시	日期
생일	生日						
01		내		어	05		
02		매	일	상	06		
03		요		정	07		
04		휴		식	08		

2 다음 주어진 중국어를 나타내는 어휘와 한자를 써 보세요.

請依照中文寫出對應的韓語單字及漢字。

			韓語	漢字
01	日出	→		
02	日記	→		
03	平日、平時、往常、平常	→		
04	日溫差	→		

3 다음 중에서 하나를 골라 일(日)과 함께 여러분의 어휘를 만들어 보세요.

請從下列漢字語中擇一，與 일（日）相結合造韓語詞彙。

┌─────── 範例 ───────┐

시＜時＞ 기념＜紀念＞ 종＜終＞ 당＜當＞ 예보＜豫報＞

광＜光＞ 욕＜浴＞ ＊금＜今＞

예)	**시일**	時日、時間、期限
01		
02		
03		
04		
05		

＊延伸單字

UNIT 08 년·年 해 年、歲、載

해 **년(연)**

年

漢字的意義：
年、年紀

漢字聯想記憶法：
通常，會需要一年來收穫水稻。

字首		字尾	
□ **연간**	<年間>\n年間、年度	□ **금년**	<今年>\n今年、這一年、本年度
□ **연금**	<年金>\n退休金、年金	□ **내년**	<來年>\n明年、來年、翌年、下一年
□ **연대**	<年代>\n年代、時代	□ **매년**	<每年>\n每年、年年
□ **연도**	<年度>\n年度、年分	□ **수년**	<數年>\n數年、幾年
□ **연말**	<年末>\n年末、年底、歲末、年終	□ **작년**	<昨年> [장년]\n去年
□ **연봉**	<年俸>\n年薪	□ **소년**	<少年>\n少年、未成年人
□ **연평균**	<年平均>\n年平均、年均	□ **정년**	<停年>\n退休年齡
□ **연령**	<年齡> [열령]\n年齡、年紀、歲數	□ **중년**	<中年>\n中年
□ **연상**	<年上>\n年長、年長者	□ **청년**	<青年>\n青年
□ **연세**	<年歲>\n年歲、歲數	□ **청소년**	<青少年>\n青少年

Unit 8　年 년-

008

字首

Ⅲ ** ** **연간**	<年間> 年間、年度	게시판에서 학교의 연간 계획을 볼 수 있다. 能夠在布告欄上看到學校的年度計畫。
* **연금**	<年金> 退休金、年金	아버지께서는 퇴직 후 연금으로 생활하신다. 爸爸退休後靠退休金生活。
* **연대**	<年代> 年代、時代	이 작품은 연대를 알 수 없다. 這項作品無法得知年代。
Ⅲ ** ** **연도**	<年度> 年度、年分	여기에 출생 연도를 적어 주세요. 請在這裡寫下出生年度。
Ⅲ ** ** *** **연말** ↔ **연초**	<年末> ↔ <年初> 年末、年底、歲末、 年終	직원들은 연말 상여금을 기다리고 있다. 員工們都在等年終獎金。
Ⅲ ** ** **연봉**	<年俸> 年薪	연봉이 더 높은 직장으로 옮기고 싶다. 想換去年薪更高的工作。
* **연평균**	<年平均> 年平均、年均	지구 온난화로 인해 연평균 기온이 상승하고 있다. 地球暖化的緣故，年均溫正在上升。
Ⅲ ** ** **연령**	<年齡> [열령] 年齡、年紀、歲數	한국에서 평균 결혼 연령이 높아지고 있다. 韓國的平均結婚年齡正在提高。
* **연상** ↔ **연하**	<年上> ↔ <年下> 年長、長者	아내는 나보다 두 살 연상이다. 妻子是大我兩歲的長者。
Ⅲ ** ** *** **연세**	<年歲> 年歲、歲數	할아버지는 연세에 비해 활동적이시고 건강하시다. 爺爺比實際歲數更有活力，更健康。

-년 年

字尾

금년 II**	<今年> 今年、這一年、本年度	금년 여름은 작년보다 더 덥다. 今年夏天比去年熱。
내년 II***	<來年> 明年、來年、翌年、下一年	내년에는 유럽으로 배낭여행을 갈 계획이다. 我計畫明年去歐洲自助旅行。
매년 II***	<每年> 每年、年年	매년 설악산에 단풍 구경을 하러 간다. 我每年都去雪嶽山賞楓。
수년 II**	<數年> 數年、幾年	이 논문은 수년간의 연구 결과다. 這份論文是數年的研究結果。
작년 II***	<昨年> [장년] 去年	올해 대학교 입학시험은 작년보다 어려웠다. 今年大學入學考試比去年難。
소년 II** ↔ 소녀	<少年> ↔ <少女> 少年、未成年人	소년 소녀들의 합창이 정말 아름다웠다. 少年少女的合唱真的很美。
정년 *	<停年> 退休年齡	정부는 교사의 정년을 연장하기로 했다. 政府決定延長教師的退休年齡。
중년 *	<中年> 中年	중년에는 몸무게가 느는 경향이 있다. 在中年有體重增加的傾向。
청년 II***	<青年> 青年	청년 실업이 사회적인 문제가 되었다. 青年失業成為社會的問題。
청소년 II***	<青少年> 青少年	많은 청소년들이 연예인을 꿈꾼다. 許多青少年夢想成為演藝人員。

UNIT 08 練習題 년·年

해 年、歲、載

1 다음 그림에 제시된 글자를 이용해 어휘를 만들고 영어로 의미를 써 보세요.

請利用以下方塊中所提示的字造詞並寫出意思。

| 내년 | 去年 | 내 | | 도 | | 연도 | 年度 |

01 / 작 / 도 05
02 / 금 / 년/연 / 간 / 세 06
03 / 소 / 말 07
04 / 청 / 봉 08

2 다음 주어진 중국어를 나타내는 어휘와 한자를 써 보세요.

請依照中文寫出對應的韓語單字及漢字。

		韓語	漢字
01	退休金、年金	→	
02	長者、年長	→	
03	退休年齡	→	
04	青少年	→	

3 다음 중에서 하나를 골라 년(年)과 함께 여러분의 어휘를 만들어 보세요.

請從下列漢字語中擇一，與 년（年）相結合造韓語詞彙。

範例

령<齡> 매<每> 대<代> 수<數> 평균<平均> 중<中> *례/예<例>

예)	연령	年齡
01		
02		
03		
04		
05		

* 延伸單字

UNIT 09 시·時 때 時候、時機、時間、時光

때 **시**

時

漢字的意義：
時間、小時

漢字聯想記憶法：
寺廟使用日晷來看時間。

字首		字尾	
□ **시각**	<時刻> 時刻、時間、時候、片刻	□ **교시**	<校時> 上課時間、課堂時間
□ **시간**	<時間> 時間、時刻、時候	□ **당시**	<當時> 當時、那時、那會兒
□ **시계**	<時計> 時鐘、手錶、鐘錶	□ **동시**	<同時> 同時、同期
□ **시기**	<時期> 時期、時光、時候	□ **수시**	<隨時> 隨時
□ **시기**	<時機> 機會、時機、時候	□ **일시**	<日時> [일씨] 時日、日期
□ **시대**	<時代> 時代、年頭	□ **임시**	<臨時> 片刻、暫時、一會兒
□ **시사**	<時事> 時事	□ **잠시**	<暫時> 暫時、片刻、一時
□ **시속**	<時速> 時速	□ **즉시**	<即時> [즉씨] 馬上、即刻、立刻、立即、 立馬
□ **시일**	<時日> 時日、時間、期限	□ **비상시**	<非常時> 非常時期、緊急時期
□ **시점**	<時點> 時間點、時刻、時候	□ **평상시**	<平常時> 平時、平常、平日

字首

시각 ■**	<時刻> 時刻、時間、時候、片刻	현지 시각으로 오전 10 시에 런던에 도착했다. 當地時間上午 10 點到達倫敦。
시간 ■***	<時間> 時間、時刻、時候	하루하루가 우리에게 소중한 시간이다. 每天對我們都是珍貴的時間。
시계 ■***	<時計> 時鐘、手錶、鐘錶	교실 시계가 5 분 정도 빠르다. 教室時鐘快五分鐘。
시기 ■**	<時期> 時期、時光、時候	축제는 매년 같은 시기에 열린다. 慶典在每年相同時間舉辦。
시기 *	<時機> 機會、時機、時候	불행히 그는 수술할 시기를 놓치고 말았다. 不幸地,他錯過了接受手術的機會。
시대 ■**	<時代> 時代、年頭	현대는 정보화 시대라 해도 과언이 아니다. 現代説是情報化時代,一點也不為過。
시사 *	<時事> 時事	시사 상식을 넓히려고 매일 신문을 읽는다. 為了拓展時事常識,每天讀報紙。
시속 *	<時速> 時速	이 도로의 자동차 제한속도는 시속 80 킬로미터다. 這條道路的汽車限速是時速 80 公里。
시일 ■** ☞unit 7	<時日> 時日、時間、期限	우리는 빠른 시일 내에 이 일을 마무리해야 한다. 我們必須在最短時間內完成這項工作。
시점 ■**	<時點> 時間點、時刻、時候	이 문제는 적절한 시점에 다시 논의하기로 했다. 我們決定在適當的時間點再次討論這個問題。

-시 時

교시 ▣**	<校時> 上課時間、課堂時間	학생들은 4 교시가 끝난 후 점심을 먹으러 간다. 學生們在第四堂課結束後去吃午餐。
당시 ▣**	<當時> 當時、那時、那會兒	당시에 휴대전화는 매우 귀한 물건이었다. 在當時,手機是非常貴重的東西。
동시 ▣***	<同時> 同時、同期	휴대폰으로 여러 사람과 동시에 연락할 수 있다. 用手機能夠同時與許多人聯絡。
수시 ▣**	<隨時> 隨時	수시로 가스 점검을 해야 한다. 必須隨時檢查瓦斯。
일시 ▣** ☞unit 7	<日時> [일씨] 時日、日期	여행 일시는 아직 정해지지 않았다. 旅行日期還沒定。
임시 ▣**	<臨時> 片刻、暫時、一會兒	직원이 갑자기 그만두어서 임시로 일하게 되었다. 因為員工突然離職,所以我暫時接替工作。
잠시 ▣***	<暫時> 暫時、片刻、一時	상관이 잠시 자리를 비웠다. 我上司暫時離開位置。
즉시 ▣**	<即時> [즉씨] 馬上、即刻、立刻、立即、立馬	오래된 컴퓨터를 즉시 교체하기로 했다. 決定馬上替換老舊的電腦。
비상시 ↔ 평상시	<非常時> ↔ <平常時> 非常時期、緊急時期	화재 등 비상시에 대비해야 한다. 我們必須防備火災等緊急時期。
평상시 ▣** ↔ 비상시	<平常時> ↔ <非常時> 平時、平常、平日	토요일인데도 평상시보다 일찍 일어났다. 儘管是星期六也比平時早起。

練習題 **시 · 時** 때 時候、時機、時間、時光

1 다음 그림에 제시된 글자를 이용해 어휘를 만들고 영어로 의미를 써 보세요.

請利用以下方塊中所提示的字造詞並寫出意思。

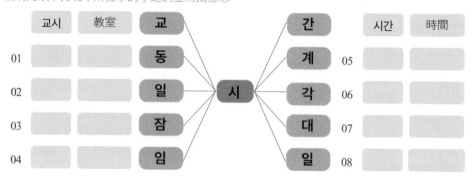

| 교시 | 教室 | 교 | | 간 | | 시간 | 時間 |

01 ─ 동 ─ 간/계 05

02 ─ 일 ─ 시 ─ 각 06

03 ─ 잠 ─ 대 07

04 ─ 임 ─ 일 08

2 다음 주어진 중국어를 나타내는 어휘와 한자를 써 보세요.

請依照中文寫出對應的韓語單字及漢字。

	韓語	漢字
01 時速 →		
02 機會、時機、時候 →		
03 馬上、即刻、立刻 →		
04 緊急時期、非常時期 →		

3 다음 중에서 하나를 골라 시(時)와 함께 여러분의 어휘를 만들어 보세요.

請從下列漢字語中擇一，與 시（時）相結合造韓語詞彙。

範例

점<點> 기<期> 사<事> 수<隨> 당<當> 평상<平常> *절<節>

예)	시점	時間點
01		
02		
03		
04		
05		

* 延伸單字

UNIT 10 일 · 一 하나 之一、一體、一種、完全

하나

漢字的意義：
一

漢字聯想記憶法：
一隻延長的手指。

字首		字尾	
□ 일단	<一旦> [일딴] 先、暫且、姑且、一旦	□ 만일	<萬一> [마닐] 萬一、假如、如果
□ 일등	<一等> [일뜽] 一等、一流、第一	□ 제일	<第一> 第一、最
□ 일반	<一般> 一般、普通、通常	□ 동일	<同一> 同樣、同等、一樣、相同
□ 일방적	<一方的> 單方面的、片面的	□ 유일	<唯一> 唯一
□ 일부	<一部> 一些、一部分、有些、某些	□ 단일	<單一> [다닐] 單一、唯一、簡單
□ 일시불	<一時拂> [일씨불] 一次付清	□ 통일	<統一> 統一、一致
□ 일정	<一定> [일쩡] 固定、一定	□ 균일	<均一> [규닐] 平均、一致、均一
□ 일치	<一致> 一致、統一	□ 일대일	<一對一> [일때일] 一對一、面對面
□ 일행	<一行> 一行、一起的、同行的人、	□ 택일	<擇一> [태길] 擇一、選一
□ 일회용	<一回用> [일훼용] 一次性用品、一次性	□ 획일적	<劃一的> [훼길쩍] 整齊劃一的、清一色的、統一的

字首

Ⅱ** **일단**	<一旦> [일딴] 先、暫且、姑且、一旦	일단 식사한 후에 이야기해요. 先吃飯再聊天吧。
Ⅱ** **일등**	<一等> [일뜽] 一等、一流、第一	마이클은 이번 시험에서 일등을 했다. 麥可在這次考試中拿到第一名。
Ⅱ** **일반**	<一般> 一般、普通、通常	일반 서민들의 생활이 점점 어려워지고 있다. 一般市民的生活逐漸變得困難。
* **일방적** ↔ 상호적	<一方的> ↔ <相互的> 單方面的、片面的	그 사람은 일방적으로 약속을 연기했다. 他單方面延遲約會。
Ⅱ*** **일부** ↔ 전부	<一部> ↔ <全部> 一些、一部分、有些、某些	일부 주차장은 여성용으로 사용된다. 一部分的停車場作為女性專用。
Ⅱ** **일시불** ↔ 할부	<一時拂> [일씨불] ↔ <割賦> 一次付清	일시불로 해 주세요. 請幫我用一次付清。
Ⅱ** **일정** 일정(하다)	<一定> [일쩡] 固定、一定	수술 후에는 일정 기간 동안 병원에 다녀야 한다. 手術後必須在一定的期限間回診。
Ⅱ** **일치** ↔ 불일치 (하다/되다)	<一致> ↔ <不一致> 一致、統一	회사의 새로운 정책은 사원들의 생각과 일치한다. 公司的新政策與同仁們的想法一致。
Ⅱ** **일행**	<一行> 一行、一起的、同行的人、	일행이 있으신가요? 您有同行的人嗎?
Ⅱ** **일회용**	<一回用> [일훼용] 一次性用品、一次性	우리는 일회용 컵 사용을 줄여야 한다. 我們必須減少使用一次性杯子。

⒈★★★ **만일** = 만약	<萬一> ［마닐］ 萬一、假如、如果	만일의 경우를 대비해서 돈을 모으고 있다 . 為了應付萬一的情況正在存錢。
⒈★★★ **제일** = 가장	<第一> 第一、最	진아는 어릴 때부터 제일 친한 친구예요 . 貞雅是我從小最好的朋友。
⒈★★ **동일** 동일(하다)	<同一> 同樣、同等、一樣、 相同	동일한 조건에서 실험을 실시했다 . 在相同的條件下施行考試。
⒈★★ **유일** 유일(하다)	<唯一> 唯一	책읽기는 나의 유일한 취미이다 . 讀書是我唯一的興趣。
★ **단일** 단일(하다)	<單一> ［다닐］ 單一、唯一、簡單	올림픽에 남북한이 단일팀으로 참석했다 . 南北韓以聯隊參加奧運。
⒈★★ **통일** 통일(되다)	<統一> 統一、一致	가까운 미래에 통일이 오면 좋겠다 . 如果在不久的將來統一就好了。
균일 균일(하다)	<均一> ［규닐］ 平均、一致、均一	점포 정리 중이라서 싼 가격에 균일 판매를 하 고 있다 . 因為正在整理店鋪，所以以便宜的價格均一販售。
★ **일대일**	<一對一> ［일때일］ 一對一、面對面	어제 상관하고 일대일로 면담을 했다 . 昨天與上司一對一面談。
택일 택일(하다)	<擇一> ［태길］ 擇一、選一	한식이나 양식 중 택일하세요 . 請從韓式料理或西餐中擇一。
★ **획일적**	<劃一的> ［훼길쩍］ 整齊劃一的、清一色 的、統一的	이 신문은 획일적인 교육제도를 비판한다 . 這份報紙批判清一色的教育制度。

UNIT 10 練習題 일 · 一 하나 之一、一體、一種、完全

1 다음 그림에 제시된 글자를 이용해 어휘를 만들고 영어로 의미를 써 보세요.

請利用以下方塊中所提示的字造詞並寫出意思。

제일	最	제		등		일등	第一
01		만		단	05		
02		유	일	부	06		
03		단		반	07		
04		통		행	08		

2 다음 주어진 중국어를 나타내는 어휘와 한자를 써 보세요.

請依照中文寫出對應的韓語單字及漢字。

	韓語	漢字
01 一次性用品、一次性 →		
02 單方面的、片面的 →		
03 一次付清 →		
04 整齊劃一的、清一色的 →		

3 다음 중에서 하나를 골라 일(一)과 함께 여러분의 어휘를 만들어 보세요.

請從下列漢字語中擇一，與 일（一）相結合造韓語詞彙。

範例

정<定> 동<同> 치<致> 균<均> 대<對> 택<擇> *종<種>

예)	일정하다	固定
01		
02		
03		
04		
05		

*延伸單字

중·中 가운데 中間、中央、裡面、之中

가운데 중

中

漢字的意義：
中心、中間、途中

漢字聯想記憶法：
箭打中目標（口）中心並穿透
（｜）。

字首		字尾	
□ 중심	<中心> 中心、核心	□ 적중	<的中> ［적쭝］ 命中、射中、擊中、說中
□ 중앙	<中央> 中央、中間、中心	□ 집중	<集中> ［집쭝］ 集中、專注
□ 중간	<中間> 中間、當中	□ 공중	<空中> 空中、天空
□ 중급	<中級> 中級	□ 도중	<途中> 途中、中途、半路上
□ 중단	<中斷> 中斷、中止	□ 수중	<水中> 水中、水裡
□ 중독	<中毒> 中毒、上癮	□ 시중	<市中> 市場、市中心、市內
□ 중동	<中東> 中東	□ 연중	<年中> 全年、整年、一年裡
□ 중반	<中盤> 中局、中盤、中間階段	□ 열중	<熱中> ［열쭝］ 熱衷、專心
□ 중부	<中部> 中部	□ 주중	<週中> 工作日、週一到週五之間
□ 중순	<中旬> 中旬、月中	□ 부재중	<不在中> 不在的期間

Unit 11　中 중-

011

중심 ▣***	<中心> 中心、核心	남산은 서울 중심에 자리 잡고 있다 . 南山坐落在首爾中心。
중앙 ▣***	<中央> 中央、中間、中心	아파트 단지 중앙에 놀이터가 있다 . 公寓社區中央有遊樂場。
중간 ▣***	<中間> 中間、當中	공연 중간에 10 분 간 휴식이 있다 . 表演中場有 10 分鐘休息時間。
중급 ▣**	<中級> 中級	지금 중급 한국어 코스를 듣는다 . 我現在正在上中級韓語課程。
중단 중단(하다/ 되다) ▣**	<中斷> 中斷、中止	그 배우는 건강 문제로 활동을 중단했다 . 那位演員因健康問題中斷活動。
중독 중독(되다) ▣**	<中毒> 中毒、上癮	스마트폰 중독도 심각한 문제이다 . 手機中毒也是嚴重的問題。
중동	<中東> 中東	중동 지역에서는 석유가 많이 생산된다 . 中東地區生產許多石油。
중반 ▣**	<中盤> 中局、中盤、中間 階段	경기가 중반으로 접어들면서 관중들의 응원소 리도 커졌다 . 隨著比賽臨近中局，觀眾們的加油聲也變大。
중부 ▣**	<中部> 中部	오늘 중부 지방에는 눈이 내리겠습니다 . 今天中部地區會下雪。
중순 ▣**	<中旬> 中旬、月中	축제는 10 월 중순에 시작된다 . 慶典 10 月中旬開始。

-중 中

字尾

적중 적중(하다/되다)	<的中> [적쭝] 命中、射中、擊中、說中	우리 팀이 이길 거라는 예상이 적중했다. 我們隊伍會贏的預想應驗了。
Ⅱ ★★ 집중 집중(하다/되다/시키다)	<集中> [집쭝] 集中、專注	수도 서울에 인구가 집중되어 있다. 人口集中在首都首爾。
★ 공중	<空中> 空中、天空	수많은 풍선들이 공중으로 올라가고 있다. 有許多氣球飛到空中。
Ⅱ ★★ 도중	<途中> 途中、中途、半路上	회의하는 도중에 전화가 왔다. 開會途中電話來。
★ 수중	<水中> 水中、水裡	수중 촬영을 통해 물속의 오염을 잘 볼 수 있었다. 透過水中攝影，能夠很清楚地看到水中的汙染。
Ⅱ ★ 시중	<市中> 市場、市中心、市內、市面	유명 디자이너의 가방이 시중에 나오자마자 인기를 끌었다. 有名設計師的包包一上市就受到歡迎。
★ 연중	<年中> 全年、整年、一年裡	실업률이 연중 최고치를 기록했다. 失業率創下全年最高值。
Ⅱ ★★ 열중 열중(하다)	<熱中> [열쭝] 熱衷、專心	일에 열중하느라 전화 온 것도 몰랐다. 因為專心工作，所以不知道有電話來。
주중	<週中> 工作日、週一到週五之間	이 상점은 주중에만 문을 연다. 這家店只有在工作日營業。
부재중	<不在中> 不在的期間	휴대폰을 확인해 보니 부재중 전화가 많이 와 있었다. 確認手機後才發現有許多未接來電。

UNIT 11 練習題 중·中 가운데 中間、中央、裡面、之中

1 다음 그림에 제시된 글자를 이용해 어휘를 만들고 영어로 의미를 써 보세요.

請利用以下方塊中所提示的字造詞並寫出意思。

연중	整年	**연**		**간**		중간	當中
01		**적**		**동**	05		
02		**열**	**중**	**반**	06		
03		**시**		**앙**	07		
04		**공**		**독**	08		

2 다음 주어진 중국어를 나타내는 어휘와 한자를 써 보세요.

請依照中文寫出對應的韓語單字及漢字。

		韓語	漢字
01	中級	→	
02	中止、中斷	→	
03	專注、集中	→	
04	工作日、周一到週五之間	→	

3 다음 중에서 하나를 골라 중(中)과 함께 여러분의 어휘를 만들어 보세요.

請從下列漢字語中擇一，與 중（中）相結合造韓語詞彙。

> 範例
>
> 심<心> 순<旬> 수<水> 도<途> 부재<不在> 부<部> *고<古>

예)	**중심**		中心
01			
02			
03			
04			
05			

* 延伸單字

바깥 외

外

漢字的意義：
外、國外、媽媽那邊的親戚

漢字聯想記憶法：
在傍晚（夕）向算命師（卜）諮詢是違反習俗，所以被認為是常理「之外」。

字首		字尾	
□ 외과	<外科> [웨꽈] 外科	□ 교외	<郊外> [교웨] 郊外、市郊
□ 외모	<外貌> [웨모] 外貌、外表、長相、容貌	□ 시외	<市外> [시웨] 市外、郊區
□ 외박	<外泊> [웨박] 外宿、在外過夜	□ 야외	<野外> [야웨] 郊外、野外、露天
□ 외부	<外部> [웨부] 外部、外面、外界、外圍	□ 국외	<國外> [구궤] 國外、境外、海外
□ 외식	<外食> [웨식] 外食、吃外面、在外面吃	□ 과외	<課外> [과웨] 課外、課後、課餘
□ 외출	<外出> [웨출] 外出、出門	□ 내외	<內外> [내웨] 左右、上下、差不多、夫婦、小倆口
□ 외국	<外國> [웨국] 外國、國外	□ 예외	<例外> [예웨] 例外、除外、特殊、異常
□ 외교	<外交> [웨교] 外交、公關、交際	□ 의외	<意外> [의웨] 意外、出乎意料、沒料到
□ 외제	<外製> [웨제] 外國產品、外國製造	□ 제외	<除外> [제웨] 除外、例外
□ 외삼촌	<外三寸> [웨삼촌] 舅舅	□ 해외	<海外> [해웨] 海外、國外

字首

Ⅲ** **외과** ↔ 내과	<外科> [웨꽈] ↔ <內科> 外科	나는 지난주에 외과 수술을 받았다 . 我上週接受了外科手術。
Ⅲ** **외모**	<外貌> [웨모] 外貌、外表、長相、 容貌	외모로 사람을 평가해서는 안 된다 . 不能以貌取人。
Ⅲ** **외박** 외박(하다)	<外泊> [웨박] 外宿、在外過夜	부모님은 외박하는 것을 허락하지 않으셨다 . 父母不允許我在外留宿。
Ⅲ** **외부** ↔ 내부	<外部> [웨부] ↔ <內部> 外部、外面、外界、 外圍	이 집은 외부보다 내부가 더 잘 되어 있다 . 這房子比起外部，內部更好看。
Ⅲ** **외식** 외식(하다)	<外食> [웨식] 外食、吃外面、在外 面吃	우리 가족은 일주일에 한 번 외식한다 . 我們家一週外食一次。
Ⅲ*** **외출** 외출(하다)	<外出> [웨출] 外出、出門	주말에는 대개 외출을 하는 편이다 . 我週末通常會外出。
Ⅲ*** **외국** ☞unit 5	<外國> [웨국] 外國、國外	외국에서 공부하는 것은 힘들지만 즐거운 경험 이다 . 在國外讀書雖然辛苦，但是是愉快的經驗。
Ⅲ** **외교**	<外交> [웨교] 外交、公關、交際	두 나라는 오랫동안 튼튼한 외교 관계를 유지 하고 있다 . 兩個國家長久維持穩定的外交關係。
* **외제** ↔ 국산	<外製> [웨제] ↔ <國產> 外國產品、外國製造	요즘 외제차를 선호하는 경향이 있다 . 最近有喜歡進口車的傾向。
Ⅲ** **외삼촌**	<外三寸> [웨삼촌] 舅舅	어릴 때 외삼촌의 사랑을 많이 받았다 . 我小時候舅舅很疼我。

字尾

Ⅲ** **교외**	<郊外> [교웨] 郊外、市郊	우리 가족은 주말에는 자주 교외에서 즐거운 시간을 보낸다. 我們家族週末經常到郊外度過愉快的時間。
Ⅲ** **시외** ↔ 시내	<市外> [시웨] ↔ <市內> 市外、郊區	날씨가 좋아서 시외로 드라이브 가고 싶다. 因為天氣好，所以想去郊區兜風。
Ⅲ** **야외**	<野外> [야웨] 郊外、野外、露天	봄에는 야외로 가는 사람들이 늘어난다. 春天前往郊外的人們增加了。
Ⅲ** **국외** ↔ 국내	<國外> [구궤] ↔ <國內> 國外、境外、海外	우리나라 작가의 소설이 국외에서 큰 인기를 누리고 있다. 韓國作家的小說在國外享有很高的人氣。
Ⅲ** **과외** 과외(하다)	<課外> [과웨] 課外、課後、課餘	한국 학생들은 학교가 끝나도 과외 공부로 아주 바쁘다. 韓國學生即使放學了，也因為課外學習而非常忙碌。
Ⅲ** **내외**	<內外> [내웨] 左右、上下、差不多、夫婦、小倆口	집에서 공항까지 버스로 한 시간 내외 걸린다. 從家裡到機場搭公車要花一小時左右。
Ⅲ** **예외**	<例外> [예웨] 例外、除外、特殊、異常	모든 규칙에는 예외가 있다. 所有的規則都有例外。
Ⅲ** **의외** 의외(로)	<意外> [의웨] 意外、出乎意料、沒料到	이번 경기에서 의외의 결과가 나왔다. 這次比賽中出現了意外的結果。
Ⅲ** **제외** 제외(하다/ 되다)	<除外> [제웨] 除外、例外	신입 사원들은 승진 대상에서 제외되었다. 新進職員們在升遷對象中被排除。
Ⅲ*** **해외**	<海外> [해웨] 海外、國外	해외에서 근무하는 것이 경력에 좋을 것 같다. 在海外工作這件事，似乎可以為履歷增添色彩。

UNIT 12 練習題 외 · 外 바깥 外面、戶外、男主人、露天

1 다음 그림에 제시된 글자를 이용해 어휘를 만들고 영어로 의미를 써 보세요.
請利用以下方塊中所提示的字造詞並寫出意思。

해외	海外	해		국		외국	外國
01		교		출	05		
02		시	외	식	06		
03		야		박	07		
04		국		삼촌	08		

2 다음 주어진 중국어를 나타내는 어휘와 한자를 써 보세요.
請依照中文寫出對應的韓語單字及漢字。

	韓語	漢字
01 外交、公關、交際 →		
02 外國產品、外國製造 →		
03 課外、課後、課餘 →		
04 例外、除外、特殊、異常 →		

3 다음 중에서 하나를 골라 외(外)와 함께 여러분의 어휘를 만들어 보세요.
請從下列漢字語中擇一，與 외（外）相結合造韓語詞彙。

> **範例**
> 모<貌> 내<內> 의<意> 과<科> 제<除> 부<部> *화<貨>

예)	외모	外貌
01		
02		
03		
04		
05		

60   * 延伸單字

UNIT 13 출·出 나다　出現、發生、產出、長出

나다 출

出

漢字的意義：
外出

漢字聯想記憶法：
植物的芽（中）從土裡冒出。

字首		字尾	
□ 출구	<出口> 出口、出路	□ 외출	<外出> 外出、出去、出門
□ 출국	<出國> 出境、出國	□ 대출	<貸出> 貸款、放款、外借、借出
□ 출근	<出勤> 出勤、上班、上工	□ 매출	<賣出> 銷售、賣出、售出
□ 출발	<出發> 出發、動身、起步	□ 배출	<排出> 排放、排出
□ 출석	<出席> [출썩] 出席、到場、報到	□ 수출	<輸出> 出口、輸出、外銷
□ 출장	<出張> [출짱] 出差、外勤工作	□ 연출	<演出> 導演、演出
□ 출산	<出產> [출싼] （人、物品）生產、生育	□ 제출	<提出> 提交、提出
□ 출신	<出身> [출씬] 出身、身分、根基、身家	□ 지출	<支出> 支付、支出、開支
□ 출연	<出演> [추련] 演出、扮演、上場、上台	□ 진출	<進出> 進入、步入、登上、走上
□ 출판	<出版> 出版	□ 탈출	<脫出> 逃脫、逃走、脫身

013

Ⅰ* **출구** ↔ 입구	<出口> ↔ <入口> 出口、出路	지하철 5 번 출구로 나오세요. 請從地鐵五號出口出來。
Ⅱ **출국** 출국(하다) ↔ 입국(하다) ☞unit 5	<出國> ↔ <入國> 出境、出國	출국하기 전에 출국 심사를 받아야 한다. 出國以前必須接受出境審查。
Ⅰ* **출근** 출근(하다) ↔ 퇴근(하다)	<出勤> ↔ <退勤> 出勤、上班、上工	날마다 8 시에 출근한다. 我每天八點上班。
Ⅰ* **출발** 출발(하다/시키다) ↔ 도착(하다)	<出發> ↔ <倒著> 出發、動身、起步	기차는 예정된 시각에 출발했다. 火車在預定的時間出發。
Ⅰ* **출석** 출석(하다) ↔ 결석(하다)	<出席> [출썩] ↔ <缺席> 出席、到場、報到	우리 반은 오늘 전원 출석했다. 我們班今天全體出席。
Ⅰ* **출장**	<出張> [출짱] 出差、外勤工作	김 과장님은 지금 출장 중입니다. 金課長現在出差中。
Ⅱ **출산** 출산(하다)	<出産> [출싼] (人、物品) 生産、生育	아내는 건강한 여자 아이를 출산했다. 老婆生了一個健康的女孩。
Ⅱ **출신**	<出身> [출씬] 出身、身分、根基、身家	우리 선생님은 부산 출신이다. 我們老師是釜山出身。
Ⅱ **출연** 출연(하다)	<出演> [추련] 演出、扮演、上場、上台	그 배우는 수많은 영화에 출연했다. 那位演員演出了許多電影。
Ⅱ **출판** 출판(하다/되다)	<出版> 出版	그 소설가는 새로운 작품을 출판했다. 那位小說家出版了新的作品。

構 詞

-출 出

字尾

Ⅰ *** **외출** 외출(하다) ☞unit 12	**<外出>** 外出、出去、出門	감기에 걸려서 외출하지 못했다. 因為感冒了所以無法外出。
Ⅲ ** **대출** 대출(받다)	**<貸出>** 貸款、放款、外借、 借出	집을 마련하는 데 돈이 부족해서 은행에서 대출을 받았다. 因買房資金不足，所以向銀行貸款。
* **매출**	**<賣出>** 銷售、賣出、售出	회사의 매출이 꾸준히 늘어나고 있다. 公司的銷售穩定地增加中。
* **배출** 배출(하다/되다)	**<排出>** 排放、排出	전 세계가 환경을 위해 온실 가스 배출을 줄여야 한다. 全世界為了環境必須要減少溫室氣體的排放。
Ⅲ ** **수출** 수출(하다) ↔ 수입(하다)	**<輸出>** ↔ **<輸入>** 出口、輸出、外銷	한국은 수출을 통해서 경제가 성장했다. 韓國透過出口，經濟成長。
Ⅲ ** **연출** 연출(하다)	**<演出>** 導演、演出	이 드라마는 연출이 좋았다. 這部電視劇演得很好。
Ⅲ ** **제출** 제출(하다/되다)	**<提出>** 提交、提出	다음 주까지 보고서를 제출해야 된다. 必須在下週前提交報告。
Ⅲ ** **지출** 지출(하다/되다) ↔ 수입	**<支出>** ↔ **<收入>** 支付、支出、開支	지출이 수입보다 많아서 걱정이다. 因入不敷出而感到擔心。
Ⅲ ** **진출** 진출(하다/시키다)	**<進出>** 進入、步入、登上、 走上	한국 축구팀이 사상 처음으로 결승전에 진 출했다. 韓國足球球隊史上第一次挺進決賽。
Ⅲ ** **탈출** 탈출(하다/시키다)	**<脫出>** 逃脫、逃走、脫身	승무원은 승객들이 탈출하는 것을 도와주 었다. 空服員幫助乘客們逃生。

출・出 나다 出現、發生、產出、長出

1 다음 그림에 제시된 글자를 이용해 어휘를 만들고 영어로 의미를 써 보세요.

請利用以下方塊中所提示的字造詞並寫出意思。

	외출	外出	외		발		출발	出發
01			수		국	05		
02			대	출	근	06		
03			지		석	07		
04			탈		신	08		

2 다음 주어진 중국어를 나타내는 어휘와 한자를 써 보세요.

請依照中文寫出對應的韓語單字及漢字。

		韓語	漢字
01	生產、生育 →		
02	出差、外勤工作 →		
03	提交、提出 →		
04	步入、進入、登上、走上 →		

3 다음 중에서 하나를 골라 출(出)과 함께 여러분의 어휘를 만들어 보세요.

請從下列漢字語中擇一，與 출（出）相結合造韓語詞彙。

範例

매<賣> 배<排> 연<演> 판<版> 구<口> *입<入>

예)	매출	銷售
01		
02		
03		
04		
05		

*延伸單字

UNIT 14 입·入 들어가다 進入、進去、加入、轉入

들어가다 입

入

漢字的意義:
進入

漢字聯想記憶法:
一個人彎下腰進入矮門。

字首		字尾	
□ **입구**	<入口> [입꾸] 入口、進口	□ **가입**	<加入> 加入、參加、新增
□ **입국**	<入國> [입꾹] 入境、入國	□ **개입**	<介入> 介入、參與、干涉
□ **입금**	<入金> [입끔] 存款、存錢、進帳	□ **구입**	<購入> 購買、購入
□ **입대**	<入隊> [입때] 入伍、當兵	□ **도입**	<導入> 導入、引進、採用、引導
□ **입력**	<入力> [임녁] 輸入、輸入功率	□ **수입**	<收入> 收入、進帳、所得
□ **입사**	<入社> [입싸] 加入公司、進公司	□ **수입**	<輸入> 進口、輸入
□ **입시**	<入試> [입씨] 入學考試	□ **신입**	<新入> [시닙] 新來的、新加入的、新進
□ **입양**	<入養> [이양] 領養、認養、收養	□ **진입**	<進入> [지닙] 進入、進場
□ **입원**	<入院> [이뷘] 住院、入院	□ **출입**	<出入> [추립] 出入、進出、外出
□ **입학**	<入學> [이팍] 入學、上學	□ **편입**	<編入> [펴닙] 插入、插班、編入

① *** **입구** ↔ 출구	<入口> [입꾸] ↔ <出口> 入口、進口	극장 입구에서 표를 제시해야 한다. 必須在劇院入口出示票券。
② ** **입국** ↔ 출국(하다) ☞unit 5	<入國> [입꾹] ↔ <出國> 入境、入國	공항에서 입국 절차를 밟는 데 시간이 많이 걸렸다. 在機場辦理入境手續花了很多時間。
② ** **입금** 입금(하다/되다) ↔ 출금(하다)	<入金> [입끔] ↔ <出金> 存款、存錢、進帳	계좌번호를 알려주시면 입금해 드릴게요. 如果告訴我存款帳號,我會存入帳款。
② ** **입대** 입대(하다) ↔ 제대(하다)	<入隊> [입때] ↔ <除隊> 入伍、當兵	아들이 입대한 지 6개월이 되었다. 兒子入伍已滿六個月。
② ** **입력** 입력(하다/되다) ↔ 출력(하다/되다)	<入力> [임녁] ↔ <出力> 輸入、輸入功率	이메일을 보려면 아이디와 비밀번호를 입력해야 한다. 如果要看電子信箱,必須要輸入帳號與密碼。
② ** **입사** 입사(하다) ↔ 퇴사(하다)	<入社> [입싸] ↔ <退社> 加入公司、進公司	입사한 지 한 달 만에 출장 갔다. 加入公司一個月就出差。
② ** **입시** = 입학시험	<入試> [입씨] 入學考試	입시 위주의 교육을 개선해야 한다. 必須改善以入學考試為主的教育。
* **입양** 입양(하다/되다)	<入養> [이뱡] 領養、認養、收養	그 부부는 세 명의 아이를 입양했다. 那對夫婦領養了三名小孩。
① *** **입원** 입원(하다/시키다) ↔ 퇴원(하다)	<入院> [이뷘] ↔ <退院> 住院、入院	아버지께서 지금 병원에 입원해 계신다. 爸爸現在正在住院。
① *** **입학** 입학(하다) ↔ 졸업(하다) ☞unit 4	<入學> [이팍] ↔ <卒業> 入學、上學	모든 학생들은 입학시험에 통과해야 한다. 所有的學生都必須通過入學考試。

字尾

가입 ⅠⅠ★★ 가입(하다/되다/시키다)	<加入> 加入、參加、新增	나는 3 년 전에 페이스북에 가입했다 . 我 3 年前加入臉書。
개입 ★ 개입(하다/되다/시키다)	<介入> 介入、參與、干涉	군사적 개입은 갈등을 악화시켰다 . 軍事介入使衝突惡化。
구입 ⅠⅠ★★ 구입(하다)	<購入> 購買、購入	온라인 서점을 이용하면 더 싸게 책을 구입할 수 있다 . 如果使用網路書店，就能用較便宜的價格買書。
도입 ⅠⅠ★★ 도입(하다/되다)	<導入> 導入、引進、採用、引導	정부는 환경을 보호하기 위해 새로운 제도를 도입했다 . 政府為了要保護環境而採用新制度。
수입 ⅠⅠ★★ ↔ 지출	<收入> ↔ <支出> 收入、進帳、所得	그 부부는 적은 수입으로 알뜰하게 생활한다 . 那對夫婦以微薄收入精打細算地生活。
수입 ⅠⅠ★★ 수입(하다/되다) ↔ 수출(하다/되다)	<輸入> ↔ <輸出> 進口、輸入	최근 자동차 수입이 증가하고 있다 . 最近汽車進口正在增加。
신입 ⅠⅠ★★	<新入> [시닙] 新來的、新加入的、新進	오늘 신입 단원들을 환영하는 모임을 가졌다 . 今天舉辦了歡迎新團員的聚會。
진입 ★ 진입(하다)	<進入> [지닙] 進入、進場	한국도 이제 선진국 대열에 진입했다 . 韓國如今也進入先進國家行列。
출입 ⅠⅠ★★★ 출입(하다)	<出入> [추립] 出入、進出、外出	회사에 출입하기 전에 신분증을 보여야 한다 . 出入公司前必須出示身分證。
편입 ★ 편입(하다/되다/시키다)	<編入> [펴닙] 插入、插班、編入	내년에 다른 대학교로 편입할까 생각 중이다 . 我正在思考要不要明年轉到其他大學。

練習題 입·入

들어가다　進入、進去、加入、轉入

1 다음 그림에 제시된 글자를 이용해 어휘를 만들고 영어로 의미를 써 보세요.

請利用以下方塊中所提示的字造詞並寫出意思。

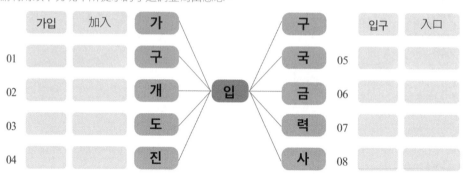

| | 가입 | 加入 | 가 | | 구 | | 입구 | 入口 |

01　　　　　구　　　구국　05

02　　　　　개　　입　　금　06

03　　　　　도　　　력　07

04　　　　　진　　　사　08

2 다음 주어진 중국어를 나타내는 어휘와 한자를 써 보세요.

請依照中文寫出對應的韓語單字及漢字。

　　　　　　　　　　　　　　　　　　　　韓語　　　　　　　漢字

01　住院、入院　　　→

02　領養、認養、收養　→

03　收入、進帳、所得　→

04　進口、輸入　　　→

3 다음 중에서 하나를 골라 입(入)과 함께 여러분의 어휘를 만들어 보세요.

請從下列漢字語中擇一，與 입（入）相結合造韓語詞彙。

〔 範例 〕

학<學>　대<隊>　편<編>　시<試>　신<新>　출<出>　*장<場>

예)	**입학**	**入學**
01		
02		
03		
04		
05		

*延伸單字

UNIT 15 분·分 나누다 分開、分為、區分、除

나누다 분

漢字的意義：
分、部分

漢字聯想記憶法：
一把刀子（刀）把東西切塊
（八）。

字首		字尾	
□ **분명**	<分明> 清楚、分明、確實、顯然	□ **구분**	<區分> 區分、分開、劃分、區別
□ **분단**	<分斷> 分割、分裂、分斷	□ **충분**	<充分> 充分、充足、足夠
□ **분담**	<分擔> 分擔、分攤、分工、分配	□ **기분**	<氣分> 心情、情緒、氣氛、氛圍
□ **분량**	<分量> [불량] 份量、數量、程度	□ **덕분**	<德分> [덕뿐] 托福、關懷、福庇、多虧
□ **분류**	<分類> [불류] 分類、類別、劃分、歸類	□ **부분**	<部分> 部分、環節、片段、地方、份
□ **분리**	<分離> [불리] 脫離、隔離、分離、隔開、分開	□ **인분**	<人分> 人份、份
□ **분배**	<分配> 分配、分派、分發、分給	□ **신분**	<身分> 身分
□ **분석**	<分析> 分析	□ **성분**	<成分> 成分、階層
□ **분야**	<分野> [부냐] 領域、部門、方面	□ **수분**	<水分> 水分
□ **분포**	<分布> 分布	□ **친분**	<親分> 情分、交情、情誼、門路

015

분명 *** 분명(하다)	**<分明>** 清楚、分明、確實、 顯然	배우는 관객들이 잘 들리게 크고 분명한 목소리로 말해야 한다. 演員必須要用能使觀眾聽到，大又清楚的聲音說話。
분단 *** 분단(하다/되다)	**<分斷>** 分割、分裂、分斷	한반도가 분단된 지 60 년이 넘었다. 韓半島分裂已經超過 60 年。
분담 * 분담(하다/되다)	**<分擔>** 分擔、分攤、分工、 分配	직원들이 업무를 분담하면 효율적으로 일할 수 있다. 如果職員們分擔業務，就能有效率地工作。
분량 *** 	**<分量>** [불량] 份量、數量、程度	학생들은 20 페이지 분량의 논문을 써야 한다. 學生們必須要寫份量 20 頁的論文。
분류 *** 분류(하다/되다)	**<分類>** [불류] 分類、類別、劃分、 歸類	도서관의 책들은 주제별로 분류되어 있다. 圖書館的書以主題分類。
분리 *** 분리(하다/되다)	**<分離>** [불리] 脫離、隔離、分離、 隔開、分開	식당은 대개 흡연석과 금연석으로 분리되어 있다. 餐廳大致分為吸菸席與禁菸席。
분배 * 분배(하다/되다)	**<分配>** 分配、分派、分發、 分給	그분은 자녀들에게 재산을 골고루 분배해 주었다. 他把財產平均分配給小孩。
분석 *** 분석(하다/되다)	**<分析>** 分析	우리 팀은 프로젝트의 실패 원인을 분석할 필요가 있다. 我們組有分析方案失敗原因的必要。
분야 *** 	**<分野>** [부냐] 領域、部門、方面	한국은 정보통신 분야에서 많은 성과를 거두었다. 韓國在情報通信領域中獲得許多成果。
분포 *** 분포(하다/되다)	**<分布>** 分布	이 식물은 해안을 따라 분포되어 있다. 這植物沿著海岸分布。

字尾

구분 📖** *구분(하다/되다)*	<區分> 區分、分開、劃分、區別	한국어 수업은 초급, 중급, 고급으로 구분되어 있다. 韓國語課程區分為初級、中級、高級。
충분 📖*** *충분하다* ↔ *불충분하다*	<充分> ↔ <不充分> 充分、充足、足夠	많은 사람들이 먹기에 충분한 음식이 준비되었다. 準備了足夠許多人享用的足量食物。
기분 📖***	<氣分> 心情、情緒、氣氛、氛圍	운동을 하고 나니 기분이 좋아졌다. 運動後心情變好。
덕분 📖*** *덕분(에)*	<德分> [덕뿐] 托福、關懷、福庇、多虧	선생님 덕분에 한국말을 잘 하게 되었다. 託老師的福讓我說一口流利的韓語。
부분 📖*** ↔ *전체*	<部分> ↔ <全體> 部分、環節、片段、地方、份	한류는 한국 문화의 아주 중요한 부분이다. 韓流是韓國文化相當重要的部分。
인분 📖***	<人分> 人份、份	우리 가족 네 명이서 불고기 6인분을 먹었다. 我們家族四人吃了六人份的烤肉。
신분 📖**	<身分> 身分	외교관 신분으로 한국에서 일하고 있다. 以外交官身分在韓國工作。
성분 *	<成分> 成分、階層	물은 생명체를 구성하는 가장 기본적인 성분이다. 水是構成生命體最基本的成分。
수분 *	<水分> 水分	피부 건강을 위해서는 수분을 충분히 섭취해 주는 것이 좋다. 為了皮膚健康，最好要充分攝取水分。
친분 *	<親分> 情分、交情、情誼、門路	그분은 나와 오랫동안 친분이 있다. 他與我有很長時間的情誼。

1 다음 그림에 제시된 글자를 이용해 어휘를 만들고 영어로 의미를 써 보세요.

請利用以下方塊中所提示的字造詞並寫出意思。

| 부분 | 部分 | 부 |

| | | 명 | 분명 | 清楚 |

01 / 기

02 / 덕 — 분 — 량 05

03 / 인 — 류 06

04 / 충 — 단 07

야 08

2 다음 주어진 중국어를 나타내는 어휘와 한자를 써 보세요.

請依照中文寫出對應的韓語單字及漢字。   韓語   漢字

01 分析 →

02 分配、分派、分發、分給 →

03 身分 →

04 情誼、情分、交情、門路 →

3 다음 중에서 하나를 골라 분(分)과 함께 여러분의 어휘를 만들어 보세요.

請從下列漢字語中擇一，與 분（分）相結合造韓語詞彙。

範例

담＜擔＞ 리＜離＞ 포＜布＞ 수＜水＞ 구＜區＞ 성＜成＞ *기＜期＞

예) 분담   分擔

01

02

03

04

05

* 延伸單字

문 · 文 글   文字、文章、學識

글 문

文

漢字的意義：
文

漢字聯想記憶法：
一個人用毛筆寫一個文字。

字首		字尾	
□ 문단	<文段> （文章）段落	□ 공문	<公文> 公文、公函、文件、案卷
□ 문맥	<文脈> 文脈、思路、上下文	□ 논문	<論文> 論文
□ 문법	<文法> [문뻡] 文法、語法	□ 본문	<本文> 本文、正文、原文
□ 문자	<文字> [문짜] 字、文字、簡訊、成語	□ 영문	<英文> 英文、英文字母
□ 문장	<文章> 句子、文章、文人	□ 예문	<例文> 例句、範文、例文
□ 문서	<文書> 文件、文書、公文、文案	□ 작문	<作文> [장문] 寫作、作文、寫文章
□ 문학	<文學> 文學、文藝	□ 주문	<注文> 下訂單、訂購、訂貨、訂
□ 문명	<文明> 文明	□ 한문	<漢文> 漢文、文言文、華文
□ 문화	<文化> 文化、文明、教化、開化	□ 감상문	<感想文> 感想文、讀書心得、心得感 想、心得報告
□ 문구점	<文具店> 文具店	□ 안내문	<案內文> 介紹、指南、說明、公告

Unit 16　文 문-

016

字首

* **문단**	<文段> （文章）段落	문단을 읽은 후 내용을 요약했다. 閱讀文章段落之後，我歸納了內容。
문맥	<文脈> 文脈、思路、上下文	문맥 속에서 단어의 의미를 제대로 이해할 수 있다. 能夠順利地理解文脈中單字的意思。
▯** **문법**	<文法> [문뻡] 文法、語法	문법을 아는 것도 중요하지만 의사소통이 더 중요하다. 雖然理解文法也很重要，但溝通更重要。
▯** **문자**	<文字> [문짜] 字、文字、簡訊、成語	바쁠 때는 전화 대신 문자 메시지가 더 편하다. 忙碌時，比起電話，文字訊息更方便。
▯** **문장**	<文章> 句子、文章、文人	어떤 한국어 문장은 영어로 번역하기가 어렵다. 有一些韓語句子很難翻譯成英語。
▯** **문서**	<文書> 文件、文書、公文、文案	요즘은 주로 컴퓨터로 문서를 작성하고 보관한다. 最近主要使用電腦來撰寫並保存文件。
▯** **문학 ☞unit 4	<文學> 文學、文藝	한국의 문학 작품을 감상할 수 있는 좋은 기회였다. 是能夠鑑賞韓國文學作品的好機會。
▯** **문명**	<文明> 文明	그리스는 서양 문명의 발생지로 알려져 있다. 希臘被認為是西方文明的起源地。
▯*** **문화**	<文化> 文化、文明、教化、開化	다른 나라의 언어를 배우려면 그 나라의 문화도 이해해야 한다. 如果想要學習其他國家的語言，也得理解那個國家的文化。
▯** **문구점**	<文具店> 文具店	연필과 지우개를 사러 문구점에 갔다. 我要買鉛筆與橡皮擦而去文具店。

-문 文

* **공문**	\<公文\> 公文、公函、文件、案卷	우리는 기관을 방문하기 위해 공문을 보냈다 . 我們為了要訪問機構而送了公文。
* **논문**	\<論文\> 論文	김 박사님의 논문이 학술지에 실렸다 . 金博士的論文刊登在學術期刊上。
* **본문** ↔ 서문	\<本文\> ↔ \<序文\> 本文、正文、原文	본문을 읽기 전에 서문을 읽었다 . 在閱讀本文之前我讀了前言。
* **영문**	\<英文\> 英文、英文字母	계약서는 국문과 영문으로 둘 다 작성해야 한다 . 契約書須用國文和英文兩種語言書寫。
* **예문**	\<例文\> 例句、範文、例文	예문을 통해서 단어를 외우는 것이 좋다 . 透過例句來記單字是好的。
Ⅱ ** **작문** 작문(하다)	\<作文\> [장문] 寫作、作文、寫文章	작문 실력을 높이기 위해 매일 연습한다 . 為了提升作文能力每天練習。
Ⅱ *** **주문** 주문(하다/되다)	\<注文\> 下訂單、訂購、訂貨、訂	인터넷으로 주문하면 제품을 좀 더 싸게 살 수 있다 . 如果用網路下訂單，就能用較便宜的價格購買。
Ⅱ ** **한문**	\<漢文\> 漢文、文言文、華文	우리는 한문을 통해서 옛날 사람들의 사상을 배울 수 있다 . 我們透過文言文可以學習前人的思想。
Ⅱ ** **감상문**	\<感想文\> 感想文、讀書心得、心得感想、心得報告	학생들은 책을 읽은 후 감상문을 써내야 한다 . 學生們在閱讀過後須寫下心得。
Ⅱ *** **안내문**	\<案內文\> 介紹、指南、說明、公告	박물관에는 여러 언어로 된 안내문이 있다 . 博物館有用許多語言做成的公告。

UNIT 16 練習題 문·文 글 文字、文章、學識

1 다음 그림에 제시된 글자를 이용해 어휘를 만들고 영어로 의미를 써 보세요.

請利用以下方塊中所提示的字造詞並寫出意思。

주문	下訂單	주		자	문자	文字
01		예		법 05		
02		작	문	서 06		
03		공		장 07		
04		영		화 08		

2 다음 주어진 중국어를 나타내는 어휘와 한자를 써 보세요.

請依照中文寫出對應的韓語單字及漢字。

		→	韓語	漢字
01	文具店	→		
02	文脈、思路、上下文	→		
03	論文	→		
04	文學、文藝	→		

3 다음 중에서 하나를 골라 문(文)과 함께 여러분의 어휘를 만들어 보세요.

請從下列漢字語中擇一，與 문（文）相結合造韓語詞彙。

範例

단<段>　한<漢>　본<本>　명<明>　안내<案>　감상<感想>　*신<身>

예)	문단	（文章）段落
01		
02		
03		
04		
05		

* 延伸單字

UNIT 17 식·食 밥 米飯、餐點

밥 식

食

漢字的意義：
食物、吃

漢字聯想記憶法：
人們（人）吃好的（良）食物過
活。

字首			字尾		
□ 식기	<食器> [식끼] 餐具、食器		□ 간식	<間食> 零食、點心	
□ 식당	<食堂> [식땅] 餐廳、食堂、飯館		□ 곡식	<穀食> [곡씩] 穀類、穀物、糧食	
□ 식비	<食費> [식삐] 伙食費、膳食費、餐費		□ 분식	<粉食> 麵食	
□ 식구	<食口> [식꾸] 家中人口、（某組織、團體） 一家人、家人		□ 양식	<洋食> 西式料理、西餐	
□ 식량	<食糧> [싱냥] 糧食、口糧		□ 후식	<後食> 飯後甜點	
□ 식사	<食事> [식싸] 用餐、飲食、飯菜		□ 과식	<過食> 吃過量、暴飲暴食	
□ 식욕	<食慾> [시곡] 食慾、胃口		□ 외식	<外食> [웨식] 外食、在外用餐	
□ 식초	<食醋> [식초] 醋、食用醋		□ 음식	<飲食> 食物、飯菜、飲食、膳食	
□ 식탁	<食卓> 餐桌、飯桌		□ 채식	<菜食> 素食、蔬食	
□ 식품	<食品> 食品		□ 회식	<會食> [훼식] 聚餐、飯局	

Unit 17　食 식-

字首

Ⅱ★★ **식기**	<食器> [식끼] 餐具、食器	식기는 항상 깨끗하게 보관해야 한다. 餐具須時常乾淨地收好。
Ⅱ★★★ **식당**	<食堂> [식땅] 餐廳、食堂、飯館	우리 오늘 점심은 학교 근처 식당에서 먹어요. 我們今天午餐在學校附近的餐廳吃。
Ⅱ★★ **식비**	<食費> [식삐] 伙食費、膳食費、 餐費	한 달 생활비 중에서 식비의 비중이 가장 크다. 一個月的生活費中，伙食費的比重最大。
Ⅱ★★★ **식구**	<食口> [식꾸] 家中人口、（某組 織、團體）一家人、 家人	오랜만에 온 식구가 같이 저녁을 먹었다. 久違相聚的家人一起吃了晚餐。
Ⅱ★★ **식량**	<食糧> [싱냥] 糧食、口糧	지금 난민들은 식량이 절실하다. 現在難民們迫切需要糧食。
Ⅱ★★★ **식사** 식사(하다)	<食事> [식싸] 用餐、飲食、飯菜	건강을 위해 규칙적으로 식사해야 한다. 為了健康，必須規律地用餐。
Ⅲ★★ **식욕**	<食慾> [시곡] 食慾、胃口	청소년들은 식욕이 왕성하다. 青少年們食慾旺盛。
Ⅱ★★★ **식초**	<食醋> [식초] 醋、食用醋	식초를 물에 타서 음료로 마시면 건강에 좋다. 水裡加食用醋當飲料喝對健康很好。
Ⅱ★★★ **식탁**	<食卓> 餐桌、飯桌	식탁 위에 빵과 우유가 준비되어 있다. 餐桌上有準備麵包與牛奶。
Ⅱ★★★ **식품**	<食品> 食品	요즘 건강식품에 대한 사람들의 관심이 높아졌다. 最近人們對健康食品越來越關心。

構詞　-식 食

字尾

Ⅰ* **간식**	**〈間食〉** 零食、點心	간식으로 사과와 삶은 계란을 먹었다. 我把蘋果與水煮蛋當零食吃。
Ⅱ ** **곡식**	**〈穀食〉** [곡씩] 穀類、穀物、糧食	농부들이 논에서 곡식들을 재배한다. 農夫們在田裡栽培穀物。
Ⅰ* **분식**	**〈粉食〉** 麵食	많은 학생들이 라면 같은 분식을 자주 먹는다. 許多學生們經常吃泡麵等麵食。
Ⅰ* **양식**	**〈洋食〉** 西式料理、西餐	어머니는 양식보다는 한식을 선호하신다. 媽媽比起西式料理，更喜歡韓式料理。
Ⅱ ** **후식** = 디저트	**〈後食〉** 飯後甜點	우리는 후식으로 커피와 케이크를 먹었다. 我們享用咖啡與蛋糕作為飯後甜點。
Ⅱ ** **과식** 과식(하다)	**〈過食〉** 吃過量、暴飲暴食	과식은 비만의 주요 원인이다. 吃過量是肥胖的主要原因。
Ⅱ ** **외식** 외식(하다) ☞unit 12	**〈外食〉** [웨식] 外食、在外用餐	주말에는 주로 가족과 외식한다. 週末主要與家人在外用餐。
Ⅰ* **음식**	**〈飲食〉** 食物、飯菜、飲食、膳食	스트레스를 풀기 위해 매운 음식을 먹는다. 為了紓壓吃辣的食物。
***** **채식** ↔ 육식	**〈菜食〉** ↔ **〈肉食〉** 素食、蔬食	이 식당은 채식 요리 전문점이다. 這家餐廳是蔬食料理專賣店。
Ⅱ ** **회식** 회식(하다)	**〈會食〉** [훼식] 聚餐、飯局	이번 금요일 저녁에는 부서 회식이 있을 예정이다. 這星期五傍晚預計有部門聚餐。

1 다음 그림에 제시된 글자를 이용해 어휘를 만들고 영어로 의미를 써 보세요.

請利用以下方塊中所提示的字造詞並寫出意思。

| 음식 | 식물 | | | | | 식당 | 餐廳 |

2 다음 주어진 중국어를 나타내는 어휘와 한자를 써 보세요.

請依照中文寫出對應的韓語單字及漢字。

		韓語	漢字
01	伙食費、膳食費、餐費 →		
02	食慾、胃口 →		
03	零食、點心 →		
04	飯後甜點 →		

3 다음 중에서 하나를 골라 식(食)여러분의 어휘를 만들어 보세요.

請從下列漢字語中擇一，與 식（食）相結合造韓語詞彙。

範例

회<會> 기<器> 량<糧> 탁<卓> 채<菜> 양<洋> 편<偏>

예)	회식	聚餐
01		
02		
03		
04		
05		

＊延伸單字

UNIT 18 장·場 마당 場地、院子、庭院

마당 [장]

場

漢字的意義：
廣場、市場

漢字聯想記憶法：
一個太陽（昜）能夠照到土地
（土）的場地。

字首

□ 장소	\<場所\> 場所、地點	□ 장외	\<場外\>　［장웨］ 場外
□ 장면	\<場面\> 場面、場景、情景	□ 장바구니	\<場 바구니 \> ［장빠구니］ 購物籃、菜籃子、菜籃車

字尾

□ 공장	\<工場\> 工廠、廠子	□ 직장	\<職場\>　［직짱］ 職場、工作崗位、工作單位
□ 극장	\<劇場\>　［극짱］ 劇場、電影院、劇院	□ 현장	\<現場\> 現場、工地、車間
□ 당장	\<當場\> 當場、立刻、馬上	□ 경기장	\<競技場\> 賽場、運動場、競技場
□ 등장	\<登場\> 登場、上場、上市、亮相	□ 공연장	\<公演場\> 表演場地、劇場
□ 매장	\<賣場\> 賣場、商場	□ 수영장	\<水泳場\> 游泳池
□ 시장	\<市場\> 市場、集市	□ 운동장	\<運動場\> 運動場、操場、競技場、球場
□ 입장	\<入場\>　［입짱］ 入場、進場、上場	□ 정류장	\<停留場\>　［정뉴장］ 車站、停車場
□ 입장	\<立場\>　［입짱］ 立場、處境、觀點	□ 주차장	\<駐車場\> 停車場

018

Unit 18　場 장-

字首

장소 Ⅰ***	<場所> 場所、地點	약속 시간과 장소를 말해 주세요. 請告訴我約定時間與場所。
장면 Ⅱ**	<場面> 場面、場景、情景	영화의 마지막 장면은 정말 감동적이었다. 電影的最後場面真的非常感人。
장외	<場外> [장웨] 場外	타자가 장외 홈런을 쳤다. 打擊手打了一個場外全壘打。
장바구니 *	<場 바구니> [장빠구니] 購物籃、菜籃子、 菜籃車	장 보러 갈 때마다 장바구니를 꼭 챙겨 간 다. 每次去市場買菜一定會帶菜籃車去。

字尾

공장 Ⅰ***	<工場> 工廠、廠子	공장에서 많은 제품을 생산하고 있다. 工廠正在生產許多產品。
극장 Ⅰ***	<劇場> [극짱] 劇場、電影院、劇 院	그 극장은 지금 10 편의 영화를 상영하고 있다. 那家電影院正在上映 10 部電影。
당장 Ⅱ**	<當場> 當場、立刻、馬上	지금 당장 여행을 떠나고 싶다. 現在馬上就想去旅行。
등장 Ⅱ** 등장(하다/시키다)	<登場> 登場、上場、上 市、亮相	그 가수는 박수를 받으며 무대에 등장했 다. 那位歌手接受掌聲在舞台上登場。
매장 Ⅱ**	<賣場> 賣場、商場	운동복 매장은 5 층에 있다. 運動服賣場在五樓。
시장 Ⅰ***	<市場> 市場、集市	시장에 과일과 야채를 사러 갔다. 我去市場買水果與蔬菜。

Ⅲ ★★ **입장** 입장(하다) ↔ 퇴장(하다)	<入場> [입짱] ↔ <退場> 入場、進場、上場	공연 20 분 전부터 입장할 수 있다 . 表演開始 20 分鐘前能夠入場。
Ⅲ ★★ **입장**	<立場> [입짱] 立場、處境、觀點	대화를 통해 서로의 입장을 잘 이해하게 되 었다 . 透過溝通確實理解彼此的立場。
Ⅲ ★★★ **직장**	<職場> [직짱] 職場、工作崗位、工 作單位	내 전공을 살릴 수 있는 직장을 구하고 싶다 . 我想找一個能學以致用的工作崗位。
Ⅲ ★★ **현장**	<現場> 現場、工地、車間	기자들이 사고 현장으로 몰려들었다 . 記者們湧進事故現場。
Ⅲ ★★ **경기장**	<競技場> 賽場、運動場、競技 場	올림픽 선수들이 경기장에 들어서고 있다 . 奧運選手們正在進入競技場。
Ⅲ ★★ **공연장**	<公演場> 表演場地、劇場	공연장에 있는 관객들은 그 가수의 공연에 큰 박수를 보냈다 . 劇場的觀眾們對那位歌手的表演給予很大的掌聲。
Ⅲ ★★★ **수영장**	<水泳場> 游泳池	여름 방학을 맞은 어린이들이 수영장에서 물 놀이를 즐기고 있다 . 迎接暑假的孩子們正在游泳池玩水。
Ⅲ ★★★ **운동장**	<運動場> 運動場、操場、競技 場、球場	학교가 끝나면 운동장에서 축구를 하곤 한 다 . 我經常在放學後去操場踢足球。
Ⅲ ★★★ **정류장**	<停留場> [정뉴장] 車站、停車場	건너편에 버스 정류장이 있다 . 對面有公車車站。
Ⅲ ★★★ **주차장**	<駐車場> 停車場	주차장에 주차 공간이 부족하다 . 停車場的停車空間不足。

1 다음 그림에 제시된 글자를 이용해 어휘를 만들고 영어로 의미를 써 보세요.

請利用以下方塊中所提示的字造詞並寫出意思。

2 다음 주어진 중국어를 나타내는 어휘와 한자를 써 보세요.

請依照中文寫出對應的韓語單字及漢字。

	韓語	漢字
01 停車場 →		
02 登場、上場、上市、亮相 →		
03 入場、進場、上場 →		
04 立場、處境、觀點 →		

3 다음 중에서 하나를 골라 장(場)과 함께 여러분의 어휘를 만들어 보세요.

請從下列漢字語中擇一，與 장（場）相結合造韓語詞彙。

範例

직<職> 현<現> 당<當> 경기<競技> 매<賣> 정류<停留> *광<廣>

예)	직장	職場
01		
02		
03		
04		
05		

*延伸單字

UNIT 19 지·地 땅 陸地、大陸、領土、疆域

땅 지

地

漢字的意義：
地球、土地、地方

漢字聯想記憶法：
有一蜿蜒小路（土）很像一條蛇
（也）。原本是指連綿的山丘終
於看到盡頭是土地／區域。

字首		字尾	
□ 지구	<地球> 地球	□ 단지	<團地> 住宅區、園區、社區
□ 지도	<地圖> 地圖	□ 묘지	<墓地> 墓地、墳地、墳場
□ 지리	<地理> 地理、地形、地勢	□ 현지	<現地> 當地、現場、實地
□ 지방	<地方> 地方、地區	□ 육지	<陸地> [육찌] 陸地、土地、大陸
□ 지역	<地域> 地域、地區、區域	□ 관광지	<觀光地> 觀光勝地、風景區、旅遊勝地
□ 지옥	<地獄> 地獄	□ 목적지	<目的地> [목쩍찌] 目的地
□ 지진	<地震> 地震	□ 여행지	<旅行地> 旅行地點、旅遊目的地
□ 지하	<地下> 地下、非法、黃泉	□ 유적지	<遺跡地> [유적찌] 遺跡、遺址
□ 지형	<地形> 地形	□ 중심지	<中心地> 中心地區、中樞
□ 지위	<地位> 地位、身分、位置	□ 휴양지	<休養地> 渡假勝地、渡假村

019

Unit 19　地 지-

■ ** **지구**	<地球> 地球	지구는 태양을 중심으로 돌아간다. 地球以太陽為中心圍繞。
■ *** **지도**	<地圖> 地圖	안내 지도를 보면 쉽게 그 장소를 찾을 수 있다. 如果看指引地圖，就能夠找到那個地方。
* **지리**	<地理> 地理、地形、地勢	아직 이곳 지리에 익숙하지 않아요. 我還不熟悉此處的地勢。
■ *** **지방**	<地方> 地方、地區	남부 지방이 태풍 피해를 가장 많이 입었다. 南部地區遭受的颱風損害最大。
■ ** **지역**	<地域> 地域、地區、區域	이곳은 가장 인기 있는 쇼핑 지역이다. 這裡是最熱門的購物地區。
■ ** **지옥** ↔ 천국	<地獄> ↔ <天國> 地獄	나는 첫 직장에서 지옥 같은 시간을 보냈다. 我在第一份工作度過了像是地獄的時間。
■ ** **지진**	<地震> 地震	이번 지진으로 인해 많은 사상자가 생겼다. 這次地震的緣故產生許多傷亡人員。
■ *** **지하** ↔ 지상	<地下> ↔ <地上> 地下、非法、黃泉	지하 주차장에다 차를 세웠다. 我把車停在地下停車場。
* **지형**	<地形> 地形	한국의 지형을 보면 65%가 산이다. 如果看韓國的地形，有 65% 是山。
■ ** **지위**	<地位> 地位、身分、位置	최근 여성의 사회적 지위가 많이 올라갔다. 最近女性的社會地位上升許多。

字尾

🔵** ** **단지**	**<團地>** 住宅區、園區、社區	이 도시는 아파트 단지들로 가득 차 있다. 這座城市充滿了公寓住宅區。
* **묘지**	**<墓地>** 墓地、墳地、墳場	온 가족이 오랜만에 할아버지의 묘지를 찾았다. 全家人經過很長一段時間來到爺爺的墓地。
* **현지**	**<現地>** 當地、現場、實地	현지 시각 오전 9 시에 올림픽을 시작한다. 當地時間早上 9 點開始奧運比賽。
🔵** ** **육지**	**<陸地>** [육찌] 陸地、土地、大陸	이 다리는 섬과 육지를 연결하고 있다. 這座橋連接島與陸地。
🔵*** ** **관광지**	**<觀光地>** 觀光勝地、風景區、旅遊勝地	이곳은 휴양 시설이 잘 갖춰져 있어 사람들이 많이 찾는 관광지이다. 這裡具備完善的遊憩設施,是人們常光顧的觀光勝地。
🔵** ** **목적지**	**<目的地>** [목쩍찌] 目的地	목적지까지 가려면 2 시간은 더 가야 한다. 如果要到達目的地的話,會需要再花 2 小時。
🔵*** ** **여행지**	**<旅行地>** 旅行地點、旅遊目的地	새로운 여행지에 가기 전에 미리 공부하면 도움이 된다. 去新的旅行地點前如果先做功課,會有幫助。
🔵** ** **유적지**	**<遺跡地>** [유적찌] 遺跡、遺址	유적지를 방문할 때마다 역사와 문화를 배울 수 있다. 每次參觀遺跡都能夠學習到歷史與文化。
🔵** ** **중심지**	**<中心地>** 中心地區、中樞	뉴욕은 국제적인 금융의 중심지이다. 紐約是國際金融的中心地區。
🔵** ** **휴양지**	**<休養地>** 渡假勝地、渡假村	이 섬은 휴양지로 외국인들에게 인기가 많다. 這座島嶼作為度假勝地很受外國人歡迎。

1 다음 그림에 제시된 글자를 이용해 어휘를 만들고 영어로 의미를 써 보세요.

請利用以下方塊中所提示的字造詞並寫出意思。

	육지	陸地	육		방		지방	地區
01			단		도	05		
02			현	지	역	06		
03			묘		진	07		
04			관광		하	08		

2 다음 주어진 중국어를 나타내는 어휘와 한자를 써 보세요.

請依照中文寫出對應的韓語單字及漢字。

			韓語	漢字
01	地位、身分、位置	→		
02	地球	→		
03	遺跡、遺址	→		
04	渡假勝地、渡假村	→		

3 다음 중에서 하나를 골라 지(地)와 함께 여러분의 어휘를 만들어 보세요.

請從下列漢字語中擇一，與 지（地）相結合造韓語詞彙。

範例

리<理> 형<形> 목적<目的> 옥<獄> 상<上> 중심<中心> *각<各>

예)	지리	地理
01		
02		
03		
04		
05		

*延伸單字

UNIT 20 물 · 物 물건 物件、物品、東西

물건 물

物

漢字的意義：
東西

漢字聯想記憶法：
牛（牛）對農夫來說是很重要的
東西。

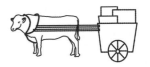

字首		字尾	
□ 물가	<物價> [물까] 物價、價格、行情	□ 건물	<建物> 建築物、建築、房屋
□ 물건	<物件> 物品、東西、與眾不同的人 物、男性生殖器	□ 동물	<動物> 動物
□ 물량	<物量> 分量、數量	□ 보물	<寶物> 寶物、寶貝、珍寶
□ 물류	<物流> 物流	□ 사물	<事物> 事物
□ 물리학	<物理學> 物理學	□ 선물	<膳物> 禮物、禮品、送禮
□ 물자	<物資> [물짜] 物資	□ 유물	<遺物> 遺物、文物
□ 물정	<物情> [물쩡] 人情世故、世態、世故	□ 인물	<人物> 人物、角色、人品、為人、 偉人
□ 물질	<物質> [물찔] 物質、財產、財物	□ 해물	<海物> 海產
□ 물체	<物體> 物體、形體、物	□ 농산물	<農產物> 農產品
□ 물품	<物品> 物品、貨物、商品、物件	□ 분실물	<紛失物> 遺失物、遺失物品

020

■ ** **물가**	<物價> [물까] 物價、價格、行情	물가가 많이 올라서 서민들의 생활이 어려워졌다. 因為物價上漲許多，所以老百姓的生活變困難。
■ *** **물건**	<物件> 物品、東西、男性 生殖器	지난달에 주문한 물건이 아직 도착하지 않았다. 上個月訂購的物品還沒到。
* **물량**	<物量> 分量、數量	새 차는 인기가 많아서 물량이 부족하다고 한다. 聽說新車因為很受歡迎，所以數量不足。
물류	<物流> 物流	전 세계적으로 물류 산업이 매우 중요해졌다. 對全世界來說，物流產業變得非常重要。
물리학	<物理學> 物理學	1922 년에 아인슈타인은 노벨 물리학상을 수상했다. 1992 年愛因斯坦獲得諾貝爾物理學獎。
* **물자**	<物資> [물짜] 物資	정부는 수해 지역에 물자를 보냈다. 政府向水災地區寄送物資。
물정	<物情> [물쩡] 人情世故、世態、 世故	청소년들은 아직 어려서 세상 물정을 잘 모른다. 因為青少年們還小，所以不懂社會人情世故。
■ ** **물질**	<物質> [물찔] 物質、財產、財物	어린이 장난감에서 나쁜 물질이 나왔다. 在小孩的玩具中出現有害物質。
* **물체**	<物體> 物體、形體、物	모든 물체는 중력 때문에 땅에 떨어진다. 所有物體都會因重力掉到地上。
* **물품**	<物品> 物品、貨物、商品、 物件	해외에서 고가의 물품을 구입했다. 從海外購買高價物品。

Ⅰ* **건물**	**<建物>** 建築物、建築、房屋	서울에는 역사적인 건물이 아직 많이 남아 있다. 首爾依然留有許多歷史建築。
Ⅰ* **동물** ↔ 식물	**<動物> ↔ <植物>** 動物	마이클은 동물 보호에 관심이 아주 많다. 麥可對動物保護很關注。
Ⅱ** **보물**	**<寶物>** 寶物、寶貝、珍寶	한 탐험가가 그 섬에서 보물을 발견했다. 一個探險家在那座島嶼上找到寶物。
Ⅱ** **사물**	**<事物>** 事物、東西	안경을 쓰니까 사물이 잘 보인다. 因為戴眼鏡，所以東西看得很清楚。
Ⅰ* **선물**	**<膳物>** 禮物、禮品、送禮	아버지께서 대학 입학 선물로 컴퓨터를 사 주셨다. 爸爸買電腦給我作為大學入學禮物。
Ⅱ** **유물**	**<遺物>** 遺物、文物	유물을 통해 당시의 생활을 추측할 수 있다. 透過遺物能夠推測當時的生活。
Ⅱ** **인물**	**<人物>** 人物、角色、人品、 為人、偉人	세종대왕은 한국인들이 존경하는 인물이다. 世宗大王是韓國人尊敬的人物。
Ⅱ** **해물** = 해산물	**<海物>** 海產	우리는 바닷가 식당에서 해물 요리를 먹었다. 我們在海邊餐廳吃海產料理。
Ⅱ** **농산물**	**<農產物>** 農產品	요즘은 신선한 농산물을 일 년 내내 구입할 수 있다. 最近整年都可以買到新鮮的農產品。
Ⅱ** **분실물**	**<紛失物>** 遺失物、遺失物品	분실물은 지하철 분실물 보관소에 일주일 동안 보관된다. 遺失物會在地鐵遺失物保管處保管一週。

물·物 물건 物件、物品、東西

1 다음 그림에 제시된 글자를 이용해 어휘를 만들고 영어로 의미를 써 보세요.
請利用以下方塊中所提示的字造詞並寫出意思。

| | 건물 | 建築物 | 건 | | 건 | | 물건 | 東西 |

01 [ ] [ ] 보 · · 량 05 [ ]

02 [ ] [ ] 선 · 물 · 가 06 [ ]

03 [ ] [ ] 인 · · 품 07 [ ]

04 [ ] [ ] 농산 · · 질 08 [ ]

2 다음 주어진 중국어를 나타내는 어휘와 한자를 써 보세요.
請依照中文寫出對應的韓語單字及漢字。

                                                 韓語   漢字

01 物流 → [ ] [ ]

02 物理學 → [ ] [ ]

03 動物 → [ ] [ ]

04 遺失物品、遺失物 → [ ] [ ]

3 다음 중에서 하나를 골라 물(物)과 함께 여러분의 어휘를 만들어 보세요.
請從下列漢字語中擇一，與 물（物）相結合造韓語詞彙。

範例

자<資> 해<海> 체<體> 정<情> 유<遺> 사<事> *괴<怪>

예)	물자	物資
01		
02		
03		
04		
05		

* 延伸單字

UNIT 21 심·心 심장 心臟、心情

심장 심

漢字的意義：
心臟、內心、中心

漢字聯想記憶法：
人心的象形文字。用來表達內心
與感覺。

字首		字尾	
□ 심장	<心臟> 心臟、核心部位、心情	□ 결심	<決心> [결씸] 決心、決意、立志
□ 심경	<心境> 心境、心情、心緒	□ 관심	<關心> 關心、關注、興趣
□ 심란	<心亂> [심난] 心煩、心亂、心煩意亂	□ 안심	<安心> 安心、放心
□ 심리	<心理> [심니] 心理、心態	□ 양심	<良心> 良心、天良、靈魂、心肝
□ 심성	<心性> 心性、本性、性情	□ 열심	<熱心> [열씸] 熱心、熱情、熱誠、熱衷
□ 심술	<心術> 心術、壞心眼、居心、執拗、任性	□ 의심	<疑心> 疑心、疑慮、疑惑、懷疑、猜疑
□ 심신	<心身> 身心	□ 조심	<操心> 操心、注意、警惕、小心、保重
□ 심정	<心情> 心情、內心、心思、心地、心性	□ 진심	<真心> 真心、誠心、衷心
□ 심취	<心醉> 沉醉、陶醉、心醉	□ 중심	<中心> 中心、核心
□ 심혈	<心血> 心血、用心	□ 핵심	<核心> [핵씸] 核心、要害、關鍵

021

Ⅲ ** **심장**	<心臟> 心臟、核心部位、 心情	심장은 온몸으로 혈액을 운반한다 . 心臟運送血液到全身體。
* **심경**	<心境> 心境、心情、心緒	그는 술자리에서 회사 생활의 어려움에 대한 솔직한 심경을 밝혔다 . 他在酒席上對公司生活的困難坦率表露心境。
심란하다	<心亂> [심난] 心煩、心亂、心煩 意亂	나는 심란한 마음을 달래기 위해 여행을 떠났 다 . 我為了安撫不安的內心而去旅行。
Ⅲ ** **심리**	<心理> [심니] 心理、心態	사람들의 심리는 보통 행동을 통해 나타나는 경우가 많다 . 人們的心態一般常透過行動表現出來。
* **심성**	<心性> 心性、本性、性情	그 배우는 심성이 고와서 많은 사람들이 좋아 한다 . 那演員心性善良，所以很多人喜歡他。
* **심술**	<心術> 心術、壞心眼、居 心、執拗、任性	그렇게 심술부리지 마세요 . 請別那樣要壞心眼。
* **심신**	<心身> 身心	요가는 심신을 단련시키는 데 좋은 것 같다 . 瑜珈在鍛鍊身心方面似乎不錯。
Ⅲ ** **심정**	<心情> 心情、內心、心思、 心地、心性	사랑하는 사람과 헤어지는 것 때문에 심정이 괴롭다 . 因為與相愛的人分手，內心很痛苦。
심취 **심취(하다/되 다)**	<心醉> 沉醉、陶醉、心醉	그는 대학시절에 기타에 심취했었다 . 他大學時期沉醉於吉他。
* **심혈**	<心血> 心血、用心	작가는 심혈을 기울여서 이 작품을 만들었다 . 作家傾注心血完成這部作品。

構 詞

-심 心

字尾

결심 ❶ *** 결심(하다)	**\<決心\>** [결씸] 決心、決意、立志	다이어트는 가장 흔한 새해 결심 중 하나이다. 減肥是最常見的新年決心之一。
관심 ❶ *** ↔ 무관심(하다)	**\<關心\> ↔ \<無關心\>** 關心、關注、興趣	최근 건강이나 미용에 대한 사람들의 관심이 뜨겁다. 最近人們對於健康或美容熱切關注。
안심 ❶ ** 안심(하다/되다/시 키다)	**\<安心\>** 安心、放心	건강 검진을 받고 나니 안심이 된다. 接受健康檢查之後我感到安心。
양심 ❶ **	**\<良心\>** 良心、天良、靈魂、 心肝	그 범인은 양심 때문에 결국 자수했다. 那個犯人因為良心譴責最後自首了。
열심히 ❶ ***	**\<熱心\>** [열씸히] 熱誠地、專心致志 地、努力地	열심히 노력하면 결국 목적을 달성할 것이다. 如果努力的話，最終會達成目標。
의심 ❶ ** 의심(나다/하다 /되다/스럽다)	**\<疑心\>** 疑心、疑慮、疑惑、 懷疑、猜疑	경찰은 용의자의 진술에 의심을 가지고 있다. 警察對嫌疑犯的口供抱持懷疑。
조심 ❶ *** 조심(하다/스럽다)	**\<操心\>** 操心、注意、警惕、 小心、保重	초보 운전자니까 조심해서 운전하세요. 因為是新手駕駛，所以請小心開車。
진심 ❶ **	**\<真心\>** 真心、誠心、衷心	진심으로 감사를 드립니다. 致上誠摯的謝意。
중심 ❶ *** ☞unit 11	**\<中心\>** 中心、核心	기후변화가 이번 논쟁의 중심이 되었다. 氣候變化成為這次辯論的中心。
핵심 ❶ ** 핵심	**\<核心\>** [핵씸] 核心、要害、關鍵	제 발표의 핵심은 환경 보호를 위한 방법입니다. 我發表的核心是環境保護的方法。

UNIT 21 練習題 **심·心** 심장 心臟、心情

1 다음 그림에 제시된 글자를 이용해 어휘를 만들고 영어로 의미를 써 보세요.

請利用以下方塊中所提示的字造詞並寫出意思。

중심	中心	**중**		**장**	심장	心臟
01		**관**		**술**	05	
02		**열**	**심**	**혈**	06	
03		**안**		**정**	07	
04		**진**		**신**	08	

2 다음 주어진 중국어를 나타내는 어휘와 한자를 써 보세요.

請依照中文寫出對應的韓語單字及漢字。

		韓語	漢字
01	心理、心態	→	
02	陶醉、沉醉、心醉	→	
03	良心、天良、靈魂、心肝	→	
04	操心、注意、警惕、小心	→	

3 다음 중에서 하나를 골라 심(心)과 함께 여러분의 어휘를 만들어 보세요.

請從下列漢字語中擇一，，與 심（心）相結合造韓語詞彙。

⎧ 範例 ⎫

결<決> 의<疑> 란<亂> 핵<核> 경<境> 성<性> *욕<慾>

예)	**결심**		**決心**
01			
02			
03			
04			
05			

UNIT 22 어·語 말씀 話語、教誨、高論

말씀 어

語

漢字的意義：
語言、語

漢字聯想記憶法：
我（吾）跟朋友說好幾種語言（言）。

字首		字尾	
□ 어법	<語法>[어뻡] 語法	□ 국어	<國語>[구거] 國語、國文
□ 어색	<語塞> 語塞、詞窮、尷尬、彆扭、 生硬、拘束、難為情	□ 언어	<言語>[어너] 語言
□ 어원	<語源> 語源、辭源	□ 영어	<英語> 英語、英文
□ 어조	<語調> 語調、語氣、口氣、腔調	□ 모국어	<母國語>[모구거] 母語、第一語言
□ 어투	<語套> 語氣、口氣	□ 표준어	<標準語>[표주너] 標準語、官方語言
□ 어학	<語學> 語學、語言學、語言研究	□ 단어	<單語>[다너] 單字、字彙
□ 어록	<語錄> 語錄、經典名言錄	□ 용어	<用語> 用語、術語
□ 어순	<語順> 語順、語序、詞序	□ 검색어	<檢索語>[검새거] 關鍵字、搜尋關鍵字
□ 어감	<語感> 語感	□ 관용어	<慣用語>[과뇽어] 慣用語、習慣用語
□ 어휘	<語彙> 語彙、詞彙、字眼	□ 외래어	<外來語>[웨래어] 外來語

97

字首

어법	<**語法**> [어뻡] 語法	이 문장은 어법에 맞지 않는다 . 這個句子不合乎語法。
Ⅲ** **어색하다**	<**語塞**> 語塞、詞窮、尷尬、 彆扭、生硬、難為 情、不自然	선생님은 제 어색한 문장을 고쳐주셨다 . 老師糾正了我彆扭的句子。
* **어원**	<**語源**> 語源、辭源	단어의 어원을 알면 암기하기 쉽다 . 如果知道單字的語源，就能夠輕易地記憶。
* **어조**	<**語調**> 語調、語氣、口氣、 腔調	사람들이 부탁할 때는 부드러운 어조로 말한 다 . 人們在拜託的時候用溫柔的語調説話。
* **어투**	<**語套**> 語氣、口氣	친구가 사무적인 어투로 말해서 기분이 나빴 다 . 因為朋友用公事公辦的口氣説話，所以我心情不好。
* **어학**	<**語學**> 語學、語言學、語 言研究	우리 딸은 어학에 소질이 있는 것 같아요 . 我女兒似乎有語學的天分。
어록	<**語錄**> 語錄、經典名言錄	옛 사람의 어록을 읽으면 삶의 지혜를 배울 수 있다 . 如果看前人語錄，就能學習到人生的智慧。
* **어순**	<**語順**> 語順、語序、詞序	한국어는 일본어와 어순이 비슷하다 . 韓國語和日本語的語順相似。
* **어감**	<**語感**> 語感	두 단어는 의미는 비슷하지만 어감이 다른 것 같다 . 雖然兩個單字的意思相似，但語感似乎不同。
Ⅲ** **어휘**	<**語彙**> 語彙、詞彙、字眼	독서를 많이 하면 어휘가 크게 늘어난다 . 如果大量閱讀，單字量會大幅提升。

①** **국어**	<國語> [구거] 國語、國文	캐나다는 영어와 프랑스어를 국어로 사용한다 . 加拿大使用英語和法語作為國語。
①*** **언어**	<言語> [어너] 語言	외국인들은 한국어가 배우기 어려운 언어라고 한다 . 外國人說韓國語是不好學的語言。
①*** **영어**	<英語> 英語、英文	영어를 공부하려고 미국에 어학연수를 갔다 . 我為了學英語去美國念語言學校。
* **모국어** ↔ 목표어	<母國語> [모구거] ↔ <目標語> 母語、第一語言	어떤 재미교포 2 세들은 부모님의 모국어를 배우기 위해 한국에 온다 . 有些在美僑胞二代為了學習父母的母語而到韓國來。
①** **표준어** ↔ 사투리	<標準語> [표주너] ↔ <方言> 標準語、官方語言	아나운서는 정확한 표준어로 방송을 진행해야 한다 . 主播必須用正確的標準語進行播報。
①*** **단어**	<單語> [다너] 單字、字彙	문맥을 통해서 단어의 의미를 제대로 파악할 수 있다 . 透過文脈能夠充分地掌握單字的意思。
①** **용어**	<用語> 用語、術語	이 책에는 전문적인 용어가 많이 나온다 . 這本書出現許多專業用語。
검색어	<檢索語> [검새거] 關鍵字、搜尋關鍵字	검색어를 입력하면 원하는 정보를 찾을 수 있다 . 輸入關鍵字的話，就能夠找到想要的資訊。
* **관용어**	<慣用語> [과농어] 慣用語、習慣用語	관용어를 잘 이해하는 것이 언어 학습에 도움이 된다 . 好好理解慣用語對語言學習有幫助。
* **외래어**	<外來語> [웨래어] 外來語	한국어에는 컴퓨터 , 버스 등 많은 외래어가 있다 . 韓語中有許多像是電腦、公車等的外來語。

UNIT 22 練習題 **어 · 語** 말씀 話語、教誨、高論

1 다음 그림에 제시된 글자를 이용해 어휘를 만들고 영어로 의미를 써 보세요.

請利用以下方塊中所提示的字造詞並寫出意思。

| | | 영 | | | 법 | | 어법 | 語法 |
| 영어 | 英語 | | | | | | | |

01 [　　　] [　　　]　　언　　　　　　학　　05 [　　　] [　　　]

02 [　　　] [　　　]　　단　　　어　　색　　06 [　　　] [　　　]

03 [　　　] [　　　]　검색　　　　순　　07 [　　　] [　　　]

04 [　　　] [　　　]　외래　　　　감　　08 [　　　] [　　　]

2 다음 주어진 중국어를 나타내는 어휘와 한자를 써 보세요.

請依照中文寫出對應的韓語單字及漢字。　　　　　　　　　韓語　　　　　　　漢字

01　語源、辭源　　　　　　　→　[　　　　　　]　[　　　　　　]

02　語彙、詞彙、字眼　　　　→　[　　　　　　]　[　　　　　　]

03　慣用語、習慣用語　　　　→　[　　　　　　]　[　　　　　　]

04　母語、第一語言　　　　　→　[　　　　　　]　[　　　　　　]

3 다음 중에서 하나를 골라 어(語)와 함께 여러분의 어휘를 만들어 보세요.

請從下列漢字語中擇一，與 어（語）相結合造韓語詞彙。

┌─────── 範例 ───────┐
투<套>　표준<標準>　국<國>　용<用>　조<調>　록<錄>　*불<佛>
└────────────────────┘

예)　　　**어투**　　　　　　　　　　　　語氣、口氣

01 [　　　　　　　　　]　[　　　　　　　　　]

02 [　　　　　　　　　]　[　　　　　　　　　]

03 [　　　　　　　　　]　[　　　　　　　　　]

04 [　　　　　　　　　]　[　　　　　　　　　]

05 [　　　　　　　　　]　[　　　　　　　　　]

*延伸單字

UNIT 23 사·事 일 事情、情況、勞動、工作

일 **사**

漢字的意義：
事情、（人）事

漢字聯想記憶法：
一個人（口）用雙手（手）努力
工作（亅）來解決事情。

字首		字尾	
□ 사건	<**事件**> [사껀] 事件、案件、案子、事端	□ 공사	<**工事**> 工程
□ 사고	<**事故**> 事故、事端、變故	□ 군사	<**軍事**> 軍事、軍務
□ 사례	<**事例**> 事例、案例、前例、例子	□ 기사	<**記事**> 記載、記錄、消息
□ 사무실	<**事務室**> 辦公室	□ 농사	<**農事**> 農事、農耕、（喻）生孩子
□ 사물	<**事物**> 事物	□ 무사	<**無事**> 平安、無事、無災無病
□ 사실	<**事實**> 事實、其實、實際	□ 식사	<**食事**> [식싸] 用餐、飯菜、飲食
□ 사업	<**事業**> 事業、工作	□ 인사	<**人事**> 打招呼、問候、寒暄、行禮
□ 사전	<**事前**> 事前、事先、預先	□ 행사	<**行事**> 活動、典禮、儀式、房事
□ 사정	<**事情**> 事情、情況、原因、緣由、 頭緒	□ 검사	<**檢事**> 檢查官、檢查、查驗、調查、 稽查
□ 사항	<**事項**> 事項、項目	□ 판사	<**判事**> 法官、審判官、審判長

023

字首

■** **사건**	<事件> [사껀] 事件、案件、案子、 事端	경찰은 이 사건을 철저히 조사하고 있다 . 警察正徹底地調查這起事件。
■*** **사고**	<事故> 事故、事端、變故	사고는 언제 어디서든 일어날 수 있다 . 事故隨時隨地有可能發生。
■** **사례**	<事例> 事例、案例、前例、 例子	그는 발표에서 구체적인 사례를 제시해서 설득 력 있게 설명했다 . 他在發表中舉出具體例子，很有說服力地說明。
■*** **사무실**	<事務室> 辦公室	현재 20 명의 직원이 사무실에서 일하고 있다 . 目前有 20 名職員在辦公室工作。
■** **사물** ☞unit 20	<事物> 事物	사람은 누구나 자신의 기준으로 사물을 본다 . 人們無論是誰，都用自己的基準來看事物。
■*** **사실**	<事實> 事實、其實、實際	피해자의 주장은 사실이 아니라 거짓이었다 . 被害者的主張不是事實，是謊言。
■*** **사업**	<事業> 事業、工作	직장 생활을 그만두고 사업을 시작하려고 한다 . 我想要離職然後開始創業。
■** **사전** 사전(에)	<事前> 事前、事先、預先	사전에 표를 예약하면 더 싸게 살 수 있다 . 如果事先訂票，能夠更便宜地購入。
■** **사정**	<事情> 事情、情況、原因、 緣由、頭緒	아버지 사업 실패 후 집안 사정이 안 좋아졌다 . 爸爸事業失敗後，家裡的情況變得不太好。
■** **사항**	<事項> 事項、項目	자세한 사항은 여행사 직원에게 문의 바랍니다 . 詳細事項請問旅行社職員。

構詞

字尾

공사 공사(하다)	<工事> 工程	공사로 불편을 드려 죄송합니다. 很抱歉因為工程而造成不便。
군사	<軍事> 軍事、軍務	국방부는 군사 조직을 개편하기로 결정했다. 國防部決定要改組軍事組織。
기사	<記事> 記載、記錄、消息	새로운 과학 기술에 대한 기사를 읽었다. 我讀了關於新科學技術的文章。
농사 농사(짓다)	<農事> 農事、農耕、（喻）生孩子	올해는 날씨가 좋아 농사가 잘 되었다. 今年天氣不錯，所以農事很順利。
무사 무사(하다/히)	<無事> 平安、無事、無災無病	그는 전쟁에서 무사히 집에 돌아왔다. 他從戰爭中平安地回到家來。
식사 식사(하다) ☞unit 11	<食事> [식싸] 用餐、飯菜、飲食	식사 후에 우리는 커피를 마셨다. 用餐之後我們喝了咖啡。
인사 인사(하다/시키다) ☞unit 1	<人事> 打招呼、問候、寒暄、行禮	우리는 만나고 헤어질 때마다 서로 인사한다. 我們每次見面與分手的時候都互相打招呼。
행사	<行事> 活動、典禮、儀式、房事	가을에는 학교에 다양한 행사가 있다. 秋天學校有各式各樣的活動。
검사	<檢事> 檢查官、檢查、查驗、調查、稽查	검사들이 사건을 철저하게 조사할 것이다. 檢察官們將徹底地調查事件。
판사	<判事> 法官、審判官、審判長	판사는 법에 따라 공정한 판결을 내려야 한다. 法官必須根據法律來下公平的判決。

UNIT 23 練習題 事·事 일 事情、情況、勞動、工作

1 다음 그림에 제시된 글자를 이용해 어휘를 만들고 영어로 의미를 써 보세요.

請利用以下方塊中所提示的字造詞並寫出意思。

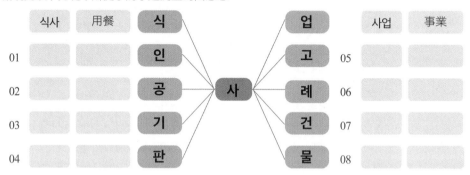

식사	用餐	식	업		사업	事業
01		인	고	05		
02		공	사	례	06	
03		기	건	07		
04		판	물	08		

2 다음 주어진 중국어를 나타내는 어휘와 한자를 써 보세요.

請依照中文寫出對應的韓語單字及漢字。

韓語　　　　　漢字

01　辦公室　　　　　　　→

02　事實、其實、實際　　→

03　活動、典禮、儀式、房事　→

04　檢查官、查驗、調查、稽查　→

3 다음 중에서 하나를 골라 사(事)와 함께 여러분의 어휘를 만들어 보세요.

請從下列漢字語中擇一，與 사（事）相結合造韓語詞彙。

範例

군＜事＞　전＜前＞　정＜情＞　항＜項＞　무＜無＞　농＜農＞　＊시＜時＞

예)	군사	軍事
01		
02		
03		
04		
05		

＊延伸單字

업・業 일 工作、業務、事情

일 업

業

漢字的意義：
事業、工作、學業

漢字聯想記憶法：
這是用來懸掛鼓的工具之象形文字。它與學習相關，衍伸出「專業」與「工作」之意。

字首

□ **업계**	<業界>[업꼐] 行業、業界	□ **업적**	<業績>[업쩍] 業績、成就、貢獻
□ **업무**	<業務>[엄무] 業務、公務、事務、營業	□ **업종**	<業種>[업쫑] 產業種類、行業、部門、職業、業務種類
□ **업소**	<業所>[업쏘] 營業場所	□ **업주**	<業主>[업쭈] 老闆、業主、東家
□ **업자**	<業者>[업짜] 業者、業內人士、同行、業主	□ **업체**	<業體> 公司、企業

字尾

□ **공업**	<工業> 工業	□ **직업**	<職業>[지겁] 職業、工作
□ **기업**	<企業> 企業、公司	□ **실업**	<失業>[시럽] 失業、下崗
□ **농업**	<農業> 農業	□ **취업**	<就業> 就業、求職、找工作
□ **사업**	<事業> 事業、工作	□ **영업**	<營業> 營業、生意
□ **산업**	<產業>[사넙] 產業、工業	□ **수업**	<授業> 授業、講課、講授、教學、課
□ **상업**	<商業> 商業、經商	□ **졸업**	<卒業>[조럽] 畢業

024

字首

Ⅲ** **업계**	<業界> [업꼐] 行業、業界	컴퓨터 업계에서 일하고 싶어하는 젊은이들이 늘어나고 있다 . 想要在電腦業工作的年輕人正在增加。
Ⅲ** **업무**	<業務> [엄무] 業務、公務、事務、營業	업무를 분담함으로써 보다 효율적으로 일할 수 있다 . 透過分擔業務可以更有效率地工作。
* **업소**	<業所> [업쏘] 營業場所	이 지역의 대부분의 업소들은 오전 10 시에 문을 연다 . 這個地區大部分的營業場所都在上午 10 點開門。
* **업자**	<業者> [업짜] 業者、業內人士、同行、業主	최근 업자들은 경기가 악화되었다고 불평한다 . 最近業者們抱怨景氣惡化。
Ⅲ** **업적**	<業績> [업쩍] 業績、成就、貢獻	그 대통령은 임기 동안 많은 업적을 남겼다 . 那位總統在任期內留下許多業績。
* **업종**	<業種> [업쫑] 產業種類、行業、部門、職業、業務種類	제 4 차 산업혁명 시대에는 인공 지능을 이용한 업종이 더 흔해질 것이다 . 在第四次產業革命時代，使用人工智能的產業種類變得更加普遍。
업주	<業主> [업쭈] 老闆、業主、東家	업주들은 청소년이 술을 마시는지 확인할 의무가 있다 . 老闆有義務確認青少年們有沒有喝酒。
Ⅲ** **업체**	<業體> 公司、企業	그 회사는 한국에서 인기 있는 식품 업체이다 . 那間公司在韓國是有名的食品企業。

字尾

Ⅲ** **공업**	<工業> 工業	공업 구조가 경공업에서 중공업으로 바뀌었다 . 工業構造從輕工業轉換為重工業。
Ⅲ** **기업**	<企業> 企業、公司	기업은 경력이 있는 지원자를 선호한다 . 企業喜歡有經驗的求職者。

名 ** **농업**	<農業> 農業	농업 기술의 발달로 대량으로 식량을 생산할 수 있게 되었다. 因農業技術發達，得以大量生產糧食。
名 *** **사업** 사업(하다) ☞unit 23	<事業> 事業、工作	공공 건설 사업을 통해 일자리가 창출될 수 있다. 透過公共建設事業得以創造職缺。
名 ** **산업**	<産業> [사넙] 産業、工業	최근 한국의 정보 통신 기술 분야 산업이 급속도로 발전하고 있다. 最近韓國通信技術領域產業正高速發展。
名 ** **상업**	<商業> 商業、經商	남대문 시장은 오랫동안 상업의 중심지였다. 南大門市場長久以來是商業中心。
名 *** **직업**	<職業> [지겁] 職業、工作	누구나 안정된 직업을 갖고 싶어 한다. 每個人都想要擁有一份穩定的工作。
名 ** **실업** ↔ 취업(하다)	<失業> [시럽] ↔ <就業> 失業、下崗	정부는 실업 문제를 해결하기 위해 다양한 대책을 마련하고 있다. 政府為了解決失業問題正準備各式各樣的對策。
名 ** **취업** 취업(하다) ↔ 실업	<就業> ↔ <失業> 就業、求職、找工作	요즘 저는 취업 준비 중입니다. 最近我正在找工作。
名 ** **영업** 영업(하다)	<營業> 營業、生意	대부분의 편의점은 24 시간 영업을 한다. 大部分的便利商店都是 24 小時營業。
名 *** **수업** 수업(하다)	<授業> 授業、講課、講授、教學、課	열심히 공부하는 학생들이 많아서 수업 분위기가 좋다. 因為用功學習的學生很多，所以上課氣氛很好。
名 *** **졸업** 졸업(하다/시키다) ↔ 입학(하다/시키다)	<卒業> [조럽] ↔ <入學> 畢業	나는 대학 졸업 후에 무역회사에 다니고 싶다. 我大學畢業之後想在貿易公司工作。

練習題 업·業 일 工作、業務、事情

1 다음 그림에 제시된 글자를 이용해 어휘를 만들고 영어로 의미를 써 보세요.

請利用以下方塊中所提示的字造詞並寫出意思。

	직업	職業	직		자		업자	業者
01			공		무	05		
02			기	업	소	06		
03			사		종	07		
04			농		체	08		

2 다음 주어진 중국어를 나타내는 어휘와 한자를 써 보세요.

請依照中文寫出對應的韓語單字及漢字。

			韓語	漢字
01	業界、行業	→		
02	業績、成就、貢獻	→		
03	失業、下崗	→		
04	找工作、就業、求職	→		

3 다음 중에서 하나를 골라 업(業)과 함께 여러분의 어휘를 만들어 보세요.

請從下列漢字語中擇一，與 업（業）相結合造韓語詞彙。

範例

상<商> 주<主> 수<授> 영<營> 산<產> 졸<卒> *창<創>

예)	수업	授課
01		
02		
03		
04		
05		

* 延伸單字

회 · 會 모이다 聚集、累積、集中

모이다 회

會

漢字的意義：
會面、會議、會談

漢字聯想記憶法：
許多人再次（曾）會面（亼）交談。

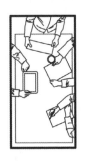

字首		字尾	
□ 회견	<會見> [훼견] 會晤、會面、會見、見面	□ 교회	<教會> [교훼] 教會、教堂
□ 회담	<會談> [훼담] 會談、談判	□ 대회	<大會> [대훼] 比賽、競賽、大會、大賽、錦標賽
□ 회비	<會費> [훼비] 會費	□ 기회	<機會> [기훼] 機會、機遇、時機
□ 회사	<會社> [훼사] 公司、企業、商號	□ 동창회	<同窓會> [동창훼] 同學會、校友會
□ 회식	<會食> [훼식] 聚餐、飯局	□ 발표회	<發表會> [발표훼] 發表會、發布會
□ 회원	<會員> [훼원] 會員	□ 사회	<司會> [사훼] 司儀、主持人
□ 회의	<會議> [훼이] 會議、開會	□ 사회	<社會> [사훼] 社會、世界、圈子
□ 회장	<會長> [훼장] 會長、董事長	□ 송별회	<送別會> [송별훼] 送別會、歡送會
□ 회화	<會話> [훼화] 會話、對話	□ 연주회	<演奏會> [연주훼] 演奏會
□ 회계	<會計> 會計、帳目、算帳、帳	□ 전시회	<展示會> [전시훼] 展覽、展示會

* **회견**	<會見> [훼견] 會晤、會面、會見、見面	장관은 오늘 저녁 기자 회견을 가질 예정이다 . 長官預計今天傍晚舉行記者招待會。
⑪** **회담**	<會談> [훼담] 會談、談判	회담은 우호적인 분위기에서 잘 진행되었다 . 會談在友好的氣氛中順利進行。
⑪** **회비**	<會費> [훼비] 會費	이 모임에 가입하려면 회비를 내야 한다 . 如果要加入這個聚會的話，必須繳交會費。
⑪*** **회사**	<會社> [훼사] 公司、企業、商號	우리 회사는 요즘 신입 사원을 모집 중이다 . 我們公司最近在徵新社員。
⑪** **회식** 회식(하다) ☞unit 17	<會食> [훼식] 聚餐、飯局	갑자기 회사 회식이 있어서 약속을 취소했다 . 公司突然要聚餐，所以取消了約會。
⑪*** **회원**	<會員> [훼원] 會員	그 클럽에 회원으로 등록했다 . 我登錄為那個俱樂部的會員。
⑪*** **회의** 회의(하다)	<會議> [훼이] 會議、開會	회의 날짜는 5 월 25 일로 정해졌다 . 會議日期定在 5 月 25 日。
⑪** **회장**	<會長> [훼장] 會長、董事長	지수가 그 모임의 회장으로 선출되었다 . 智秀被選為那個聚會的會長。
⑪** **회화** 회화(하다)	<會話> [훼화] 會話、對話	영어 회화 수업은 원어민 강사들이 진행한다 . 英語會話課是由母語講師進行授課。
* **회계**	<會計> 會計、帳目、算帳、帳	이번 단체 여행에서 나는 회계를 담당한다 . 這次團體旅行中我擔任會計。

構 詞

-회 會

字尾

1 ★★★ **교회**	<教會> [교훼] 教會、教堂	기독교인들은 일요일마다 교회에 간다 . 基督徒每週日去教會。
1 ★★★ **대회** ☞unit 3	<大會> [대훼] 比賽、競賽、大會、 大賽、錦標賽	사라는 이번 스노보드 대회에서 일등을 했다 . 莎拉在這次滑雪板比賽中得到第一名。
1 ★★★ **기회**	<機會> [기훼] 機會、機遇、時機	이번 여행은 친구를 이해할 수 있는 좋은 기회 였다 . 這次旅行是能夠理解朋友的好機會。
2 ★★ **동창회**	<同窓會> [동창훼] 同學會、校友會	동창회에서 오랜만에 친구를 만나니 기분이 좋았다 . 在同學會見到好久不見的朋友，心情很好。
2 ★★ **발표회**	<發表會> [발표훼] 發表會、發布會	학생들은 발표회에서 노래와 춤 실력을 자랑 했다 . 學生們在發表上展現了唱歌與跳舞的實力。
★ **사회**	<司會> [사훼] 司儀、主持人	그 아나운서는 이번 행사에서 사회를 보았다 . 那位主播在這次活動中擔任司儀。
2 ★★ **사회**	<社會> [사훼] 社會、世界、圈子	우리 사회는 다양한 문제들에 직면하고 있다 . 我們的社會正面臨各式各樣的問題。
2 ★★ **송별회** ↔ 환영회	<送別會> [송별훼] ↔ <歡迎會> 送別會、歡送會	우리는 유학 가는 친구를 위해 송별회를 가졌 다 . 我們為了要去留學的朋友辦了送別會。
2 ★★ **연주회**	<演奏會> [연주훼] 演奏會	지난 주말에 세계적인 피아니스트의 연주회에 갔다 . 上週我去了世界級鋼琴家的演奏會。
2 ★★ **전시회**	<展示會> [전시훼] 展覽、展示會	주말에 유명한 화가의 전시회에 갔다 . 我周末去了知名畫家的畫展。

練習題

회 · 會 모이다 聚集、累積、集中

1 다음 그림에 제시된 글자를 이용해 어휘를 만들고 영어로 의미를 써 보세요.

請利用以下方塊中所提示的字造詞並寫出意思。

	기회	機會	기		사		회사	公司
01			대		의	05		
02			교	회	원	06		
03			송별		식	07		
04			발표		장	08		

2 다음 주어진 중국어를 나타내는 어휘와 한자를 써 보세요.

請依照中文寫出對應的韓語單字及漢字。

			韓語	漢字
01	會費	→		
02	會計、帳目、算帳、帳	→		
03	社會、世界、圈子	→		
04	司儀、主持人	→		

3 다음 중에서 하나를 골라 회(會)와 함께 여러분의 어휘를 만들어 보세요.

請從下列漢字語中擇一，與 회（會）相結合造韓語詞彙。

┌──────── 範例 ────────┐

동창＜同窓＞ 견＜見＞ 담＜談＞ 화＜話＞
전시＜展示＞ 연주＜演奏＞ *국＜國＞

예)	**동창회**	同學會
01		
02		
03		
04		
05		

* 延伸單字

UNIT 26 용·用 쓰다 利用、使用、雇用

쓰다 용

用

漢字的意義：
使用

漢字聯想記憶法：
在古代，使用烏龜殼來占卜。

字首		字尾	
□ 용건	<用件> [용껀] 要事、公務、事情、來意	□ 복용	<服用> [보공] 服用、服藥
□ 용도	<用途> 用途、用處、功用	□ 비용	<費用> 費用、經費、開支、花費、資金
□ 용돈	<用돈> [용똔] 零用錢	□ 사용	<使用> 使用、應用、使喚
□ 용례	<用例> [용네] 例子、實例、事例	□ 신용	<信用> [시뇽] 信用、信譽
□ 용무	<用務> 公務、事務、要事	□ 이용	<利用> 利用、使用、動腦筋
□ 용법	<用法> [용뻡] 用法、執法、使用方法	□ 인용	<引用> [이뇽] 引用、援用
□ 용어	<用語> 用語、術語	□ 작용	<作用> [자공] 作用、影響
□ 용의	<用意> [용이] 用意、想法、意向、意圖、企劃、打算	□ 적용	<適用> [저공] 適用、應用、運用、使用
□ 용지	<用紙> 紙、紙張、專用紙	□ 전용	<專用> [저뇽] 專門
□ 용품	<用品> 用品	□ 활용	<活用> [화룡] 活用、運用、使用

Unit 26 用 용-

026

字首

Ⅱ ★★ **용건**	**<用件>** [용껀] 要事、公務、事情、來意	중요한 용건이 있어서 왔다 . 因為有重要的公務而來。
Ⅱ ★★ **용도**	**<用途>** 用途、用處、功用	이 건물은 다양한 용도로 사용된다 . 這棟建築物被用作多樣用途。
Ⅱ ★★ **용돈**	**<用돈>** [용똔] 零用錢	부모님한테서 용돈을 받는다 . 我跟父母拿零用錢。
★ **용례**	**<用例>** [용녜] 例子、實例、事例	이 사전은 용례가 많아 단어를 이해하는 데 도움이 된다 . 這本字典例子很多，在理解單字上有幫助。
용무	**<用務>** 公務、事務、要事	급한 용무가 있으면 휴대폰으로 연락 주세요 . 如果有緊急公務，請用手機聯繫。
★ **용법**	**<用法>** [용뻡] 用法、執法、使用方法	이 단어의 다양한 용법을 알게 되었다 . 我學習到這個單字的多種用法。
Ⅱ ★★ **용어** ☞unit 22	**<用語>** 用語、術語	보고서를 쓸 때는 정확한 용어를 선택해야 한다 . 寫報告的時候，必須選擇正確的用語。
용의	**<用意>** [용이] 用意、想法、意向、意圖、企劃、打算	나는 언제든지 대화할 용의가 있다 . 我隨時都有談話的打算。
★ **용지**	**<用紙>** 紙、紙張、專用紙	복사기에 용지가 떨어졌다 . 影印機的紙沒了。
Ⅱ ★★ **용품**	**<用品>** 用品	미술 용품 가게에서 스케치북과 물감을 샀다 . 我在美術用品店買了素描本與顏料。

構 詞

-용用

字尾

Ⅱ** **복용** 복용(하다)	**<服用>** [보공] 服用、服藥	식사 후에 이 약을 복용해야 한다. 吃完飯後必須服用此藥物。
Ⅱ** **비용**	**<費用>** 費用、經費、開 支、花費、資金	이번 여행은 비용이 많이 든다. 這次旅行花了許多費用。
Ⅰ*** **사용** 사용(하다/되다)	**<使用>** 使用、應用、使喚	이 휴대전화는 사용하기 편리하다. 這支手機使用起來很方便。
Ⅱ** **신용**	**<信用>** [시눙] 信用、信譽	인간관계에서는 신용이 중요하다. 人際關係中,信用很重要。
Ⅰ*** **이용** 이용(하다/되다/ 당하다)	**<利用>** 利用、使用、動腦 筋	대중교통을 이용해서 출근한다. 我使用大眾交通工具上下班。
Ⅱ** **인용** 인용(하다/되다)	**<引用>** [이눙] 引用、援用	내용을 더 잘 표현하기 위해서 다른 사람의 말을 인용한다. 為了更好的表達內容,引用其他人的話。
Ⅱ** **작용** 작용(하다/되다/ 시키다)	**<作用>** [자굥] 作用、影響	인삼은 항암 작용이 있다고 한다. 聽說人參有抗癌的作用。
Ⅱ** **적용** 적용(하다/되다)	**<適用>** [저굥] 適用、應用、運 用、使用	이 법은 누구에게나 적용된다. 這項法律適用於任何人。
Ⅱ** **전용**	**<專用>** [저눙] 專門	버스 전용 차선 덕분에 교통 체증이 줄어들 었다. 託公車專用道的福,減少了塞車。
Ⅱ** **활용** 활용(하다/되다)	**<活用>** [화룡] 活用、運用、使用	인터넷을 잘 활용하면 좋은 정보를 얻을 수 있다. 如果妥善活用網路,能夠得到好的資訊。

용·用 쓰다 利用、使用、雇用

1 다음 그림에 제시된 글자를 이용해 어휘를 만들고 영어로 의미를 써 보세요.

請利用以下方塊中所提示的字造詞並寫出意思。

		사		돈		용돈	零用錢
사용	使用	사		돈		용돈	零用錢
01		신		건	05		
02		이	용	법	06		
03		작		지	07		
04		적		품	08		

2 다음 주어진 중국어를 나타내는 어휘와 한자를 써 보세요.

請依照中文寫出對應的韓語單字及漢字。

			韓語	漢字
01	術語、用語	→		
02	事例、例子、實例	→		
03	經費、費用、開支、花費	→		
04	援用、引用	→		

3 다음 중에서 하나를 골라 용(用)과 함께 여러분의 어휘를 만들어 보세요.

請從下列漢字語中擇一，與 용（用）相結合造韓語詞彙。

範例

활<活> 무<務> 의<意> 도<途> 전<專> 복<服> *유<有>

예)	활용	活用
01		
02		
03		
04		
05		

*延伸單字

UNIT 27 자·者 사람 者、人、人才、人物

사람 자

漢字的意義：
者（字尾）

漢字聯想記憶法：
長者（耂）拿著拐杖與年輕人講
話（白）。

字尾

□ 기자 <記者> 記者、撰稿人	□ 노동자 <勞動者> 勞動者、工人、勞工、勞動階級 * 指從事體力活的勞工
□ 독자 <讀者> [독짜] 讀者	□ 노약자 <老弱者> [노약짜] 長者或弱者、老弱者
□ 부자 <富者> 有錢人、富翁	□ 배우자 <配偶者> 配偶、伴侶、對象
□ 저자 <著者> 作者、著者、著作人	□ 소비자 <消費者> 消費者、用戶
□ 학자 <學者> [학짜] 學者、學士、讀書人	□ 시청자 <視聽者> 觀眾
□ 환자 <患者> 患者、病人、病患	□ 실업자 <失業者> [시럽짜] 失業者、無業遊民
□ 가입자 <加入者> [가입짜] 加入者、投保者、用戶	□ 지도자 <指導者> 領導人、領袖、指導者
□ 과학자 <科學者> [과학짜] 科學家	□ 피해자 <被害者> 被害者、受害人
□ 근로자 <勤勞者> [글로자] 勞動者、工人、勞工 * 包含體力活與腦力活的勞工	□ 합격자 <合格者> [합껵짜] 合格者、被錄取的人
□ 기술자 <技術者> [기술짜] 技術人員、技師、技術 員、技工	□ 희생자 <犧牲者> [희생자] 死者、遇難者

117

字尾

I *** 기자	<記者> 記者、撰稿人	기자들은 공정한 보도를 해야 한다. 記者們必須要公正的報導。
II ** 독자	<讀者> [독짜] 讀者	이 책은 다양한 그림으로 독자의 흥미를 끌고 있다. 這本書透過多樣化的圖片來吸引讀者目光。
I *** 부자	<富者> 有錢人、富翁	부자라고 해서 항상 행복한 것은 아니다. 並非被稱為有錢人就時時刻刻感到幸福。
II ** 저자	<著者> 作者、著者、著作人	저자는 자신의 경험을 바탕으로 책을 썼다. 作者以自己的經驗為底來寫書。
II ** 학자 ☞unit 4	<學者> [학짜] 學者、學士、讀書人	세계 최고의 학자들이 한자리에 모여서 세미나를 가졌다. 世界最厲害的學者們齊聚一堂開研討會。
I *** 환자	<患者> 患者、病人、病患	병실에는 많은 환자들이 있었다. 病房有許多患者。
II ** 가입자	<加入者> [가입짜] 加入者、投保者、用戶	노트북 판매가 증가하면서 무선 인터넷 가입자가 늘었다. 筆電銷售量增加的同時，無線網路的用戶也增加。
II ** 과학자	<科學者> [과학짜] 科學家	우주를 연구하는 과학자가 되고 싶다. 我想要成為研究宇宙的科學家。
II ** 근로자	<勤勞者> [글로자] 勞動者、白領階級、勞工	근로자들은 생산성을 향상시키기 위해 열심히 일한다. 勞工們為了要提高生產性而努力工作。
II ** 기술자	<技術者> [기술짜] 技術人員、技師、技術員、技工	정보통신 분야의 기술자가 부족하다 情報通信領域的技術人員不足。

字尾

Ⅱ** **노동자** ↔ 사용자	<勞動者> ↔ <使用者> 體力勞動者、工人、 藍領階級	노동자들이 임금 인상을 요구하고 있다 . 工人們要求提高薪水。
Ⅱ** **노약자**	<老弱者> [노약짜] 長者或弱者、老弱者	지하철이나 버스에는 노약자를 위한 자리가 따로 마련되어 있다 . 在地鐵或公車上有專為長者或弱者準備的座位。
Ⅱ** **배우자**	<配偶者> 配偶、伴侶、對象	배우자를 선택할 때 성격을 우선적으로 고려해야 한다 . 在選擇配偶的時候，首先必須要考慮個性。
Ⅱ** **소비자** ↔ 생산자	<消費者> ↔ <生產者> 消費者、用戶	요즘 소비자들은 고급 제품을 선호한다 . 最近消費者們喜歡高級產品。
Ⅱ** **시청자**	<視聽者> 觀眾	이 프로그램은 시청자의 의견을 적극적으로 수용하여 점점 나아지고 있다 . 這節目因為積極聽取觀眾的意見漸漸做得越來越好。
* **실업자** ↔ 취업자	<失業者> [시럽짜] ↔ <就業者> 失業者、無業遊民	경기 악화로 실업자 수가 증가하고 있다 . 因為景氣惡化，失業者人數正在增加。
Ⅱ** **지도자**	<指導者> 領導人、領袖、指導者	좋은 지도자는 융통성을 가지고 사람들을 다루어야 한다 . 一個好的指導者待人處事須懂得變通。
Ⅱ** **피해자** ↔ 가해자	<被害者> ↔ <加害者> 被害者、受害人	교통사고 피해자는 부상을 입고 많은 피를 흘렸다 . 交通事故受害人受了傷且流了很多血。
Ⅱ** **합격자** ↔ 불합격자	<合格者> [합껵짜] ↔ <不合格者> 合格者、被錄取的人	합격자 명단에 내 이름이 있어서 기뻤다 . 因為合格者名單中有我而感到高興。
Ⅱ **희생자**	<犧牲者> [히생자] 死者、遇難者	이번 지진으로 많은 희생자가 발생했다 . 這次地震中產生許多遇難者。

練習題 **자·者** 사람 者、人、人才、人物

1 다음 그림에 제시된 글자를 이용해 어휘를 만들고 영어로 의미를 써 보세요.

請利用以下方塊中所提示的字造詞並寫出意思。

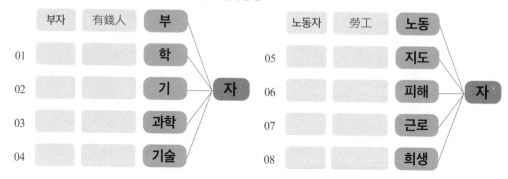

	부자	有錢人	부
01			학
02			기	자
03			과학
04			기술

	노동자	勞工	노동
05			지도
06			피해	자
07			근로
08			희생

2 다음 주어진 중국어를 나타내는 어휘와 한자를 써 보세요.

請依照中文寫出對應的韓語單字及漢字。

韓語　　　　　　漢字

01　病患、患者、病人 →

02　長者或弱者、老弱者 →

03　讀者 →

04　作者、著者、著作人 →

05　無業遊民、失業者 →

06　消費者、用戶 →

07　觀眾 →

08　配偶、伴侶、對象 →

09　用戶、加入者、投保者 →

10　被錄取的人、合格者 →

＊延伸單字

UNIT 28 발·發 쏘다 射、批評、挖苦

쏘다 발

漢字的意義：
發射、發生

漢字聯想記憶法：
保持一種姿勢（癶），雙腳穩定
地站著發射出弓箭（弓）。

字首		字尾	
□ 발사	<發射> [발싸] 投擲、發射	□ 개발	<開發> 開發、開採、培養、啟發、研發、發展（產業或經濟等）
□ 발표	<發表> 發表、公布、宣布、揭曉	□ 고발	<告發> 告發、舉報、檢舉、揭露、揭發、披露
□ 발음	<發音> [바름] 發音、口音	□ 계발	<啟發> [게발] 啟發、啟示、開導、開發
□ 발견	<發見> 發現、發覺	□ 도발	<挑發> 挑撥、挑釁、挑逗
□ 발급	<發給> 發放、發給、頒發、發	□ 유발	<誘發> 誘發、引發、觸發
□ 발달	<發達> [발딸] 發達、發展、發育、增強	□ 재발	<再發> 復發、再次發生、再犯
□ 발명	<發明> 發明	□ 적발	<摘發> [적빨] 揭發、揭露、檢舉、戳穿、揪出、點破、披露
□ 발생	<發生> [발쌩] 發生、產生	□ 출발	<出發> 出發、動身、上路
□ 발전	<發展> [발쩐] 發展、進展、進步	□ 폭발	<暴發> [폭빨] 爆發、突發、擴散、炸
□ 발행	<發行> 發行、刊登	□ 폭발	<爆發> [폭빨] 爆發、爆炸、炸開、爆裂、炸裂

字首

발사 발사(하다/되다)	<發射> [발싸] 投擲、發射	한국에서 제작된 로켓이 드디어 발사되었다. 在韓國製作的火箭終於發射了。
▥** **발표** 발표(하다/되다)	<發表> 發表、公布、宣 布、揭曉	발표에 이어 질의응답 시간을 가지겠습니다. 在發表之後會有問答時間。
▥** **발음** 발음(하다/되다)	<發音> [바름] 發音、口音	이 단어는 발음하기가 아주 어렵다. 這個單字的發音很難。
▥** **발견** 발견(하다/되다)	<發見> 發現、發覺	우리는 과학을 통해서 새로운 사실을 발견한 다. 我們透過科學發現新的事實。
▥** **발급** 발급(하다/되다)	<發給> 發放、發給、頒 發、發	구청에서 여권을 발급해 준다. 區廳發放護照給我。
▥** **발달** 발달(하다/되다)	<發達> [발딸] 發達、發展、發 育、增強	운동을 하면 근육이 발달된다. 運動的話,肌肉會變得發達。
▥** **발명** 발명(하다/되다)	<發明> 發明	인쇄술의 발명은 인류 문화에 크게 기여해 왔다. 印刷術的發明給人類文化帶來極大的貢獻。
▥** **발생** 발생(하다/되다)	<發生> [발쌩] 發生、產生	예상치 못한 사건이 계속 발생했다. 無法預期的事件持續發生。
▥** **발전** 발전(하다/되다/ 시키다)	<發展> [발쩐] 發展、進展、進步	과학 기술은 빠른 속도로 발전되고 있다. 科學技術以極快的速度發展著。
▥** **발행** 발행(하다/되다)	<發行> 發行、刊登	새 우표의 발행이 오늘 시작되었다. 新郵票的發行今天開始。

-발 發

Ⅱ ★★ **개발** 개발(하다/되다)	<開發> 開發、開採、培養、啟發、研發、發展（產業或經濟等）	한국어 공부에 도움이 되는 앱 개발에 관심이 있다. 我對能夠幫助韓國語學習的 app 開發有興趣。
★ **고발** 고발(하다/되다)	<告發> 告發、舉報、檢舉、揭露、揭發、披露	그 기업가는 탈세 혐의로 고발되었다. 那位企業家以逃漏稅嫌疑被舉報。
★ **계발** 계발(하다/되다)	<啓發> [게발] 啟發、啟示、開導、開發	사람들은 요즘 자기 계발에 많은 시간과 돈을 투자한다. 人們最近在自我開發上投資許多時間與金錢。
도발 도발(하다)	<挑發> 挑撥、挑釁、挑逗	우리는 적의 도발에 늘 대비해야 한다. 我們必須一直防範敵人的挑釁。
★ **유발** 유발(하다/되다)	<誘發> 誘發、引發、觸發	동기 유발은 학습에 있어서 중요한 요인이다. 動機誘發存在於學習中，是重要的主要因素。
★ **재발** 재발(하다/되다)	<再發> 復發、再次發生、再犯	암은 수년 후에 재발할 수도 있다. 癌症在幾年後可能會再復發。
★ **적발** 적발(하다/되다)	<摘發> [적빨] 揭發、揭露、檢舉、戳穿、揪出、點破、披露	검찰은 국제적인 규모의 마약 조직을 적발했다. 檢察官揭露了國際級規模的毒品組織。
Ⅱ ★★★ **출발** 출발(하다/되다/시키다)↔도착(하다) ☞unit 13	<出發> ↔ <到著> 出發、動身、上路	비행기 출발 30 분 전까지 탑승구로 가야 한다. 飛機出發前 30 分鐘必須前往登機口。
Ⅱ ★★ **폭발** 폭발(하다/되다/시키다)	<暴發> [폭빨] 爆發、突發、擴散、炸	이번 사건에 대한 시민들의 분노가 폭발했다. 對於這次事件，市民們的憤怒暴發出來。
★ **폭발** 폭발(하다)	<爆發> [폭빨] 爆發、爆炸、炸開、爆裂、炸裂	최근 이 지역에서 화산이 격렬하게 폭발했다. 最近這個地區火山劇烈爆發。

발・發 쏘다 射、批評、挖苦

1 다음 그림에 제시된 글자를 이용해 어휘를 만들고 영어로 의미를 써 보세요.

請利用以下方塊中所提示的字造詞並寫出意思。

| 출발 | 出發 | 출 | | | 사 | | 발사 | 投擲 |

01 재 표 05

02 고 발 견 06

03 개 생 07

04 도 명 08

2 다음 주어진 중국어를 나타내는 어휘와 한자를 써 보세요.

請依照中文寫出對應的韓語單字及漢字。

韓語　　　　　　漢字

01　刊登、發行　　→

02　進步、發展、進展　　→

03　戳穿、揭露、揪出、檢舉　　→

04　炸開、爆炸、炸裂　　→

3 다음 중에서 하나를 골라 발(發)과 함께 여러분의 어휘를 만들어 보세요.

請從下列漢字語中擇一，與 발（發）相結合造韓語詞彙。

範例

달<達>　유<誘>　급<給>　음<音>　계<啓>　폭<爆>　＊전<電>

예)　　**발달**　　　　　　　　　　　發育

01

02

03

04

05

＊延伸單字

동·動 움직이다　移動、改變、動搖、調動

움직이다 　동

動

漢字的意義：
動

漢字聯想記憶法：
運動需要力氣（力）來搬重物
（重）。

字首		字尾	
□ **동기**	<動機> 動機、出發點	□ **감동**	<感動> 感動、激動
□ **동력**	<動力> [동녁] 動力、能源	□ **노동**	<勞動> 勞動、工作、勞作
□ **동맥**	<動脈> 動脈	□ **변동**	<變動> 變動、改變、浮動、變更
□ **동물**	<動物> 動物	□ **운동**	<運動> 運動、鍛鍊、健身、活動
□ **동사**	<動詞> 動詞	□ **이동**	<移動> 移動、變動、轉移、搬動、 調動、遷徙
□ **동영상**	<動映像> [동녕상] 影片	□ **자동**	<自動> 自動
□ **동요**	<動搖> 動搖、動盪、波動、擺動	□ **작동**	<作動> [작똥] 工作、啟動、運轉、發動
□ **동원**	<動員> 動員、調動、出動	□ **진동**	<振動> 振動、擺動、振盪
□ **동작**	<動作> 動作、動態、舉動、（機器） 工作	□ **행동**	<行動> 行動、行為、舉動、反應
□ **동향**	<動向> 動向、動態、趨勢、風向、 走勢、表現、行動	□ **활동**	<活動> [활똥] 活動、行動、活躍

Unit 29 　動 동-

029

字首

⚊** **동기**	<動機> 動機、出發點	아이들에게 적절한 동기를 부여하는 것은 매우 중요하다. 賦予孩子們適當的動機是很重要的。
* **동력**	<動力> [동녁] 動力、能源	중소기업은 우리 경제 성장의 동력이다. 中小企業是我們經濟成長的動力。
* **동맥**	<動脈> 動脈	동맥은 혈액을 심장에서 몸 전체로 보낸다. 動脈將血液從心臟運輸到全身。
⚊*** **동물** ↔ 식물 ☞unit 20	<動物> ↔ <植物> 動物	인간이 동물과 다른 점은 인간만이 언어를 가지고 있다는 사실이다. 人與動物不同的地方是，只有人類有語言的這項事實。
* **동사**	<動詞> 動詞	한국말을 배울 때 동사를 잘 사용하는 것이 특히 중요하다. 學習韓國語的時候，好好使用動詞是特別重要的。
⚊** **동영상**	<動映像> [동녕상] 影片	유튜브에서 많은 동영상을 무료로 볼 수 있다. 在 Youtube 上能夠免費觀看許多影片。
* **동요** 동요(하다/되다/ 시키다)	<動搖> 動搖、動盪、波動、 擺動	회사 위기로 인해 직원들이 상당히 동요하고 있다. 因公司危機，職員們人心惶惶。
* **동원** 동원(하다/되다)	<動員> 動員、調動、出動	시위를 진압하는 데 많은 경찰들이 동원되었다. 在鎮壓示威上動員了許多警察。
⚊** **동작** 동작(하다)	<動作> 動作、動態、舉動、 （機器）工作	요가에는 반복해서 하는 동작들이 많다. 瑜珈中反覆出現的動作很多。
* **동향**	<動向> 動向、動態、趨勢、 風向、走勢、表現、 行動	최신 연구 동향을 이해한 후에 논문을 쓸 계획이다. 在理解最新研究動向之後，計畫要寫論文。

126

-동 動

Ⅲ ★★ **감동** 감동(하다/시키다)	\<感動\> 感動、激動	이 영화를 보고 감동을 받아서 울었다. 看了這部電影，因為感動而哭了。
Ⅲ ★★ **노동** 노동(하다)	\<勞動\> 勞動、工作、勞作	회사는 노동 시간을 단축하기로 했다. 公司決定減少工作時間。
Ⅲ ★★ **변동** 변동(하다/되다/시 키다)	\<變動\> 變動、改變、浮動、 變更	환율 변동이 경제에 큰 영향을 미쳤다. 匯率變動對經濟造成很大的影響。
Ⅲ ★★★ **운동** 운동(하다)	\<運動\> 運動、鍛鍊、健身、 活動	규칙적인 운동은 건강에 도움이 된다. 規律的運動有助於健康。
Ⅲ ★★ **이동** 이동(하다/시키다/ 되다)	\<移動\> 移動、變動、轉移、 搬動、調動、遷徙	과거보다 사람들은 더 쉽게 이동할 수 있 다. 比起過去，人們能夠更方便地移動。
Ⅲ ★★ **자동** ↔ 수동	\<自動\> ↔ \<手動\> 自動	이 문은 자동으로 열린다. 這扇門會自動開啟。
Ⅲ ★★ **작동** 작동(하다/되다)	\<作動\> [작똥] 工作、啟動、運轉、 發動	에어컨이 고장이 나서 작동이 안 된다. 冷氣故障所以無法啟動。
Ⅲ ★★ **진동** 진동(하다/시키다)	\<振動\> 振動、擺動、振盪	여러분, 휴대전화는 진동으로 해주세요. 各位，請把手機轉為震動模式。
Ⅲ ★★★ **행동** 행동(하다)	\<行動\> 行動、行為、舉動、 反應	고속도로에서 과속하는 것은 매우 위험한 행동이다. 在高速公路上超速是非常危險的行為。
Ⅲ ★★ **활동** 활동(하다)	\<活動\> [활똥] 活動、行動、活躍	최근 다리를 다쳐서 활동하기가 불편하 다. 最近因為腳受傷，行動不方便。

1 다음 그림에 제시된 글자를 이용해 어휘를 만들고 영어로 의미를 써 보세요.
請利用以下方塊中所提示的字造詞並寫出意思。

	운동	運動	운		물		동물	動物
01			이		력	05		
02			자	동	사	06		
03			노		작	07		
04			행		향	08		

2 다음 주어진 중국어를 나타내는 어휘와 한자를 써 보세요.
請依照中文寫出對應的韓語單字及漢字。

			韓語	漢字
01	出發點、動機	→		
02	影片	→		
03	激動、感動	→		
04	擺動、振盪、振動	→		

3 다음 중에서 하나를 골라 동(動)과 함께 여러분의 어휘를 만들어 보세요.
請從下列漢字語中擇一，與 동 (動) 相結合造韓語詞彙。

範例

활<活> 작<作> 원<員> 요<搖> 맥<脈> 변<變> *출<出>

예)	활동	活動
01		
02		
03		
04		
05		

* 延伸單字

UNIT 30 대·對 대하다 面對、對待、針對、對於

대하다 대

對

漢字的意義：
面對、對面、回應

漢字聯想記憶法：
兩人站在地面上（土），面對面
並用手（寸）指著對方（並）。

字首

□ 대답	<對答> 回答、解答、對答、應答	□ 대북	<對北> 對北韓、對北朝鮮
□ 대비	<對比> 對比、比較、對照、反襯	□ 대화	<對話> 對話、談話、交談
□ 대비	<對備> 應對、防備、針對、預備、準備	□ 대책	<對策> 對策、辦法、措施、解決方案
□ 대상	<對象> 對象	□ 대결	<對決> 對決、對抗、較量、較勁
□ 대응	<對應> 應對、應付、對應、相對、呼應	□ 대립	<對立> 對立、對峙、作對
□ 대처	<對處> 對付、應對、處理、應付	□ 대조	<對照> 對照、核對、對比
□ 대등	<對等> 對等、平等、相等	□ 댓글	<對ㅅ글> [댇끌] 留言、回復

字尾

□ 반대	<反對> 反對、相反、否定	□ 응대	<應對> 應對、對答、回答
□ 적대	<敵對> [적때] 敵對、作對、敵視	□ 일대일	<一對一> 一對一、面對面
□ 상대	<相對> 對象、相對、對手、面對面	□ 절대	<絕對> [절때] 絕對、千萬

129

字首		

Ⅰ* 대답 대답(하다)	<對答> 回答、解答、對答、 應答	선생님은 학생들의 질문에 항상 친절하게 대답 해 주신다 . 老師面對學生們的提問總是親切地回答。
Ⅱ 대비 대비(하다/ 되다)	<對比> 對比、比較、對照、 反襯	우리 회사는 작년 대비 10% 의 성장률을 보였 다 . 我們公司對比去年呈現出 10% 的成長率。
Ⅱ 대비 대비(하다)	<對備> 應對、防備、針對、 預備、準備	노후를 대비해서 열심히 저축하고 있다 . 為了應對老年，正努力地存錢。
Ⅱ 대상	<對象> 對象	그 연구는 십대들을 대상으로 했다 . 那項研究以十幾歲青少年為對象。
Ⅱ 대응 대응(하다/ 되다)	<對應> 應對、應付、對應、 相對、呼應	사회의 빠른 변화에 대한 신속한 대응이 필요하 다 . 對社會的快速變化需要迅速的對應。
Ⅱ 대처 대처(하다)	<對處> 對付、應對、處理、 應付	대개 건강한 사람들은 스트레스에 잘 대처한다 . 大致上健康的人都能好好處理壓力。
* 대등 대등(하다)	<對等> 對等、平等、相等	그 회사는 직원들을 대등하게 대우해 준다 . 那間公司平等地對待員工。
* 대북 ↔ 대남	<對北> ↔ <對南> 對北韓、對北朝鮮	많은 국민들이 정부의 대북 정책을 지지한다 . 許多國民支持政府對北韓的政策。
Ⅰ* 대화 대화(하다)	<對話> 對話、談話、交談	우리는 대화를 통해 많은 문제를 해결할 수 있 다 . 我們透過對話可以解決許多問題。
Ⅱ 대책	<對策> 對策、辦法、措施、 解決方案	정부는 하루빨리 적절한 대책을 마련해야 한다 . 政府必須早日想出適當的對策。

字首

* **대결** 대결(하다)	**<對決>** 對決、對抗、較 量、較勁	두 팀은 오늘 멋진 대결을 펼쳤다. 兩隊今天展開精采的對決。
▯** **대립** 대립(하다/되다)	**<對立>** 對立、對峙、作對	양국은 국경 문제로 대립하고 있다. 兩國因為國境問題而對峙著。
▯** **대조** 대조(하다/되다)	**<對照>** 對照、核對、對比	내 성격은 언니와 대조를 이룬다. 我個性跟姊姊成對比。
* **댓글**	**<對ㅅ글>** [댇끌] 留言、回復	인터넷 사용자는 댓글을 달거나 사진을 게시 할 수 있다. 網路使用者能夠留言或上傳照片。

字尾

▯*** **반대** 반대(하다/되다) ↔ 찬성(하다)	**<反對> ↔ <贊成>** 反對、相反、否定	많은 국민이 새로운 세금 정책에 반대한다. 許多國民反對新的稅制。
* **적대** 적대(관계)	**<敵對>** [적때] 敵對、作對、敵視	두 나라는 아직도 서로 적대 관계에 있다. 兩國仍然還是相互敵對的關係。
▯** **상대** 상대(하다)	**<相對>** 對象、相對、對 手、面對面	이번 협상의 상대가 아주 까다롭다. 這次協商的對象非常刁鑽。
응대 응대(하다)	**<應對>** 應對、對答、回答	그 회사의 고객 응대 방식이 마음에 안 든다. 我不喜歡那間公司應對客戶的方式。
* **일대일** ☞unit 10	**<一對一>** 一對一、面對面	그룹보다는 일대일로 외국어를 배우고 싶다. 比起團體，我更喜歡一對一學外國語。
▯** **절대** 절대(로)	**<絕對>** [절때] 絕對、千萬	1) 지금 환자는 절대 안정이 필요합니다. 現在病患需要絕對的靜養。 2) 저는 학교에 절대 지각하지 않습니다. 我上學絕對不遲到。

대·對
대하다 面對、對待、針對、對於

1 다음 그림에 제시된 글자를 이용해 어휘를 만들고 영어로 의미를 써 보세요.
請利用以下方塊中所提示的字造詞並寫出意思。

		반		답		대답	回答
반대	反對						
01		절		글	05		
02		적	대	등	06		
03		응		상	07		
04		상		립	08		

2 다음 주어진 중국어를 나타내는 어휘와 한자를 써 보세요.
請依照中文寫出對應的韓語單字及漢字。

			韓語	漢字
01	應對、應付、對應、呼應	→		
02	對比、對照、核對	→		
03	解決方案、對策、辦法	→		
04	對北朝鮮、對北韓	→		
05	處理、對付、應對、應付	→		
06	對照、對比、比較、反襯	→		
07	準備、防備、針對、預備	→		
08	面對面、一對一	→		
09	對決、對抗、較量	→		
10	對話、談話、交談	→		

* 延伸單字

UNIT 31 장·長 길다 長、漫長、冗長

길다 장

長

漢字的意義：
長、年長、生長、首領

漢字聯想記憶法：
手裡拿著拐杖的長髮老人是長者
或首領。

字首		字尾	
□ 장거리	<長距離> 長途、遠距離、長程	□ 연장	<延長> 延長、展延、拖延、延續
□ 장기간	<長期間> 長時間、長期	□ 성장	<成長> 成長、生長、發育、壯大、發展
□ 장단점	<長短點> [장단쩜] 優缺點	□ 가장	<家長> 家長、一家之主、戶長
□ 장수	<長壽> 長壽、長命	□ 교장	<校長> 校長
□ 장시간	<長期間> 長時間、多時	□ 부장	<部長> 部長
□ 장어	<長魚> 鰻魚	□ 사장	<社長> 社長、老闆、總經理、經理
□ 장점	<長點> [장쩜] 優點、優勢、長處	□ 시장	<市長> 市長
□ 장편	<長篇> 長篇小說、古體詩	□ 원장	<院長> 院長
□ 장남	<長男> 長男、長子、大兒子	□ 총장	<總長> 大學校長、總長
□ 장관	<長官> 長官、首長	□ 회장	<會長> [훼장] 會長、董事長

031

字首

* **장거리** ↔ 단거리	<長距離> ↔ <短距離> 長途、遠距離、長程	장거리 여행 때문에 피곤하다. 因為長途旅行而感到疲倦。
▣ ** **장기간** ↔ 단기간	<長期間> ↔ <短期間> 長時間、長期	이 병은 장기간에 걸쳐 치료를 받아야 한다. 這疾病必須接受長時間治療。
▣ ** **장단점**	<長短點> [장단쩜] 優缺點	기숙사 생활은 장단점이 있다. 住宿生活有優缺點。
▣ ** **장수** 장수(하다)	<長壽> 長壽、長命	할아버지의 장수 비결은 소식과 긍정적인 태도다. 爺爺的長壽秘訣是少食與保持正向態度。
* **장시간** ↔ 단시간	<長時間> ↔ <短時間> 長時間、多時	장시간 운전했더니 어깨가 아프다. 長時間開車，肩膀疼痛。
장어	<長魚> 鰻魚	장어는 근육과 뼈를 튼튼하게 해주는 효과가 있다. 鰻魚有強健肌肉與骨頭的效果。
▣ ** **장점** ↔ 단점	<長點> [장쩜] ↔ <短點> 優點、優勢、長處	온라인 학습은 시간 절약 등 많은 장점이 있다. 線上學習有節省時間等諸多優點。
장편 ↔ 단편	<長篇> ↔ <短篇> 長篇小說、古體詩	작가는 십 년 동안 집필한 장편 소설을 드디어 완성했다. 作家終於完成寫了 10 年的長篇小說。
▣ ** **장남**	<長男> 長男、長子、大兒子	저는 삼형제 중 장남입니다. 我是三兄弟中的長男。
▣ ** **장관**	<長官> 長官、首長	외교부 장관은 외교적 갈등을 해결하기 위해 회담을 가졌다. 外交部長官為了解決外交糾紛而舉行會談。

字尾

🔲 **☆☆** **연장** 연장(하다/되다)	**<延長>** 延長、展延、拖延、 延續	여권 연장을 위해 구청에 갔다. 為了延長護照去了一趟行政中心。
🔲 **☆☆** **성장** 성장(하다/되다/ 시키다)	**<成長>** 成長、生長、發育、 壯大、發展	청소년기는 성장이 매우 빠른 시기이다. 青少年期是成長快速的時期。
🔲 **☆☆** **가장** ☞unit 6	**<家長>** 家長、一家之主、 戶長	그 배우는 어릴 때부터 가장 역할을 했다. 那位演員從小就扮演家長的角色。
🔲 **☆☆** **교장**	**<校長>** 校長	교장 선생님은 문제를 일으킨 학생에게 교 내 봉사 활동을 지시하셨다. 校長要引起問題的學生做校內志願服務。
🔲 **☆☆☆** **부장**	**<部長>** 部長	새로운 부장님이 오신 후 업무 효율이 높아 졌다. 新部長來之後，工作效率提升。
🔲 **☆☆☆** **사장**	**<社長>** 社長、老闆、總經 理、經理	사장님은 늘 직원들의 의견에 귀를 기울이 신다. 老闆始終傾聽職員們的意見。
🔲 **☆☆** **시장**	**<市長>** 市長	새로 선출된 시장은 지역 경제를 살리는 데 노력하고 있다. 新當選的市長正努力復甦地方經濟。
☆ **원장**	**<院長>** 院長	외과 의사인 김 교수님이 병원 원장이 되셨 다. 外科醫生金教授成為醫院院長。
☆ **총장**	**<總長>** 大學校長、總長	총장은 그에게 명예박사 학위를 수여했다. 大學校長授予他名譽博士學位。
🔲 **☆☆** **회장** ☞unit 25	**<會長>** [훼장] 會長、董事長	사원들의 업무 환경을 살펴보기 위해 회장 이 직접 사무실을 방문했다. 為了瞭解職員們的工作環境，會長親自訪問辦公室。

練習題 장·長 길다 長、漫長、冗長

1 다음 그림에 제시된 글자를 이용해 어휘를 만들고 영어로 의미를 써 보세요.

請利用以下方塊中所提示的字造詞並寫出意思。

| 부장 | 部長 | 부 | | 남 | 장남 | 長子 |

01 _____ 교
02 _____ 가 → 장 ← 어 06 _____
03 _____ 사 거리 07 _____
04 _____ 성 기간 08 _____

05 (남 점) _____

2 다음 주어진 중국어를 나타내는 어휘와 한자를 써 보세요.

請依照中文寫出對應的韓語單字及漢字。

	韓語	漢字
01 長命、長壽 →		
02 首長、長官 →		
03 大學校長、總長 →		
04 院長 →		

3 다음 어휘를 장(長)의 의미에 따라 분류해 보세요.

請依照字彙 장（長）的意思做分類。

範例

장점<長點> 장관<長官> 교장<校長> 장기간<長期間>
장남<長男> *장녀<長女> 부장<副長> 성장<成長>
사장<社長> 장수<長壽> 원장<院長> 연장<延長>

01 長	02 首領	03 年長	04 成長

*延伸單字

136

행·行 가다　去、走向、前往

行　가다 [행]

漢字的意義：
行走、行為

漢字聯想記憶法：
人們穿越十字路口。

字首		字尾	
□ 행렬	<行列> [행녈] 隊伍、行列、矩陣	□ 여행	<旅行> 旅行、出遊、旅程
□ 행방	<行方> 行蹤、蹤跡、下落	□ 비행	<飛行> 飛行
□ 행인	<行人> 行人、路人	□ 통행	<通行> 通行、行駛、通用、流通
□ 행진	<行進> 行進、前進、遊行	□ 은행	<銀行> 銀行
□ 행적	<行跡> 蹤跡、痕跡、去向、罪證、 業績、軌跡	□ 일행	<一行> 一行、一起的、同行的人
□ 행동	<行動> 行動、行為、舉動、反應	□ 시행	<施行> 實施、施行、執行
□ 행사	<行事> 活動、典禮、儀式、房事	□ 운행	<運行> 運行、行駛、運轉
□ 행사	<行使> 行使、動用、使用、舉止	□ 유행	<流行> 流行、時尚、時髦、盛行
□ 행위	<行為> 行為、行事、行動、所作所 為	□ 진행	<進行> 進行、展開、前進
□ 행정	<行政> 行政、後勤	□ 폭행	<暴行> [포캥] 暴行、行兇、施暴、強姦或 強暴（委婉的說法）

Unit 32　行 행-

032

字首

* 행렬	<行列> [행녈] 隊伍、行列、矩陣	축제 행렬이 지나가자 거리에 구경하는 사람들로 붐볐다. 慶典隊伍一經過，街上就擠滿觀看人潮。
* 행방	<行方> 行蹤、蹤跡、下落	편지의 행방을 아직도 모르겠다. 還不知道書信的下落。
* 행인	<行人> 行人、路人	지하철역으로 가는 길을 행인에게 물어보았다. 我向行人詢問前往地鐵站的路。
* 행진 행진(하다)	<行進> 行進、前進、遊行	군인들이 줄을 맞춰서 멋진 행진을 하고 있다. 軍人們正列隊進行帥氣的行進。
* 행적	<行跡> 蹤跡、痕跡、去向、 罪證、業績、軌跡	경찰은 용의자의 행적을 추적하고 있다. 警察正追蹤嫌疑人的蹤跡。
■ *** 행동 행동(하다) ☞unit 29	<行動> 行動、行為、舉動、 反應	행동하기 전에 신중하게 생각해야 한다. 在行動之前必須要慎重考慮。
■ *** 행사 ☞unit 23	<行事> 活動、典禮、儀式、 房事	이번 기념일 행사에는 불꽃놀이가 포함되어 있다. 這次紀念日活動包含施放煙火。
■ ** 행사 행사(하다)	<行使> 行使、動用、使用、 舉止	정부는 국민들의 투표권 행사를 위해 선거일을 임시 공휴일로 발표했다. 政府為了國民的投票權行使，宣布選舉日為臨時國定假日。
■ ** 행위	<行為> 行為、行事、行動、 所作所為	미성년자에게 술이나 담배를 파는 것은 위법 행위이다. 販賣酒或香菸給未成年者是犯法的行為。
■ ** 행정	<行政> 行政、後勤	컴퓨터는 행정 업무를 효율적으로 처리하는 데 도움이 된다. 電腦對有效率地處理行政業務方面有幫助。

-행 行

I *** **여행** 여행(하다)	<旅行> 旅行、出遊、旅程	여행을 하면 기분전환이 된다. 如果去旅行能夠轉換心情。
II ** **비행** 비행(하다)	<飛行> 飛行	오랜 비행 끝에 한국에 도착했다. 經過長時間飛行後抵達韓國。
II ** **통행** 통행(하다)	<通行> 通行、行駛、通用、流通	도로 공사 관계로 당분간 통행이 제한된다. 因為道路施工的緣故,暫時限制通行。
I *** **은행**	<銀行> 銀行	은행에서 돈을 인출했다. 我從銀行領錢。
II ** **일행** ☞unit 10	<一行> 一行、一起的、同行的人	일행이 모두 약속한 시간에 도착했다. 同行的人全都在約定時間抵達。
II ** **시행** 시행(하다/되다)	<施行> 實施、施行、執行	정부는 새로운 환경오염 대책을 시행하기로 했다. 政府決定施行新環境汙染對策。
II ** **운행** 운행(하다/되다)	<運行> 運行、行駛、運轉	출퇴근 시간에는 지하철 운행 간격이 짧다. 在上下班時間,地鐵運行間隔時間短。
I *** **유행** 유행(하다/되다)	<流行> 流行、時尚、時髦、盛行	요즘 전국적으로 독감이 유행이다. 最近全國在流行流感。
II ** **진행** 진행(하다/되다) ↔ 중단(하다/되다)	<進行> ↔ <中斷> 進行、展開、前進	지하철 공사 진행이 늦춰지고 있다. 地鐵工程進展延誤。
* **폭행** 폭행(하다)	<暴行> [포캥] 暴行、行兇、施暴、強姦 或強暴(委婉的說法)	그 영화에는 폭행 장면이 너무 많이 나온다. 那部電影出現太多施暴場面。

UNIT 32 練習題 행·行 가다 去、走向、前往

1 다음 그림에 제시된 글자를 이용해 어휘를 만들고 영어로 의미를 써 보세요.
請利用以下方塊中所提示的字造詞並寫出意思。

| 여행 | 旅行 | 여 | | 인 | 행인 | 行人 |

| | | 비 | | 동 | 05 | |
01

| | | 은 | 행 | 위 | 06 | |
02

| | | 통 | | 진 | 07 | |
03

| | | 시 | | 정 | 08 | |
04

2 다음 주어진 중국어를 나타내는 어휘와 한자를 써 보세요.
請依照中文寫出對應的韓語單字及漢字。

		韓語	漢字
01	活動、典禮、儀式、房事 →		
02	動用、行使、使用、舉止 →		
03	流行、時尚、時髦、盛行 →		
04	施暴、行兇、暴行、強姦 →		

3 다음 중에서 하나를 골라 행(行)과 함께 여러분의 어휘를 만들어 보세요.
請從下列漢字語中擇一，與 행（行）相結合造韓語詞彙。

範例
일<一> 렬<列> 운<運> 방<方> 진<進> 적<蹟> *동<同>

예)	일행	同行的人
01		
02		
03		
04		
05		

* 延伸單字

UNIT 33 자・自 스스로 自己、親身、自覺、自行

스스로 자

自

漢字的意義：
自己

漢字聯想記憶法：
鼻子是臉上最明顯的特徵，所以
那它象徵某個人或自己。

字首

□ 자국	<自國> 自己的國家、本國	□ 자유	<自由> 自由
□ 자기소개	<自己紹介> 自我介紹	□ 자제	<自制> 自制、克制
□ 자동	<自動> 自動	□ 자택	<自宅> 自宅、自家、私宅
□ 자립	<自立> 獨立、自立＜、自主	□ 자전거	<自轉車> 腳踏車、自行車
□ 자살	<自殺> 自殺、自盡	□ 자발적	<自發的> [자발쩍] 自發性的、自覺的、主動的
□ 자신	<自信> 自信、信心、把握	□ 자부심	<自負心> 自信心、自豪感
□ 자신	<自身> 自身、自己、本身	□ 자존심	<自尊心> 自尊心、尊嚴
□ 자아	<自我> 自我、自己	□ 자판기	<自販機> 販賣機、自動販賣機
□ 자연	<自然> 自然、天然、自然環境	□ 자가용	<自家用> 自用、自用小客車、家用車

字尾

□ 각자	<各自> [각짜] 各自、各人、分別、每個人	□ 독자적	<獨自的> [독짜적] 獨立的、單獨的、獨家的、特有的

033

* **자국** ↔ 타국	<自國> ↔ <他國> 自己的國家、本國	모든 국가는 자국의 이익을 위해서 노력한다 . 所有的國家為了自己國家的利益而努力。
▮ *** **자기소개**	<自己紹介> 自我介紹	신입생들은 선배들 앞에서 자기소개를 했다 . 新生們在前輩們面前做自我介紹。
▮ ** **자동** ↔ 수동 ☞unit 29	<自動> ↔ <手動> 自動	선풍기는 한 시간 후에 자동으로 꺼진다 . 電風扇一小時之後會自動關。
* **자립** 자립(하다)	<自立> 獨立、自立 <、自主	대학을 졸업하고 취직하면 경제적으로 자립하게 된다 . 假如大學畢業並找到工作，就能經濟獨立。
▮ ** **자살** 자살(하다) ↔ 타살(하다/되다)	<自殺> ↔ <他殺> 自殺、自盡	그는 우울증 때문에 여러 번 자살을 시도했었다 . 他因為憂鬱症的關係試圖自殺許多次。
▮ ** **자신** 자신(하다)	<自信> 自信、信心、把握	그 외국인은 자신 있게 한국어로 대답했다 . 那位外國人很有自信地用韓語回答。
▮ *** **자신** ↔ 타인	<自身> ↔ <他人> 自身、自己、本身	자신의 기준으로 남을 평가하면 안 된다 . 不能以自身標準來評價他人。
* **자아**	<自我> 自我、自己	좋은 책을 읽는 것은 아이의 건강한 자아를 형성하는 데 도움을 준다 . 閱讀好書對孩子形成健康的自我有幫助。
▮ *** **자연** 자연(스럽다)	<自然> 自然、天然、自然環境	우리는 아름다운 자연을 보호해야 한다 . 我們必須要保護美麗的自然。
▮ *** **자유** 자유(롭다)	<自由> 自由	자유에는 늘 책임이 따른다 . 自由總是伴隨責任。

字首

* **자제** 자제(하다)	<自制> 自制、克制	건강을 위해서 술을 자제해야 한다. 為了健康，必須克制飲酒。
자택	<自宅> 自宅、自家、私宅	할아버지께서는 퇴원하신 후 자택에서 치료 중이시다. 爺爺出院後，目前在自宅接受治療。
ⅠⅠ*** **자전거**	<自轉車> 腳踏車、自行車	나는 주로 자전거로 학교에 간다. 我主要騎腳踏車去上學。
* **자발적** ↔ 강제(로)	<自發的> [자발쩍] ↔ <强制> 自發性的、自覺的、 主動的	사람들은 그 모임에 자발적으로 참여하고 있다. 人們自發性的參與那聚會。
ⅠⅠ** **자부심**	<自負心> 自信心、自豪感	그는 자부심이 아주 강한 사람이다. 他是自信心很強的人。
ⅠⅠ** **자존심**	<自尊心> 自尊心、尊嚴	친구는 자존심이 강해서 다른 사람에게 도움을 구하지 않는다. 朋友因為自尊心很強，所以不向他人尋求幫助。
ⅠⅠ*** **자판기** = 자동판매기	<自販機> 販賣機、自動販賣機	목이 말라 자판기에서 음료수를 뽑아 마셨다. 口渴了，在販賣機買飲料喝。
ⅠⅠ** **자가용**	<自家用> 自用、自用小客車、 家用車	요즘 자가용 대신에 지하철을 자주 이용한다. 我最近經常搭地鐵，取代開家用車。

字尾

ⅠⅠ** **각자**	<各自> [각짜] 各自、各人、分別、 每個人	오늘 점심은 각자 계산하기로 해요. 今天中餐決定各自結帳。
* **독자적**	<獨自的> [독짜적] 獨自的、獨立的、單 獨的、獨家的	우리 회사는 독자적으로 신제품을 개발했다. 我們公司獨立開發新產品。

자 · 自 스스로 自己、親身、自覺、自行

1 다음 그림에 제시된 글자를 이용해 어휘를 만들고 영어로 의미를 써 보세요.
請利用以下方塊中所提示的字造詞並寫出意思。

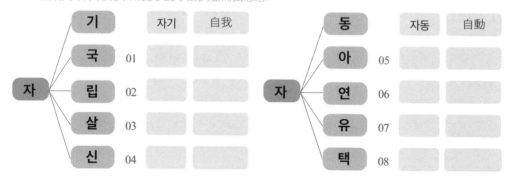

		자기	自我
	기		
	국	01	
자	립	02	
	살	03	
	신	04	

		자동	自動
	동		
	아	05	
자	연	06	
	유	07	
	택	08	

2 다음 주어진 중국어를 나타내는 어휘와 한자를 써 보세요.
請依照中文寫出對應的韓語單字及漢字。

		韓語	漢字
01	把握、自信、信心 →		
02	自己、自身、本身 →		
03	克制、自制 →		
04	家用車、自用、自用小客車 →		
05	自動販賣機、販賣機 →		
06	自覺的、主動的、自發性的 →		
07	腳踏車、自行車 →		
08	自信心、自豪感 →		
09	每個人、各自、各人、分別 →		
10	獨立的、獨家的、單獨的 →		

* 延伸單字

UNIT 34　성·成　이루다　達成、構成、實現、形成

成　이루다 [성]

漢字的意義：
達成、完成、成長

漢字聯想記憶法：
一個人（丁）透過使用工具
（戈）來完成好的目標。

字首		字尾	
□ 성공	<成功> 成功、達成	□ 달성	<達成> [달썽] 達成、實現、達到
□ 성과	<成果> [성꽈] 結果、成就	□ 구성	<構成> 組成、構成、布局、構圖、構建
□ 성립	<成立> [성닙] 成立、形成、實現	□ 생성	<生成> 生成、形成、誕生、生長、出現
□ 성사	<成事> 成事、辦成、成功	□ 양성	<養成> 培養、養成、培訓、培育、造就
□ 성적	<成績> 成績、業績	□ 완성	<完成> 完成、達到、結束、做完
□ 성형	<成形> 整形、定型、造型、成形	□ 작성	<作成> [작썽] 寫、做、擬定、制定、撰寫
□ 성년	<成年> 成年	□ 조성	<造成> 建造、製造、營造
□ 성숙	<成熟> 成熟	□ 찬성	<贊成> 贊成、同意、贊同
□ 성인	<成人> 成人、大人、成年人、冠禮	□ 합성	<合成> [합썽] 合成
□ 성장	<成長> 成長、生長、發育、壯大、發展	□ 형성	<形成> 形成、結成

Unit 34　成 성-

034

字首

I ★★★ **성공** 성공(하다/시키다) ↔ 실패(하다)	<成功> ↔ <失敗> 成功、達成	성공한 사람들은 대부분 좋은 습관을 가지고 있다. 成功的人大部分都有好的習慣。
II ★★ **성과**	<成果> [성꽈] 結果、成就	학생들은 이번 시험에서 기대 이상의 성과를 거두었다. 學生們在這次考試中獲得了預期以上的結果。
II ★★ **성립** 성립(하다/되다/시키다)	<成立> [성닙] 成立、形成、實現	긴 노력 끝에 드디어 계약이 성립되었다. 在經過很長時間的努力，合約終於成立。
★ **성사** 성사(하다/되다/시키다)	<成事> 成事、辦成、成功	그 회사는 외국인 투자를 성사시키기 위해 노력했다. 那家公司為了促成外國人投資，很努力。
I ★★★ **성적**	<成績> 成績、業績	이번 시험 과목에서 좋은 성적을 받았다. 我在這次考試科目中得到了好的成績。
★ **성형** 성형(하다)	<成形> 整形、定型、造型、成形	사람들은 주로 쌍꺼풀과 코를 성형한다. 人們主要整形雙眼皮與鼻子。
★ **성년** ↔ 미성년	<成年> ↔ <未成年> 成年	한국의 경우, 만 19세가 되면 성년이다. 在韓國，滿 19 歲即成年。
II ★★ **성숙** 성숙(하다/되다/시키다) ↔ 미성숙(하다)	<成熟> ↔ <未成熟> 成熟	우리 사회에 성숙한 시민의식이 필요하다. 我們社會需要成熟的公民意識。
II ★★ **성인** ↔ 아동 ☞unit 1	<成人> ↔ <兒童> 成人、大人、成年人、冠禮	성인은 입장료가 15,000 원이다. 成人入場費用是 15,000 元。
II ★★ **성장** 성장(하다/되다/시키다) ☞unit 31	<成長> 成長、生長、發育、壯大、發展	한국의 영화 산업은 상당히 성장했다. 韓國電影產業成長許多。

構詞

-성成

字尾

■ ★★ **달성** 달성(하다/되다)	<達成> [달썽] 達成、實現、達到	선수들은 목표 달성을 위해 열심히 연습하고 있다. 選手們為了達成目標正努力練習。
■ ★★ **구성** 구성(하다/되다)	<構成> 組成、構成、布局、構圖、構建	이 위원회는 10 명으로 구성되어 있다. 這委員會由 10 名成員組成。
★ **생성** 생성(하다/되다)	<生成> 生成、形成、誕生、生長、出現	이메일 계정이 생성되었다. 生成 E-mail 帳號了。
★ **양성** 양성(하다/되다/ 시키다)	<養成> 培養、養成、培訓、培育、造就	이 학교는 좋은 인재를 양성하기 위해서 많은 투자를 한다. 這所學校為了培養好的人才做了許多投資。
■ ★★ **완성** 완성(하다/되다) ↔ 미완성(하다/ 되다)	<完成> ↔ <未完成> 完成、達到、結束、做完	화가가 이 작품을 완성하는 데 많은 시간이 걸렸다. 畫家在完成這幅畫上花了許多時間。
■ ★★ **작성** 작성(하다/되다)	<作成> [작썽] 寫、做、擬定、制定、撰寫	대학에 입학하기 위해 여러 가지 서류를 작성해야 한다. 為了進入大學就讀必須撰寫各種文件。
★ **조성** 조성(하다/되다)	<造成> 建造、製造、營造	요즘 그 나라에는 평화적인 분위기가 조성되었다. 最近那個國家營造和平的氛圍。
■ ★★ **찬성** 찬성(하다) ↔ 반대(하다)	<贊成> ↔ <反對> 贊成、同意、贊同	이번 정책에 대해서 찬성이 반대보다 많다. 針對這次政策，贊成的聲量比反對多。
★ **합성** 합성(하다/되다)	<合成> [합썽] 合成	요즘 사람들은 컴퓨터로 사진을 합성하기도 한다. 最近人們還會用電腦合成照片。
■ ★★ **형성** 형성(하다/되다/ 시키다)	<形成> 形成、結成	그 영화는 사회적 공감대를 형성했다. 那部電影形成社會共識。

練習題 **성·成** 이루다 達成、構成、實現、形成

1 다음 그림에 제시된 글자를 이용해 어휘를 만들고 영어로 의미를 써 보세요.

請利用以下方塊中所提示的字造詞並寫出意思。

| 완성 | 完成 | 완 | | 공 | 성공 | 成功 |

01 | | | 작 | | 과 | 05 | |

02 | | | 조 | 성 | 인 | 06 | |

03 | | | 합 | | 년 | 07 | |

04 | | | 달 | | 장 | 08 | |

2 다음 주어진 중국어를 나타내는 어휘와 한자를 써 보세요.

請依照中文寫出對應的韓語單字及漢字。

韓語　　漢字

01 業績、成績 →

02 整形、定型、造型、成形 →

03 組成、構成、布局、構圖 →

04 贊同、同意、贊成 →

3 다음 중에서 하나를 골라 성(成)과 함께 여러분의 어휘를 만들어 보세요.

請從下列漢字語中擇一，與 성（成）相結合造韓語詞彙。

範例

숙<熟> 립<立> 사<事> 형<形> 생<生> 양<養> *결<結>

예) **성숙** **成熟**

01

02

03

04

05

UNIT 35 교·教 가르치다 教導、訓誡、傳授、管教

가르치다 교

教

漢字的意義：
教導、宗教

漢字聯想記憶法：
老師使用教鞭（爻）教導學生
（子）。

字首		字尾	
□ 교과서	**<教科書>** 課本、教科書、範本、榜樣	□ 태교	**<胎教>** 胎教
□ 교수	**<教授>** 教授、大學教師、授課、教學	□ 조교	**<助教>** 助教
□ 교육	**<教育>** 教育、指導	□ 종교	**<宗教>** 宗教、教
□ 교사	**<教師>** 教師、教職員、老師	□ 불교	**<佛教>** 佛教
□ 교실	**<教室>** 教室、課堂、培訓班	□ 유교	**<儒教>** 儒教、儒家
□ 교양	**<教養>** 教育、培育、修養、涵養、素養	□ 기독교	**<基督教>** [기독꾜] 基督教
□ 교재	**<教材>** 教材、課本	□ 천주교	**<天主教>** 天主教
□ 교직	**<教職>** 教職、教學崗位	□ 무교	**<無教>** 無宗教信仰
□ 교훈	**<教訓>** 教訓、訓誡、訓導	□ 선교	**<宣教>** 傳教、布道
□ 교회	**<教會>** [교훼] 教會、教堂	□ 설교	**<說教>** 講道、布道

Unit 35　成 교-

035

字首

교과서 Ⅰ***	<教科書> 課本、教科書、範本、榜樣	시험 문제는 주로 교과서에서 출제되었다. 考試問題主要從課本出題。
교수 Ⅰ***	<教授> 教授、大學教師、授課、教學	그 교수님의 강의는 학생들에게 인기가 많다. 那位教授的課很受學生歡迎。
교육 Ⅰ***	<教育> 教育、指導	교육의 기회는 모든 사람에게 주어져야 한다. 教育機會必須要給每個人。
교사 Ⅰ***	<教師> 教師、教職員、老師	교사들은 학생들에게 동기를 부여하기 위해 노력한다. 教師們為了激勵學生而努力。
교실 Ⅰ***	<教室> 教室、課堂、培訓班	교실에서 휴대 전화를 사용하면 수업에 방해가 된다. 如果在教室使用手機會妨礙上課。
교양 Ⅱ**	<教養> 教育、培育、修養、涵養、素養	책을 많이 읽으면 교양을 쌓을 수 있다. 如果閱讀許多書，能夠累積涵養。
교재 Ⅱ**	<教材> 教材、課本	이 교재는 초급 학습자에게 적합하다. 這教材適合初級學習者。
교직 *	<教職> 教職、教學崗位	아버지께서는 삼십년 동안 교직에 몸담으셨다. 爸爸 30 年來獻身於教學崗位。
교훈 Ⅱ**	<教訓> 教訓、訓誡、訓導	이번 실수를 통해 큰 교훈을 얻었다. 透過這次失誤得到很大的教訓。
교회 Ⅰ*** ☞unit 25	<教會> [교훼] 教會、教堂	우리는 주일 예배를 드리러 교회에 간다. 我們去教會做主日禮拜。

* 태교 태교(하다)	<胎教> 胎教	임산부들은 태교를 위해 편안한 음악을 자주 듣는다. 孕婦們為了胎教，經常聽舒適的音樂。
조교	<助教> 助教	나는 대학원에 다닐 때 수업 조교였다. 我在上研究所的時候曾經是課堂助教。
Ⅱ** 종교	<宗教> 宗教、教	종교의 자유는 헌법으로 보장되어 있다. 宗教的自由被憲法保障。
Ⅱ** 불교	<佛教> 佛教	불교는 인도에서 중국으로 전파되었다. 佛教從印度傳播到中國。
Ⅱ** 유교	<儒教> 儒教、儒家	한국은 중국과 마찬가지로 유교 문화권에 속한다. 韓國與中國一樣屬於儒家文化圈。
Ⅱ** 기독교	<基督教> [기독꾜] 基督教	많은 기독교 선교사들이 전 세계로 파송된다. 許多基督教傳教士被派遣到全世界。
Ⅱ** 천주교	<天主教> 天主教	그 나라 국민들의 대부분은 천주교 신자다. 那個國家的國民大部分是天主教信徒。
무교	<無教> 無宗教信仰	저는 무교입니다. 我沒有宗教信仰。
* 선교 선교(하다)	<宣教> 傳教、布道	그 외국인 선교사는 선교에 일생을 바쳤다. 那個外國人傳教士為傳教奉獻一生。
* 설교 설교(하다)	<說教> 講道、布道	목사님의 설교는 대개 1시간 정도이다. 牧師的講道一般是一小時。

1 다음 그림에 제시된 글자를 이용해 어휘를 만들고 영어로 의미를 써 보세요.

請利用以下方塊中所提示的字造詞並寫出意思。

종교	宗教	종		사		교사	教師
01		선		실	05		
02		무	교	육	06		
03		유		재	07		
04		불		수	08		

2 다음 주어진 중국어를 나타내는 어휘와 한자를 써 보세요.

請依照中文寫出對應的韓語單字及漢字。

		韓語	漢字
01	課本、教科書、榜樣 →		
02	教訓、訓誡、訓導 →		
03	布道、傳教 →		
04	助教 →		

3 다음 중에서 하나를 골라 교(敎)와 함께 여러분의 어휘를 만들어 보세요.

請從下列漢字語中擇一，與 교（敎）相結合造韓語詞彙。

範例

회<會> 천주<天主> 태<胎> 직<職> 양<養> 기독<基督> *인<人>

예)	교회	教會
01		
02		
03		
04		
05		

UNIT 36 감·感 느끼다 感覺、感受、體會到

느끼다 감

感

漢字的意義：
感覺

漢字聯想記憶法：
全部（咸）的人類都能從心底
（心）去感覺情緒。

字首		字尾	
□ 감기	<感氣> 感冒、著涼、傷風	□ 공감	<共感> 同感、共鳴
□ 감각	<感覺> 感覺、感受	□ 독감	<毒感>［독깜］ 重感冒、流感
□ 감격	<感激> 感激、感動、激動	□ 동감	<動感> 同意、贊同、同感
□ 감동	<感動> 感動、激動	□ 민감	<敏感> 敏感、感覺敏銳、靈敏
□ 감명	<感銘> 感觸、感懷、觸動、感動、 銘感	□ 소감	<所感> 感想、感受、觀感、想法
□ 감사	<感謝> 感謝、感激	□ 실감	<實感> 真實感、真切的感受、實際 感受
□ 감상	<感想> 感想、感受、觀感	□ 예감	<預感> 預感
□ 감염	<感染>［가몀］ 感染、傳染、染上、沾染、 汙染	□ 호감	<好感> 好感
□ 감정	<感情> 感情、情感、情緒	□ 자신감	<自信感> 自信、自信心
□ 감탄	<感歎> 感嘆、讚嘆、欽佩	□ 책임감	<責任感>［채김감］ 責任感、責任心

I *** **감기**	<感氣> 感冒、著涼、傷風	감기가 악화되어 폐렴이 되고 말았다 . 感冒惡化，最終變成肺炎。
II ** **감각** 감각(하다)	<感覺> 感覺、感受	1) 그는 교통사고 후에 다리에 감각을 느낄 수 없었다 . 他在交通事故之後，腳無法感受到感覺。 2) 선생님은 유머 감각이 뛰어나시다 . 老師幽默感卓越。
* **감격** 감격(하다/스럽다)	<感激> 感激、感動、激動	그 선수는 금메달을 받고 감격의 눈물을 흘렸다 . 那選手拿到金牌留下了感激的眼淚。
II ** **감동** 감동(하다/시키다) ☞unit 29	<感動> 感動、激動	딸의 정성스러운 손 편지에 감동을 받았다 . 對女兒誠摯的親筆信感到感動。
* **감명** 감명(하다)	<感銘> 感觸、感懷、觸動、 感動、銘感	이 소설은 청소년 때 가장 감명 깊게 읽은 책이다 . 這小説是我青少年時期最有感觸的書。
I *** **감사** 감사(하다)	<感謝> 感謝、感激	회사 대표는 기념식에 온 손님들에게 감사를 표했다 . 公司代表在紀念典禮上對前來的客人們表達感謝。
감상 감상(하다)	<感想> 感想、感受、觀感	작가는 여행하면서 느낀 감상을 책으로 펴냈다 . 作者將旅行體驗到的感受鋪展成書。
* **감염** 감염(되다)	<感染> [가멸] 感染、傳染、染上、 沾染、汙染	병의 감염을 막으려면 손을 자주 씻어야 한다 . 如果要阻止染病，就必須經常洗手。
II ** **감정**	<感情> 感情、情感、情緒	인간은 누구나 행복 , 슬픔 등 많은 감정이 있다 . 人類每個人都有幸福、悲傷等許多感情。
* **감탄** 감탄(하다/스럽다)	<感歎> 感嘆、讚嘆、欽佩	관광객들은 아름다운 경치에 감탄했다 . 觀光客們感嘆美麗的風景。

字尾

⑪** **공감** 공감(하다)	\<共感\> 同感、共鳴	대통령의 연설은 국민들의 공감을 불러일으켰다. 總統的演說激發國民們的共鳴。
⑪** **독감**	\<毒感\> [독깜] 重感冒、流感	독감에 걸리면 고열과 근육통이 계속된다. 如果得到流感的話，會持續高燒與肌肉痠痛。
* **동감** 동감(하다)	\<動感\> 同意、贊同、同感	선생님의 의견에 전적으로 동감합니다. 我完全同意老師的意見。
* **민감하다**	\<敏感\> 敏感、感覺敏銳、 靈敏	어떤 사람들은 자신의 외모에 매우 민감하다. 有些人對於自己的外貌很敏感。
⑪** **소감**	\<所感\> 感想、感受、觀感、 想法	그 후보는 대통령에 당선된 소감을 밝혔다. 那位候選人發表了總統當選感想。
⑪** **실감** 실감(하다/되다)	\<實感\> 真實感、真切的感 受、實際感受	외국에 있을 때 한국 노래의 인기를 실감했다. 在外國的時候，實際感受到韓國音樂的人氣。
⑪** **예감** 예감(하다)	\<豫感\> 預感	할아버지께서는 당신의 죽음을 예감하셨다. 爺爺預感到你的死亡。
⑪** **호감**	\<好感\> 好感	그 배우의 친절한 태도는 사람들에게 호감을 주었다. 那位演員的親切態度給人好感。
⑪** **자신감** ↔ **열등감**	\<自信感\> ↔ \<劣等感\> 自信、自信心	자신감 있는 사람은 도전을 두려워하지 않는다. 有自信的人不害怕挑戰。
⑪** **책임감**	\<責任感\> [채김감] 責任感、責任心	김 과장님은 늘 책임감 있게 행동하신다. 金課長總是有責任感地行動。

1 다음 그림에 제시된 글자를 이용해 어휘를 만들고 영어로 의미를 써 보세요.
請利用以下方塊中所提示的字造詞並寫出意思。

공감 | 同感 | 공 | 기 | 감기 | 感冒

01

02

03

04

독

동

실

호

감

사

동

정

상

05

06

07

08

2 다음 주어진 중국어를 나타내는 어휘와 한자를 써 보세요.
請依照中文寫出對應的韓語單字及漢字。

	韓語	漢字
01 感覺、感受 →		
02 感染、傳染、染上 →		
03 敏感、感覺敏銳 →		
04 預感 →		

3 다음 중에서 하나를 골라 감(感)과 함께 여러분의 어휘를 만들어 보세요.
請從下列漢字語中擇一，與 감（感）相結合造韓語詞彙。

範例

소<所> 탄<歎> 명<銘> 격<激> 자신<自信> 책임<責任> *반<反>

예)	소감	想法
01		
02		
03		
04		
05		

*延伸單字

기·機 기계 機器、機械

기계 기

漢字的意義：
機器、飛機、機會

漢字聯想記憶法：
木頭（木）機器給你機會做更多（幾）的事情。

字首		字尾	
□ 기계	**＜機械＞** [기게] 機械、機器	□ 복사기	**＜複寫機＞** [복싸기] 影印機
□ 기기	**＜機器＞** 機器、設備、器材、器械	□ 선풍기	**＜扇風機＞** 電風扇、電扇
□ 기능	**＜機能＞** 功能、效能、職能、作用	□ 세탁기	**＜洗濯機＞** [세탁끼] 洗衣機
□ 기종	**＜機種＞** 機種、機型	□ 전화기	**＜電話機＞** 電話
□ 기관	**＜機關＞** 機關、機器、部門、機構	□ 청소기	**＜清掃機＞** 吸塵器
□ 기구	**＜機構＞** 機構、結構、裝置、機關、構造	□ 비행기	**＜飛行機＞** 飛機、貨機
□ 기장	**＜機長＞** 機長	□ 항공기	**＜航空機＞** 飛機
□ 기내	**＜機內＞** 機內、飛機上、機艙內	□ 계기	**＜契機＞** [게기] 機會、契機、轉機
□ 기체	**＜機體＞** 機身、機體	□ 대기	**＜待機＞** 待機、待命、等候
□ 기회	**＜機會＞** [기훼] 機會、時機、機遇、閒暇	□ 위기	**＜危機＞** 危機

Unit 37 機 기-

037

字首

기계 ⚫★★	<機械> [기게] 機械、機器	기계 덕분에 공장에서 효율적으로 제품을 생산할 수 있게 되었다 . 託機器的福，工廠得以有效率地生產產品。
기기 ★	<機器> 機器、設備、器材、器械	휴대폰은 이제 생활에 필수적인 기기가 되었다 . 手機如今已成為生活上必備的機器。
기능 ⚫★★ 기능(하다)	<機能> 功能、效能、職能、作用	스마트폰은 다양한 기능이 있다 . 智慧型手機有各式各樣的功能。
기종	<機種> 機種、機型	컴퓨터 기종마다 특징이 있다 . 每個電腦機種都有特徵。
기관 ⚫★★	<機關> 機關、機器、部門、機構	1) 기관 고장으로 열차가 운행되지 못하고 있다 . 因為機器故障列車無法運行。 2) 정부의 주요 기관들이 서울에 모여 있다 . 政府主要機關聚集在首爾。
기구 ★	<機構> 機構、結構、裝置、機關、構造	두 나라는 국제기구를 통해서 분쟁을 해결하기로 했다 . 兩國決定透過國際機構解決紛爭。
기장	<機長> 機長	승객들이 기장의 방송을 듣고 있다 . 乘客們正聆聽機長的廣播。
기내 ★	<機內> 機內、飛機上、機艙內	기내에서는 흡연이 금지되어 있다 . 機艙內禁止吸菸。
기체	<機體> 機身、機體	불안정한 기류 때문에 기체가 흔들렸다 . 因為不穩定的氣流，所以機身晃動。
기회 ⚫★★★ ☞unit 25	<機會> [기훼] 機會、時機、機遇、閒暇	한국어로 말할 기회가 없어서 정말 아쉽다 . 因為沒有說韓語的機會，真的很可惜。

158

①** **복사기**	**<複寫機>** [복싸기] 影印機	이 복사기는 계속 종이가 걸린다 . 這台影印機一直卡紙。
①*** **선풍기**	**<扇風機>** 電風扇、電扇	요즘은 대부분 사람들이 선풍기보다 에어컨을 선호한다 . 最近大部分的人比起電風扇更喜歡冷氣。
①*** **세탁기**	**<洗濯機>** [세탁끼] 洗衣機	세탁기는 가장 편리한 가전제품 중 하나이다 . 洗衣機是最便利的家電之一。
①*** **전화기**	**<電話機>** 電話	최근 휴대폰의 발달로 가정에서는 전화기가 사라지고 있다 . 最近因為手機的發達，家裡家用電話正漸漸消失。
①** **청소기**	**<清掃機>** 吸塵器	청소기로 방을 청소하면 편리하다 . 使用吸塵器打掃房間的話很便利。
①*** **비행기**	**<飛行機>** 飛機、貨機 * 等同 Airplane，指有機翼或螺旋槳，搭載人、貨物在天上飛的機器	비행기는 밤 9 시에 공항에 도착할 예정이다 . 飛機預計在晚上 9 點抵達機場。
* **항공기**	**<航空機>** 飛機 * 等同 Aircraft，泛指在天上飛的所有機器。	휴가철이라서 항공기에 남아있는 좌석이 없다 . 因為是放假季節，飛機沒有多餘的座位。
①** **계기**	**<契機>** [게기] 機會、契機、轉機	그 회담은 양국 관계를 개선하는 중요한 계기가 되었다 . 那場會談成為改善兩國關係的重要契機。
①** **대기** 대기(하다/ 시키다)	**<待機>** 待機、待命、等候	은행에 손님이 많아 대기 시간이 길다 . 銀行客人很多，等候時間長。
①** **위기**	**<危機>** 危機	경제 위기 때문에 많은 사람들이 실업자가 되었다 . 因為經濟危機，所以許多人成為失業者。

練習題 기·機 기계 機器、機械

1 다음 그림에 제시된 글자를 이용해 어휘를 만들고 영어로 의미를 써 보세요.

請利用以下方塊中所提示的字造詞並寫出意思。

2 다음 주어진 중국어를 나타내는 어휘와 한자를 써 보세요.

請依照中文寫出對應的韓語單字及漢字。

		韓語	漢字
01	功能、效能、職能 →		
02	機構、機關、部門 →		
03	時機、機會、機遇 →		
04	危機 →		

3 다음 어휘를 기(機)의 의미에 따라 분류해 보세요.

請依照字彙 기（機）的意思做分類。

> ┌─ 範例 ─┐
>
> 기체<機體> 기장<機長> 전화기<電話機> 청소기< 掃機> 기관<機關>
> 기회<機會> 기구<機構> 기내<機內> 대기<待機> 계기<契機> 위기<危機>
> 기기<機器> *계산기<計算機> *동기<動機> *승강기<昇降機>

01 機器	**02** 飛機	**03** 機會

* 延伸單字

성·性 성품 品行、品格、性情、天性

성품 성

性

漢字的意義：
本性、性別、性

漢字聯想記憶法：
一個人的本性是天生（生）發自
他／她的內心（忄／心）。

字首		字尾	
□ 성격	<性格> [성격] 性格、品行、特徵、個性	□ 감성	<感性> 感性、感受性
□ 성급	<性急> 性急、急	□ 개성	<個性> 個性
□ 성품	<性品> 品行、性情、秉性、品格	□ 이성	<理性> 理性、理智
□ 성능	<性能> 性能、功能	□ 특성	<特性> [특썽] 特性、特點、特徵
□ 성질	<性質> 本性、性質、脾氣、特性	□ 가능성	<可能性> [가능썽] 可能性、可能
□ 성향	<性向> 嗜好、傾向、趨勢	□ 다양성	<多樣性> [다양썽] 多樣性、多元性
□ 성별	<性別> 性別	□ 인간성	<人間性> [인간썽] 人性、本性、為人、人品
□ 성비	<性比> 性別比例	□ 중요성	<重要性> [중요썽] 重要性
□ 성적	<性的> [성쩍] 性、性感的、色情的	□ 남성	<男性> 男性、男人、男子
□ 성차별	<性差別> 性別歧視	□ 이성	<異性> 異性

Unit 38　性 성-

038

字首

Ⅰ* **성격**	<性格> [성격] 性格、品行、 特徵、個性	언니는 긍정적이고 적극적인 성격을 가지고 있다. 姐姐具有正向且積極的個性。
* **성급하다**	<性急> 性急、急	결혼은 중요한 문제니까 성급하게 결정하면 안 된다. 結婚是很重要的問題，所以不能性急地下決定。
* **성품**	<性品> 品行、性情、 秉性、品格	그 학자는 학문적으로도 뛰어나고 성품도 부드러워서 많은 사람들이 존경한다. 那位學者就學問方面來說很傑出，性情又很柔和，所以許多人尊敬他。
* **성능**	<性能> 性能、功能	스마트폰의 성능이 갈수록 좋아지고 있다. 智慧型手機的性能越來越好了。
Ⅱ* **성질** 성질(나다)	<性質> 本性、性質、 脾氣、特性	그 사람은 성질이 불같아서 쉽게 화를 낸다. 那個人脾氣暴躁所以容易發怒。
* **성향**	<性向> 嗜好、傾向、 趨勢	그 지역 사람들의 정치적 성향은 대체로 보수적이다. 該地區人們的政治傾向大體是保守的。
Ⅲ* **성별**	<性別> 性別	최근 성별 불균형이 증가하고 있다. 最近性別不平均的情況增加中。
* **성비**	<性比> 性別比例	정부는 성비 불균형을 해소하기 위해 여러 가지 대책을 마련하고 있다. 政府為了解決性別比例不均正準備許多對策。
* **성적**	<性的> [성쩍] 性、性感的、 色情的	그 영화는 청소년들이 보기에는 성적인 묘사가 너무 많다. 那部電影對青少年來說色情的描繪太多了。
* **성차별** ↔ 성평등	<性差別> ↔ <性平等> 性別歧視	직장에서는 여전히 성차별이 존재한다. 職場上仍然存在性別歧視。

字尾

* **감성** ↔ 이성	<感性> ↔ <理性> 感性、感受性	교육을 통해 우리는 아이들의 감성과 지성을 모두 발달시키려고 한다 . 透過教育，我們想把孩子的感性與知性全都發展起來。
▦ ** **개성**	<個性> 個性	이 소설의 모든 등장인물들은 각자 개성을 가지고 있다 . 這部小說所有的登場人物都有各自的個性。
▦ ** **이성** ↔ 감성	<理性> ↔ <感性> 理性、理智	지도자에게는 이성과 판단력이 필요하다 . 對領導人來說，理性與判斷力是重要的。
▦ ** **특성**	<特性> [특썽] 特性、特點、特徵	이 식물은 추위에 강한 특성을 가지고 있다 . 這植物具有耐寒的特性。
▦ ** **가능성**	<可能性> [가능썽] 可能性、可能	이번 프로젝트는 성공할 가능성이 충분하다 . 這次計畫成功的可能性很大。
* **다양성** ↔ 획일성	<多樣性> [다양썽] ↔ <劃一性> 多樣性、多元性	환경오염으로 생물의 다양성이 줄어들고 있다 . 因為環境汙染，生物的多樣性正在減少。
▦ ** **인간성**	<人間性> [인간썽] 人性、本性、為人、 人品	그 배우는 인간성이 좋다 . 那位演員本性很好。
▦ ** **중요성**	<重要性> [중요썽] 重要性	최근 아프고 난 후에 건강의 중요성을 많이 느꼈다 . 最近生病之後深深體會到健康的重要性。
▦ *** **남성** ↔ 여성	<男性> ↔ <女性> 男性、男人、男子	한국 남성들은 의무적으로 군복무를 해야 한다 . 韓國男性們有義務須服兵役。
▦ **+ **이성** ↔ 동성	<異性> ↔ <同性> 異性	청소년기에는 이성에 대한 관심이 높아진다 . 青少年時期對異性的興趣提升。

UNIT 38 練習題 성·性 성품 品行、品格、性情、天性

1 다음 그림에 제시된 글자를 이용해 어휘를 만들고 영어로 의미를 써 보세요.

請利用以下方塊中所提示的字造詞並寫出意思。

남성	男性	**남**		**격**		성격	個性
01		**개**		**급**	05		
02		**특**	**성**	**능**	06		
03		**감**		**별**	07		
04		**가능**		**차별**	08		

2 다음 주어진 중국어를 나타내는 어휘와 한자를 써 보세요.

請依照中文寫出對應的韓語單字及漢字。

			韓語	漢字
01	本性、脾氣、特性	→		
02	多元性、多樣性	→		
03	理智、理性	→		
04	異性	→		

3 다음 중에서 하나를 골라 성(性)과 함께 여러분의 어휘를 만들어 보세요.

請從下列漢字語中擇一，與 성（性）相結合造韓語詞彙。

> **範例**
> 인간<人間>　중요<重要>　향<向>　비<比>
> 적<的>　품<品>　*유창<流暢>

예)	**인간성**	人性
01		
02		
03		
04		
05		

*延伸單字

UNIT 39 금·金 쇠 金屬、鐵

쇠 금

金

漢字的意義：
金屬、黃金、金錢、金氏

漢字聯想記憶法：
現金（今）有許多金屬與黃金在
地底下（土）。

字首		字尾	
□ 금속	<金屬> 金屬	□ 황금	<黃金> 黃金、錢財、比喻很值錢
□ 금요일	<金曜日> ［그묘일］ 星期五、禮拜五、週五	□ 벌금	<罰金> 罰金、罰款
□ 금반지	<金半指> 金戒指	□ 상금	<賞金> 獎金、賞金
□ 금발	<金髮> 金髮	□ 세금	<稅金> 稅金、稅款、稅
□ 금고	<金庫> 金庫、保險箱、保險櫃	□ 요금	<料金> 費用、費、資費
□ 금리	<金利> ［금니］ 利息、利率	□ 임금	<賃金> 薪水、工錢、酬勞
□ 금액	<金額> ［그맥］ 金額、款項	□ 저금	<貯金> 存款、積蓄、存錢
□ 금융	<金融> ［그뮹］ 金融	□ 현금	<現金> 現金、現鈔
□ 금전	<金錢> 金錢	□ 공과금	<公課金> 稅金、稅款、公共事業費
□ 금품	<金品> 錢財、財務	□ 등록금	<登錄金> ［등녹끔］ 學費、註冊費

字首

* **금속**	\<金屬\> 金屬	쇠 , 금 , 은 등의 금속은 전기를 잘 통과시킨다 . 鐵、金、銀等金屬導電力好。
▣*** **금요일**	\<金曜日\> [그묘일] 星期五、禮拜五、 週五	금요일에는 보통 교통이 혼잡해진다 . 星期五通常交通擁擠。
금반지	\<金半指\> 金戒指	예전에는 돌잔치 때 아기에게 금반지를 선물했 다 . 以前抓周的時候，會送小孩子金戒指。
금발	\<金髮\> 金髮	그 배우는 금발에 커다란 파란 눈을 가졌다 . 那演員有著金髮與大藍眼睛。
금고	\<金庫\> 金庫、保險箱、保 險櫃	귀중품은 호텔 금고에 맡기는 것이 안전하다 . 貴重物品保存在飯店保險箱是比較安全的。
* **금리**	\<金利\> [금니] 利息、利率	대개 금리 인상은 물가 상승으로 이어진다 . 一般升息隨之會造成物價上漲。
▣** **금액**	\<金額\> [그맥] 金額、款項	총 금액은 세금을 포함해서 십만 원이다 . 總金額因包含稅在內，是十萬元。
▣** **금융**	\<金融\> [그뮹] 金融	뉴욕은 국제 금융의 중심지이다 . 紐約是國際金融的中心。
* **금전**	\<金錢\> 金錢	친구 간에는 금전 거래를 하지 않는 게 좋다 . 朋友之間最好不要有金錢往來。
금품	\<金品\> 錢財、財務	범인은 여성을 위협해서 금품을 빼앗았다 . 犯人威脅女子後搶走錢財。

構 詞　　　　　　　　　　　　　　-금 金

字尾

* **황금**	\<黃金\> 黃金、錢財、比喻很值錢	황금 같은 기회를 놓치고 말았다. 錯過了像黃金一樣的機會。
Ⅲ** **벌금**	\<罰金\> 罰金、罰款	교통신호를 위반하면 벌금을 내야 한다. 如果違反交通號誌就必須付罰金。
Ⅲ** **상금**	\<賞金\> 獎金、賞金	이번 대회의 우승자는 상금으로 500만원을 받는다. 這次大會的優勝者得到 500 萬元的獎金。
Ⅲ** **세금**	\<稅金\> 稅金、稅款、稅	매달 월급에서 세금이 빠져나간다. 每個月薪水都要扣稅。
Ⅲ*** **요금**	\<料金\> 費用、費、資費	택시 요금은 거리와 시간으로 계산된다. 計程車的費用是用距離跟時間來計算。
Ⅲ** **임금**	\<賃金\> 薪水、工錢、酬勞	노동자들이 임금 인상을 요구하고 있다. 勞工們正要求增加薪水。
Ⅲ*** **저금** 저금(하다) = 저축	\<貯金\> 存款、積蓄、存錢	목돈을 마련하기 위해 월급의 반을 저금한다. 為了準備一大筆錢，存月薪的一半。
Ⅲ*** **현금**	\<現金\> 現金、現鈔	많은 현대인들이 현금보다 카드를 더 많이 쓴다. 許多現代人比起現金更常使用信用卡。
Ⅲ** **공과금**	\<公課金\> 稅金、稅款、公共事業費	겨울에는 여름보다 공과금이 더 많이 나온다. 比起夏天，冬天的公共事業費更高。
Ⅲ** **등록금**	\<登錄金\> [등녹끔] 學費、註冊費	많은 대학생들은 등록금이 비싸다고 불평했다. 許多大學生們抱怨學費昂貴。

UNIT 39 練習題 금·金 쇠 金屬、鐵

1 다음 그림에 제시된 글자를 이용해 어휘를 만들고 영어로 의미를 써 보세요.

請利用以下方塊中所提示的字造詞並寫出意思。

요금	費用	요		요일		금요일	星期五
01		벌		반지	05		
02		세	금	액	06		
03		황		발	07		
04		현		고	08		

2 다음 주어진 중국어를 나타내는 어휘와 한자를 써 보세요.

請依照中文寫出對應的韓語單字及漢字。

		韓語	漢字
01	利息、利率 →		
02	金融 →		
03	公共事業費、稅金、稅款 →		
04	學費、註冊費 →		

3 다음 중에서 하나를 골라 금(金)과 함께 여러분의 어휘를 만들어 보세요.

請從下列漢字語中擇一，與 금（金）相結合造韓語詞彙。

範例

속<屬> 전<錢> 임<賃> 품<品> 저<貯> 상<賞> *송<送>

예)	금속	金屬
01		
02		
03		
04		
05		

* 延伸單字

UNIT 40 기·氣 기운 力氣、精神、氣息、徵兆

기운 기

氣

漢字的意義：
力氣、空氣、瓦斯

漢字聯想記憶法：
蒸煮（气）出來的飯（米）能夠給你力氣。

字首	字尾
□ **기력** <氣力> 力氣、心力、精力	□ **용기** <勇氣> 勇氣
□ **기분** <氣分> 心情、情緒、氛圍	□ **인기** <人氣> [인끼] 人氣、聲譽、聲望、名望
□ **기색** <氣色> 氣色、神情、臉色、徵兆、苗頭	□ **감기** <感氣> 感冒、著涼、傷風
□ **기절** <氣絕> 昏厥、休克、暈過去、斷氣、驚恐	□ **공기** <空氣> 空氣、大氣、氣氛
□ **기상** <氣象> 天氣、天象、氣象	□ **대기** <大氣> 空氣、大氣
□ **기류** <氣流> 氣流、氣氛、趨勢、暗流	□ **습기** <濕氣> [습끼] 濕氣、潮濕
□ **기압** <氣壓> 氣壓、大氣壓	□ **연기** <煙氣> 煙、煙氣、煙霧
□ **기온** <氣溫> 氣溫	□ **전기** <電氣> 電、電力、供電、觸電的感覺
□ **기체** <氣體> 氣體	□ **향기** <香氣> 香氣、香味
□ **기후** <氣候> 氣候、天氣、時令	□ **분위기** <雰圍氣> [부뉘기] 氛圍、空氣、大氣、氣氛、情調

字首

기력 *	<氣力> 力氣、心力、精力	여름에는 누구나 기력이 떨어지고 쉽게 지친다. 夏天每個人都提不起勁，容易疲倦。
기분 ☞unit 15 ***■	<氣分> 心情、情緒、氛圍	기분 전환으로 여행을 떠날까 한다. 為了轉換心情，我在想是否去旅行。
기색 *	<氣色> 氣色、神情、臉色、徵兆、苗頭	환자는 불안한 기색을 보였다. 病患看起來臉色不安。
기절 기절(하다) *	<氣絕> 昏厥、休克、暈過去、斷氣、驚恐	그는 사고 직후 기절했다가 방금 깨어났다. 他發生事故之後暈過去，剛剛醒了。
기상 *	<氣象> 天氣、天象、氣象	기상 악화로 모든 비행이 취소되었다. 因為天氣惡化，所有的飛行都取消了。
기류 *	<氣流> 氣流、氣氛、趨勢、暗流	기류가 불안정해서 비행기가 흔들렸다. 因氣流不穩定，所以飛機搖晃。
기압 *	<氣壓> 氣壓、大氣壓	고도가 높아질수록 기압은 낮아진다. 高度越高，氣壓越低。
기온 ***■	<氣溫> 氣溫	최근 연평균 기온이 올라가고 있다. 最近年平均氣溫逐漸上升。
기체 ↔ 액체 *	<氣體> ↔ <液體> 氣體	산소는 공기 중에 존재하는 기체다. 氧氣是存在於空氣中的氣體。
기후 **■	<氣候> 氣候、天氣、時令	이 섬의 기후는 대체로 온화하다. 這座島的氣候大致上是溫暖的。

字尾

Ⅱ ** **용기**	**<勇氣>** 勇氣	나는 다시 한번 용기를 내서 발표하기로 했다. 我決定再一次提起勇氣發表。
Ⅱ *** **인기** ☞unit 1	**<人氣>** [인끼] 人氣、聲譽、聲望、 名望	그 가수는 이번 곡으로 엄청난 인기를 얻었다. 那位歌手因為這次的歌而爆紅。
Ⅱ *** **감기** ☞unit 36	**<感氣>** 感冒、著涼、傷風	환절기에는 감기에 걸리기 쉽다. 在換季的時候很容易得到感冒。
Ⅱ ** **공기**	**<空氣>** 空氣、大氣、氣氛	깨끗한 공기를 마시니까 정말 기분이 좋다. 因為聞到乾淨的空氣，真的心情很好。
Ⅱ ** **대기**	**<大氣>** 空氣、大氣	이 도시는 대기 오염이 심각하다. 這個都市空氣污染很嚴重。
Ⅱ ** **습기**	**<濕氣>** [습끼] 濕氣、潮濕	습기는 전자 제품에 좋지 않다. 濕氣對電子產品不利。
Ⅱ ** **연기**	**<煙氣>** 煙、煙氣、煙霧	연기 때문에 눈물이 난다. 因為煙霧而流淚。
Ⅱ *** **전기**	**<電氣>** 電、電力、供電、觸 電的感覺	지진이 발생해서 그 지역에는 전기 공급이 끊 겼다. 因發生地震，該地區的電力供給中斷。
Ⅱ ** **향기** 향기(롭다)	**<香氣>** 香氣、香味	창문을 통해 향긋한 라일락 향기가 들어왔다. 透過窗戶飄進紫丁香清幽的香氣。
Ⅱ *** **분위기**	**<雰圍氣>** [부뉘기] 氛圍、空氣、大氣、 氣氛、情調	나는 이 카페의 분위기가 참 좋다. 我很喜歡這家咖啡廳的氛圍。

UNIT 40 練習題 기 · 氣 기운 力氣、精神、氣息、徵兆

1 다음 그림에 제시된 글자를 이용해 어휘를 만들고 영어로 의미를 써 보세요.

請利用以下方塊中所提示的字造詞並寫出意思。

공기	空氣	공		분		기분	心情
01		대		력	05		
02		습	기	압	06		
03		인		온	07		
04		향		후	08		

2 다음 주어진 중국어를 나타내는 어휘와 한자를 써 보세요.

請依照中文寫出對應的韓語單字及漢字。

		韓語	漢字
01	氣流、趨勢、暗流	→	
02	氣體	→	
03	電力、供電	→	
04	氛圍、氣氛、情調	→	

3 다음 중에서 하나를 골라 기(氣)와 함께 여러분의 어휘를 만들어 보세요.

請從下列漢字語中擇一，與 기（氣）相結合造韓語詞彙。

範例

색<色> 용<勇> 절<絕> 연<煙> 감<感> 상<象> *활<活>

예)	**기색**	臉色
01		
02		
03		
04		
05		

*延伸單字

부·部 나누다 分開、分為、區分、除

나누다 부

部

漢字的意義：
分部、部份、區域

漢字聯想記憶法：
政府把村莊（邑／阝）與人口
（口）分好幾個區域以便管理。

字首		字尾	
□ 부대	<部隊> 部隊、軍隊、隊伍	□ 간부	<幹部> 幹部
□ 부문	<部門> 部門	□ 남부	<南部> 南部、南邊、南方
□ 부분	<部分> 部分、環節、片段、地方	□ 전부	<全部> 全部、全體、全都、完全
□ 부족	<部族> 部落、部族、宗族	□ 내부	<內部> 內部、裡面、裡頭
□ 부품	<部品> 零件、配件、元件	□ 세부	<細部> 詳細、細部、細節
□ 부위	<部位> 部位、地方、位置	□ 전반부	<前半部> 前半部、上半部
□ 부서	<部屬> 部門、機關、單位、機構	□ 본부	<本部> 本部、總部、中心
□ 부원	<部員> 成員、組員	□ 학부	<學部> [학뿌] 學院、系
□ 부장	<部長> 部長	□ 교육부	<教育部> [교육뿌] 教育部
□ 부하	<部下> 部下、屬下、手下	□ 법무부	<法務部> [범무부] 法務部、司法部

041

□＊＊ **부대**	<部隊> 部隊、軍隊、隊伍	국방부는 그 지역에 부대를 더 보내기로 했다. 國防部決定派遣更多部隊到該地區。
□＊＊ **부문** = 분야	<部門> 部門	그 회사는 서비스 부문에 더 많은 투자를 하기 로 했다. 那間公司決定投資更多在服務部門。
□＊＊＊ **부분** ☞unit 15	<部分> 部分、環節、片段、 地方	이 논문은 세 부분으로 구성되어 있다. 這份論文以三部份構成。
□＊＊ **부족**	<部族> 部落、部族、宗族	두 부족 간에는 아직도 갈등이 있다. 兩個部落之間仍然有紛爭。
□＊＊ **부품**	<部品> 零件、配件、元件	우리 공장은 자동차 부품을 만들고 있다. 我們工廠生產著汽車零件。
□＊＊ **부위**	<部位> 部位、地方、位置	이것이 쇠고기의 가장 맛있는 부위다. 這是牛最好吃的部位。
□＊＊ **부서**	<部署> 部門、機關、單位、 機構	대부분의 부서는 월요일 아침마다 회의한다. 大部分的部門每週一早上開會。
부원	<部員> 成員、組員	우리 부원들은 서로 잘 협력한다. 我們組員們彼此同心協力。
□＊＊＊ **부장** ☞unit 31	<部長> 部長	아버지께서는 현재 대기업 부장으로 재직 중이 시다. 爸爸目前任職大企業的部長。
＊ **부하** ↔ 상관/ 상사	<部下> ↔ <上官>/<上司> 部下、屬下、手下	그 장교는 부하들에게 인기가 많다. 那位軍官在部下之間很有人氣。

構 詞

-부 部

字尾

* **간부**	\<幹部\> 幹部	사장은 회사 간부들과 회의를 가졌다 . 董事長與公司幹部們召開會議。
▣** **남부**	\<南部\> 南部、南邊、南方	부산은 한국의 남부에 위치해 있다 . 釜山位於韓國的南部。
▣*** **전부** ↔ 부분/일부	\<全部\> ↔ \<部分\>/\<一部\> 全部、全體、全都、 完全	그는 가진 돈을 전부 부동산에 투자했다 . 他把擁有的錢全都投資到了不動產。
▣** **내부** ↔ 외부	\<內部\> ↔ \<外部\> 內部、裡面、裡頭	지금 집 내부를 수리 중이다 . 現在正在整修房子內部。
* **세부**	\<細部\> 詳細、細部、細節	보고서의 세부 내용은 다음에 발표하겠습니 다 . 報告的詳細內容將於下次發表。
* **전반부** ↔ 후반부	\<前半部\> ↔ \<後半部\> 前半部、上半部	그 뮤지컬은 전반부부터 흥미로웠다 . 那場音樂會從前半部開始就很有趣。
▣** **본부** ↔ 지부	\<本部\> ↔ \<支部\> 本部、總部、中心	유엔 본부에서 각 나라 대표들이 회의하고 있다 . 聯合國本部中每個國家的代表正在開會。
학부	\<學部\> [학뿌] 學院、系	나는 학부를 마치고 대학원에 진학했다 . 我大學畢業後讀了研究所。
* **교육부**	\<教育部\> [교육뿌] 教育部	교육부는 새로운 입시 제도를 발표했다 . 教育部公布了新的入學制度。
* **법무부**	\<法務部\> [범무부] 法務部、司法部	법무부는 새로운 인권 보호법을 제정하기로 했다 . 法務部決定制定新的人權保護法。

練習題 부·部 나누다 分開、分為、區分、除

1 다음 그림에 제시된 글자를 이용해 어휘를 만들고 영어로 의미를 써 보세요.

請利用以下方塊中所提示的字造詞並寫出意思。

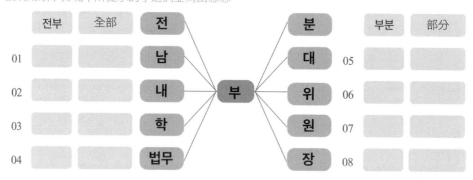

| | 전부 | 全部 | 전 | | 분 | | 부분 | 部分 |
| | | | | | | | | |

	전부	全部	**전**		**분**		부분	部分
01			**남**		**대**	05		
02			**내**	**부**	**위**	06		
03			**학**		**원**	07		
04			**법무**		**장**	08		

2 다음 주어진 중국어를 나타내는 어휘와 한자를 써 보세요.

請依照中文寫出對應的韓語單字及漢字。

		韓語	漢字
01	零件、配件、元件 →		
02	機關、部門、單位 →		
03	總部、本部、中心 →		
04	上半部、前半部 →		

3 다음 중에서 하나를 골라 부(部)와 함께 여러분의 어휘를 만들어 보세요.

請從下列漢字語中擇一，與 부（部）相結合造韓語詞彙。

範例

족<族> 하<下> 간<幹> 교육<教育> 세<細> 문<門> * 복<腹>

예)	부족	部落
01		
02		
03		
04		
05		

* 延伸單字

소·所 바 指前面所說的事物

바 소

所

漢字的意義：
地方、場所

漢字聯想記憶法：
你用斧頭（斤）砍倒門（戶）進
入某一地方。

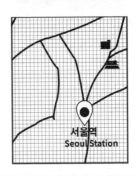

서울역
Seoul Station

字首		字尾	
□ 소감	**＜所感＞** 感想、感受、觀感、想法	□ 숙소	**＜宿所＞** ［숙쏘］ 住所、住處、下榻處
□ 소득	**＜所得＞** 所得、收入、收益、進帳、利潤	□ 요소	**＜要素＞** 要素、基本成分、元素
□ 소문	**＜所聞＞** 謠言、傳聞、小道消息、風聲	□ 장소	**＜場所＞** 場所、地點、場合
□ 소요	**＜所要＞** 需要、所需	□ 주소	**＜住所＞** 地址、住所
□ 소용	**＜所用＞** 用處、用途、用	□ 매표소	**＜賣票所＞** 售票處
□ 소원	**＜所願＞** 願望、意願、期望、期盼	□ 세탁소	**＜洗滌所＞** ［세탁쏘］ 洗衣店、乾洗店
□ 소위	**＜所謂＞** 所謂、被稱為	□ 안내소	**＜案內所＞** 服務中心、服務台、服務站
□ 소유	**＜所有＞** 所有、擁有、掌握、所屬	□ 연구소	**＜研究所＞** 研究所、研究院、研究中心
□ 소중	**＜所重＞** 珍貴、寶貴、可貴	□ 주유소	**＜注油所＞** 加油站
□ 소지	**＜所持＞** 持有、攜帶、有	□ 파출소	**＜派出所＞** ［파출쏘］ 派出所、警察局

☞unit 36

字首

Ⅱ** 소감 ☞unit 36	<所感> 感想、感受、觀感、 想法	학생들은 영화를 본 소감을 말했다. 學生們說了電影觀後感想。
Ⅱ** 소득	<所得> 所得、收入、收益、 進帳、利潤	소득 격차가 심해지고 있다. 所得差距越來越深。
Ⅱ** 소문 소문(나다/내다)	<所聞> 謠言、傳聞、小道 消息、風聲	나는 그 가수의 사생활에 대한 소문을 들었다. 我聽到關於那位歌手私生活的謠言。
Ⅱ** 소요 소요(하다/되다)	<所要> 需要、所需	서울에서 부산까지 기차로 3시간쯤 소요된다. 從首爾到釜山搭火車需要大約3小時。
Ⅱ** 소용 소용(없다/되다)	<所用> 用處、用途、用	아무리 후회해도 소용없다. 不管有多後悔也沒有用。
Ⅱ** 소원 소원(하다)	<所願> 願望、意願、期望、 期盼	한국인들의 소원은 통일이다. 韓國人的願望是統一。
* 소위 = 이른바	<所謂> 所謂、被稱為	소위 명문대에 가기 위해 열심히 공부했다. 為了要進所謂的名門大學而努力讀書。
Ⅱ** 소유 소유(하다/되다)	<所有> 所有、擁有、掌握、 所屬	그는 많은 재산을 소유하고 있다. 他擁有許多財產。
Ⅱ*** 소중하다	<所重> 珍貴、寶貴、可貴	건강만큼 소중한 것은 없다. 沒有比健康還珍貴的東西。
* 소지 소지(하다)	<所持> 持有、攜帶、有	한국에서는 허가 없이 총을 소지할 수 없다. 在韓國是不可未經允許持有槍械的。

-소所

■★★ **숙소**	**<宿所>** [숙쏘] 住所、住處、下榻處	우리는 오 일 동안 같은 숙소에 머물 예정이다. 我們預計在接下來的五天會待在同一個住所。
■★★ **요소**	**<要素>** 要素、基本成分、元 素	대인 관계는 성공의 중요한 요소이다. 人際關係是成功的重要因素。
■★★★ **장소** ☞unit 18	**<場所>** 場所、地點、場合	그 도시에는 역사적인 장소가 많아서 늘 관광 객으로 붐빈다. 那座都市因為歷史場所很多，所以總是充滿觀光客。
■★★★ **주소**	**<住所>** 地址、住所	요즘은 명함에 이메일 주소도 함께 넣어야 한 다. 最近名片上也得放電子信箱地址。
■★★★ **매표소**	**<賣票所>** 售票處	주말이라 놀이공원 매표소 앞에서 한 시간을 기다렸다. 因為是週末，所以在遊樂場售票處前面等了一小時。
■★★★ **세탁소**	**<洗濯所>** [세탁쏘] 洗衣店、乾洗店	셔츠를 맡기기 위해 세탁소에 가야 한다. 為了送洗襯衫，我必須去乾洗店。
■★★ **안내소**	**<案內所>** 服務中心、服務台、 服務站	관광 안내소에 지도가 있다. 觀光服務中心有地圖。
■★★ **연구소**	**<研究所>** 研究所、研究院、研 究中心	그 연구소는 새로운 약을 개발했다. 那間研究實驗室開發了新藥。
■★★ **주유소**	**<注油所>** 加油站	오늘 아침에 주유소에 들러서 기름을 가득 채 웠다. 今天早上順道繞進加油站加滿了油。
■★★ **파출소**	**<派出所>** [파출쏘] 派出所、警察局	길에서 지갑을 주워서 파출소에 신고했다. 在路上撿到錢包，拿去派出所報案。

練習題 소 · 所 바 指前面所説的事物

1 다음 그림에 제시된 글자를 이용해 어휘를 만들고 영어로 의미를 써 보세요.

請利用以下方塊中所提示的字造詞並寫出意思。

주소	地址	주		문		소문	謠言
01		숙		감	05		
02		요	소	유	06		
03		장		중	07		
04		세탁		원	08		

2 다음 주어진 중국어를 나타내는 어휘와 한자를 써 보세요.

請依照中文寫出對應的韓語單字及漢字。

			韓語	漢字
01	所得、收入、進帳	→		
02	所謂、被稱為	→		
03	加油站	→		
04	售票處	→		

3 다음 중에서 하나를 골라 소(所)와 함께 여러분의 어휘를 만들어 보세요.

請從下列漢字語中擇一，與 소（部）相結合造韓語詞彙。

範例

용<用>　지<持>　파출<派出>　요<要>　연구<研究>　안내<案內>　*명<名>

예)	소용없다	沒用
01		
02		
03		
04		
05		

*延伸單字

UNIT 43 력·力 힘 力氣、力量、支持、實力

힘 력(역)

力

漢字的意義：
力氣

漢字聯想記憶法：
一個有肌肉的手臂，意思是很有力氣。

字首

□ 역기	<力器> [역끼] 槓鈴		□ 역량	<力量> [영냥] 能力、手腕、力量、力度
□ 역도	<力道> [역또] 舉重		□ 역설	<力說> [역썰] 強調、竭力主張
□ 역동적	<力動的> [역또적] 積極的、充滿活力的、朝氣蓬勃的		□ 역작	<力作> [역짝] 傑作、力作
□ 역부족	<力不足> [역뿌족] 力量不夠、無法勝任		□ 역점	<力點> [역쩜] 重點、（物理）施力點

字尾

□ 권력	<權力> [궐력] 權力、權勢、權柄		□ 시력	<視力> 視力
□ 기억력	<記憶力> [기엉녁] 記憶力、記性		□ 실력	<實力> 實力、能力、武力、強制力
□ 노력	<努力> 努力		□ 압력	<壓力> [암녁] 壓力、壓迫
□ 능력	<能力> [능녁] 能力、才能、本事、本領		□ 영향력	<影響力> [영향녁] 影響力、影響度
□ 매력	<魅力> 吸引力、魅力、魔力		□ 폭력	<暴力> [퐁녁] 暴力
□ 세력	<勢力> 勢力、權勢、權力、手腕		□ 협력	<協力> [혐녁] 合作、協力、協助

Unit 43 力 력-

043

字首

역기	<力器> [역끼] 槓鈴	요즘 근육을 키우려고 역기 운동을 한다. 最近為了要增加肌肉而做重量訓練。
* 역도	<力道> [역또] 舉重	나는 중학교 때부터 역도를 시작했다. 我從國中開始舉重。
* 역동적	<力動的> [역또적] 積極的、充滿活力 的、朝氣蓬勃的	한국은 역동적인 역사를 가지고 있다. 韓國有朝氣蓬勃的歷史。
* 역량	<力量> [영냥] 能力、手腕、力量、 力度	그 선수는 이 경기에서 자신의 역량을 잘 발휘 했다. 那位選手在進場比賽中好好地發揮自己的能力。
역부족	<力不足> [역뿌족] 力量不夠、無法勝 任、不能、力道不足	이 대책은 문제를 해결하기에는 역부족이다. 這項對策對解決問題而言力道不足。
역설 역설(하다)	<力說> [역썰] 強調、竭力主張	의사는 일과 휴식의 균형을 역설했다. 醫生強調工作與休息的平衡。
역작	<力作> [역짝] 傑作、力作	이 그림은 그 화가 최고의 역작이다. 這幅畫是那位畫家最好的傑作。
역점	<力點> [역쩜] 重點、（物理）施力 點	정부는 경제 성장에 역점을 두었다. 政府把重點放在經濟成長。

字尾

▣ ** 권력	<權力> [궐력] 權力、權勢、權柄	권력을 가진 자들은 약자를 보호해야 한다. 擁有權力的人必須保護弱者。
▣ ** 기억력	<記憶力> [기엉녁] 記憶力、記性	나이가 들수록 기억력이 약해진다. 年紀越大記憶力越衰退。

字尾

Ⅱ* **노력** 노력(하다)	<努力> 努力	외국어를 배우는 데 많은 노력이 필요하다. 學習外國語需要許多的努力。
Ⅱ* **능력**	<能力> [능녁] 能力、才能、本事、 本領	그는 이 일을 해낼 수 있는 능력이 있다. 他有做到這件事情的能力。
Ⅱ* **매력**	<魅力> 吸引力、魅力、魔力	이 직업의 가장 큰 매력은 안정성이다. 這職業最大的吸引力是穩定性。
Ⅱ* **세력**	<勢力> 勢力、權勢、權力、 手腕	태풍의 세력이 점점 강해지고 있다. 颱風的勢力漸漸變強。
Ⅱ* **시력**	<視力> 視力	최근에 스마트폰을 많이 해서 시력이 나빠졌 다. 因為最近很常使用手機,所以視力變差。
Ⅱ* **실력**	<實力> 實力、能力、武力、 強制力	한국어 실력이 점점 좋아져서 기분이 좋다. 韓語實力逐漸變好所以感到開心。
Ⅱ* **압력**	<壓力> [암녁] 壓力、壓迫	시장 개방에 대한 국제적인 압력이 커지고 있 다. 針對市場開放,國際間的壓力越來越大。
Ⅱ* **영향력**	<影響力> [영향녁] 影響力、影響度	인터넷의 영향력이 날로 커지고 있다. 網路的影響力與日俱增。
Ⅱ* **폭력**	<暴力> [퐁녁] 暴力	학교 폭력은 심각한 사회적 문제다. 校園暴力是嚴重的社會問題。
Ⅱ* **협력** 협력(하다)	<協力> [혐녁] 合作、協力、協助	두 나라는 긴밀한 협력을 유지하고 있다. 兩國保持著緊密的合作關係。

UNIT 43 練習題 력·力

힘 　力氣、力量、支持、實力

1　다음 그림에 제시된 글자를 이용해 어휘를 만들고 영어로 의미를 써 보세요.

請利用以下方塊中所提示的字造詞並寫出意思。

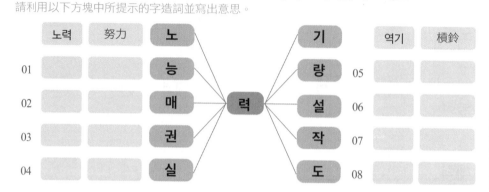

| 노력 | 努力 | 노 | | 기 | | 역기 | 槓鈴 |

01 [　] [　] 능 ─ 기
05 [　] [　]

02 [　] [　] 매 ─ 력 ─ 량 ─ 설
06 [　] [　]

03 [　] [　] 권 ─ 작
07 [　] [　]

04 [　] [　] 실 ─ 도
08 [　] [　]

2　다음 주어진 중국어를 나타내는 어휘와 한자를 써 보세요.

請依照中文寫出對應的韓語單字及漢字。

　　　　　　　　　　　　　　　　　　韓語　　　　　　　漢字

01　蓬勃發展的、充滿活力的　→ [　] [　]

02　（物理）施力點、重點　→ [　] [　]

03　暴力　→ [　] [　]

04　合作、協力、協助　→ [　] [　]

3　다음 중에서 하나를 골라 력(力)과 함께 여러분의 어휘를 만들어 보세요.

請從下列漢字語中擇一，與 력（力）相結合造韓語詞彙。

範例

시<視>　세<勢>　압<壓>　기억<記憶>　영향<影響>　부족<不足>　*국<國>

예)	시력	視力
01		
02		
03		
04		
05		

* 延伸單字

론・論 논하다 議論、闡述、評論

論

논하다 론(논)

漢字的意義：
討論

漢字聯想記憶法：
我們有條不紊地安排（侖）文字（言）並有邏輯地討論。

字首		字尾	
□ 논란	<論難>[놀란] 辯論、爭論、責難	□ 거론	<舉論> 提出來討論、列為議題、提出
□ 논리	<論理>[놀리] 邏輯、法則、規律	□ 결론	<結論> 結論、結語、收尾
□ 논문	<論文> 論文	□ 물론	<勿論> 當然、別說、固然
□ 논설문	<論說文> 論說文、議論文、說明文	□ 본론	<本論>[볼론] 正文、本文
□ 논술	<論述> 論述	□ 언론	<言論>[얼론] 言論、輿論
□ 논의	<論議>[노니] 議論、商議、討論、研究	□ 여론	<與論> 輿論、民意
□ 논쟁	<論爭> 爭論、辯論、爭辯	□ 의논	<議論> 討論、商量、斟酌、商議、商談
□ 논점	<論點>[논쩜] 論點	□ 이론	<理論> 理論
□ 논증	<論證> 論證、論據	□ 토론	<討論> 討論、辯論、商量
□ 논평	<論評> 評論、評述	□ 평론	<評論>[평논] 評論、評價

字首

* **논란** 논란(하다/되다)	<論難> [놀란] 辯論、爭論、責難	낙태 문제는 오랫동안 논란이 되어 왔다. 墮胎問題長時間以來受到責難。
▣ ** **논리**	<論理> [놀리] 邏輯、法則、規律	이 설명은 논리가 맞지 않다. 這說明不符合邏輯。
* **논문** ☞unit 16	<論文> 論文	박사 논문이 통과되어 드디어 졸업하게 되었다. 博士論文通過之後，終於可以畢業了。
* **논설문**	<論說文> 論說文、議論文、 說明文	이 논설문의 중심 생각을 파악하기 어렵다. 這論說文的中心思想很難把握。
* **논술** 논술(하다)	<論述> 論述	대학마다 논술 시험이 있다. 每個大學都有論述考試。
▣ ** **논의** 논의(하다/되다)	<論議> [노니] 議論、商議、討 論、研究	이번 회의에서 환경에 대한 다양한 문제가 논의되었다. 這次會議中，針對環境討論了各式各樣的問題。
▣ ** **논쟁** 논쟁(하다)	<論爭> 爭論、辯論、爭辯	쓰레기장 건설에 대해 격렬한 논쟁이 벌어졌다. 針對興建垃圾場展開激烈爭論。
논점	<論點> [논쩜] 論點	이번 회담의 최대 논점은 테러 방지다. 這次會議的最大論點是防止恐怖主義。
* **논증** 논증(하다/되다)	<論證> 論證、論據	자신의 주장을 객관적으로 논증해야 한다. 必須客觀論證自己的主張。
* **논평** 논평(하다)	<論評> 評論、評述	신문사는 논평을 통해 정부의 정책을 비판했다. 報社透過評論來批判政府的政策。

字尾

* **거론** 거론(하다/되다)	**<擧論>** 提出來討論、列為 議題、提出	우리는 그 문제를 다시 거론하지 않기로 했다. 我們決定不再把那個問題提出來討論。
Ⅲ ** **결론** 결론(짓다)	**<結論>** 結論、結語、收尾	우리는 장시간 논의한 후에 결론을 내렸다. 我們經過長時間的討論後下了結論。
Ⅲ *** **물론**	**<勿論>** 當然、別說、固然	물론 우리 삶에는 다양한 어려움이 있다. 當然,我們人生中會有各式各樣的困難。
* **본론**	**<本論>** [볼론] 正文、本文	논문은 서론과 본론, 그리고 결론으로 구성되 어 있다. 論文由緒論、正文與結論所構成。
Ⅲ ** **언론**	**<言論>** [얼론] 言論、輿論	신문, 방송 등 언론의 영향력은 매우 크다. 報紙、廣播等輿論的影響力非常大。
* **여론**	**<與論>** 輿論、民意	정부는 제도를 시행하기 전에 여론 조사를 하 기로 했다. 政府決定在制度實施前做民意調查。
Ⅲ ** **의논** 의논(하다/되다)	**<議論>** 討論、商量、斟 酌、商議、商談	우리 가족은 휴가 계획에 대해서 의논했다. 我們家族針對休假計畫做討論。
Ⅲ ** **이론** ↔ 실제	**<理論>↔<實際>** 理論	교수님은 새로운 이론과 그 이론적 배경에 대 해 설명해 주셨다. 教授解釋新理論與該理論的背景給我聽。
Ⅲ ** **토론** 토론(하다/되다)	**<討論>** 討論、辯論、商量	오늘 우리는 사형 제도에 대한 토론을 벌였다. 今天我們針對死刑制度展開辯論。
* **평론** 평론(하다)	**<評論>** [평논] 評論、評價	흥미로운 영화 평론을 보니까 그 영화가 보고 싶다. 看了有趣的電影評論,想要看那部電影。

UNIT 44 練習題 **론 · 論** 논하다 議論、闡述、評論

1 다음 그림에 제시된 글자를 이용해 어휘를 만들고 영어로 의미를 써 보세요.
請利用以下方塊中所提示的字造詞並寫出意思。

의논	議論	의		의	논의	商議
01		물		리 05		
02		결	론/논	문 06		
03		토		점 07		
04		이		란 08		

2 다음 주어진 중국어를 나타내는 어휘와 한자를 써 보세요.
請依照中文寫出對應的韓語單字及漢字。

韓語　　　　　漢字

01　爭辯、爭論、辯論　→
02　論說文、說明文、議論文　→
03　民意、輿論　→
04　輿論、言論　→

3 다음 중에서 하나를 골라 론(論)과 함께 여러분의 어휘를 만들어 보세요.
請從下列漢字語中擇一，與 론（論）相結合造韓語詞彙。

範例

거<舉> 본<本> 평<評> 증<證> 술<述> 의<議> *추<推>

예)	**거론**	提出來討論
01		
02		
03		
04		
05		

* 延伸單字

UNIT 45 정·定 정하다 選定、確定、決定

정하다 정

漢字的意義：
選定、決定

漢字聯想記憶法：
你應該選定一的地方來安排（正）整齊地擺放家庭用品（宀）。

字首		字尾	
□ 정가	<定價> [정까] 定價	□ 고정	<固定> 固定、穩定、不變、僵化、凝固
□ 정량	<定量> [정냥] 定量、定額	□ 가정	<假定> 假定、假設、暫定
□ 정시	<定時> 準時、準時、按時、定期	□ 결정	<決定> [결쩡] 決定、裁定（法律）
□ 정식	<定食> 定食、套餐	□ 인정	<認定> 認定、承認、肯定
□ 정액	<定額> 定額、定量、限額	□ 선정	<選定> 選定、擇定
□ 정원	<定員> 名額、編制	□ 설정	<設定> [설쩡] 設定、設置、設立、制定
□ 정착	<定著> 定居、安定、黏著、固定	□ 안정	<安定> 安定、穩定
□ 정각	<定刻> 準時、整點	□ 예정	<豫定> 計畫、預計、打算
□ 정의	<定意> [정이] 定義、界定	□ 지정	<指定> 指定
□ 정기	<定期> 定期	□ 특정	<特定> [특쩡] 特定、一定

Unit 45 定 정-

045

字首

정가	**<定價>** [정까] 定價	우리는 모든 제품을 정가의 70%에 판매하고 있다. 我們全部的商品都以定價的 **70%** 販售。
정량	**<定量>** [정냥] 定量、定額	약은 하루에 두 번 정량을 지켜 복용하세요. 藥請按一天兩次定量服用。
정시	**<定時>** 準時、準時、按時、定期	부산행 열차가 정시에 서울을 출발했다. 開往釜山的列車準時從首爾出發。
정식	**<定食>** 定食、套餐	우리는 불고기 정식을 주문했다. 我們點了烤肉定食。
정액	**<定額>** 定額、定量、限額	휴대폰 정액 요금제를 사용하면 할인받을 수 있다. 如果使用手機定額方案的話，可享有優惠。
▣＊＊ **정원**	**<定員>** 名額、編制	일부 대학교는 입학 정원을 채우지 못했다. 部分大學招不滿入學名額。
▣＊＊ **정착** 정착(하다/되다/ 시키다)	**<定著>** 定居、安定、黏著、固定	결혼 후 우리는 부산에 정착했다. 結婚後我們定居在釜山。
정각	**<定刻>** 準時、整點	공연은 무대 준비가 늦어져서 정각보다 삼십 분 늦게 시작했다. 公演因舞台準備時間延長，所以比預計時間晚三十分鐘開場。
▣＊＊ **정의** 정의(하다/되다)	**<定意>** [정이] 定義、界定	한 철학자는 인간을 이성적 동물이라고 정의했다. 有位哲學家定義人類是理性的動物。
▣＊＊ **정기**	**<定期>** 定期	정기 검진을 하면 초기에 병을 발견할 수 있다. 如果做定期健康檢查，就能在初期發現疾病。

-정 定

고정 [Ⅱ]** 고정(하다/되다)	<固定> 固定、穩定、不變、僵化、凝固	나는 벽에 그림을 고정시켰다. 我把一幅畫固定在牆壁上。
가정 [Ⅱ]** 가정(하다)	<假定> 假定、假設、暫定	경찰은 그가 범인이라는 가정 하에 수사를 진행했다. 警察在假定他是犯人的條件下展開搜查。
결정 [Ⅱ]*** 결정(하다/되다/짓다)	<決定> [결쩡] 決定、裁定 (法律)	중요한 결정을 내리기 전에 심사숙고해야 한다. 在下重要的決定之前必須要深思熟慮。
인정 [Ⅱ]** 인정(하다/받다)	<認定> 認定、承認、肯定	그는 이번 대회에 최우수상을 받음으로써 진정한 피아니스트로 인정받았다. 他藉由在這次大賽中榮獲最優秀獎，被認可為真正的鋼琴家。
선정 [Ⅱ]** 선정(하다/되다)	<選定> 選定、擇定	그 축구 선수는 올해 최고의 선수로 선정되었다. 那位足球選手被選定為今年最有價值球員。
설정 [Ⅱ]** 설정(하다/되다)	<設定> [설쩡] 設定、設置、設立、制定	우리 팀은 프로젝트를 시작하기 전에 먼저 목표를 설정했다. 我們這組在開始計劃前先設定了目標。
안정 [Ⅱ]** 안정(하다/되다/시키다) ↔ 불안정(하다)	<安定> ↔ <不安定> 安定、穩定	이제 우리나라는 정치적으로 경제적으로 안정되었다. 如今我國政治與經濟都是安定的。
예정 [Ⅱ]** 예정(하다/되다)	<豫定> 計畫、預計、打算	벚꽃 축제가 이달 말에 시작될 예정이다. 櫻花祭預計在這個月底開始。
지정 [Ⅱ]** 지정(하다/되다)	<指定> 指定	유네스코는 이 지역을 세계 문화유산으로 지정했다. 聯合國教科文組織指定這地區為世界文化遺產。
특정 [Ⅱ]** ↔ 불특정	<特定> [특쩡] ↔ <不特定> 特定、一定	그 단체는 특정 목적을 위해 모금 운동을 벌였다. 那個團體為了特定目的發起募款運動。

練習題 정 · 定 정하다 選定、確定、決定

1 다음 그림에 제시된 글자를 이용해 어휘를 만들고 영어로 의미를 써 보세요.

請利用以下方塊中所提示的字造詞並寫出意思。

2 다음 주어진 중국어를 나타내는 어휘와 한자를 써 보세요.

請依照中文寫出對應的韓語單字及漢字。

	韓語	漢字
01 定期 →		
02 界定、定義 →		
03 暫定、假定、假設 →		
04 制定、設定、設立 →		

3 다음 중에서 하나를 골라 정(定)과 함께 여러분의 어휘를 만들어 보세요.

請從下列漢字語中擇一，與 정 (定) 相結合造韓語詞彙。

範例

시<時> 인<認> 액<額> 식<食> 지<指> 특<特> *작<作>

예)	정시	準時
01		
02		
03		
04		
05		

*延伸單字

UNIT 46 리·理 다스리다 治理、統治、修整、平定

다스리다 리(이)

理

漢字的意義:
管理、理由

漢字聯想記憶法:
世宗大王（王）很好地管理每個村落（里）與發明韓文字，讓當地人民容易學習。

나랏말쓰미

字首		字尾	
□ 이발	<理髮> 理髮、剪髮	□ 관리	<管理> [괄리] 管理、掌管、維護
□ 이사	<理事> 理事、董事	□ 수리	<修理> 修理、修繕、維修
□ 이과	<理科> [이꽈] 理科	□ 요리	<料理> 料理、烹飪、烹調、做菜
□ 이념	<理念> 理念、理想、觀念	□ 정리	<整理> [정니] 整理、收拾、整頓、清理
□ 이론	<理論> 理論	□ 처리	<處理> 處理、受理、辦理
□ 이상	<理想> 理想	□ 총리	<總理> 總理、國務總理
□ 이성	<理性> 理性、理智	□ 논리	<論理> [놀리] 邏輯、法則、規律
□ 이유	<理由> 理由、原因、藉口	□ 심리	<心理> [심니] 心理、心態
□ 이치	<理致> 情理、道理、事理	□ 원리	<原理> [월리] 原理
□ 이해	<理解> 理解、體會、諒解、體諒	□ 진리	<真理> [질리] 真理、真諦

Unit 46　理 리-

046

字首

이발 ★★ 이발(하다)	<理髮> 理髮、剪髮	한 달에 두 번 이발한다. 一個月理髮兩次。
이사	<理事> 理事、董事	아버지께서 작년에 이사로 승진하셨다. 父親去年升職為理事。
이과 ↔ 문과	<理科> [이꽈] ↔ <文科> 理科	한국의 고등학교 교과과정은 문과와 이과로 나뉜다. 韓國高中教學課程分為文科與理科。
이념 ★★	<理念> 理念、理想、觀念	세계에는 다양한 이념이 존재한다. 在這世界上存在著多樣的理念。
이론 ★★ ↔ 실제 ↗ unit 44	<理論> ↔ <實際> 理論	이론과 실제는 다르다. 理論與實際不同。
이상 ★ ↔ 현실	<理想> ↔ <現實> 理想	이상과 현실은 다르다. 理想與現實不同。
이성 ★★ ↔ 감성 ↗ unit 38	<理性> ↔ <感性> 理性、理智	인간에게 이성이 없다면 동물과 다를 것이 없다. 人如果沒有理性的話，與動物沒有兩樣。
이유 ★★★	<理由> 理由、原因、藉口	건강상의 이유로 회사를 그만두었다. 因為健康的理由而辭職。
이치 ★	<理致> 情理、道理、事理	그런 행동은 이치에 맞지 않는다. 那樣的行為不合情理。
이해 ★★★ 이해(하다/되 다/시키다)	<理解> 理解、體會、諒解、 體諒	선생님의 설명 덕분에 잘 이해할 수 있었다. 託老師說明的福得以徹底理解。

構詞

-리 理

字尾

관리 관리(하다/되다)	<管理> [괄리] 管理、掌管、維護	시간 관리와 건강 관리를 잘 해야 한다. 必須要做好時間管理與健康管理。
수리 수리(하다/되다)	<修理> 修理、修繕、維修	화장실이 수리 중이라서 사용할 수 없다. 因為洗手間在修理中，所以沒辦法使用。
요리 요리(하다/되다)	<料理> 料理、烹飪、烹調、做菜	어머니는 요리 솜씨가 좋다. 媽媽料理手藝很好。
정리 정리(하다/되다)	<整理> [정니] 整理、收拾、整頓、清理	컴퓨터에 필요 없는 파일을 정리했다. 我整理了電腦中不必要的檔案。
처리 처리(하다/되다)	<處理> 處理、受理、辦理	컴퓨터는 정보를 처리하는 데 아주 효율적이다. 電腦在處理資料方面非常有效率。
총리	<總理> 總理、國務總理	대통령은 취임한 후에 총리를 임명한다. 總統上任之後任命總理。
논리 ☞unit 44	<論理> [놀리] 邏輯、法則、規律	그 학자의 논리에는 모순이 있다. 那位學者的邏輯有矛盾之處。
심리 ☞unit 21	<心理> [심니] 心理、心態	다른 사람의 심리를 이해하는 것은 쉽지 않다. 理解其他人的心態不是一件容易的事情。
원리	<原理> [월리] 原理	시장 원리에 따르면 수요가 늘어나면 공급도 늘어난다. 根據市場原理，需求增加，供給也會增加。
진리	<真理> [질리] 真理、真諦	학자들은 진리를 찾기 위해 노력한다. 學者們為了尋找真理而努力。

UNIT 46 練習題 **리 · 理** 다스리다 治理、統治、修整、平定

1 다음 그림에 제시된 글자를 이용해 어휘를 만들고 영어로 의미를 써 보세요.

請利用以下方塊中所提示的字造詞並寫出意思。

정리　整理　**정**

관

수　리　**발** 06

논

총

유　이유　理由

해 05

발 06

사 07

성 08

01

02

03

04

2 다음 주어진 중국어를 나타내는 어휘와 한자를 써 보세요.

請依照中文寫出對應的韓語單字及漢字。

		韓語	漢字
01	觀念、理念、理想 →		
02	理論 →		
03	烹飪、料理、烹調 →		
04	真諦、真理 →		

3 다음 중에서 하나를 골라 리(**理**)와 함께 여러분의 어휘를 만들어 보세요.

請從下列漢字語中擇一，與 리（**理**）相結合造韓語詞彙。

範例

상<**想**>　치<**致**>　원<**原**>　과<**科**>　처<**處**>　심<**心**>　*무<**無**>

예)	**이상**	理想
01		
02		
03		
04		
05		

* 延伸單字

열매 실

實

漢字的意義：
果實、真實

漢字聯想記憶法：
在這房子有許多財產（螺紋珠，貫）。衍伸意思為「果實」、「真實」與「實質」。

字首		字尾	
□ 실력	<實力> [실력] 實力、能力、武力	□ 결실	<結實> [결씰] 收穫、開花結果、成功
□ 실례	<實例> 實例、例子、事例	□ 매실	<梅實> 梅子
□ 실명	<實名> 真實姓名、實名、本名	□ 사실	<事實> 事實、實際、其實、說真的
□ 실시	<實施> [실씨] 實施、施行、推行、落實	□ 성실	<誠實> 誠實、誠信、忠誠、坦承
□ 실제	<實際> [실쩨] 實際、其實	□ 절실	<切實> [절씰] 深切、迫切、切實
□ 실천	<實踐> 實踐、旅行、實施	□ 진실	<真實> 真實、事實、真摯、真相
□ 실험	<實驗> 實驗、嘗試、施行	□ 착실	<著實> [착씰] 踏實、實在、充實、充份
□ 실현	<實現> 實現、達成	□ 충실	<充實>、<忠實> 充實、豐富、（身體）結實、詳細
□ 실시간	<實時間> [실씨간] 即時	□ 현실	<現實> 現實、實際、真實
□ 실용적	<實用的> [시룡적] 實用的、實用	□ 확실	<確實> [확씰] 確實、準確

047

字首

실력 ☞unit 43 ★★	\<實力\> [실력] 實力、能力、武力	면접 때 긴장하는 바람에 제대로 실력 발휘를 못했다. 面試的時候因為緊張而無法好好發揮實力。
실례 ★★	\<實例\> 實例、例子、事例	선생님은 실례를 들어 설명해 주셔서 학생들이 잘 이해할 수 있었다. 因老師舉了一個實例說明，學生得以確實理解。
실명 ↔ 가명 ★	\<實名\> ↔ \<假名\> 真實姓名、實名、 本名	은행에서 계좌를 만들 때에는 반드시 실명으로 해야 한다. 在銀行開戶的時候一定要使用真實姓名。
실시 실시(하다/되다) ★★	\<實施\> [실씨] 實施、施行、推行、 落實	정부는 다음 달에 새로운 정책을 실시한다. 政府下個月會實施新政策。
실제 ↔ 이론 ★★	\<實際\> [실쩨] ↔ \<理論\> 實際、其實	연습을 많이 했지만 실제 면접은 더 긴장되었다. 雖然練習過許多次，但是實際面試時更緊張。
실천 실천(하다/되다) ★★	\<實踐\> 實踐、旅行、實施	말보다 실천이 더 중요하다. 比起談論，實踐更重要。
실험 실험(하다) ★★	\<實驗\> 實驗、嘗試、施行	과학자는 실험을 통해 이론을 증명한다. 科學家透過實驗證明理論。
실현 실현(하다/되다/ 시키다) ★★	\<實現\> 實現、達成	우리는 꿈을 실현하기 위해 부지런히 노력해야 한다. 我們為了實現夢想必須勤奮地努力。
실시간 ★	\<實時間\> [실씨간] 即時	인터넷 덕분에 실시간으로 뉴스를 볼 수 있다. 多虧網路得以看到即時新聞。
실용적 ↔ 비실용적 ★★	\<實用的\> [시룡적] ↔ \<非實用的\> 實用的、實用	이 제품은 여러모로 실용적이라서 유용하다. 因為這產品各方面都很實用，是有用的。

字尾

* **결실** 결실(하다)	<結實> [결씰] 收穫、開花結果、 成功	마침내 우리 프로젝트가 결실을 맺게 되어서 정말 기쁘다. 最終我們的計畫開花結果，真的很開心。
매실	<梅實> 梅子	배 아플 때 매실 음료를 마시면 좋다. 肚子痛的時候，喝梅子汁有幫助。
■ *** **사실** ☞unit 23	<事實> 事實、實際、其 實、說真的	사실 저는 환경 문제에 대해 관심이 별로 없었습니다. 事實上，我對環境問題一點興趣也沒有。
■ ** **성실** 성실(하다)	<誠實> 誠實、誠信、忠 誠、坦承	아버지는 오직 성실과 노력으로 높은 자리에 오를 수 있었다. 爸爸僅憑忠誠與努力而得以升到較高的職位。
* **절실하다**	<切實> [절씰] 深切、迫切、切實	난민들은 다른 나라의 식량 지원이 절실하다. 難民們迫切需要其他國家的糧食支援。
■ ** **진실** 진실(하다)	<真實> 真實、事實、真 摯、真相	이번 사건의 진실을 밝히기 위해 많은 전문가들이 조사에 참여했다. 為了揭發這次事件的真相，許多專家參與調查。
* **착실하다**	<著實> [착씰] 踏實、實在、充 實、充份	아버지는 한 회사에서 30년 동안 착실하게 근무하셨다. 爸爸在一家公司踏實地工作了30年。
* **충실** 충실(하다)	<充實>、<忠實> 充實、豐富、（身 體）結實、詳細	1) 이 책은 내용이 아주 충실하다. 這本書內容很充實。 2) 부하는 상사가 시킨 일을 충실히 수행했다. 部下對上司的命令很詳細地執行。
■ ** **현실** ↔ 이상 ☞unit 46	<現實> ↔ <理想> 現實、實際、真實	아직도 남녀 임금 격차가 있다는 것은 현실이다. 現實是男女薪資差距仍然存在。
■ ** **확실하다** ↔ 불확실하다	<確實> [확씰] ↔ <不確實> 確實、準確	아직 확실한 증거가 없어서 좀 더 기다려 봐야 한다. 因為還沒有確切的證據，所以必須要再等待一段時間。

1 다음 그림에 제시된 글자를 이용해 어휘를 만들고 영어로 의미를 써 보세요.

請利用以下方塊中所提示的字造詞並寫出意思。

	매실	梅子	**매**		**례**		실례	實例
01			**결**		**력**	05		
02			**성**	**실**	**명**	06		
03			**착**		**시**	07		
04			**확**		**제**	08		

2 다음 주어진 중국어를 나타내는 어휘와 한자를 써 보세요.

請依照中文寫出對應的韓語單字及漢字。

			韓語	漢字
01	實用、實用的	→		
02	嘗試、實驗、施行	→		
03	事實、真相、真摯	→		
04	現實、實際、真實	→		

3 다음 중에서 하나를 골라 실(實)과 함께 여러분의 어휘를 만들어 보세요.

請從下列漢字語中擇一，與 실（實）相結合造韓語詞彙。

```
範例
현<現>  천<踐>  사<事>  절<切>  시간<時間>  충<充>  *습<習>
```

예)	실현	實驗
01		
02		
03		
04		
05		

*延伸單字

도·道 길 道路、路徑、航線

길 도

道

漢字的意義:
道路、原則、方法、省

漢字聯想記憶法:
一首領(首)應該挺直行走
(辶)與規矩行事。

字首		字尾	
□ 도구	<道具> 道具、工具、手段	□ 복도	<複道> [복또] 走廊、走道
□ 도덕	<道德> 道德、德	□ 수도	<水道> 水管、上水道、下水道
□ 도로	<道路> 道路、公路、馬路、路面	□ 인도	<人道> 人行道
□ 도리	<道理> 道理、本分、情理、辦法、 途徑	□ 차도	<車道> 車道
□ 도립	<道立> 道立	□ 철도	<鐵道> [철또] 鐵路、鐵道
□ 도민	<道民> 道民、道內居民	□ 지하도	<地下道> 地下道、地道
□ 도복	<道服> (柔道、跆拳道) 道服	□ 횡단보도	<橫斷步道> [횡단보도] 斑馬線、人行道
□ 도장	<道場> 道場、練習場、練武場	□ 태권도	<跆拳道> [태꿘도] 跆拳道
□ 도지사	<道知事> 道知事	□ 효도	<孝道> 孝道、孝順、孝敬
□ 도청	<道廳> 道廳、道政府、道辦公室	□ 보도	<報道> 報導、媒體報導、新聞報導

048

字首

Ⅱ ** **도구**	<道具> 道具、工具、手段	언어는 의사소통의 중요한 도구다 . 語言是溝通的重要工具。
* **도덕** ↔ 비도덕(성)	<道德> ↔ <非道德性> 道德、德	도덕이 법보다 더 중요한 경우가 있다 . 有道德比法律更加重要的情況。
Ⅱ *** **도로**	<道路> 道路、公路、馬路、路面	도로가 넓어서 운전하기가 좋다 . 因為道路寬，所以車開起來很好開。
* **도리**	<道理> 道理、本分、情理、辦法、 途徑	부모를 공경하는 것은 자식이 지켜야 할 마땅한 도리이다 . 尊敬父母這件事情是子女應該要遵守的道理。
* **도립**	<道立> 道立 * 道：韓國行政區單位	현재 이 산은 도립공원으로 관리되고 있다 . 現在這座山作為道立公園被管理。
도민	<道民> 道民、道內居民 * 道：韓國行政區單位	도지사는 도민의 입장을 최대한 들으려 고 노력한다 . 道知事盡可能努力聽取道民的觀點。
도복	<道服> （柔道、跆拳道）道服	태권도장에는 도복을 입은 외국인들이 연습하고 있었다 . 跆拳道場有穿著跆拳道道服的外國人在練習。
도장	<道場> 道場、練習場、練武場	어렸을 때 태권도 도장을 다니면서 열 심히 태권도를 배웠다 . 小時候有去跆拳道道場努力學習跆拳道。
도지사	<道知事> 道知事 * 韓國的行政首長，等同省長。	그 도지사는 훌륭한 행정 능력 덕분에 도민의 지지를 받고 있다 . 那位道知事託優秀行政能力的福，獲得道民的 支持。
도청	<道廳> 道廳、道政府、道辦公室 * 等同省辦公室、省政府	그는 도청에서 공무원으로 18 년 동안 일했다 . 他在道辦公室作為公務員工作了 18 年。

-도 道

🔲 ** **복도**	<複道> [복또] 走廊、走道	화장실은 복도 끝에 있다 . 廁所在走廊最底。
🔲 ** **수도**	<水道> 水管、上水道、 下水道	수도가 공급되면서 생활이 매우 편리해졌다 . 隨著水管供水，生活變得非常方便。
🔲 ** **인도**	<人道> 人行道	자동차가 갑자기 인도로 돌진해 행인들이 다쳤 다 . 汽車突然衝向人行道，行人受傷。
🔲 ** **차도**	<車道> 車道	사슴이 갑자기 차도로 뛰어들었다 . 鹿突然闖入車道。
🔲 ** **철도**	<鐵道> [철또] 鐵路、鐵道	이번 휴가 때는 철도로 여행할 계획이다 . 這次休假計畫搭鐵路旅行。
🔲 *** **지하도**	<地下道> 地下道、地道	백화점은 지하도를 건너서 오른쪽으로 가면 있 다 . 百貨公司位於穿越地下道後往右邊走的方向。
🔲 *** **횡단보도**	<橫斷步道> [횡단보도] 斑馬線、人行道	횡단보도를 건널 때는 항상 주의해야 한다 . 穿越斑馬線時，必須經常留心。
🔲 *** **태권도**	<跆拳道> [태꿘도] 跆拳道	태권도는 2000 년에 올림픽 정식 종목으로 채 택되었다 . 跆拳道在 2000 年的時候被採納為奧林匹克正式比賽項目。
🔲 ** **효도** 효도(하다)	<孝道> 孝道、孝順、孝 敬	부모님께 더 많이 효도하려고 한다 . 我打算更加孝敬父母。
🔲 ** **보도** 보도(하다/되다)	<報道> 報導、媒體報 導、新聞報導	보도에 의하면 , 이 사고로 3 명이 사망했다 . 根據媒體報導，這場事故造成 3 人死亡。

練習題 도·道 길 道路、路徑、航線

1 다음 그림에 제시된 글자를 이용해 어휘를 만들고 영어로 의미를 써 보세요.
請利用以下方塊中所提示的字造詞並寫出意思。

철도	鐵路	철		로		도로	道路
	01	차	도	구	05		
	02	복		복	06		
	03	수		리	07		
	04	효		립	08		

2 다음 주어진 중국어를 나타내는 어휘와 한자를 써 보세요.
請依照中文寫出對應的韓語單字及漢字。

		韓語	漢字
01	道德、德 →		
02	道知事 →		
03	報導、媒體報導、新聞報導 →		
04	地下道、地道 →		

3 다음 어휘를 도(道)의 의미에 따라 분류해 보세요.
請依照字彙 도（道）的意思做分類。

範例

도구<道具>　수도<水道>　인도<人道>　지하도<地下道>
태권도<跆拳道>　철도<鐵道>　도덕<道德>　도로 <道路>　도리<道理>
도민<道民>　도청<道廳>　효도<孝道>　차도<車道>　도장<道場>

01 道路	02 道理	03 方法	04 省

UNIT 49 불・不 아니다 不是、恐怕、莫非、豈不

아니다 불(부)

不

불如果放在ㄷ、ㅅ之前就會變成부，除了「부실하다」。

漢字的意義：
不、否定的字首

漢字聯想記憶法：
一隻鳥飛走且不再出現。

字首

□ 부족	<不足> 不足、缺乏、不夠、虧欠	□ 불법	<不法> 不法、非法、走私
□ 부동산	<不動產> 不動產、房地產	□ 불안	<不安> [부란] 不安、緊張、不穩定、不舒服
□ 부정	<不正> 違法、不正當、非法	□ 불편	<不便> 不方便、不舒服、彆扭
□ 부정확	<不正確> 不正確、不對、錯誤	□ 불이익	<不利益> [불리익] 無益、沒有好處、受損害
□ 부주의	<不注意> [부주이] 不注意、不小心、疏忽、不慎	□ 불충분	<不足> 不充分、不充足、不夠
□ 불가능	<不可能> 不可能	□ 불친절	<不親切> 不親切、冷淡、冷漠
□ 불가피	<不可避> 不可避免、無法避免、難免	□ 불평	<不平> 抱怨、不滿、牢騷
□ 불균형	<不均衡> 不均衡、不平衡、失調	□ 불평등	<不平等> 不平等
□ 불리	<不利> 不利	□ 불행	<不幸> 不幸、不測、倒楣
□ 불만	<不滿> 不滿、不滿足	□ 불확실	<不確實> [불확씰] 不確定、不確實

049

字首

I *** **부족** 부족(하다) ↔ 충분(하다)	<不足> ↔ <充分> 不足、缺乏、不夠、虧欠	해외여행을 하기에는 돈이 부족하다. 要出國旅遊的話旅費不足。
II ** **부동산** ↔ 동산	<不動產> ↔ <動產> 不動產、房地產	요즘 부동산 값이 엄청나게 올랐다. 最近不動產價格上漲非常多。
II ** **부정** 부정(하다) ↔ 공정(하다)	<不正> ↔ <公正> 違法、不正當、非法	회사는 부정행위를 한 직원을 해고했다. 公司開除了做出不當行為的員工。
II ** **부정확** 부정확(하다) ↔ 정확(하다)	<不正確> ↔ <正確> 不正確、不對、錯誤	그 아이는 발음이 부정확해서 이해하기 어렵다. 那孩子因為發音不正確而理解困難。
II ** **부주의** 부주의(하다) ↔ 주의(하다)	<不注意> [부주이] ↔ <注意> 不注意、不小心、疏忽、 不慎	이번 사고는 운전자의 부주의로 일어났다. 這次事故因駕駛疏忽而發生。
II ** **불가능** 불가능(하다) ↔ 가능(하다)	<不可能> ↔ <可能> 不可能	제품을 사용하면 교환이 불가능하다. 如果已經使用產品，就不可能換貨。
II ** **불가피하다**	<不可避> 不可避免、無法避免、難免	불가피한 사정으로 회의에 참석 못했다. 因為不可避免的情況，所以無法參加會議。
II ** **불균형** 불균형(하다) ↔ 균형	<不均衡> ↔ <均衡> 不均衡、不平衡、失調	지역별 인구 불균형 현상이 뚜렷이 나타났다. 明顯呈現出地區人口不均衡的現象。
II ** **불리** 불리(하다) ↔ 유리(하다)	<不利> ↔ <有利> 不利	유감스럽게도 우리가 불리한 입장이다. 遺憾地，我們的立場很不利。
II ** **불만** 불만(스럽다) ↔ 만족(스럽다/하다)	<不滿> ↔ <滿足> 不滿、不滿足	소비자들은 요금 인상에 불만을 표시했다. 消費者對費用上漲表示不滿。

構詞　不 불-

字首

불법 [초급]**★★** ↔ 합법	<不法> ↔ <合法> 不法、非法、走私、違法	미성년자에게 담배를 파는 것은 불법이다. 賣香菸給未成年是違法的。
불안 [초급]**★★★** 불안(하다) ↔ 안정(되다)	<不安> [부란] ↔ <安定> 不安、緊張、不穩定、不舒服	요즘은 휴대폰이 없으면 불안하다. 最近如果沒有手機的話會不安。
불편 [초급]**★★★** 불편(하다) ↔ 편(리)(하다)	<不便> ↔ <便利> 不方便、不舒服、彆扭	주차 공간 부족으로 주민들이 불편을 겪고 있다. 由於停車空間不足,居民們感到不方便。
불이익 [초급]**★★** ↔ 이익	<不利益> [불리익] ↔ <利益> 無益、沒有好處、受損害	많은 여성들이 승진에 관한 한 불이익을 받았다고 주장한다. 許多女性主張受到升遷相關損害。
불충분 [초급]**★★** 불충분(하다) ↔ 충분(하다)	<不充分> ↔ <充分> 不充分、不充足、不夠	증거가 불충분해서 체포할 수 없었다. 因為證據不充足所以無法逮捕。
불친절 [초급]**★★** 불친절(하다) ↔ 친절(하다)	<不親切> ↔ <親切> 不親切、冷淡、冷漠	그 식당은 직원도 불친절하고 서비스도 엉망이었다. 那家餐廳職員不親切,且服務不好。
불평 [초급]**★★** 불평(하다)	<不平> 抱怨、不滿、牢騷	재석은 회사일이 너무 많다고 불평했다. 在碩抱怨公司事情太多。
불평등 [초급]**★★** 불평등(하다) ↔ 평등(하다)	<不平等> ↔ <平等> 不平等	최근 사회적 불평등이 심해진 것 같다. 最近社會不平等似乎越來越嚴重。
불행 [초급]**★★** 불행(하다) ↔ 다행(이다)	<不幸> ↔ <多幸> 不幸、不測、倒楣	불행히 대기오염이 악화되고 있다. 不幸地,空氣汙染正在惡化。
불확실 [초급]**★★** 불확실(하다) ↔ 확실(하다)	<不確實> [불확씰] ↔ <確實> 不確定、不確實	우리의 미래는 불확실하다. 我們的未來是不確定的。

UNIT 49 練習題 불·不 아니다 不是、恐怕、莫非、豈不

1 다음 그림에 제시된 글자를 이용해 어휘를 만들고 영어로 의미를 써 보세요.

請利用以下方塊中所提示的字造詞並寫出意思。

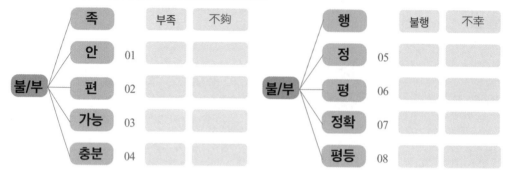

2 다음 주어진 중국어를 나타내는 어휘와 한자를 써 보세요.

請依照中文寫出對應的韓語單字及漢字。

韓語　漢字

01　不可避免、難免　→

02　房地產、不動產　→

03　不利　→

04　不確定、不確實　→

3 다음 번역을 참고하여 알맞은 단어를 ( ) 안에 써 보세요.

請參考以下翻譯並在（　）寫下適當的單字。

01　경찰이 [   ] 주차를 단속했다.

警察取締違法停車。

02　두 나라 사이에 무역 [   ] 이 존재한다.

兩國之間存在不平衡的貿易。

03　화재는 대개 [   ] 에서 생긴다.

火災一般是疏忽所導致。

04　직원들은 회사의 제안에 [   ] 을 표시했다.

職員們對公司提案表達不滿。

208

UNIT 50 적·的 과녁 目標、靶子、標的

과녁 적

漢字的意義：
目標、字尾（形容詞、名詞）

漢字聯想記憶法：
直接打中（勺）太陽形狀（白）的目標物。

字首

□ **적중하다** ＜的中＞ ［적쭝하다］
命中、射中、說中、應驗、正確

字尾

□ **목적**	＜目的＞ ［목쩍］ 目的、目標、意向	□ **성공적**	＜成功的＞ 成功的
□ **감동적**	＜感動的＞ 感人的、動人的、令人感動的	□ **인상적**	＜印象的＞ 印象很深的、印象深刻的
□ **객관적**	＜客觀的＞ ［객꽌적］ 客觀的、客觀性的	□ **일반적**	＜一般的＞ 一般的、普遍的
□ **공식적**	＜公式的＞ ［공식쩍］ 官方的、正式的、公式化的、程式化的	□ **장기적**	＜長期的＞ 長期的、長遠的、長時間的
□ **구체적**	＜具體的＞ 具體的	□ **적극적**	＜積極的＞ ［적끅쩍］ 積極的、主動的、踴躍的
□ **규칙적**	＜規則的＞ ［규칙쩍］ 規律的、規則的	□ **전체적**	＜全體的＞ 整體的、全體的
□ **긍정적**	＜肯定的＞ 肯定的、認同的、正面的、積極的、認可的	□ **정신적**	＜精神的＞ 精神上的、心理上的、思想上的
□ **내성적**	＜內省的＞ 內向的、內省的、內心思考的	□ **직접적**	＜直接的＞ ［직쩝쩍］ 直接的
□ **논리적**	＜論理的＞ ［놀리적］ 有邏輯的、邏輯上的、有條理的	□ **효과적**	＜效果的＞ 有效的、有成效
□ **사회적**	＜社會的＞ ［사훼적］ 社會的	□ **간접적**	＜間接的＞ ［간접쩍］ 間接的、間接

Unit 50　的 적-

050

字首

적중하다 ☞unit 11	<的中> [적쭝하다] 命中、射中、說中、應驗、正確	그 전문가의 예측이 적중했다. 那位專家的預測一語中的。

字尾

▣ *** **목적**	<目的> [목쩍] 目的、目標、意向	대부분 외국인들이 한국을 방문하는 목적은 관광이다. 大部分的外國人訪問韓國的目的是觀光。
▣ ** **감동적**	<感動的> 感人的、動人的、令人感動的	대통령의 연설은 정말 감동적이었다. 總統的演說真的很感人。
▣ ** **객관적** ↔ 주관적	<客觀的> [객꽌적] ↔ <主觀的> 客觀的、客觀性的	우리는 객관적으로 이 문제를 바라봐야 한다. 我們應該客觀地看這個問題。
* **공식적** ↔ 비공식적	<公式的> [공식쩍] ↔ <非公式的> 官方的、正式的、公式化的、程式化的	그 나라의 공식적인 언어는 영어와 프랑스어이다. 那個國家的官方語言是英語與法語。
▣ ** **구체적** ↔ 추상적	<具體的> ↔ <抽象的> 具體的	구체적인 계획은 나중에 마련할 것이다. 具體計劃之後會準備。
▣ ** **규칙적** ↔ 불규칙적	<規則的> [규칙쩍] ↔ <不規則的> 規律的、規則的	규칙적인 운동은 체중 관리에 도움이 된다. 規律的運動有助於管理體重。
▣ ** **긍정적** ↔ 부정적	<肯定的> ↔ <否定的> 肯定的、認同的、正面的、積極的、認可的	그 전문가는 내년 경제를 긍정적으로 전망한다. 那位專家正面展望明年的經濟。
▣ ** **내성적** ↔ 외향적	<內省的> ↔ <外向的> 內向的、內省的、內心思考的	우리 아들은 성격이 내성적이라서 친구를 사귀는 데 시간이 오래 걸린다. 我兒子個性內向,所以交朋友會花許多時間。
▣ ** **논리적** ↔ 비논리적	<論理的> [놀리적] ↔ <非論理的> 有邏輯的、邏輯上的、有條理的	논리적으로 글을 쓰고 말하는 것을 연습해야 한다. 必須學習有邏輯的寫文章與說話。

Ⅲ＊＊ **사회적**	＜社會的＞ ［사훼적］ 社會的	여성의 사회적 지위가 많이 상승했다 . 女性社會的地位上升許多。
Ⅲ＊＊ **성공적**	＜成功的＞ 成功的	어려운 수술이 성공적으로 끝났다 . 困難的手術成功結束。
Ⅲ＊＊ **인상적**	＜印象的＞ 印象很深的、印象深 刻的	이번 뮤지컬은 인상적인 공연이었다 . 這次的音樂劇是讓人印象深刻的表演。
Ⅲ＊＊ **일반적** ↔ 특수적	＜一般的＞ ↔ ＜特殊的＞ 一般的、普遍的	일반적으로 여성들이 남성들보다 더 오래 산다 . 一般女性比男性活得久。
Ⅲ＊＊ **장기적** ↔ 단기적	＜長期的＞ ↔ ＜短期的＞ 長期的、長遠的、長 時間的	장기적인 관점에서 이 사업의 전망은 아주 밝다 . 從長期的觀點來說，這事業的前景一片光明。
Ⅲ＊＊ **적극적** ↔ 소극적	＜積極的＞ ［적끅쩍］ ↔ ＜消極的＞ 積極的、主動的、踴 躍的	양국은 협상에 적극적으로 참여하고 있다 . 兩國積極的參與協商。
Ⅲ＊＊ **전체적** ↔ 부분적	＜全體的＞ ↔ ＜部分的＞ 整體的、全體的	전체적으로 보면 아파트 시설이 좋다 . 整體來看公寓設施很好。
Ⅲ＊＊ **정신적** ↔ 육체적	＜精神的＞ ↔ ＜肉體的＞ 精神上的、心理上 的、思想上的	책을 쓰는 것은 정신적인 활동이다 . 寫書是精神上的活動。
Ⅲ＊＊ **직접적** ↔ 간접적	＜直接的＞ ［직쩝쩍］ ↔ ＜間接的＞ 直接的	흡연이 폐암의 직접적인 원인이다 . 吸菸是肺癌的直接原因。
Ⅲ＊＊ **효과적** ↔ 비효과적	＜效果的＞ ↔ ＜非效果的＞ 有效的、有成效	학생들은 시간을 효과적으로 관리하는 방법 을 알아야 한다 . 學生必須知道有效管理時間的方法。

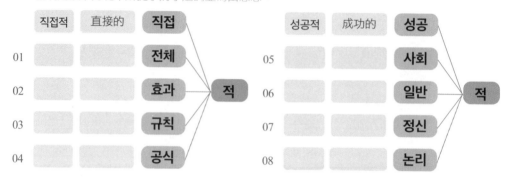

UNIT
50 練習題 적·的 과녁 目標、靶子、標的

1 다음 그림에 제시된 글자를 이용해 어휘를 만들고 영어로 의미를 써 보세요.
請利用以下方塊中所提示的字造詞並寫出意思。

	직접적	直接的	**직접**
01			**전체**
02			**효과**
03			**규칙**
04			**공식**

적

	성공적	成功的	**성공**
05			**사회**
06			**일반**
07			**정신**
08			**논리**

적

2 다음 주어진 중국어를 나타내는 어휘와 한자를 써 보세요.
請依照中文寫出對應的韓語單字及漢字。

韓語　　　　漢字

01　射中、說中、應驗　→
02　印象深刻的、印象很深的　→
03　令人感動的、動人的　→
04　客觀的、客觀性的　→

3 다음 어휘의 반대말을 써 보세요.
請寫出下列詞彙的反義字。

예)	**직접적** **直接的**	直接的	↔	間接的
01	**단기적** **短期的**	短期的	↔	
02	**외향적** **外向的**	外向的	↔	
03	**부정적** **否定的**	否定的	↔	
04	**소극적** **消極的**	消極的	↔	
05	**추상적** **抽象的**	抽象的	↔	

延伸單字

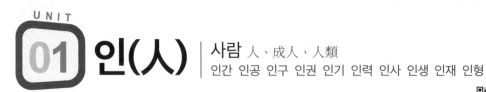

UNIT 01 인(人) | 사람 人、成人、人類
인간 인공 인구 인권 인기 인력 인사 인생 인재 인형

051

字首			
명** **인격** [인껵]	<人格>	人格、品格	행동은 인격을 반영한다. 行為反映品格。
명** **인도** ↔ 차도	<人道> ↔<車道>	人行道	인도로 걸어 다녀야 한다. 必須要走人行道。
명** **인류** [일류]	<人類>	人、人類	산업 혁명은 인류에게 많은 변화를 가져 왔다. 產業革命給人類帶來許多變化。
명** **인물**	<人物>	人物、為人、 人品、角色、 偉人	1) 세종대왕은 위대한 인물이다. 世宗大王是偉大的人物。 2) 그 배우는 인물이 좋다. 那位演員的人品很好。
명*** **인삼**	<人蔘>	人參	삼계탕은 닭과 인삼이 들어간 한국 음식 이다. 人參雞湯是加入雞肉與人參的韓國飲食。
명** **인상**	<人相>	相貌、長相、 容貌、面相	범인의 인상이 좀 험했다. 犯人的面相有點兇殘。
명** **인심**	<人心>	人心、人情、 民意、心地、 人情味	대개 시골 사람들은 인심이 좋다. 一般來說，鄉下人都很有人情味。
명** **인원** [이눤]	<人員>	成員、人員、 人數	인원이 부족하면 여행을 취소해야 한다. 如果人數不足，就必須取消旅行。
* **인종**	<人種>	人種、種族	세계에서 인종 차별이 여전히 일어나고 있다. 世界上仍然發生種族歧視。
명** **인체**	<人體>	人體、人身	미세먼지는 인체에 해롭다. 霧霾對人體有害。

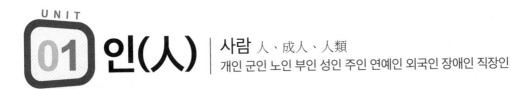

사람 人、成人、人類
개인 군인 노인 부인 성인 주인 연예인 외국인 장애인 직장인

字尾

동양인 ↔ 서양인 [II]**	<東洋人> ↔<西洋人>	東方人	동양인의 생활방식은 서양인과 다르다. 東方人的生活方式與西方人不同。
미인 = 미녀 [II]**	<美人> =<美女>	美人、美女、 美色、麗人	어머니는 젊었을 때 상당한 미인이었다. 奶奶年輕的時候是個大美人。
범인 [II]**	<犯人> [버민]	犯人、罪犯、 囚犯、囚徒	그 범인은 현장에서 체포되었다. 那個犯人在現場被逮捕。
본인 [II]**	<本人> [보닌]	本人、當事 人、當事者	그는 본인도 그것을 인정하고 있다. 他本人也承認那件事情。
부인 [II]**	<婦人>	婦人、婦女、 已婚女子	사무실에 어떤 낯선 부인이 찾아왔다. 有位陌生的婦人來到辦公室。
시인 [II]**	<詩人>	詩人、騷客、 韵客	윤동주는 한국의 유명한 시인이다. 尹東柱是韓國有名的詩人。
애인 [II]***	<愛人>	愛人、情人、 情侶	일생동안 그 가수는 수많은 애인이 있었다. 一生中那位歌手有許多愛人。
연인 [II]**	<戀人> [여닌]	戀人、情人、 情侶	두 사람은 친구에서 연인이 되었다. 兩人從朋友變成戀人。
정치인 [II]**	<政治人>	政治家、政 治人物	나라와 국민을 위해 일하는 정치인이 필요하다. 需要有為了國家與國民工作的政治人物。
지식인 [II]**	<知識人> [지시긴]	知識分子、 讀書人	많은 지식인들이 그 혁명에 참가했다. 許多知識分子參與那場革命。

UNIT

02 생(生)

나다 出生、生活、人生、生產、生的、學生
생일 생신 생활 생존 생명 생산 생선 생수 생맥주 생방송

052

字首			
* 생계	<生計> [생게]	生計、生路	물가가 올라서 생계를 유지하기 힘들다. 物價上漲，很難維持生計。
▣ ** 생기	<生氣>	生機、朝氣、活力、生氣	그 환자 얼굴에 생기가 없다. 那位病患臉上沒有生氣。
▣ ** 생년월일	<生年月日> [생녀눠릴]	出生年月日、生日	생년월일이 어떻게 됩니까? 您生日是什麼時候？
생리 생리(하다)= 월경	<生理> = <月經> [생니]	生理、生活方式、本能、月經	생리가 시작되었다. 我月經開始。
▣ ** 생머리	<生머리>	直髮、自然髮型	남자들은 긴 생머리의 여성을 선호한다. 男生們喜歡直髮女性。
* 생물	<生物>	生物、活物	물이 없으면 생물은 존재하지 못한다. 如果沒有水，生物沒辦法存活。
생모	<生母>	生母、親生母親	그 입양아는 드디어 생모를 찾았다. 那領養的孩子終於找到生母。
* 생사	<生死>	生死、存亡	그것은 생사가 걸린 문제이다. 那是有關生死的問題。
* 생성 생성(하다/되다)	<生成>	生成、產生、形成、誕生、出現	이메일 계정이 생성되었다. 產生電子郵件帳號。
* 생필품	<生必品>	生活必需品、日常用品、日用品	생필품의 가격이 올라간다. 生活必需品價格上漲。

UNIT

02 생(生) │ 나다 出生、生活、人生、生產、生的、學生
탄생 고생 인생 일생 평생 학생 모범생 유학생 장학생

字首

공생 공생(하다) ↔ 기생(하다)	<共生> ↔<寄生>	共生、共棲、 相依為命	두 회사는 서로를 도움으로써 공생하기 로 했다. 兩家公司決定藉由互相幫助相依為命。
▥★★ **발생** 발생(하다)	<發生> [발쌩]	發生、產生	그 도시에 큰 지진이 발생했다. 那座都市發生大地震。
▥★★★ **선생님**	<先生님>	教師、老師、 先生	선생님께서 내일까지 숙제를 해 오라고 하셨다 老師說明天之前繳交作業。
★ **수험생**	<受驗生>	考生、應考 生	수험생들은 시험 결과를 바로 알 수 있 다. 考生們可以馬上知道考試結果。
▥★★ **신입생** ↔ 졸업생	<新入生> ↔<卒業生> [시닙생]	新生	신입생을 위한 환영 파티가 학생회관에 서 열린다. 為了新生舉辦的歡迎派對在學生會館舉行。
★ **야생**	<野生>	野、野生、 小人、小的 （自謙語）	야생에서 자란 꽃이 생명력이 강하다. 在野外生長的花朵生命力很強。
★ **위생**	<衛生>	衛生	위생을 위해서 꼭 손을 씻어야 한다. 為了衛生一定要洗手。
전교생	<全校生>	全校學生	전교생이 200 명이다. 全校學生有 200 名。
▥★★ **재생** 재생(하다)	<再生>	再生、重生、 改過自新、 加工	그 회사는 쓰레기 재생을 위한 기술을 개발했다. 那家公司為了垃圾回收再利用開發了技術。
★ **출생** 출생(하다)	<出生> [출쌩]	出生、誕生、 出世	여기에 출생 연도를 쓰세요. 請在這裡寫下出生年度。

UNIT
03 대(大) | 크다 大、巨大、偉大、大學
대중 대학 대도시 대부분 대통령 대가족 대기업 대량
대형 대회

053

字首			
대강 ⑪**	<大綱>	大綱、綱要、大略地	아침에 신문을 대강 훑어보았다. 早上瀏覽過新聞大綱。
대개 ⑪**	<大概>	大概、大略、大體上、概要	대개 점심으로 샌드위치를 먹는다. 多半吃三明治當午餐。
대규모 ↔ 소규모 ⑪**	<大規模> ↔<小規模>	大規模、大型	그 기업은 해외에 대규모 공장을 지었다. 那家企業在海外建立大規模工廠。
대극장 ↔ 소극장	<大劇場> ↔<小劇場> [대극짱]	大型劇院、大型劇場、大劇場	세종문화회관 대극장에서 공연을 봤다. 我在世宗文化會館大劇場看表演。
대기 ⑪**	<大氣>	大氣、空氣	서울에 대기 오염이 심각하다. 首爾空氣汙染嚴重。
대다수 = 대부분 ⑪**	<大多數>= <大部分>	大多數、大部分、多半	대다수 국민들이 그 후보를 지지한다. 大多數國民支持那位候選人。
대략 ⑪**	<大略>	大略、大概、大約	서울에서 부산까지 대략 4시간 정도 걸린다. 從首爾到釜山大約花費 4 小時左右。
대문 ⑪**	<大門>	大門、正門	대문을 열면 큰 마당이 보인다. 打開大門就會看到大庭院。
대사 ⑪**	<大使>	大使	각국 대사들이 대통령과 함께 만찬에 참석했다. 各國大使與總統一起參與晚宴。
대사관 ⑪***	<大使館>	大使館	비자를 받으러 대사관에 가야 한다. 為了領護照，我必須去大使館。
대선 = 대통령 선거	<大選>= <大統領選擧>	大選、總統選擧	그 후보는 무소속으로 대선에 출마했다. 那位候選人以無黨籍身分出戰大選。

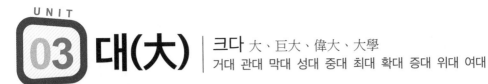

UNIT 03 대(大) | 크다 大、巨大、偉大、大學
거대 관대 막대 성대 중대 최대 확대 증대 위대 여대

★ **대졸**	<大卒>	大學畢業	기업에서 대졸 신입사원을 모집 중이다. 企業正在招募大學畢業的新進員工。
Ⅱ★★ **대청소** 대청소(하다)	<大淸掃>	大掃除	우리는 일요일마다 대청소를 한다. 我們每周日進行大掃除。
Ⅱ★★ **대체** 대체(로)	<大體>	到底、究竟、概況、大致上	오늘은 대체로 맑은 날씨가 되겠습니다. 今天大致上是晴朗的天氣。
★ **대폭** ↔ 소폭	<大幅> ↔<小幅>	大幅、大幅度地、大大地	계획이 대폭 수정되었다. 計畫大幅度地修改。

★ **강대국** ↔ 약소국	<強大國> ↔<弱小國>	強國	미국은 오랫동안 세계 최고의 강대국이었다. 美國長久以來是世界最頂尖的強國。
★ **극대화** 극대화(하다/되다) ↔극소화(하다/되다)	<極大化> ↔<極小化> [극때화]	最大化、極大化	운동 효과의 극대화를 위해서는 바른 자세가 필수적이다. 為了到達運動效果的最大化，正確的姿勢是必須的。
무한대	<無限大>	無限大、無窮無盡	기술의 발달로 컴퓨터 용량을 무한대로 늘릴 수 있다. 因為技術發達，所以電腦容量能夠無窮無盡地增加。
교대 = 교육대학	<教大> = <教育大學>	師大（師範大學）、教大（教育大學）、師範學院	교대를 졸업한 후 초등학교 교사가 되었다. 師範學院畢業之後成為了國小老師。
법대 = 법학대학	<法大> = <法學大學> [법때]	法大、法學院	법대를 졸업한 후 변호사가 되고 싶다. 法學院畢業之後，我想成為律師。

학(學)

배우다 學、學校、學生
학교 학기 학생 학습 학원 학과 학자 학위 학년 학비

054

字首			
학력 [①]** <學歷> [항녁]	學歷、文憑	한국은 학력 위주의 사회다. 韓國是學歷為主的社會。
학문 [①]** <學問> [항문]	學問、學識	김 박사님은 일평생 학문에 전념했다. 金博士一輩子專注於學識。
학번 * <學番> [학뻔]	學號、入學年度、級	학번은 192004이고, 19학번이에요. 學號是 192004，入學年度是 2019。
학벌 * <學閥> [학뻘]	學閥、學歷、學派	그 회사는 학벌보다는 실력을 중시한다. 那家公司比起學閥，更重視實力。
학부 <學部> [학뿌]	大學部、學院、系、本科	나는 지난해에 학부를 마쳤다. 我去年完成本科學業。
학부모 [①]** <學父母> [학뿌모]	學生家長、學生父母	학부모들의 사교육비 부담이 커지고 있다. 學生家長的補習費負擔越來越重。
학생증 [①]*** <學生證> [학쌩쯩]	學生證	학생증을 제시하면 할인받을 수 있다. 如果出示學生證，就能夠得到折扣。
학술 * <學術> [학쑬]	學術	지난 주말에는 학술 대회에 참가했다. 上週末參加了學術會議。
학용품 [①]** <學用品> [하굥품]	學習用品、文具	신학기를 위한 학용품이 필요하다. 需要新學期要用的學習用品。
학점 * <學點> [학쩜]	學分	졸업하려면 140 학점을 따야 한다. 如果想要畢業的話，必須取得 140 學分。

字尾

견학 ** 견학(하다)	<見學>	見習、參觀 學習	오늘 박물관으로 견학 갔다. 今天去博物館見習。
공학 *	<工學>	工學、工程	컴퓨터 공학이 공학 분야에서 가장 인기가 많다. 電腦工程在工程領域中是最有人氣的。
대학원 ***	<大學院> [대하권]	研究所	올해 대학원에 입학하여 석사 과정을 시작했다. 今年進入研究所，開始讀碩士課程。
법학	<法學> [버팍]	法學	법학을 공부한 후에 변호사가 되고 싶다. 在讀過法學之後，我想要成為律師。
복학 * 복학(하다)	<復學> [보각]	我從軍隊退伍之後就馬上復學了。	나는 군대에서 제대하자마자 복학했다. 我從軍隊退伍之後就馬上復學了。
어학 *	<語學>	語學、語言學	아들은 어학에 재능이 있다. 兒子在語學方面有天分。
의학 *	<醫學>	醫學	의학의 발달로 평균 수명이 길어졌다. 因醫學發達，平均壽命變長。
전학 * 전학(하다/ 가다/시키다)	<轉學>	轉學、轉校	아들을 다른 학교로 전학시켰다. 我把兒子轉到其他學校。
철학 *	<哲學>	哲學、理念	문학을 공부할 때 철학도 같이 공부하면 좋다. 在學文學的時候，如果連哲學也一起學習會比較好。
화학 *	<化學>	化學	화학을 전공한 뒤 석유회사에서 일한다. 攻讀化學後在石油公司上班。

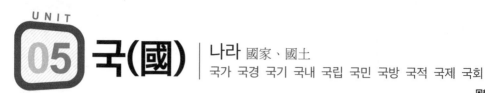

UNIT 05 국(國) | 나라 國家、國土
국가 국경 국기 국내 국립 국민 국방 국적 국제 국회

055

字首

Ⅲ** **국경일**	<國慶日> [국꼉일]	國慶日、法定節日	한글날은 국경일이다. 韓文節是法定節日。
* **국군**	<國軍> [국꾼]	國軍	국군은 국민의 생명과 재산을 지키기 위해 노력한다. 國軍為了守護國民的生命與財產而努力。
* **국력**	<國力> [궁녁]	國力、國勢	훌륭한 교육은 미래의 국력을 키우는 힘이다. 傑出的教育是培養未來國力的力量。
* **국보**	<國寶> [국뽀]	國寶、玉璽	남대문은 한국의 국보 1호이다. 南大門是韓國的國寶 1 號。
Ⅲ** **국산** ↔ 외제	<國產> ↔<外製> [국싼]	國產	국산 자동차의 대부분은 수출용이다. 大部分國產汽車是外銷用。
Ⅲ** **국어**	<國語> [구거]	國語、官方語言	캐나다는 영어와 프랑스어를 국어로 사용한다. 加拿大使用英語與法語作為國語。
* **국왕**	<國王> [구광]	國王	여왕의 큰아들이 국왕이 되었다. 女王的大兒子成為國王。
* **국익**	<國益> [구긱]	國家利益	외교부는 국익을 도모하기 위해 노력한다. 外交部為了謀求國家利益而努力。
* **국정**	<國政> [국쩡]	國政、國家政事	대통령은 국정을 잘 운영하고 있다. 總統妥善地管理著國政。
* **국토**	<國土>	國土、領土、疆土	한국은 국토는 좁은 반면에 인구가 많다. 韓國國土狹窄但人口眾多。

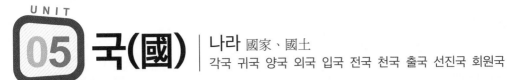

UNIT 05 국(國) | 나라 國家、國土

각국 귀국 양국 외국 입국 전국 천국 출국 선진국 회원국

字尾

ⅠＩ★★ **고국**	<故國>	故國、祖 國、故土	요즘 고국이 그립다. 我最近懷念祖國。
동맹국	<同盟國>	同盟國、友 邦	한국은 동맹국들과 안보 협력을 강화하 고 있다. 韓國正與同盟國強化安保合作。
모국 ↔ 타국	<母國> ↔ <他國>	母國、本 國、祖國	그 간호사가 30년 만에 모국에 돌아왔다. 那位護理師睽違 30 年回到母國。
상대국	<相對國>	對方國家、 邦交國、經 貿往來夥伴	한국은 무역 상대국들과 자유 무역 협정 을 체결했다. 韓國與經貿往來夥伴締結自由貿易協定。
★ **본국**	<本國>	本國、宗主 國	외교관들은 임무를 마치고 본국으로 돌 아갔다. 外交官們完成任務回到自己的國家。
★ **애국** 애국(하다)	<愛國>	愛國	국산품을 이용하는 것이 애국하는 것이 다. 使用國貨是愛國的表現。
우방국 ↔ 적대국	<友邦國> ↔ <敵對國>	友邦、友好 國家	한국 전쟁에 많은 우방국들이 참전했다. 許多友邦參戰韓戰。
★ **자국** ↔ 타국	<自國> ↔ <他國>	本國、自己 國家	모든 국가는 자국의 이익을 위해서 노력 한다. 所有的國家都為了自己國家的利益而努力。
★ **조국** = 모국	<祖國> = <母國>	祖國、母國	많은 군인들이 조국을 지키기 위해 목숨 을 바쳤다. 許多軍人為了保護祖國而犧牲。
중립국	<中立國> [중닙국]	中立國	스위스는 중립국이다. 瑞士是中立國。

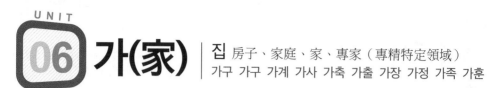

06 가(家)

집 房子、家庭、家、專家(專精特定領域)
가구 가구 가계 가사 가축 가출 가장 가정 가족 가훈

056

字首

* **가옥**	<家屋>	民居、房屋、 房子	한국의 전통 가옥은 자연과 조화를 이룬다. 韓國傳統房屋與自然達到協調。
▣ ** **가전제품**	<家電製品>	家電、家電 產品、家用 電器	이번에 이사 가면서 냉장고, 세탁기 같 은 가전제품도 새로 샀다. 這次搬家的時候，像是冰箱、洗衣機之類的家 電也重買了。
* **가문**	<家門>	家族、家世、 家門、門楣	동생이 올림픽에 출전한 것은 가문의 영광이다. 弟弟參加奧運是家門的榮耀。
가보	<家寶>	傳家之寶、 傳家寶	이 도자기는 우리 집의 가보이다. 這個陶瓷器是我們家的傳家之寶。
가부장	<家父長>	家長	한국은 가부장의 권위를 중요하게 여기 는 사회였다. 韓國是一個認為家長權威很重要的社會。
가업	<家業>	家業、祖業、 家族事業	그는 부친의 가업을 이어갔다. 他繼承父親的家業。
가풍	<家風>	家風、門風、 家庭風氣	가풍은 부모에게서 자녀에게 자연스럽 게 전해진다. 家庭風氣會自然地從父母傳給孩子。

字尾

* **농가**	<農家>	農家、農舍、 莊農	태풍 때문에 농가들이 큰 피해를 보았다. 因為颱風的關係，農家們損失重大。
▣ ** **상가**	<商家>	商家、商場、 商行	건물 일 층에는 상가와 식당이 있다. 建築物的一樓有商家與餐廳。
* **처가**	<妻家>	岳家、妻子 家、妻子娘家	주말에는 장인어른 생신이라서 처가에 다녀왔다. 週末因為是岳父生日，去了岳家。

UNIT 06 가(家)

집 房子、家庭、家、專家（專精特定領域）
귀가 국가 양가 사업가 소설가 예술가 음악가 작가 전문가
화가

字尾

* **건축가**	<建築家> [건축까]	建築師、建築家	건축가가 되어서 아름다운 건물을 짓고 싶다. 我想成為建築師，蓋美麗的建築物。
■ ** **기업가**	<企業家> [기업까]	企業家	유능한 기업가는 항상 변화를 모색하고 기회로 삼는다. 有能力的企業家總是尋求改變並把它視為機會。
* **미술가**	<美術家>	美術家	모네는 최고의 미술가 중의 하나다. 莫內是最棒的美術家之一。
* **발명가**	<發明家>	發明家	많은 발명가들 덕분에 우리의 생활이 편리해졌다. 託許多發明家的福，我們的生活變得便利。
* **법률가**	<法律家> [범뉼가]	法律專家、法學家	검사, 판사 등 법률가가 되기 위해서는 법학을 공부해야 한다. 為了成為檢察官、法官等法學家，必須要學習法學。
■ ** **여행가**	<旅行家>	旅行家	여행가는 세계 여행을 다녀온 경험을 바탕으로 글을 쓴다. 旅行家以環遊世界的經驗為基礎來寫作。
■ ** **역사가**	<歷史家> [역싸가]	歷史學家、歷史學者	역사가는 역사 자료를 객관적으로 바라보려고 노력한다. 歷史學家努力客觀地看歷史資料。
■ ** **작곡가**	<作曲家> [작꼭까]	作曲家	그는 유명한 피아니스트이자 작곡가였다. 他是有名的鋼琴作曲家。
* **정치가** = 정치인	<政治家> = <政治人>	政治家、政界人士	그는 영향력 있는 정치가로서 많은 국민들의 지지를 받았다. 他作為有影響力的政治家，受到許多國民的支持。
조각가	<雕刻家> [조각까]	雕刻家、雕塑家	그 조각가는 주로 돌로 작업을 한다. 那位雕刻家主要用石頭創作。

UNIT 07 일(日)

해 太陽、天、日本
일출 일기예보 일광욕 일기 일상 일시 일정 일교차 일식 일어

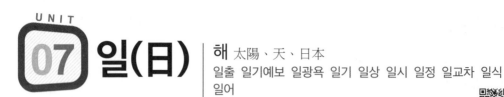

057

字首

*일간지	<日刊紙>	日報	저는 일간지 기자로 일하고 있습니다. 我作為日報記者工作著。
*일과	<日課>	（一天的）工作／功課、日程	하루 일과를 마치고 집으로 가고 있어요. 做完一天的工作正在回家的路上。
일당	<日當> [일땅]	日薪	하루 다섯 시간 일하고 일당 사 만원을 받았다. 一天工作五小時，收到四萬元日薪。
*일몰 ↔ 일출	<日沒> ↔<日出>	日落、日沒	해변의 일몰은 정말 아름다웠다. 海邊的日落真的很美。
일사병	<日射病> [일싸뼝]	日射病、中暑	그는 더운 여름에 축구를 하다가 일사병에 걸렸다. 他在炎熱的夏天踢足球，結果中暑了。
일용직	<日傭職> [이룡직]	日工	경제 위기로 일용직 근로자들이 늘어났다. 因為經濟危機，日工勞動者增加。
일일	<日日> [이릴]	日日、天天、每天、每日	어머니는 일일 연속극을 날마다 보신다. 媽媽每天都看每日連續劇。
일전 일전(에)	<日前> [일쩐]	日前、幾天前	일전에 지오를 만나서 차를 마셨다. 幾天前與 Jio 見面並喝了茶。
일조량	<日照量> [일쪼량]	日照量	겨울은 낮이 짧아서 일조량이 적다. 冬天日照短，所以日照量少。
일지	<日誌> [일찌]	日誌、日記	회사에서 날마다 업무 일지를 써야 한다. 公司每天都必須寫工作日誌。

226

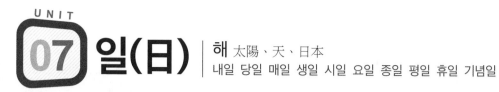

字尾

격일 격일(로)	<隔日> [겨길]	隔日、隔天	나는 격일로 근무한다. 我上一天休一天。
■*** **공휴일**	<公休日>	公休日、國定假日	이 도서관은 공휴일에는 문을 닫는다. 這間圖書館在國定假期時休館。
■** **국경일** ☞unit 5	<國慶日> [국꼉일]	國慶日、法定節日	오늘은 국경일이라서 사무실들이 문을 닫았다. 今天是國慶日，所以辦公室不營業。
금일	<今日> [그밀]	今日、今天	금일 휴업. 今日公休。
대일	<對日>	對日、對日本	대일 무역이 해마다 증가하고 있다. 對日貿易每年都在增加。
말일	<末日> [마릴]	末日、最後一天	신청 마감은 이달 말일까지이다. 申請截止日是這個月的最後一天。
식목일	<植木日> [싱목일]	植樹節	식목일에 사람들은 나무와 꽃을 심어요. 人們在植樹節種植樹木與花。
* **연일**	<連日> [여닐]	連日、連續幾天	연일 비가 내리고 있다. 連日下雨。
* **예정일**	<豫定日>	預定日、預定日期	출산 예정일이 6월 초입니다. 生產預定日是 6 月初。
* **작심삼일**	<作心三日> [작씸사밀]	三天打魚，兩天曬網	날마다 운동하겠다는 결심은 작심삼일이 되었다. 説好每天要運動的決心，變成三天打魚兩天曬網。

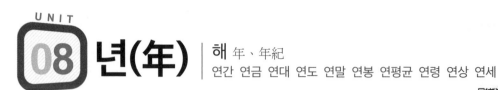

UNIT 08 년(年) | 해 年、年紀
연간 연금 연대 연도 연말 연봉 연평균 연령 연상 연세

058

字首			
연가	<年暇>	年假、特休	이틀 동안 연가를 사용하도록 하겠습니다. 我將使用兩天特休。
연로 연로(하다)	<年老> [열로]	年老、年邁、 上年紀	부모님께서 연로하셔서 농사를 더 이상 지으실 수 없다. 父母年邁，所以無法再繼續耕田。
연륜	<年輪> [열륜]	年輪、歷練、 經驗、嫻熟	김 교수님의 강의에서 연륜이 느껴졌다. 在金教授的課堂上感覺到他的嫻熟。
연배	<年輩>	同輩、同齡	우리는 서로 비슷한 연배라서 쉽게 친해졌다. 我們彼此輩分差不多，所以很快就變熟了。
연소자	<年少者>	年少者、年 輕人	이 영화는 잔인한 장면이 많아서 연소자 관람 불가이다. 這部電影因為殘忍的畫面很多，所以年少者不可觀看。
연식	<年式>	年式、款式	연식이 오래된 자동차는 고장이 자주 난다. 款式陳舊的汽車經常故障。
* 연장자	<年長者>	長者、長輩、 年長者	한국에서는 연장자 앞에서 담배를 피우면 예의에 어긋난다. 在韓國，如果在年長者面前抽菸的話，是沒有禮貌的事情。
* 연초 ↔ 연말	<年初> ↔<年末>	年初、年頭	연초에 세웠던 계획을 지키지 못 했어요. 我沒能遵守年初立定的計畫。
* 연하 ↔ 연상	<年下> ↔<年上>	年紀小、晚 輩、年少、 年輕	어머니는 아버지보다 네 살 연하이시다. 媽媽比爸爸年少四歲。
연회비	<年會費>	年費、會費	연회비를 내야 회원이 될 수 있다. 必須繳年會費才能成為會員。

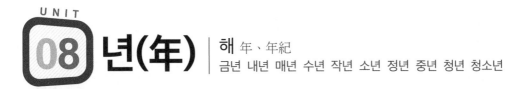

UNIT 08 년(年) | 해 年、年紀
금년 내년 매년 수년 작년 소년 정년 중년 청년 청소년

字尾

격년	<隔年> [경년]	隔年	그 보고서는 격년으로 발행된다. 那份報告隔年才會刊登。
■ ** 내후년	<來後年>	後年、大後年	아파트가 내후년에는 완공될 예정이다. 公寓預計後年完工。
* 노년	<老年>	老年、晚年	그 화가는 노년이 되어서야 인정받기 시작했다. 那位畫家到老年時才開始得到認可。
■ ** 미성년자	<未成年者>	未成年者、未成年人	그 영화는 폭력적인 장면이 많아서 미성년자들은 볼 수 없다. 那部電影因為暴力場面很多，所以未成年者無法觀看。
* 백년해로	<百年偕老> [뱅년해로]	白頭偕老	신랑과 신부는 가족과 하객들 앞에서 백년해로를 맹세했다. 新郎與新娘在家族與賓客面前發誓白頭偕老。
* 송년	<送年>	送舊迎新、送年、送舊年	가족들과 함께 송년 파티를 했다. 與家族一起開送年派對。
* 예년	<例年>	往年、歷年	올해는 장마가 예년보다 일찍 시작되었다. 今年梅雨比起往年更早開始。
■ ** 재작년	<再昨年> [재장년]	前年	누나가 재작년에 결혼했으니까 결혼한 지 2년 되었네요. 姐姐在前年結婚，所以已經結婚 2 年了。
* 장년	<壯年>	壯年	요즘 장년 남성들도 요리를 많이 배운다. 最近也有許多壯年男性學習做料理。
* 풍년 ↔ 흉년	<豐年> ↔<凶年>	豐年、豐收年	올해는 풍년이 들어서 농부들이 기뻐했다. 今年是豐年，所以農夫們很開心。

229

UNIT 09 시(時)

때 時間、小時
시각 시간 시계 시기 시기 시대 시사 시속 시점

059

字首

▣*** 시간표	<時間表>	時間表、時刻表	수강 신청을 끝내고 이번 학기 수업 시간표를 작성했다. 結束選課後，撰寫這學期的課表。
시국	<時局>	時局、形勢	최근 시국이 매우 불안정하다. 最近時局非常不安定。
* 시급하다	<時急하다> [시그파다]	急迫、緊迫、迫在眉睫	출산율을 높이기 위한 대책 마련이 시급하다. 為了提高出生率，對策準備迫在眉睫。
* 시기상조	<時機尚早>	時機尚早、為時過早	이번 프로젝트의 성과를 평가하는 것은 아직 시기상조다. 評論此次計畫成果為時過早。
시세	<時勢>	時勢、行情	우리는 시세보다 싼 값으로 집을 구입했다. 我們以比行情更便宜的價格買了房屋。
* 시시각각	<時時刻刻> [시시각깍]	時時刻刻、每時每刻	이곳은 날씨가 시시각각으로 변한다. 這個地方天氣時時刻刻都在改變。
▣** 시절	<時節>	時光、歲月、季節、時節、時期	가끔 학창 시절이 그립다. 有時會懷念學生時期。
시제	<時制>	時態、時制	노인은 젊은 시절의 이야기를 과거 시제로 말했다. 老人以過去時制訴說年輕時期的故事。
시차	<時差>	時差	시차 적응이 안 되어서 잠을 잘 못 잤다. 因為無法適應時差，沒睡好。
시한	<時限>	期限、時間限制	원서 제출 시한은 다음 주 월요일까지다. 報名表繳交期限到下週一截止。

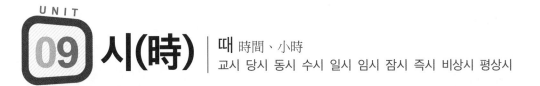

UNIT 09 시(時) | 때 時間、小時

교시 당시 동시 수시 일시 임시 잠시 즉시 비상시 평상시

字尾

* **동시통역**	<同時通譯>	同步口譯	모든 회담 참석자들에게는 동시통역이 지원된다. 全部會談參加者都會支援同步口譯。
불시	<不時> [불씨]	不時、突然、 意外	사장님이 불시에 회의를 소집했다. 會長突然召開會議。
상시 = 항상	<常時> ＝<恒常>	平時、經常	신분증을 상시 휴대해야 한다. 必須時常攜帶身分證。
생시	<生時>	醒著、現實、 有生之年、 出生時間	드디어 대학에 들어가다니 꿈인지 생시인지 모르겠다. 居然上大學了，不知道是夢還是現實。
유사시	<有事時>	有事、有事 時	여객선에는 유사시에 대비해서 구명조끼가 배치되어 있다. 郵輪上防範有事的時候，連救生衣都有配置。
ⓘ ** **일시적** [일씨적]	<一時的>	一時的、暫 時的	수출 감소는 일시적인 현상이다. 出口減少是暫時的現象。
정시	<定時>	定時、定期、 準點、準時	부산행 열차가 정시에 서울을 출발했다. 往釜山的列車準時從首爾出發。
표준시	<標準時>	標準時間	현지 시각은 동부 표준시로 오전 9시다. 當地時間是東部標準時間早上 9 點。
한시적	<限時的>	限時的、有 期限的	백화점은 한시적으로 가격을 할인해 주는 행사를 한다. 百貨公司舉辦限時折扣活動。
항시 = 항상	<恒時> ＝<恒常>	經常、時常、 總是	소방관들은 출동을 위해 항시 대기한다. 消防人員為了出動總是待命。

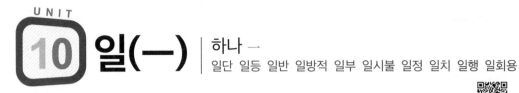

UNIT 10 일(一) | 하나 一
일단 일등 일반 일방적 일부 일시불 일정 일치 일행 일회용

字首

060

表題	漢字	中文	例句
* **일거양득**	<一舉兩得>	一舉兩得、 一箭雙鵰	이번 일정은 외국어도 배우고 여행도 하니까 일거양득이다. 這次的行程能夠一邊學習外國語一邊旅行，真是一舉兩得。
* **일관성**	<一貫性> [일관썽]	一貫性、連貫性	교육 정책이 일관성이 있어야 한다. 教育政策必須有一貫性。
* **일념**	<一念> [일렴]	唯一的心願、一念之間、心願	꼭 성공하겠다는 일념으로 열심히 공부했다. 以我要成功的心願努力學習。
▣** **일대**	<一帶> [일때]	一帶	강남 일대는 늘 교통이 혼잡하다. 江南一帶總是交通擁擠。
일등석	<一等席> [일뜽석]	頭等艙	일등석은 모두 예약되었다. 頭等艙全被預訂了。
* **일류**	<一流> [일류]	一流	그 호텔의 편의시설이 일류다. 那家飯店的便利設施是一流的。
* **일리**	<一理>	一定的道理、相同道理、道理	그 말도 일리는 있어. 那翻話也有道理。
일병	<一兵>	一等兵	그 군인은 이제 일병을 달았다. 那位軍人如今配戴一等兵的軍銜。
▣** **일생** ☞unit 2	<一生> [일쌩]	一生、畢生、終生、一輩子	그분은 일생을 교육에 헌신했다. 他一生奉獻教育。
▣** **일석이조**	<一石二鳥> [일써기조]	一石二鳥、一舉兩得、一箭雙鵰	이 방법은 일석이조의 효과가 있다. 這方法有一石二鳥的效果。

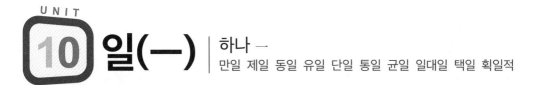

UNIT 10 일(一) | 하나 一
만일 제일 동일 유일 단일 통일 균일 일대일 택일 획일적

字首

* **일원**	<一員> [이뤈]	一員、一份子	나는 해외 봉사단의 일원으로 아프리카에 가게 되었다. 我作為海外志工團的一員去了非洲。
일인당	<一人當> [이린당]	一人	박물관 입장료는 일인당 만 원이다. 博物館入場費一人一萬元。
▥ ** **일일이**	<一一이> [일리리]	一一、逐個、一一地	선생님은 어려운 문법을 일일이 설명해 주셨다. 老師一一説明困難文法。
일장일단	<一長一短> [일짱일딴]	尺短寸長、有優點和缺點	모든 일에는 일장일단이 있다. 所有的事情都有優缺點。
* **일제히**	<一齊히> [일쩨히]	一起、一同、同時	다음 주부터 한국어 프로그램이 일제히 방학을 시작한다. 下週起,韓國語課程開始一起放假。
▥ ** **일종**	<一種> [일쫑]	一種、某種	스파게티는 파스타의 일종이다. 義式細麵是義大利麵的一種。
* **일주** 일주(하다)	<一周> [일쭈]	環繞一周、繞一圈	요즘 자전거로 전국 일주를 하는 사람이 늘고 있다. 最近騎腳踏車繞全國一圈的人越來越多。
* **구사일생**	<九死一生> [구사일쌩]	九死一生、死裡逃生	군인들은 전쟁에서 구사일생으로 살아남았다. 軍人們在戰爭中,九死一生活了下來。
* **군계일학**	<群鷄一鶴>	鶴立雞群	수십 명의 참가자 중 그는 단연 군계일학이었다. 在數十名參加者中,他明顯鶴立雞群。
* **시종일관**	<始終一貫>	始終如一、自始至終	그 회담은 시종일관 분위기가 좋았다. 那場會談自始自終氣氛很好。

 **중(中)** | 가운데 中心、中間、途中
중심 중앙 중간 중급 중단 중독 중동 중반 중부 중순

061

* **중계** 중계(하다/되다)	<中繼> [중게]	轉播、中繼	콘서트는 생방송으로 중계되었다. 演唱會以直播方式轉播。
ⅲ** **중고**	<中古>	中古、二手	돈이 부족해서 노트북을 중고로 샀다. 因為錢不夠，所以買了中古筆電。
* **중도**	<中途>	中途、中間、半路	그 후보는 중도에 사퇴했다. 那位候選人中途退選。
* **중립**	<中立> [중닙]	中立	국회의장은 정당 간 갈등에 대해 중립을 유지했다. 國會議長對政黨間的摩擦保持中立。
* **중세**	<中世>	中世紀	유럽에는 중세 시대 건물이 많이 남아있다. 歐洲留下許多中世紀建築物。
ⅲ** **중소기업** ↔ 대기업	<中小企業> ↔<大企業>	中小企業	중소기업과 대기업의 임금 격차를 줄여야 한다. 必須減少中小企業與大企業的薪水差距。
ⅲ** **중식**	<中食>	午餐、中餐、中式料理	1) 이번 행사에는 중식으로 김밥이 제공된다. 這次活動中餐提供紫菜飯捲。 2) 외식으로 자주 중식을 먹는다. 外食經常吃中式料理。
* **중지** 중지(하다/되다)	<中止>	中止、停止、中斷	약에 문제가 있으면 사용을 중지해야 한다. 如果藥有問題，就應該停止使用。
중퇴 중퇴(하다)	<中退> [중퉤]	中輟、中途輟學	대학에 다니다가 작년에 중퇴했다. 大學上一上，去年中途輟學了。
ⅲ** **중형차**	<中型車>	中型車	한국인들은 소형차보다 중형차를 선호한다. 韓國人們比起小型車更喜歡中型車。

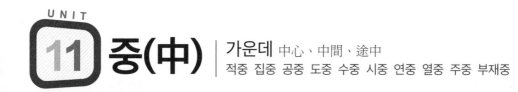

字尾

* **뇌졸중**	\<腦卒中\> [뇌졸쭝]	腦中風	그분은 뇌졸중으로 쓰러졌다. 他因為腦中風而暈倒。
* **명중** 명중(시키다)	\<命中\>	命中、打 中、擊中	그 양궁 선수가 쏜 활은 과녁을 명중 시켰다. 那位射箭選手射出的箭命中靶子。
Ⅱ ** ** **밤중	\<밤中\> [밤쭝]	深夜、三更 半夜、不知 情、被蒙在 鼓裡	그 회의가 밤중에 끝났다. 那場會議在深夜結束。
백발백중	\<百發百中\> [백빨백쭝]	百發百中、 料事如神	그 양궁 선수는 활을 쏘면 백발백중이 다. 那位射箭選手如果射箭都百發百中。
상중	\<喪中\>	服喪期間	어제 그분 아버지가 돌아가셔서 상중 이다. 昨天他爸爸過世，所以正在服喪。
수중	\<手中\>	手中、手裡	수중에 돈이 하나도 없다. 手裡半毛錢都沒有。
심중	\<心中\>	心中、內 心、心思、 心情	그 사람의 심중을 파악하려고 노력 중 이다. 我正努力掌握那個人的心思。
* **십중팔구**	\<十中八九\> [십쭝팔구]	十之八九、 多半	청소년들은 십중팔구 이 노래를 좋아 할 것이다. 青少年十之八九都會喜歡這首歌。
취중	\<醉中\>	喝醉時	취중에 말실수를 했다. 喝醉時，我説錯話了。
혈중	\<血中\> [혈쭝]	血液中	혈중 알코올 농도가 높으면 운전할 수 없다. 如果血液中酒精濃度高的話，不可以開車。

UNIT 12 외(外)

바깥 外、國外、媽媽那邊的親戚
외과 외모 외박 외부 외식 외출 외국 외교 외제 외삼촌

062

字首

■ ** **외갓집**	<外家집> [웨갇찝]	外公外婆家、 娘家、妻子家	외갓집이 멀어서 자주 못 간다. 因為娘家很遠，所以無法經常去。
외계인	<外界人> [웨게인]	外星人	어떤 사람들은 외계인의 존재를 믿지 않는다. 有些人不相信外星人的存在。
외근 ↔ 내근	<外勤> ↔<內勤>	外勤	기자는 외근을 자주 해야 한다. 記者經常得出外勤。
* **외래** ↔ 전통, 입원	<外來> ↔<傳統>、 <入院>	外來、門診	의사는 외래 진료를 일주일 동안 받으라고 했다. 醫生叫我接受一週的門診治療。
■ ** **외면** ↔ 내면	<外面> ↔<內面> [웨면]	掉頭、不理 睬、表面、迴 避、外表	사람의 외면만 보고 판단하면 안 된다. 不能只看人的外表來判斷。
■ ** **외숙모**	<外叔母> [웨숭모]	舅媽	외숙모는 어린 나이에 외삼촌과 결혼했다. 舅媽很年輕就跟舅舅結婚。
* **외신** ↔ 내신	<外信> ↔<內信> [웨신]	外電、外國通 訊	대변인은 외신 기자들에게 정부의 입장을 설명했다. 發言人向國外新聞記者說明了政府的立場。
* **외유내강**	<外柔內剛>	外柔內剛、綿 裡藏針	우리 아내는 외유내강 형이다. 我老婆是外柔內剛的類型。
* **외적** ↔ 내적	<外的> ↔<內的> [웨쩍]	外部的、外在 的	사실 그 팀의 외적인 조건은 우리보다 낫다. 事實上，那一組的外部條件比我們好。
■ ** **외투**	<外套> [웨투]	外套、大衣	모자가 외투와 잘 어울린다. 帽子與外套很搭。
* **외형** ↔ 내부	<外形> ↔<內部> [웨형]	外形、外表、 外觀	이 건물은 외형이 매우 아름답다. 這棟建築物的外形非常漂亮。

UNIT 12 외(外) | 바깥 外、國外、媽媽那邊的親戚
교외 시외 야외 국외 과외 내외 예외 의외 제외

字首

* **외화**	<外貨> [웨화]	外幣、外匯	외국인 투자를 통해 외화를 벌어들일 수 있다. 透過外國人投資可以賺取外匯。
* **외환**	<外換> [웨환]	外匯	한국은 1997년에 외환위기를 겪었다. 韓國在 1997 年經歷外匯危機。

字尾

* **섭외** 섭외(하다)	<涉外> [서붸]	聯繫、交涉、涉外	광고주는 유명 모델을 섭외하는 데 성공했다. 廣告業主在與知名模特兒交涉上成功了。
* **소외** 소외(시키다/되다)	<疏外> [소웨]	疏遠、疏離、遭冷落、被冷淡	대통령은 복지 정책에서 소외되는 계층이 없도록 하겠다고 발표했다. 總統發表福利政策不會有遭冷落的階層。
* **실외** ↔ 실내	<室外> ↔<室內> [시뤠]	室外	공기가 나쁠 때는 실외 활동을 줄여야 한다. 空氣不好的時候須減少室外活動。
■ ** **이외**	<以外> [이웨]	以外	지금으로서는 수술 이외에는 방법이 없습니다. 就現在來說，沒有手術以外的方法。
* **자외선**	<紫外線> [자웨선]	紫外線	한낮에는 자외선이 강하니까 모자를 쓰세요. 因為中午紫外線很強，所以請戴帽子。
재외	<在外> [재웨]	在外國、駐外、海外	재외 동포 청소년들이 이번 행사에 참가했다. 海外韓僑青少年們參與了這次活動。
체외 ↔ 체내	<體外> ↔<體內>	體外	몸에서 필요 없는 물질은 땀 등을 통해 체외로 배출된다. 身體中不需要的物質透過流汗等排出體外。

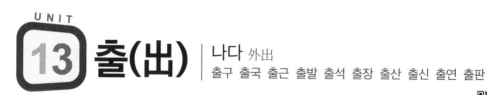

UNIT 13 출(出) | 나다 外出
출구 출국 출근 출발 출석 출장 출산 출신 출연 출판

063

字首			

★ **출간** 출간(하다/되다)	<出刊>	出刊、出版、 發刊、刊行	그 책은 출간되자마자 베스트셀러가 되었다. 那本書一出版就成為暢銷書。
★ **출금** 출금(하다) ↔ 입금(하다)	<出金> ↔<入金>	取款、提款、 領錢	이 카드로 바로 출금할 수 있다. 用這張卡片可以直接取款。
★ **출동** 출동(하다)	<出動> [출똥]	出動、奔赴	소방차가 화재 현장으로 즉시 출동했 다. 消防車馬上出動前往火災現場。
★ **출력** 출력(하다)	<出力>	出資、功率、 輸出	제가 이메일로 보낸 문서 출력 좀 부 탁합니다. 麻煩幫我印出我用郵件寄給你的文件。
★ **출마** 출마(하다) ↔ 불출마(하다)	<出馬> ↔<不出馬>	參選、出馬、 上陣	이번 대통령 선거에 출마한 후보가 다 섯 명이다. 這次總統選舉出馬的候選人有五位。
★ **출범** 출범(하다/시키 다/되다)	<出帆>	出港、啟航、 成立、上台	새로운 정부가 출범하면서 내각도 구 성되었다. 新政府上台的同時，內閣也成立了。
★ **출생** 출생(하다)	<出生> [출쌩]	出生、出世、 誕生	작가는 1968년 서울에서 출생했다. 作者 1968 年出生於首爾。
▣ ★★★ **출입** 출입(하다)	<出入> [추립]	進出、出入、 外出	회사에 출입하기 전에 신분증을 보여 야 한다. 進出公司前必須要出示身分證。
▣ ★★★ **출퇴근** 출퇴근(하다)	<出退勤> [출퉤근]	上下班	출퇴근 시간은 지하철이 매우 복잡하 다. 上下班時間，地鐵非常擁擠。
▣ ★★ **출현** 출현(하다/시 키다)	<出現>	出現	인터넷의 출현으로 세계에 큰 변화가 생겼다. 網路的出現使世界產生巨大的變化。

13 출(出) | 나다 外出

외출 대출 매출 배출 수출 연출 제출 지출 진출 탈출

字尾

★ **가출** 가출(하다) ☞unit 6	<家出>	出走、離家 出走	선생님은 가출 학생들이 집에 가도록 설득하셨다. 老師說服離家出走的學生回家。
★ **구출** 구출(하다/되다)	<救出>	救出、營救、 解救、搭救	경찰이 인질들을 구출했다. 警察救出人質。
★ **노출** 노출(시키다/하 다/되다)	<露出>	露出、暴露、 裸露、曝光、 洩露	사원에서는 노출이 심한 옷은 입지 마세요. 請不要在寺院穿著裸露嚴重的衣服。
★ **누출** 누출(하다/되다)	<漏出>	洩漏、外洩、 走漏	가스의 누출로 큰 사고가 날 뻔했다. 因為瓦斯外漏差點釀成大禍。
★ **선출** 선출(하다/되다)	<選出>	選舉、選出	시장은 투표로 선출되었다. 市長是以投票選出。
★ **인출** 인출(하다/되다)	<引出>	取出、抽出、 取款、提款	가까운 편의점에서도 현금 인출이 가능하다. 在鄰近的便利商店也能取款。
★ **창출** 창출(하다/되다)	<創出>	創出、創造	정부는 일자리 창출에 노력을 기울이고 있다. 政府傾注心力創造工作機會。
★ **추출** 추출(하다/되다)	<抽出>	抽出、提取	올리브에서 추출된 기름이 자주 요리에 쓰인다. 從橄欖中萃取的油經常用在料理上。
★ **표출** 표출(하다/되다/ 시키다)	<表出>	表現、表露、 表達、流露	그 아이는 자신의 감정을 그대로 표출한다. 那小孩如實表露出自己的感情。
★ **호출** 호출(하다)	<呼出>	呼叫、傳喚	도움이 필요하시면, 언제든 호출해 주세요. 如果有需要的話，請隨時呼叫。

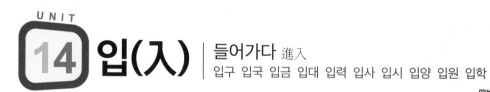

UNIT 14 입(入)	들어가다 進入

입구 입국 입금 입대 입력 입사 입시 입양 입원 입학

입고 입고(하다/되다) ↔ 출고(하다/되다)	<入庫> ↔<出庫> [입꼬]	入庫	이번 주에 가을 신상품이 입고된다. 這週秋季新品入庫。
입단 입단(하다)	<入團> [입딴]	入團、加入 團體	그 축구 선수는 18세 때 그 팀에 입단했다. 那位足球選手 18 歲的時候加入該隊伍。
입당 입당(하다) ↔ 탈당(하다)	<入黨> ↔<脫黨> [입땅]	入黨	그는 지난주에 민주당에 입당했다. 他上週加入民主黨。
★ **입상** 입상(하다)	<入賞> [입쌍]	得獎、獲獎	김연아는 올림픽에서 1위에 입상했다. 金妍兒在奧運獲得第一名。
입선 입선(하다/되다)	<入選> [입썬]	入選、當選	내 그림이 미술 전시회에 입선되었다. 我的畫入選美術展覽作品。
입수 입수(하다/되다)	<入手> [입쑤]	到手、得 手、得到	기자는 수사에 대한 중요한 정보를 입수했다. 記者得到調查相關的重要情報。
★ **입실** 입실(하다) ↔ 퇴실(하다)	<入室> ↔<退室> [입씰]	入室、進屋	호텔 입실 시간은 12시부터이다. 飯店入住時間從 12 點開始。
▥ ★★ **입장** 입장(하다) ↔ 퇴장(하다)	<入場> ↔<退場> [입짱]	入場、進場	공연 20분 전부터 입장할 수 있다. 表演開始前 20 分鐘能夠入場。
입주 입주(하다)	<入住> [입쭈]	入住、住進	세입자는 다음 달에 입주할 수 있다. 租房者下個月可以入住。
입회 입회(하다)	<入會> [이풰]	入會	각 동아리는 신입 회원의 입회를 환영했다. 每個社團都歡迎新會員入會。

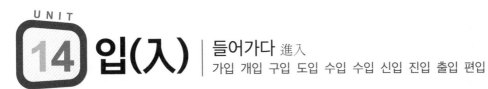
14 입(入) | 들어가다 進入
가입 개입 구입 도입 수입 수입 신입 진입 출입 편입

字尾

기입 기입(하다/되다)	<記入>	記下、填寫、寫、填入	이 문서에 이름과 주소를 기입하세요. 請在這份文件填入名字與地址。
납입 납입(하다/되다)	<納入> [나빕]	繳納、交納、繳付	이번 달 말까지 세금을 납입해야 한다. 到這個月月底必須繳付稅金。
★ 매입 매입(하다/되다)	<買入>	買進、購入、採購、收購	정부는 그 땅을 20억에 매입했다. 政府以 20 億購買那塊土地。
★ 몰입 몰입(하다)	<沒入> [모립]	陷入、沉浸、沒收、投入	부모님 덕분에 연구에만 몰입할 수 있었다. 託父母福，我得以沉浸在研究中。
반입 반입(하다/되다)	<搬入> [바닙]	搬進、遷入、搬入	액체류는 기내에 반입할 수 없다. 液體無法帶到飛機上。
삽입 삽입(하다/되다)	<挿入> [사빕]	插入、安插	나는 발표 자료에 표와 사진을 삽입했다. 我在發表資料中插入圖表與照片。
★ 선입견	<先入見> [서닙껸]	成見、先入之見	선입견 없이 사람을 대하려고 노력한다. 努力不以先入之見對待他人。
★ 영입 영입(하다/되다)	<迎入>	迎入、迎進、迎來	각 팀은 우수한 선수들을 영입하려고 경쟁한다. 各隊為迎進優秀選手而競爭著。
★ 유입 유입(하다/되다)	<流入>	流進、流入、傳入	외국 자본의 유입은 우리 경제에 큰 영향을 미쳤다. 外國資本的流入，對我們經濟有很大的影響。
★ 침입 침입(하다)	<侵入> [치빕]	侵入、侵犯、侵擾、侵襲	도둑들이 집에 침입해서 나는 경찰에 신고했다. 因為小偷侵入家裡，所以我報警了。
★ 투입 투입(하다/되다)	<投入>	投入、投進、放進	그 영화에 많은 제작비가 투입되었다. 那部電影投入許多製作費用。

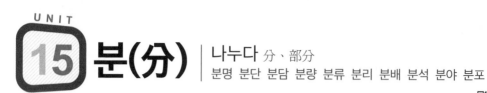

UNIT
15 분(分)
나누다 分、部分
분명 분단 분담 분량 분류 분리 분배 분석 분야 분포

065

★ **분간** 분간(하다/되다)	<分揀>	區別、辨識、辨認、分辨	그 일이 사실인지 거짓인지 분간하기 어렵다. 很難分辨那事情是真實還是謊言。
분교	<分校>	分校	해외 대학들이 송도에 분교를 설립하고 있다. 海外的大學在松島設立分校。
★ **분기**	<分期>	季、季度	이번 분기는 지난 분기보다 매출액이 증가했다. 這一季比上一季的銷售額增加。
분납 분납(하다)	<分納>	分期、分批交貨	돈이 부족해서 등록금을 분납했다. 因為錢不夠，所以學費分期付款。
분립 분립(하다/되다)	<分立> [불립]	分立、對立	한국의 정치제도는 입법, 사법, 행정의 삼권분립을 원칙으로 한다. 韓國政治制度是以立法、司法、行政三權分立原則進行。
★ **분별** 분별(하다/없다) ↔ 무분별(하다)	<分別> ↔ <無分別>	分別、區別、辨別、分寸、分辨	그 사람은 분별 있는 사람이라 소문을 퍼뜨리지는 않을 것이다. 他是個有分辨力的人，不會散撥謠言的。
★ **분산** 분산(하다/되다/시키다)	<分散>	分散、散開、疏散	정부는 인구의 분산을 위해 대책을 마련했다. 政府為分散人口準備了應對方案。
★ **분업** 분업(하다) ↔ 협업(하다)	<分業> ↔<協業> [부넙]	分工	분업을 통해 효율적으로 일할 수 있다. 透過分工能夠更有效率地工作。
★ **분열** 분열(하다/되다/시키다) ↔ 통합(하다)	<分列> ↔<統合> [부녈]	分裂	그 나라는 정치적인 분쟁으로 분열되었다. 那個國家因為政治紛爭而分裂。
분점 ↔ 본점	<分店> ↔<本店>	分店、分行、分支	그 식당의 본점은 명동에 있고 분점은 여러 지역에 있다. 那間餐廳的總店在明洞，分店在各個地區。

UNIT

15 분(分)

나누다 分、部分
구분 충분 기분 덕분 부분 인분 신분 성분 수분 친분

字尾

* **다분히**	<多分히>	很大成分上、很多、很重	그 사람의 행동은 다분히 고의적이다. 那個人的行動很大成分上是故意的。
당분	<糖分>	糖分	당분이 많은 포도는 피로 회복에 좋다. 糖分多的葡萄有助於恢復疲勞。
■** **당분간**	<當分間>	眼下、暫時、暫且、目前、姑且	당분간 집에서 쉴 계획이다. 計劃暫時在家休息。
* **명분**	<名分>	名分、藉口、理由、名義	테러는 어떤 명분으로도 정당화될 수 없다. 恐怖主義不管用任何名義都無法正當化。
불가분	<不可分>	不可分、分不開	경제와 정치는 불가분의 관계가 있다. 經濟與政治有著不可分的關係。
양분 양분(하다/되다)	<兩分>	兩分、分成兩部分	그들은 의견이 양분되어 타협점을 찾지 못하고 있다. 他們意見分成兩部分，無法達成共識。
염분	<鹽分>	鹽分	염분을 너무 많이 먹으면 몸에 좋지 않다. 如果攝取太多鹽分，對身體不好。
지분	<持分>	持股、所持份額	세계적인 기업이 한국의 작은 회사의 지분을 40% 인수했다. 世界級的企業接管 40% 韓國小公司的持股。
직분	<職分> [직뿐]	職務、職責	그분은 공무원으로서의 직분을 성실하게 수행한다. 他忠誠地執行身為公務員的職責。
* **천생연분**	<天生緣分> [천생년분]	天作之合、天生一對	그 부부는 천생연분이다. 那對夫婦是天生一對。

UNIT 16 문(文) | 글 文
문단 문맥 문자 문장 문서 문학 문명 문화 문구점

066

字首			
문건	<文件> [문껀]	文件	정부는 중요한 문건을 잘 보관해야 한다. 政府必須好好保管重要的文件。
* 문구 [문꾸]	<文句> [문꾸]	文句、句子	책을 읽다가 좋은 문구가 있으면 노트에 써 둔다. 讀書的時候，如果有好的文句就會寫在筆記本上。
* 문단	<文壇>	文壇、文學 界	그 작가는 문단에 데뷔한 후 훌륭한 작품 을 많이 남겼다. 那位作家登上文壇後，留下許多優秀的作品。
문물	<文物>	文物、文化 產物	19세기에 조선은 많은 서양 문물을 받아 들였다. 19世紀朝鮮接收了許多西方文物。
문신 문신(하다)	<文身>	紋身、刺青	문신은 젊은이들 사이에 인기가 있다. 紋身在年輕人之間很盛行。
* 문어 ↔ 구어	<文語> ↔<口語> [무너]	書面語	공문서에 사용되는 문어는 격식적인 표 현이 많다. 公文中使用的書面語，有許多格式體表現。
문체	<文體>	文體、風格、 體裁	이 작가의 문체가 독특하고 멋있다. 這位作家的文體獨特且優美。
* 문헌	<文獻>	文獻	논문을 쓸 때는 많은 문헌들을 참고해야 한다. 寫論文的時候，必須參考許多文獻。
* 문형	<文型>	句型	한국어의 기본 문형은 주어+서술어의 구 조이다. 韓國語的基本句型是主語＋敘述語的構造。
II ** 문화재	<文化財>	文化遺產、 文物	박물관에는 다양한 문화재가 전시되어 있다. 博物館裡展示著各式各樣的文化遺產。

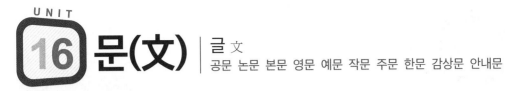

UNIT 16 문(文) | 글 文
공문 논문 본문 영문 예문 작문 주문 한문 감상문 안내문

字尾

＊ 경고문	<警告文>	警告、警語	담배를 사면 건강에 대한 경고문이 담뱃갑에 붙어 있다. 如果買菸，香菸盒上會有警語。
＊ 공고문	<公告文>	公告、告示	벽에 휴강을 알리는 공고문이 붙어 있다. 牆壁上貼有告知停課的公告。
＊ 기행문	<紀行文>	遊記、紀行文	기행문을 읽으니 작가가 여행한 곳들에 가 보고 싶다. 讀了旅遊心得，就想要去作家旅行的地方走走。
발표문	<發表文>	發表文、聲明、公示	학생들은 발표문을 통해 자신의 입장을 밝혔다. 學生們透過聲明來表明自身立場。
서문 ↔ 본문	<序文> ↔<本文>	前言、序、序文、卷頭語	책의 서문에서 감사의 인사를 썼다. 在書的序文寫下感謝的話。
선언문	<宣言文> [서년문]	宣言、聲明	두 정상은 회담 후에 선언문을 발표했다. 兩位國家元首在會談後發表聲明。
＊ 설명문	<說明文>	說明文	설명문에는 자기주장보다는 있는 사실을 써야 한다. 說明文中，比起自我主張，必須書寫事實。
원문	<原文>	原文	이 번역은 원문과 조금 다른 뉘앙스가 있다. 這份翻譯與原文有稍微不一樣的細微差別。
＊ 전문	<全文>	全文	선생님은 소설의 전문 대신 요약문을 소개해 주셨다. 老師用摘要代替小說的全文介紹給我們聽。
＊ 지문	<地文>	引文、舞台提示、舞台指示	배우들은 대본에 나온 지문을 꼼꼼하게 확인했다. 演員們仔細地確認劇本中的舞台指示。

UNIT 17 식(食) | 밥 食物、吃
식기 식당 식비 식구 식량 식사 식욕 식초 식탁 식품

067

字首			
식권	<食券> [식꿘]	餐券、飯票	구내식당에서 식권을 내고 점심을 먹었다. 我在內部餐廳使用餐券吃午餐。
* 식단	<食單> [식딴]	食譜、菜單	학교의 식단은 영양이 균형 있게 짜여 있다. 學校的菜單必須要制定得營養均衡。
■** 식료품	<食料品> [싱뇨품]	食品原料、食品	어머니께서 식료품 가게에서 과일과 야채를 사셨다. 媽媽在食品店買水果與蔬菜。
■*** 식빵	<食빵>	麵包	식빵에 버터를 발랐다. 在麵包上抹奶油。
* 식상 식상(하다)	<食傷> [식쌍]	傷食、倒胃口、膩煩	이제 친구의 군대 이야기는 식상하다. 如今朋友的軍隊故事讓我膩煩。
* 식성	<食性> [식썽]	食性、口味	우리 딸은 식성이 좀 까다롭다. 我女兒的口味有點刁鑽。
* 식수	<食水>	飲用水	심각한 가뭄으로 인해 식수마저 부족해졌다. 因為嚴重旱災的關係，連飲用水也不夠。
* 식습관	<食習慣> [식씁꽌]	飲食習慣	한국인들의 식습관이 많이 서구화되었다. 韓國人的飲食習慣變得西式化許多。
■** 식용유	<食用油> [시공뉴]	食用油	달궈진 팬에 식용유를 두르고 계란을 넣는다. 熱鍋裡抹上食用油然後放入雞蛋。
식탐	<食貪>	貪嘴、嘴饞、貪吃	나는 식탐이 많아서 음식을 조절하기 어렵다. 因為我很貪吃，所以很難調節飲食。

246

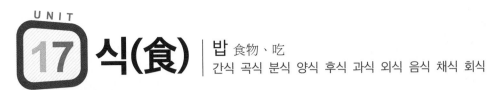

UNIT 17 식(食) | 밥 食物、吃
간식 곡식 분식 양식 후식 과식 외식 음식 채식 회식

금식 금식(하다)	<禁食>	禁食、忌口、絕食	내일 오전 건강 검진 때문에 지금부터 금식해야 한다. 因為明天早上要做健康檢查，所以必須從現在開始禁食。
* 급식 급식(하다)	<給食> [급씩]	供餐	우리 학교는 무료로 급식을 제공하고 있다. 我們學校免費供餐。
* 소식 소식(하다)	<小食>	少吃、節食	건강을 위해 소식하고 운동하세요. 為了健康請少量飲食跟運動。
야식	<夜食>	消夜	한국인들은 야식으로 치킨을 즐겨 먹는다. 韓國人喜歡享用炸雞當消夜。
* 양식	<糧食>	糧食、口糧	농사가 잘 안되어서 겨울 동안 먹을 양식이 부족하다. 因為收成不太好，所以冬天要吃的糧食不足。
* 육식 ↔ 채식	<肉食> ↔ <菜食> [육씩]	肉食、吃肉、吃葷	우리 가족은 육식을 즐기는 편이다. 我們家族算是喜歡吃葷菜的。
조식	<朝食>	早餐、早點、早飯	이 호텔은 객실 요금에 조식이 포함된다. 這家飯店房間費用包含早餐。
* 주식	<主食>	主食	한국 사람들의 주식은 쌀이다. 韓國人的主食是大米。
▣ ** 편식 편식(하다)	<偏食>	偏食、挑食、挑嘴	어머니는 아이들의 편식 습관을 고치려고 노력한다. 媽媽努力要糾正孩子們的偏食習慣。
* 폭식 폭식(하다)	<暴食> [폭씩]	暴食、暴飲暴食	점심에 폭식했더니 배가 너무 아프다. 午餐爆食，結果肚子很痛。

247

UNIT 18 장(場)

마당 廣場、市場
장소 장면 장외 장바구니

068

장날	<場날>	趕集日、市集日	오늘은 장날이라서 평소보다 사람들이 북적거린다. 今天是市集日,所以比平常人潮擁擠。
장터	<場터>	市集、集市、市場	오늘 농산물 직거래 장터가 열린다. 今天舉辦農產品直接交易市集。

⚫ ** 결혼식장 = 예식장	<結婚式場> = <禮式場> [결혼식짱]	結婚禮堂、結婚會場	많은 하객들로 결혼식장이 붐볐다. 結婚禮堂擠滿眾多賓客。
* 광장	<廣場>	廣場、場合、場所	많은 사람들이 시청 앞 광장에 모였다. 許多人聚集在市廳前的廣場。
농장	<農場>	農場、耕地、農地	부모님은 농장에서 소를 먹이고 기르신다. 父母在農場餵牛飼養。
* 목장	<牧場> [목짱]	牧場、牧地	이 목장에서는 소 5000 마리를 키우고 있다. 這牧場飼養了 5000 頭牛。
⚫ ** 비행장	<飛行場>	機場、飛機場	비행장에 여러 비행기들이 대기 중이다. 機場上有許多飛機待機中。
세차장	<洗車場>	洗車場	주유소 옆에는 대개 세차장이 있다. 加油站旁邊一般會有洗車場。
⚫ *** 스키장	<ski場>	滑雪場	이번 주말에 친구들과 스키장에 놀러 갈 계획이다. 這周末計畫要跟朋友們去滑雪場玩。
* 승강장	<昇降場>	月台	이 역은 열차와 승강장 사이가 넓으니 내리실 때 주의하시기 바랍니다. 這一站列車與月台間的間隙很寬,下車時請注意。

UNIT 18 장(場)

마당 廣場、市場

공장 극장 당장 등장 매장 시장 입장 직장
현장 경기장 공연장 수영장 운동장 정류장 주차장

字尾

야구장	<野球場>	棒球場	주말에는 많은 젊은이들이 야구장을 찾는다. 在周末，有許多年輕人到棒球場。
■ ** **예식장** = 결혼식장	<禮式場> = <結婚式場> [예식짱]	禮堂、結婚 禮堂、婚禮 會場	신랑과 신부가 예식장으로 걸어 들어 갔다. 新郎與新娘走進結婚禮堂。
장례식장	<喪禮式場> [장녜식짱]	殯儀館、告 別式禮堂	장례식장에는 검은색 옷을 입고 가야 한다. 殯儀館必須要穿黑色衣服前往。
■ ** **전시장**	<展示場>	展示會場、 展覽廳、展 廳、展場	주말에 친구하고 자동차 전시장을 구경했다. 周末跟朋友去逛汽車展場。
■ *** **정거장**	<停車場>	車站、停車 場	다음 정거장에서 내리세요. 請在下一個車站下車。
■ ** **축구장**	<蹴球場> [축꾸장]	足球場	축구장은 축구 경기를 보러 온 관중들로 가득 찼다. 足球場充滿前來看足球比賽的觀眾。
* **퇴장** 퇴장(하다) ↔ 입장(하다)	<退場> ↔ <入場> [퉤장]	退場、下場	배우들이 모두 무대에서 퇴장했다. 演員們全都從舞台上退場。
* **폐장** 폐장(하다) ↔ 개장(하다)	<閉場> ↔ <開場> [페장]	關門、關 閉、清場	놀이공원이 폐장될 때까지 놀았다. 我們去遊樂場玩到關門。
■ ** **해수욕장**	<海水浴場> [해수욕짱]	海水浴場	여름휴가 때마다 해수욕장에 가서 물놀이를 한다. 每次暑假的時候都會到海水浴場玩水。
■ ** **행사장**	<行事場>	活動場所、 活動場地	축제를 맞아 행사장을 찾은 관광객들로 붐볐다. 迎接慶典，活動場地被前來的觀光客擠滿了。

19 지(地)

땅 地球、土地、地方
지구 지도 지리 지방 지역 지옥 지진 지하 지형 지위

069

字首

지가	<地價> [지까]	地價、土地 價格	지하철 역 주변에 지가가 크게 올랐다. 地鐵站周邊地價大幅上漲。
지구	<地區>	地區、區域、 地帶	이 도시는 역사가 깊어서 문화 관광 지구 이다. 這座都市因歷史悠久，是文化觀光地區。
* 지대	<地帶>	地帶、地區、 地勢	한국의 북부는 산악 지대가 많다. 韓國北部山區很多。
지뢰	<地雷> [지뤠]	地雷	지뢰가 터져서 군인 여러 명이 크게 다쳤 다. 因為地雷爆炸，好幾名軍人嚴重受傷。
* 지명	<地名>	地名	지명의 유래에 대해서 조사하면 흥미로운 역사를 알게 된다. 如果調查地名由來，就能夠知道有趣的歷史。
* 지상 ↔ 지하	<地上> ↔<地下>	地上、現世、 人間、世上	최근 아파트들은 지상보다는 지하 주차장 이 많아지고 있다. 最近的公寓比起地上停車場，地下停車場逐漸增 加。
지열	<地熱>	地熱、地上 的熱氣	최근 지열 에너지가 새로운 천연자원으로 주목 받고 있다. 最近地熱能量作為新的天然資源備受關注。
* 지점	<地點>	地點	경찰이 방금 사고 지점에 도착했다 警察剛剛抵達事故地點。
지층	<地層>	地層	제주도의 지층은 현무암으로 되어 있다. 濟州島的地層由玄武岩組成。
▪ *** 지하철	<地下鐵>	地鐵、捷運	길이 복잡하면 지하철을 타는 게 더 빠르 다. 如果交通繁忙，搭地鐵會更快。

UNIT 19 지(地)

땅 地球、土地、地方
단지 묘지 현지 육지 관광지 목적지 여행지 유적지 중심지 휴양지

字尾

* 각지	<各地> [각찌]	各地、各處、 到處	공항은 세계 각지에서 온 관광객들로 북적거렸다. 機場被從世界各地來的觀光客們擠得人聲鼎沸。
* 객지	<客地> [객찌]	異鄉、他鄉	고향을 떠나서 객지에서 지내니까 부모님이 그립다. 離開故鄉在他鄉生活，很想念父母。
* 경지	<境地>	境地、境內、 領域、處境、 境界	그의 작품은 현대 미술의 새로운 경지를 열었다고 평가받았다. 他的作品被評價為開啟現代美術的新境地。
기지	<基地>	基地、根據地	한국은 남극에 두 번째 연구 기지를 건설했다. 韓國在南極設立第二個研究基地。
* 녹지	<綠地> [녹찌]	綠地、草坪、 草地	도시에 녹지가 많이 조성되어서 공기가 훨씬 좋아졌다. 都市由許多綠地構成，空氣確實變好了。
* 식민지	<植民地> [싱민지]	殖民地	1945년에 한국은 일본의 식민지로부터 해방되었다. 1945 年韓國從日本殖民地中被解放。
* 원산지	<原産地>	産地、原産地	농산물마다 원산지를 꼭 표시해야 한다. 每個農產品都必須標示原產地。
임지 = 근무지	<任地> = <勤務地>	任地、任職 地、工作地、 工作單位	그 외교관은 오늘 새로운 임지인 한국에 도착했다. 那位外交官抵達新的工作地韓國。
* 처지	<處地>	處境、境地、 情況、地位、 關係	어려운 처지에 놓인 친구를 위해 우리는 돈을 모았다. 為了處於困境中的朋友，我們募款。
* 평지	<平地>	平地	이 지역은 평지가 많아서 걷기 편하다. 這地區因為有許多平地，走起來很輕鬆。

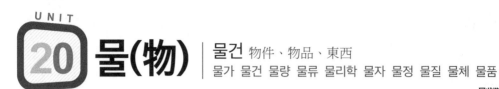

UNIT 20 물(物)

물건 物件、物品、東西
물가 물건 물량 물류 물리학 물자 물정 물질 물체 물품

070

字首

물물 교환	<物物交換>	物物交換、以物易物	옛날에는 사람들이 물물 교환을 통해서 서로 필요한 물건을 얻었다. 以前的人都是透過以物易物來得到彼此需要的物品。
물색 물색(하다)	<物色> [물쌕]	物色、尋找、內情、緣由	주말에 여행갈 만한 좋은 장소를 물색하고 있다. 我在物色值得周末去旅行的好地點。
물심양면 물심양면(으로)	<物心兩面> [물씸냥면]	物心兩面、物質和精神上	물심양면으로 도와주셔서 감사합니다. 感謝你給予物質和精神上的幫助。
물욕	<物慾> [무룍]	物慾	물욕에 사로잡힌 사람들이 많다. 被物慾迷惑的人很多。
물의	<物議> [무리]	爭議、爭執、紛爭	그 연예인의 마약 사건은 물의를 일으켰다. 那位演藝人員的毒品事件引起紛爭。
물증	<物證> [물쯩]	物證	경찰은 확실한 물증이 없어서 용의자를 체포할 수 없었다. 警察因為沒有確切的物證，所以無法逮捕嫌疑犯。

字尾

* **곡물**	<穀物> [공물]	穀物、穀類、糧食	현미 등 여러 곡물을 섞어서 밥을 지으면 건강에 좋다. 添加玄米等各種穀物煮飯的話，對健康有益。
* **괴물**	<怪物> [궤물]	怪物、鬼怪、妖怪	그 영화에서는 무서운 괴물들이 많이 나온다. 那部電影出現許多恐怖的怪物。
* **뇌물**	<賂物> [뇌물]	賄賂、賄賂物、賄賂品、好處	공무원들이 기업가로부터 뇌물을 받은 것으로 드러났다. 爆發公務員收到企業給的賄賂物事件。

UNIT 20 물(物)

물건 物件、物品、東西
건물 동물 보물 사물 선물 유물 인물 해물 농산물 분실물

字尾

* **생물**	<生物>	生物、活物	동물과 식물 같은 생물은 물이 있어야 살 수 있다. 像是動物與植物等生物必須要有水才能生存。
▣** **세탁물**	<洗濯物> [세탕물]	換洗衣物、要洗滌的衣物	세탁물을 세탁기에 넣고 세제를 넣으세요. 請把換洗衣物放入洗衣機然後加入洗劑。
▣** **식물** ↔ 동물	<植物> ↔<動物> [싱물]	植物	식물이 성장하기 위해서는 햇빛이 필요하다. 植物為了生長需要陽光。
* **실물**	<實物>	實物、現貨、實體	사진보다 실물이 훨씬 낫네요. 比起照片實體更好看。
* **예물**	<禮物>	禮物、禮品	신랑과 신부는 예물 반지를 주고받았다. 新郎與新娘交換信物戒指。
▣** **우편물**	<郵便物>	郵件、信件、信函	우편물이 오늘 회사로 배달된다. 信函今天會寄到公司。
▣** **음식물**	<飲食物> [음싱물]	膳食、飯菜、食物	음식물 쓰레기는 따로 버려야 한다. 廚餘必須要另外丟棄。
* **재물**	<財務>	財務、財產	김 사장님은 사업으로 많은 재물을 모았다. 金老闆因為做生意而累積許多財物。
▣** **준비물**	<準備物>	準備物品、要用的東西	여행에 가지고 갈 준비물을 다 챙겼다. 旅行要帶的準備物品都整理好了。
▣** **해산물 = 해물	<海產物> =<海物>	海產、海貨	제주도에 가면 신선한 해산물을 마음껏 먹을 수 있다. 如果去濟州島，就能夠盡情吃新鮮的海產。
* **화물**	<貨物>	貨、貨物、貨品	화물은 배나 비행기, 트럭 등으로 운반된다. 貨物使用船、飛機、貨車等運送。

심장 心臟、內心、中心
심장 심경 심란 심리 심성 심술 심신 심정 심취 심혈

071

字首

심기	<心氣>	心氣、心情	친구는 승진이 안 되어 심기가 불편한 것 같다. 朋友因為升遷不順利，所以心情不太好。
심려	<心慮> [심녀]	擔憂、憂慮、 憂愁、擔心	여러 가지로 심려를 끼쳐 드려 죄송합니다. 很抱歉因為各種事情給您添麻煩了。
심약하다	<心弱하다> [시먀카다]	心軟	할머니는 내성적이고 심약한 분이셨다. 奶奶是內向且心軟的人。
심적	<心的> [심쩍]	內心的、心 理的、心理 上的	취업에 대한 심적 부담을 느끼고 있다. 感覺到對就業的心理上的負擔。
심증	<心證>	印象、感覺、 自由心證	심증은 가는데 확실한 증거가 아직 없다. 我感覺是那樣，但還沒有確切的證據。
심지	<心志>	心志、意志、 志向	우리 형은 심지가 굳어서 힘든 일도 끝까지 잘 해낸다. 我哥心志堅強，即使是困難的事也能夠堅持到最後。
심폐	<心肺>	心肺	의식을 잃었던 선수가 심폐 소생술을 받고 살아났다. 失去意識的選手接受心肺復甦術活了下來。
심회	<心懷> [심훼]	心懷、心情、 心緒	오랜만에 고향 친구를 만나니 심회가 새롭다. 久違見到故鄉的朋友，心情很新鮮。

字尾

★ 고심 고심(하다)	<苦心>	苦心、費心、 傷腦筋	최근 직장을 옮기는 문제 때문에 고심하고 있다. 最近因為換工作的問題正在傷腦筋。

21 심(心)

심장 心臟、內心、中心
결심 관심 안심 양심 열심 의심 조심 진심 중심 핵심

字尾

낙심 * 낙심(하다)	<落心> [낙씸]	灰心、失望、 沮喪、氣餒	내 친구는 입사 시험 실패에 낙심하 고 있다. 朋友因為入社考試失敗而感到失望。
도심 ▣** ↔ 교외	<都市> ↔<郊外>	市中心、鬧 區	서울 광장은 서울 도심에 위치해 있다. 首爾廣場位於首爾市中心。
민심	<民心>	民心、民意、 民意	정부는 항상 민심을 잘 읽어야 한다. 政府須經常讀懂民心。
욕심 ▣** 욕심(나다/내 다/쟁이)	<慾心> [욕씸]	慾望、貪婪	사람의 욕심은 끝이 없는 것 같다. 人們的慾望好像無止盡。
이기심 * ↔ 이타심	<利己心> ↔<利他心>	私慾、私心、 自私	나는 사람들의 이기심에 화가 났다. 我因為人們的自私而生氣。
인내심 *	<忍耐心>	耐心	외국어를 배우려면 인내심이 필요하 다. 如果要學習外語，就需要耐心。
인심 ▣**	<人心>	心地、人情、 心眼、人心、 人情味	도시보다는 시골의 인심이 더 넉넉한 것 같다. 比起都市，鄉下的人情味更充裕。
자부심 ▣**	<自負心>	自信心、自 豪感	직원들은 최근 성과에 대해 자부심이 대단하다. 職員們對最近的成果感到相當自豪。
자존심 ▣**	<自尊心>	自尊心	아버지는 자존심이 강해서 다른 사 람에게 도움을 구하지 않으신다. 爸爸因為自尊心很強，所以不向他人尋求幫 助。
호기심 ▣**	<好奇心>	好奇心	아이들은 주변의 모든 것에 호기심이 많다. 孩子們對周圍所有的一切有很強的好奇心。
효심	<孝心>	孝心	그는 효심이 지극하다. 他非常有孝心。

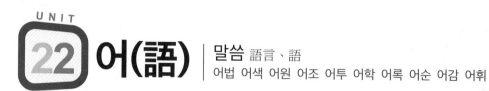

UNIT 22 어(語) | 말씀 語言、語
어법 어색 어원 어조 어투 어학 어록 어순 어감 어휘

072

字首

어간	<語幹>	語幹	학생들은 동사의 어간과 어미를 분석했다. 學生們分析動詞的語幹與語尾。
어눌하다	<語訥하다>	口吃、結巴、口齒不清	환자의 말투가 어눌해서 알아듣기 어렵다. 患者因為說話口齒不清，所以很難理解。
어미	<語尾>	語尾	한국어에서 '-기'는 명사형 어미이다. 韓語中「-기」為名詞形語尾。
어불성설	<語不成說>	自相矛盾、語無倫次、不能自圓其說	그 학자의 주장은 완전 어불성설이다. 那位學者的主張完全自相矛盾。

字尾

고유어 ↔ 한자어	<固有語> ↔<漢字語>	固有語、本地語	고유어는 순 한국말로서 눈, 코, 입 같은 신체어들이 있다. 固有語作為純韓語，有眼睛、鼻子、嘴巴等身體部位詞彙。
공용어	<公用語>	官方語言	캐나다는 영어와 프랑스어를 공용어로 하고 있다. 加拿大以英語和法語作為官方語言。
구어 ↔ 문어	<口語> ↔<文語>	口語	친구랑 일상대화를 할 때는 구어를 사용한다. 跟朋友在日常對話時使用口語。
모어 = 모국어	<母語> =<母國語>	母語、第一語言	한국어 모어 화자들도 맞춤법이 틀리기도 한다. 即使是母語為韓國語的說話者也會拼錯字。
문어 ↔ 구어	<文語> ↔<口語> [무너]	書面語	문어는 공문에 많이 쓰인다. 書面語經常使用於公文。

어(語)

말씀 語言、語
국어 언어 영어 모국어 표준어 단어 용어 검색어 관용어
외래어

字尾

불어 ▣ **	<佛語> [부러]	法語、佛教 用語	친구는 영어는 말할 것도 없고 불어도 잘 한다. 朋友不用說英語，法語也很擅長。
비속어 *	<卑俗語> [비소거]	俚語、俗 語、髒話	그 영화에는 비속어가 많이 나와서 어린 이에게 좋지 않다. 那部電影出現許多髒話，對小孩子不好。
사자성어 *	<四字成語>	四字成語、 成語	사자성어에는 교훈적인 의미가 많다. 四字成語中有許多教訓的意義。
서술어 *	<敘述語> [서수러]	謂語、敘述 語、述語	문장에서 동사와 형용사는 서술어가 된 다. 在句子中，動詞與形容詞組成敘述語。
속어 *	<俗語>	俗語、俚語	될 수 있으면 속어를 쓰지 않는 게 좋다. 可以的話，不要使用俗語會比較好。
약어	<略語>	縮略語、簡 稱	ROK 는 Republic of Korea 의 약어이다. ROK 是 Republic of Korea 的縮略語。
원어민 *	<原語民> [워너민]	母語人士	이것은 원어민한테조차도 매우 어려운 문법이다. 這個就連對母語人士也是非常困難的文法。
주어 *	<主語>	主語、主詞	한국어에서는 문맥에 따라 주어를 생략 하는 경우가 흔하다. 韓語中，根據文章脈絡省略主語的情況很常見。
표어 *	<標語>	標語	2018년 남북 정상회담의 표어는 '평화, 새로운 시작'이었다. 2018 年南北韓高峰會的標語是「和平，新的開 始」。
한자어 * ↔ 고유어	<漢字語> ↔<固有語> [한짜어]	漢字語、漢 字詞	한국어에는 한자어로 된 어휘가 상당히 많은 편이다. 韓語中，漢字語組成的詞彙算是非常多的。
호칭어 *	<呼稱語>	稱呼、稱 謂、呼語	여보는 부부 사이의 호칭어이다. 「親愛的」是夫婦之間的稱謂。

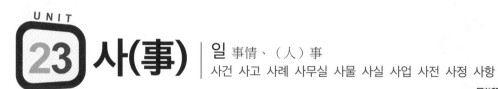

UNIT

23 사(事) | 일 事情、（人）事

사건 사고 사례 사무실 사물 사실 사업 사전 사정 사항

073

☞unit 6

字首

Ⅱ** **사무**	<事務>	事務、業務、 公務、事宜	요즘 사무가 바빠서 자주 연락 못 드 려 죄송합니다. 最近事務繁忙所以很少聯繫，對不起。
Ⅱ** **사무직**	<事務職>	白領、內勤 工作、坐辦 公桌的	대부분의 젊은이들은 사무직을 선호 한다. 大部分的年輕人喜歡內勤工作。
* **사사건건**	<事事件件> [사사껀껀]	每件事、事 事	두 사람은 사사건건 충돌한다. 兩個人每件事都起衝突。
사안	<事案>	案件	우리는 가장 중요한 사안부터 처리하 기로 했다. 我們決定從最重要的案件開始處裡。
Ⅱ** **사업가** ☞unit 6	<事業家> [사업까]	企業家、事 業家	스티브 잡스는 세계적으로 성공한 사 업가이다. 史蒂夫・賈伯斯是世界級成功的事業家。
* **사유**	<事由>	事由、緣由、 緣故、理由	정당한 사유가 있으면 수강료를 돌려 받을 수 있다. 如果有正當事由的話，就能夠拿回學費。
Ⅱ** **사태**	<事態>	事態、局勢、 局面、狀態	사태가 매우 심각한 것 같다 事態好像很嚴重。
* **사후** ↔ 사전	<事後> ↔<事前>	事後、善後	선거 운동에 대한 사후 검토가 진행 중이다. 現在正在進行選舉活動的事後檢討。

字尾

* **가사** ☞unit 6	<家事>	家務、家務 事	가사 도우미 덕분에 집안일이 수월해 졌다. 託家務小幫手的福，家務事變得輕鬆多了。
* **경조사**	<慶弔事>	紅白喜事、 喜事和喪事	이번 달에는 경조사가 많아서 돈을 많이 썼다. 這個月有許多婚喪喜慶，所以花了許多錢。

UNIT
23 사(事)

일 事情、（人）事
공사 군사 기사 농사 무사 식사 인사 행사 검사 판사

字尾

☰** **관심사**	<關心事>	關心的事、 關注的事	우리는 관심사가 비슷해서 금방 친해 졌다. 我們關心的事情很相像，所以馬上就變親近了。
* **매사**	<每事>	每件事、事事	그는 매사에 성실하게 일한다. 她每件事情都很實在地工作。
민사 ↔ 형사	<民事> ↔ <刑事>	民事	그는 전 직장에서의 임금 체불과 관련해서 민사 소송하려고 한다. 他就前一家公司積欠薪資相關事宜想進行民事訴訟。
* **성사** 성사(하다/되다/시키다)	<成事>	成事、辦成、成功	마침내 계약이 성사되었다. 終於搞定合約了。
* **시사**	<時事>	時事	나는 시사 상식을 넓히기 위해서 매일 신문을 읽는다. 我為了要擴展時事常識，每天都閱讀報紙。
영사	<領事>	領事	영사는 비자 신청을 승인했다. 領事批准了護照申請。
이사	<理事>	理事、董事	새로 오신 이사님은 직원들을 늘 격려하신다. 新上任的理事總是會鼓勵職員們。
* **인사**	<人事>	寒暄、打招呼、禮貌、人事	인사과에서 승진 등 여러 가지 인사 문제를 다룬다. 人事部門處理升遷等各種人事問題。
참사	<慘事>	慘事、慘劇、慘禍、慘案	이번 비행기 추락은 비극적인 참사였다. 這次飛機墜毀是悲劇性的慘案。
* **형사**	<刑事>	刑事、刑警	형사는 현장에서 범죄자를 체포했다. 刑警在現場逮捕了歹徒。

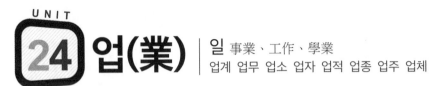

UNIT 24 업(業)

일 事業、工作、學業

업계 업무 업소 업자 업적 업종 업주 업체

074

字尾

경공업 ↔ 중공업	<輕工業> ↔<重工業>	輕工業	1970년대에 한국은 신발, 가발, 옷을 만드는 경공업이 발전했다. 1970 年代，韓國發展製造鞋子、假髮、衣服的輕工業。
광업	<鑛業>	礦業、礦務	한국의 광업은 석탄을 중심으로 개발되었다. 韓國的礦業以開發煤炭為主。
금융업	<金融業> [그뮹업]	金融業	은행이나 보험 회사 같은 금융업에 종사하고 싶다. 我想從事像是銀行或保險公司之類的金融業。
동업 동업(하다)	<共業>	同業、同行、 共同經營	친구와 나는 치킨집을 5년 가까이 동업하고 있다. 朋友跟我共同經營炸雞店快要五年了。
본업 ↔ 부업	<本業> ↔<副業> [보넙]	本行、主業、 本職	취미로 찍던 사진이 이제 본업이 되었다. 當作興趣拍攝的照片如今成了我的本業。
수산업	<水產業> [수사넙]	水產業	이곳은 바다가 가까워 수산업에 종사하는 사람들이 많다. 這個地方靠海，從事水產業的人很多。
어업	<漁業>	漁業	10년 전까지만 해도 섬마을 사람들은 어업으로 큰 소득을 올렸다. 一直到 10 年前，海島村莊的人們還靠漁業獲得巨大的利潤。
운수업	<運輸業>	運輸業	교통수단이 발달하면서 자연스럽게 운수업도 발달하게 되었다. 交通發達的同時，自然地運輸業也跟著發達起來。
임업	<林業> [이멉]	林業	이 지역은 삼림이 풍부해서 임업이 발달했다. 這個地區因為樹林豐富，所以林業發達。

UNIT 24 업(業)

일 事業、工作、學業
공업 기업 농업 사업 산업 상업 직업 실업 취업 영업
수업 졸업

字尾

* **자영업**	<自營業>	自營業	작년에 퇴직한 후 자영업에 종사하고 있다. 我從去年退休後，從事自營業。
■ ** **작업** 작업(하다)	<作業> [자겁]	工作、勞動、 作業	작업이 계획대로 잘 진행되고 있어서 다행이다. 工作依照計畫順利地進行，太好了。
* **전업**	<專業> [저넙]	專業、專職、 專門從事	저는 전업 작가로 활동 중입니다. 我以專業作家的身分活動中。
* **제조업**	<製造業>	製造業	제조업과 건설 경기 회복으로 앞으로 일자리가 늘어날 것으로 전망된다. 製造業與建設景氣恢復，預計未來將增加工作機會。
* **조선업**	<造船業>	造船業	한국의 조선업 기술은 높은 수준을 차지하고 있다. 韓國的造船業技術佔據很高的水準。
* **창업** 창업(하다)	<創業>	創業、建立、 建國	나는 취업 대신에 친구들과의 창업을 고려하고 있다. 我考慮跟朋友創業，而不是求職。
* **축산업**	<畜産業> [축싸넙]	畜牧業	이 도시는 축산업이 발달해서 쇠고기 맛이 정말 뛰어나다. 這都市因為畜牧業發達，牛肉的味道真的很出眾。
출판업	<出版業>	出版業	컴퓨터의 발달로 인해 출판업의 매출이 줄어들었다. 電腦的發展，導致出版業的銷量減少。
* **파업** 파업(하다)	<罷業>	罷工	노동자들은 임금 인상을 요구하며 파업에 들어갔다. 工人要求增加薪水，進入罷工階段。
* **학업**	<學業> [하겁]	學業、課業	친구는 가정 형편 때문에 학업을 포기했다. 朋友因為家庭狀況而放棄學業。
휴업 휴업(하다)	<休業>	休業、歇業、 暫停營業	그 가게는 매주 월요일 휴업이다. 那家店每周一休業。

회(會) | 모이다 會面、會議、會談
회견 회담 회비 회사 회식 회원 회의 회장 회화 회계

075

字首

회관	<會館> [훼관]	會館、禮堂	그 회관은 많은 관객을 수용할 수 있다. 那間會館能夠容納許多觀眾。
회기	<會期>	會期、會議 期間、國會 開會期	그 법안은 이번 회기 중에 통과될 전망이다. 那項法案有望在這次會期通過。
회동 회동(하다)	<會同> [훼동]	會同、聚會、 會晤	여야 대표가 긴급 회동을 가졌다. 執政黨與在野黨代表召開緊急會晤。
회보	<會報> [훼보]	會刊、會報	회보는 한 달에 한 번 발행된다. 會刊一個月發行一次。
▣ *** 회사원	<會社員> [훼사원]	上班族、公 司職員、社 畜	많은 청년들이 대기업의 회사원이 되고 싶어한다. 許多青年想成為大企業的上班族。
회칙	<會則>	會規、會章	우리 모임은 회칙에 따라 회의를 진행한다. 我們的聚會是跟著會規進行會議。

字尾

* 간담회	<懇談會> [간담훼]	懇談會、座 談會	대통령은 기자들과 간담회를 가졌다. 總統與記者召開座談會。
▣ ** 국회 ☞unit 5	<國會> [구꿰]	國會、議會	국회는 현재 개회 중이다. 國會現在正在開會。
▣ ** 동호회	<同好會> [동호훼]	同好會、社 團	기타 동호회에 가입했다. 我加入吉他同好會。
* 면회 면회(하다)	<面會> [면훼]	會面、會晤、 見面、探視、 探望	친구는 중환자실에 있는 어머니를 면회 중이다. 朋友探望在重症病房的母親。

UNIT 25 회(會) | 모이다 會面、會議、會談
교회 대회 기회 동창회 발표회 사회 송별회 연주회 전시회

字尾

* **박람회**	<博覽會> [방남훼]	博覽會	무역 박람회가 오늘부터 열린다. 貿易博覽會從今天開始。
* **시사회**	<試寫會> [시사훼]	試映會	영화 시사회 후 감독과 배우들은 기자 회견을 했다. 電影試映會後，導演與演員們開記者招待會。
▣ ** **위원회**	<委員會> [위원훼]	委員會	위원회는 이번 주까지 보고서를 제출해야 한다. 委員會必須在這周內提交報告。
▣ ** **음악회**	<音樂會> [으마퀘]	音樂會	청중들은 이 음악회를 아주 좋아한다. 聽眾們非常喜歡這場音樂會。
* **의회**	<議會> [의훼]	議會、國會、議院	의회가 그 법안을 드디어 통과시켰다. 議會終於通過該項法案。
* **집회**	<集會> [지퉤]	集會、聚會	대규모 집회가 평화적으로 끝났다. 大規模集會和平地結束了。
총회	<總會> [총훼]	總會、大會	12월에 있을 학부모 총회에 참석할 계획이다. 我預計參加 12 月舉辦的家長會。
학회	<學會> [하퀘]	學會	세계에서 온 많은 학자들이 이번 학회에 참석했다. 來自世界各地的學者們都參加了這次學會。
* **협회**	<協會> [혀퉤]	協會	그들은 장애인을 위한 협회를 조직했다. 他們為了殘障人士創立了協會。
▣ ** **환영회** ↔ 송별회	<歡迎會> ↔<送別會> [환영훼]	歡迎會	우리는 신입 사원을 위한 환영회를 열었다. 我們為了新進公司成員開了迎新會。

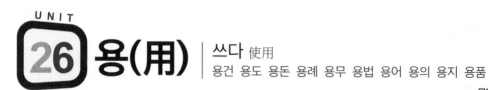

UNIT 26 용(用) | 쓰다 使用

용건 용도 용돈 용례 용무 용법 용어 용의 용지 용품

076

字尾			
겸용 겸용(하다/되다)	<兼用> [겨뭉]	兼用、兼容、 兩用	냉난방 겸용 에어컨을 샀다. 買了冷暖兩用的冷氣機。
* **고용** 고용(하다/되다)	<雇用>	雇用、聘用	고용 시장에서 경쟁이 점점 심해지고 있다. 就業市場上,競爭漸漸激烈。
* **관용어**	<慣用語> [과농어]	慣用語	관용어를 잘 이해하는 것이 언어 학습에 도움이 된다. 好好理解慣用語對語言學習有幫助。
군용	<軍用> [구뇽]	軍用	그 장군은 군용 헬기를 타고 왔다. 那位將軍搭乘軍用直升機來。
* **남용** 남용(하다/되다)	<濫用> [나뭉]	濫用、亂用、 妄用	항생제를 남용하면 안 된다. 不能濫用抗生素。
* **무용지물**	<無用之物>	無用之物、廢 物、垃圾	법이 있어도 지키지 않으면 무용지물이다. 儘管有法律,如果不遵守的話,也是無用之物。
■ ** **부작용**	<副作用> [부자굥]	副作用、反效 果	어떤 약이라도 부작용이 있다. 不管是哪種藥都有副作用。
* **실용**	<實用> [시룡]	實用	일상생활에서 잘 쓰이는 실용 한국어를 배우고 싶다. 我想要學習能夠在日常生活中使用的實用韓語。
■ ** **소용** 소용(없다)	<所用>	用處、用途、 所用、使用	아무리 후회해도 소용이 없다. 不管怎麼後悔也沒有用。
■ ** **승용차**	<乘用車> [아콩]	轎車、小客 車、房車	우리는 보통 승용차로 여행 간다. 我們通常開轎車旅行。

용(用) | 쓰다 使用

복용 비용 사용 신용 이용 인용 작용 적용 전용 활용

字尾

* **악용** 악용(하다)	<惡用>	濫用	그 법을 악용하는 사람들이 있다. 有濫用那法律的人們。
* **유용** 유용(하다)	<有用>	有用、有助於	유용한 앱이 정말 많은 것 같다. 有用的 APP 好像真的很多。
* **응용** 응용(하다)	<應用>	應用、實用、 運用、利用	이 기술은 많은 분야에 응용될 수 있다. 這項技術能夠應用在許多領域。
* **임용** 임용(하다)	<任用> [이뇽]	任用、錄用	대학은 신임 교수 임용을 시행하기로 했다. 大學決定實施新任教授任用。
■ ** **일회용**	<一回用> [일훼용]	一次性用品、 一次性	우리는 일회용 컵 사용을 줄여야 한다. 我們必須減少使用一次性杯子。
■ ** **자가용**	<自家用>	自用、自用小 客車、家用車	자가용 대신 대중교통을 이용하는 사람들이 늘어나고 있다. 替代自用小客車，使用大眾交通工具的人正在增加。
■ ** **재활용** 재활용(하다)	<再活用> [재화룡]	回收再利用	사용한 캔과 종이를 재활용하기 위해 모은다. 為了回收再利用使用過的鐵罐與紙張，收集在一起。
* **착용** 착용(하다)	<着用> [차공]	穿戴、穿著、 繫	안전띠 착용이 의무이다. 繫安全帶是義務。
* **채용** 채용(하다)	<採用>	錄用、錄取、 雇用、採用	그 회사가 신입사원을 채용하고 있다. 那家公司正在採用新職員。
* **휴대용**	<攜帶用>	攜帶式、手提 式、便攜式	휴대용 스피커를 늘 갖고 다닌다. 我總是帶著攜帶式麥克風。

UNIT
27 자(者) | 사람 者 (字尾)
기자 독자 부자 저자 학자 환자 가입자 과학자 근로자
기술자

字尾

관계자 ▣ **	<關係者> [관계자]	相關人員、有關人員	관계자 외에는 출입을 금합니다. 非相關人員禁止出入。
교육자 ▣ **	<教育者> [교육짜]	教育工作者、教職人員、教師	우리 집안은 대대로 교육자 집안이다. 我們家世代都是教育工作者。
노숙자 *	<露宿者> [노숙짜]	流浪漢、露宿街頭的人	경기 불황으로 노숙자가 늘어나고 있다. 因為經濟不景氣，露宿街頭的人增加。
담당자 ▣ **	<擔當者>	負責人、承擔人	회사의 인사 담당자와 그 문제를 논의했다. 與公司的人事負責人討論那個問題。
대상자 ▣ **	<對象者>	對象、對手	실험 대상자의 50%가 좋은 결과를 보였다. 試驗對象的 50% 呈現好結果。
미성년자 ▣ **	<未成年者>	未成年者、未成年人	미성년자에게 담배를 파는 것은 불법이다. 販售香菸給未成年者是違法的。
발신자 * ↔ 수신자	<發信者> ↔<受信者> [발씬자]	寄信人、來電人	휴대폰에는 발신자의 전화번호가 뜬다. 手機顯示來電者的電話號碼。
보행자 ▣ **	<步行者>	行人、步行者	운전자들은 보행자를 먼저 배려하는 운전 습관을 길러야 한다. 駕駛人必須培養先禮讓行人的駕駛習慣。
사용자 ▣ **	<使用者>	使用者、使用人、雇主	회사는 제품의 사용자를 위해 안내 책자를 만들었다. 為了公司產品的使用者而製作說明書。
사회자 ▣ **	<司會者> [사훼자]	主持人、司儀	사회자가 오늘의 강연자를 소개했다. 主持人介紹今天的演講者。

077

UNIT

27 자(者)

사람 者 (字尾)
노동자 노약자 배우자 소비자 시청자 실업자
지도자 피해자 합격자 희생자

字尾

■ ** **약혼자**	<約婚者> [야콘자]	訂婚對象	오늘 친구들에게 약혼자를 소개했다. 今天向朋友介紹訂婚對象。
■ ** **연구자**	<研究者>	研究者、研 究人員	학회에서 다양한 연구자들이 자신들의 연구 결과를 발표한다. 學會上，各種研究人員發表自身的研究結果。
■ ** **연기자**	<演技者>	表演者、演 出者、演員	연기자들은 뛰어난 연기로 관객의 마음 을 사로잡았다. 演員們以出色的演技捉住觀眾的內心。
* **유권자**	<有權者> [유꿘자]	選民	그 후보는 유권자들의 지지를 호소했다. 那位候選人呼籲選民們的支持。
■ ** **이용자**	<利用者>	用戶、使用 者	인터넷 이용자 수가 급속도로 증가하고 있다. 網路使用者人數正以急速增加。
* **지원자**	<志願者>	志願者	아나운서 한 명을 뽑는 데 지원자가 이 천 명이나 몰렸다. 徵選一名播音員，湧入超過兩千名的志願者。
■ ** **진행자**	<進行者>	主持人	그는 한국에서 유명한 토크 쇼 진행자 다. 他是韓國有名的脫口秀主持人。
■ ** **참석자**	<參席者> [참석짜]	參加者、出 席者	유명 인사의 강연은 강연회 참석자들로 부터 큰 호응을 얻었다. 有名人士的演講從演講會出席者那獲得很大的 回應。
■ ** **책임자**	<責任者> [채김자]	負責人	이 업무의 책임자와 이야기했다. 我跟此業務的負責人談過話了。
* **필자**	<筆者> [필짜]	筆者、撰稿 人、作者	나도 필자의 의견에 동의한다. 我也同意作者的意見。

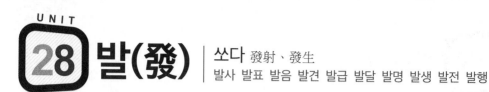

UNIT 28 발(發) | 쏘다 發射、發生
발사 발표 발음 발견 발급 발달 발명 발생 발전 발행

078

字首			
발간 발간(하다/되다)	<發刊>	發刊、刊行、出版	그 잡지는 매달 발간된다. 那雜誌每個月發行。
★ **발굴** 발굴(하다/되다)	<發掘>	挖掘、發覺、開採	그 고고학자는 선사시대의 유물을 발굴했다. 那位考古學者挖掘出史前時代的遺物。
★ **발단**	<發端>	開端、開頭、起源	암살 사건이 전쟁의 발단이 되었다. 暗殺事件成為戰爭的開端。
★ **발령** 발령(하다)	<發令>	發布命令、下令、發警報	이번 인사 발표에서 그는 해외지점으로 발령받았다. 這次人事公告中，他收到派往海外分店的命令。
발매 발매(하다/되다)	<發賣>	發行、出售、銷售	그 가수의 네 번째 앨범이 발매되었다. 那位歌手的第四張專輯發行了。
★ **발병** 발병(하다)	<發病>	發病	흡연은 심장병 발병 위험을 증가시킬 수 있다. 抽菸可能會增加心臟病發病的風險。
★ **발상**	<發想>	想法、構思、表達	이 제안은 참신한 발상이다. 這項提案是嶄新的構思。
★ **발언** 발언(하다)	<發言> [바런]	發言、發話	그 정치인의 발언은 국민들을 화나게 했다. 那位政治人物的發言激起人民的憤怒。
★ **발전**	<發電> [발쩐]	發電	태양광 발전이 증가하고 있다. 太陽能發電正在增加。
★ **발효** 발효(하다/되다)	<發效>	生效	새로운 협정은 한 달 뒤 발효된다. 新協定一個月之後生效。

발(發)

| 쏘다 發射、發生
| 개발 고발 계발 도발 유발 재발 적발 출발 폭발1 폭발2

字尾

남발 남발(하다)	<濫發>	濫發、亂發 行、胡亂發 表	선거가 다가오자 후보들은 공약을 남 발했다. 快要到選舉，候選人胡亂發表承諾。
돌발	<突發>	突發、爆 發、偶發	고속도로에서 돌발 사고가 일어났다. 高速公路上發生突發事故。
만발하다	<滿發하다>	盛開、齊放	공원에는 벚꽃이 만발해 있다. 公園櫻花盛開。
발발 발발(하다)	<勃發>	爆發	한국 전쟁이 1950년에 발발했다. 韓戰在 1950 年爆發。
분발하다	<奮發하다>	奮發、奮發 圖強、振 作、振奮、 奮發向上	오늘 이 일을 끝내려면 모두 더 분발 해야 한다. 如果今天要完成這項工作，大家要更奮發圖強 才行。
선발 선발(하다/되다)	<先發>	先遣、先發	그는 선발 투수로 경기에 출전했다. 他作為先發投手參加比賽。
* 우발적	<偶發的> [우발쩍]	偶發的、意 外的、突發 性的	사고는 우발적이었다. 事故是偶發的。
* 증발 증발(하다/되다/ 시키다)	<蒸發 /烝發>	蒸發、失 蹤、不見了	더운 날에는 햇볕이 강해서 물이 빨리 증발한다. 炎熱的天氣裡，因為太陽光很強，所以水氣很 快蒸發。
* 촉발 촉발(하다/시키다)	<觸發> [촉빨]	觸發、激 發、引發	국내 경제 위기는 세계 금융 위기로 인해 촉발되었다. 國內經濟危機是由世界金融危機引發的。
* 휘발유	<揮發油> [휘발류]	汽油、揮發 油、醚性 油、精油	휘발유 가격이 올라 자가용 대신 지하 철로 통근한다. 汽油價格上漲，替代開車，我搭乘地鐵通勤。

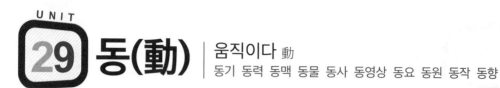

UNIT

29 동(動) | 움직이다 動

동기 동력 동맥 동물 동사 동영상 동요 동원 동작 동향

079

字首			
동란	<動亂> [동난]	動盪、戰亂	한국은 3년 동안 6.25 동란을 겪었다. 韓國經歷 3 年的 625 戰亂。
①*** 동물원	<動物園> [동무뤈]	動物園	아이들은 동물원에 가는 것을 좋아한다. 孩子們喜歡去動物園。
동산 ↔ 부동산	<動産> ↔<不動産>	動産	국회 의원에 출마하는 후보는 자신의 부동산과 동산을 모두 신고해야 한다. 參選國會議員的候選人須申報自身所有動産與不動産。
동선	<動線>	動線	이 전시회는 사람들의 동선을 고려하여 디자인되었다. 這場展覽考慮了人們的動線設計而成。
* 동식물	<動植物> [동싱물]	動植物	열대 우림에는 다양한 동식물들이 살고 있다. 熱帶雨林住著許多動植物。
동인	<動因>	動因、動機、起因	인적 자원이 우리 회사 성장의 동인이다. 人力資源是我們公司成長的動因。
* 동적 ↔ 정적	<動的> ↔<靜的> [동쩍]	動的、動態的、活動的	청소년들에게 적합한 동적인 활동이 필요하다. 需要適合青少年的動態活動。
동정 동정(을 살피다)	<動靜>	動靜、動向、風向	장군은 적의 동정을 살핀 후에 공격하기로 했다. 將軍觀察敵人的動靜後決定要攻擊。
동태 동태(를 파악하다)	<動態>	動態、動靜	그 분석가는 증권 시장의 동태를 파악 중이다. 那位分析家正掌握著證券市場的動態。

29 동(動) | 움직이다 動
감동 노동 변동 운동 이동 자동 작동 진동 행동 활동

字尾

가동 가동(하다/되다/시키다)	<稼動>	工作、運轉、開工、運行	우리 건물은 유월부터 에어컨 가동을 시작한다. 我們大樓從六月開始運轉冷氣。
거동 거동(하다)	<擧動>	擧動、擧止、行為	최근 허리를 다쳐서 거동이 어렵다. 最近因為腰受傷，活動艱難。
난동 난동(을 부리다)	<亂動>	胡鬧、搗亂、騷擾、騷亂、暴動	흥분한 관중들이 경기장에서 난동을 부렸다. 興奮的觀眾們在運動場引發騷亂。
선동 선동(하다)	<煽動>	煽動、挑動、鼓動、鼓吹	정치인들은 대개 대중의 분노를 선동하는 연설을 한다. 政治人物一般都進行煽動大眾憤怒的演說。
소동	<騷動>	騷動、鬧事、滋事、動亂、動盪	아파트에 불이 나서 소동이 벌어졌다. 公寓起火，發生騷動。
시동 시동(을 걸다)	<始動>	啟動、發動、開動、點火	출근하기 위해 자동차에 시동을 걸었다. 為了上班我發動汽車。
율동 율동(하다)	<律動> [율똥]	律動、韻律操、節奏	아이들이 유치원에서 율동을 배우고 있다. 孩子們在幼稚園學習律動。
진동 진동(하다/되다)	<震動>	震動、震盪	지진으로 인해 땅이 진동했다. 地震造成土地震動。
출동 출동(하다/시키다)	<出動> [출똥]	出動、奔赴	소방관들은 즉시 화재 현장으로 출동했다. 消防員們立刻出動至火災現場。
충동	<衝動>	衝動、慫恿、唆使、激勵	갑자기 여행을 떠나고 싶은 충동이 생겼다. 我產生想要馬上去旅行的衝動。
폭동	<暴動> [폭똥]	暴動、暴亂、起義	경찰은 시민들의 폭동을 진압하기로 했다. 警察決定鎮壓市民們的暴動。

대하다 面對、對面、回應
대답 대비(對比) 대비(對備) 대상 대응 대처 대등 대북 대화 대책 대결 대립 대조 댓글

字首

080

대하다 ■ **	<對하다>	面對、對待、關於	1) 서로 얼굴을 대하고 이야기하니까 좋다. 彼此面對面對話，感覺很好。 2) 우리 선생님은 학생들에게 친절하게 대하신다. 我們老師很親切地對待學生。
대각선	<對角線> [대각썬]	對角線	샌드위치를 만들고 나서 먹기 좋게 대각선으로 잘랐다. 做好三明治之後，為了方便食用以對角線切開。
대남 ↔ 대북	<對南> ↔<對北>	對南、對南韓	최근 북한은 대남 방송을 중지하기로 했다. 最近北韓決定停止對南韓廣播。
대담 대담(하다) *	<對談>	交談、訪談、面談	대통령이 여러 시장들과 대담 중이다. 總統正在與幾名市長對談。
대면 대면(하다)	<對面>	見面、會面、相見	대통령은 오늘 경제계 인사와 대면할 예정이다. 總統預計今天會與經濟界人士會面。
대미	<對美>	對美	대미 무역이 흑자를 기록하고 있다. 對美貿易正創造盈餘紀錄。
대상자 ■ **	<對象者>	對象	회사는 다음 주에 승진 대상자를 발표한다. 公司下周會公布升遷對象。
대안 *	<對案>	對策、應對方案	회사는 실적을 올릴 수 있는 대안을 마련하기 위해 회의를 열었다. 公司為了準備可以提升業績的應對方案，召開會議。
대외 ↔ 대내 *	<對外> ↔<對內> [대웨]	對外	전문가들은 정부의 대외 정책에 대해 좋은 평가를 내렸다. 專家們對政府對外政策給予好的評價。
대인 *	<對人>	對人、待人	이번 조사는 대인 면접 방식으로 이뤄졌다. 這次調查以面談方式構成。

30 대(對)

대하다 面對、對面、回應
반대 적대 상대 응대 일대일 절대

字首

대적 대적(하다)	<對敵>	對敵、對峙、 對戰、匹敵、 對抗	테니스에서는 그를 대적할 사람이 없 다. 網球上無人能與他匹敵。
대질 대질(하다)	<對質>	對質、質證、 交叉詢問	범인은 목격자와 대질했다. 犯人與目擊者對質。
대치 대치(하다/ 되다/시키다)	<對峙>	對峙、僵持、 對抗	범인은 인질을 잡고 경찰과 대치 중이 다. 犯人捉住人質，正與警察對峙中。
대칭 대칭(되다)	<對稱>	對稱	그 그림은 좌우가 대칭되어 있다. 那幅畫左右對稱。
* 대항 대항(하다)	<對抗>	對抗、抵抗、 較勁	많은 지식인들이 독재자에게 강하게 대 항했다. 許多知識分子強烈對抗獨裁者。

字尾

괄목상 대 괄목상대 (하다)	<刮目相對> [괄목쌍대]	刮目相看、 另眼相待	이동통신기술이 최근 괄목상대한 발전 을 이루었다. 移動通信技術最近達到令人刮目相看的發展。
독대 독대(하다)	<獨對> [독때]	獨自晉見、 獨對、單獨	김 과장님은 인사 문제를 논의하기 위 해 사장님과 독대했다. 金課長為了要討論人事問題，獨自晉見老闆。
적대심	<敵對心> [적때]	敵意、敵對 情緒	해고된 후 회사에 대한 적대심이 생겼 다. 被解雇後，對公司產生敵意。
▥ ** 절대적 ↔ 상대적	<絕對的> ↔ <相對的> [절때적]	絕對的	그 후보는 국민의 절대적인 지지로 당 선되었다. 那位候選人得到國民絕對的支持而當選。
▥ ** 정반대 정반대(되다)	<正反對>	完全對立、 正好相反、 完全相反	쌍둥이는 성격이 서로 정반대다. 雙胞胎的個性彼此完全相反。

UNIT 31 장(長)

길다 長、年長、生長、首領
장거리 장기간 장단점 장수 장시간 장어 장점 장편 장남 장관

081

字首

장기 [장끼]	<長技> [장끼]	特長、一技 之長	내 장기는 성대모사이다. 我的特長是聲帶模仿。
▥ ** **장기적** ↔ 단기적	<長期的> ↔<短期的>	長期的、長 時間的	환경 보호를 위한 장기적인 대책이 마련 되어야 한다. 必須準備長期的環境保護對策。
▥ **장녀**	<長女>	長女、大女 兒	어머니가 돌아가신 후 장녀로서 동생들 을 돌봤어요. 母親過世後，我以長女的身分照顧弟妹。
장로	<長老> [장노]	長老、大師 （佛教）	아버지는 교회 장로님이시다. 爸爸是教會的長老。
장발 ↔ 단발	<長髮> ↔<短髮>	長髮	친구는 오랫동안 장발이었는데 최근 짧 게 잘랐다. 朋友很長時間都是長髮，最近剪短了。
장사진	<長蛇陣>	長蛇陣、大 排長龍	그 식당은 항상 손님들이 장사진을 치고 있다. 那家餐廳總是客人們大排長龍。
장성하다	<長成하다>	長大成人、 成長、壯大	막내아들도 장성하여 대학교에 다니고 있다. 最小的兒子也長大成人，在讀大學了。
장손	<長孫>	長孫	오빠는 장손이라 친척들로부터 귀여움 을 많이 받았다. 因為哥哥是長孫，所以受到許多親戚的疼愛。
장신 ↔ 단신	<長身> ↔<短身>	高個子、大 個子	이 농구 팀에는 장신의 선수들이 많다. 這個足球隊裡有許多高個子的選手。
장화	<長靴>	長靴	비가 오면 늘 장화를 신는다. 如果下雨我總是穿長靴。

장(長) | 길다 長、年長、生長、首領
연장 성장 가장 교장 부장 사장 시장 원장 총장 회장

字尾

Ⅲ** 과장	<課長>	課長、主任、處長、科長	김 과장은 사원들을 가족처럼 잘 챙긴다. 金課長像照顧家人一樣照顧員工。
* 국장	<局長>[국짱]	局長	아버지는 이번에 부장에서 국장으로 승진하셨다. 爸爸在這次從部長升職成為局長。
기장	<機長>	機長	기장의 조종 덕분에 비행기는 안전하게 착륙했다. 託機長駕駛的福，飛機安全降落。
Ⅲ** 반장	<班長>	班長、領班	오늘 반장으로 선출되었다. 今天被選為班長。
선장	<船長>	船長	선장은 배에 탑승한 승객에게 안내 방송을 했다. 船長向登船旅客做船上廣播。
신장	<身長>	身長、身高	청소년들의 평균 신장이 계속 증가하고 있다. 青少年的平均身高持續增加。
Ⅲ** 실장	<室長>[실짱]	室長	아버지는 회사의 기획실 실장으로 승진하셨다. 爸爸升職為公司的企劃室室長。
의장	<議長>	議長、主席	의장은 토론의 주제를 정리한 후 회의를 마무리했다. 議長整理討論的主題後，結束了會議。
* 주방장	<廚房長>	主廚、大廚	이 호텔의 주방장은 유명한 요리사이다. 這家飯店的主廚是有名的廚師。
* 파장	<波長>	波長、影響	유명인의 자살은 사회적 파장이 크다. 名人自殺對社會的影響很大。

UNIT 32 행(行)

가다 行走、行為
행렬 행방 행인 행진 행적 행동 행사(行事)
행사(行使) 행위 행정

082

字首

행간	<行間>	行間、字裡行間、行距	글의 행간을 잘 파악해야 한다. 必須要好好掌握句子的行距。
행군 행군(하다)	<行軍>	行軍	행군 동안 많은 낙오자들이 생겼다. 行軍期間出現許多脫隊的人。
행로 [행노]	<行路>	道路、旅程、人生方向、行程	지도가 있지만 자세한 행로를 몰라서 길을 헤매었다. 雖然有地圖，但因為不知道詳細的道路所以在路上徘徊。
행방불명 행방불명(되다)	<行方不明>	下落不明、失蹤	일부 군인들이 전쟁 동안 행방불명되었다. 部分軍人在戰爭期間下落不明。
행보	<行步>	步行、步伐	군인들은 행보를 맞추어서 함께 걸어갔다. 軍人們配合著步伐一起行走。
행색	<行色>	穿戴、舉止行動	연극에서 왕자는 초라한 거지 행색을 하고 궁을 나갔다. 戲劇中，王子打扮成寒酸的乞丐離開皇宮。
행선지	<行先地>	目的地、到達／抵達地點	부산으로 여행을 가려고 했지만, 급하게 행선지를 바꾸어 제주도로 갔다. 雖然想要去釜山旅行，但緊急更改目的地，去了濟州島。
＊ 행세 행세(하다)	<行世>	假冒、自封、以…自居、為人	그 아이는 어른 행세를 한다. 那孩子假冒大人。
행실	<行實>	品行、操行、行徑	청년은 나쁜 행실을 고치고 바르게 살기로 했다. 青年決定糾正不好的品行，正直地生活。
행태	<行態>	行為	잘못된 음주 행태는 없어져야 한다. 必須消滅錯誤的飲酒行為。

32 행(行) | 가다 行走、行為
여행 비행 통행 은행 일행 시행 운행 유행 진행 폭행

字尾

★ **동행** 동행(하다)	<同行>	同行、陪同、 陪伴、跟隨	아이들은 보호자와 함께 동행해야 한다. 孩子們必須與家長同行。
▣ ★★ **발행** 발행(하다/되다)	<發行>	發行、刊行	이 잡지는 한 달에 한 번씩 발행된다. 這雜誌一個月發行一次。
★ **병행** 병행(하다/되 다/시키다)	<竝行>	並行、並進、 同時進行	여성들이 일과 육아를 병행하는 것은 쉽 지 않다. 女性們工作與照顧孩子並行，並不容易。
★ **선행** ↔ 악행	<善行> ↔<惡行>	善行、善舉	그분은 일평생 많은 선행을 했다. 他一輩子做了很多善事。
▣ ★★ **수행** 수행(하다)	<遂行>	遂行、履行、 執行、落實、 完成	회사는 매년 직원들의 업무 수행 능력을 평가한다. 公司每年都會評價職員們的業務執行能力。
★ **시행착오**	<試行錯誤> [시행차 고]	試誤法、嘗 試錯誤	많은 제품들이 시행착오를 거쳐서 개발 되었다. 許多產品透過試誤法被開發出來。
★ **실행** 실행(하다)	<實行>	實行、實施、 實踐、執行、 運行	형은 늘 자신의 계획을 실행으로 옮긴 다. 哥哥經常將自己的計劃付諸實踐。
★ **이행** 이행(하다)	<履行>	履行、實踐	한국의 젊은 남자들은 병역의 의무를 이 행해야 한다. 韓國年輕男子必須履行當兵的義務。
직행 직행(하다)	<直行> [지캥]	直行、直達	이 비행기는 런던까지 직행한다. 這架飛機直達倫敦。
★ **흥행** 흥행(하다/ 되다)	<興行>	上映、上演、 播出、播放	영화가 세계적으로 흥행하면서 배우의 인기도 상승했다. 隨著電影在世界各地上映，演員的人氣也跟著上 升。

자(自) | 스스로 自己

자국 자기소개 자동 자립 자살 자신(自信) 자신(自身)
자아 자연 자유 자제 자택 자전거 자발적 자부심 자존심
자판기 자가용

字首

자각 자각(하다/되다)	<自覺>	自覺、覺悟	변화를 원하면 스스로 변화에 대한 자각이 있어야 한다. 如果想要改變，必須自己對變化有所覺悟。
자만 자만(하다)	<自慢>	自傲、傲慢、自滿	자신의 실력을 너무 자만해서는 안 된다. 對自己的實力過度自滿是不行的。
자백 자백(하다)	<自白>	自白、自首、供認	마침내 용의자는 모든 걸 자백했다. 最後，嫌犯全供認了。
자서전	<自敍傳>	自傳	유명한 정치인은 자신의 자서전을 썼다. 有名的政治家寫了自身的自傳。
자수 자수(하다)	<自首>	自首	그 살인자는 경찰에 자수했다. 那個殺人犯向警察自首。
자습 자습(하다)	<自習>	自習、自學、自修	수업 후에 학생들은 시험공부를 위해 자습을 했다. 課後學生們為了考試溫書而自習。
자영업	<自營業>	自營業	작년에 퇴직한 후 자영업에 종사하고 있다. 去年退休後，我從事自營業。
자원봉사	<自願奉仕>	志工、志願服務	시간이 날 때마다 고아원에서 자원봉사한다. 每當有空的時候，我會去孤兒元當志工。
자율	<自律>	自律	최근 그 회사는 출퇴근 시간을 직원들 자율에 맡기고 있다. 最近那家公司將上下班時間交給員工們自律管理。
자주적	<自主的>	自主的	나는 늘 자주적으로 문제를 해결하려고 노력한다. 我總是努力獨立自主的解決問題。

UNIT
33 자(自) | 스스로 自己
각자 독자적

083

* **자체**	<自體>	自身、自己、本身	재료 자체가 싱싱해서 맛있다. 因材料本身新鮮所以好吃。
* **자초지종**	<自初至終>	自始至終、從頭到尾、始末	나는 친구에게 그 사건의 자초지종을 설명했다. 我向朋友解釋了該事件的始末。
자축 자축(하다)	<自祝>	自己慶祝	팀의 승리를 자축하는 자리에서 우리는 감독님께 감사드렸다. 在自己慶祝隊伍勝利的慶祝會上，我們向教練致謝。
▣ * **자취** 자취(하다)	<自炊>	自炊、自己做飯	나는 대학교 때 자취했다. 我大學時自己煮飯。
자치	<自治>	自治	지방 자치 단체는 그 지역의 문제를 자주적으로 해결해야 한다. 地方自治團體必須要自主的解決該地區的問題。
자퇴 자퇴(하다)	<自退>	自動退出、請退	아버지는 경제적인 이유로 대학교를 자퇴해야 하셨다. 爸爸因為經濟緣故，大學必須自動退學。
자폐증	<自閉症> [자폐쯩]	自閉症	막내 동생은 자폐증 환자이다. 最小的弟弟是自閉症患者。
자화상	<自畫像>	自畫像	그 화가가 남긴 대부분의 작품은 자화상이다. 那位畫家留下來的大部分作品是自畫像。
자화자찬 자화자찬(하다)	<自畫自讚>	自吹自擂、自我誇耀、老王賣瓜，自賣自誇	그는 자신이 세계 최고의 요리사라고 자화자찬한다. 他自吹自擂説自己是世界最棒的廚師。
자필 자필(로)	<自筆>	親筆、手跡	계약서에는 자필로 서명해야 한다. 合約必須要親筆簽名。

084

UNIT 34 성(成) | 이루다 達成、完成、成長
성공 성과 성립 성사 성적 성형 성년 성숙 성인 성장

字首

성원	<成員>	成員、會員	회의를 위한 성원이 미달되었습니다. 未達會議成員數。
* 성인병	<成人病> [성인뼝]	成人病	비만은 성인병의 큰 원인 중의 하나다. 肥胖是成人疾病的主因之一。
▥ ** 성적표	<成績表>	成績單	오늘 기말 성적표를 받았다. 今天收到期末成績單。
성충	<成蟲>	成蟲	그 곤충은 애벌레에서 성충이 되었다. 那個昆蟲從幼蟲長為成蟲。
성층권	<成層圈> [성층꿘]	平流層、同 溫層	성층권은 대류권과 중간권 사이에 있는 대기층이다. 平流層是對流層與中氣層之間的大氣層。
성패	<成敗>	成敗	우리의 성패는 이번 회의 결과에 달려 있다. 我們的成敗取決於這次會議結果。
성혼	<成婚>	成婚	주례는 두 사람의 성혼을 선포했다. 主婚人宣布兩人成婚。
* 성화	<成火>	上火、糾 纏、纏磨、 麻煩、焦急	부모님의 성화로 법대에 들어갔다. 在父母纏磨之下念了法學院。

字尾

* 결성 결성(하다/되다)	<結成> [결썽]	建立、組 建、組成	모든 직원들이 노동조합 결성에 동의했 다. 全部的職員都同意組成勞動工會。
광합성	<光合成> [광합썽]	光合作用	광합성에는 햇빛이 필요하다. 光合作用需要陽光。

UNIT 34 성(成) | 이루다 達成、完成、成長
달성 구성 생성 양성 완성 작성 조성 찬성 합성 형성

字尾

기성	<既成>	既有、現有、舊友、既成	이 영화는 기성 문화를 비판하는 내용을 담고 있다. 這電影包含批判既有文化的內容。
* 대기만성	<大器晩成>	大器晩成	그 배우는 대기만성 형이다. 那演員是大器晩成型。
대성하다	<大成>	昌盛、繁榮、大有作為、獲得巨大的成功	그는 배우로서 대성했다. 他作為演員獲得巨大的成功。
속성	<速成> [속썽]	速成、快速領悟	1개월 속성 과정으로 한국어를 배웠다. 我上 1 個月速成課程學習韓國語。
숙성 숙성(하다/되다/ 시키다)	<熟成> [숙썽]	熟成、成熟	숙성된 와인은 은은한 향이 난다. 成熟的紅酒發出淡淡的香氣。
육성 육성(하다)	<育成> [육썽]	培養、培育、養育	그 대학은 인재를 육성하는 데 많은 투자를 한다. 那所大學在培育人才上做了許多投資。
* 자수성가	<自手成家>	白手起家	사장님은 자수성가한 사업가이다. 老闆是白手起家的事業家。
장성하다	<長成하다>	長大成人、成長	막내딸도 장성하여 대학교에 다니고 있다. 最小的女兒長大成人，現在正在讀大學。
집대성 집대성(하다)	<集大成> [집때성]	集大成	그 학자는 한국의 현대사를 집대성했다. 那位學者把韓國現代史集大成。
편성 편성(하다)	<編成>	編成、編排、編輯、組建、編制	정부는 내년도 예산을 편성했다. 政府明年也編制預算。

UNIT
35 교(教) | 가르치다 教導、宗教
교과서 교수 교육 교사 교실 교양 교재 교직 교훈 교회

085

字首			
* 교과	<教科>	科目、教學科目	영어는 가장 중요한 교과 중 하나이다. 英語是最重要的科目之一。
교권	<教權> [교꿘]	教師權力、宗教權勢	많은 사람들이 교권을 확립해야 한다고 주장한다. 許多人主張要確立教師權力。
교구	<教具>	教具、教學用具	유치원 교사들은 수업에서 많은 교구를 사용한다. 幼稚園老師在上課時使用許多教具。
교단	<教壇>	講台、講壇、杏壇、教育界	선생님은 교단에 서서 학생들을 바라보았다. 老師站在講壇上看學生。
교리	<教理>	教理、教義	그 목사님은 기독교 교리를 오랫동안 연구했다. 那位牧師長時間研究基督教教義。
* 교무실	<教務室>	教師辦公室	학생들은 교무실에 가서 선생님과 상담을 한다. 學生們到辦公室與老師做諮詢。
교안	<教案>	教案	교사들은 수업 전에 교안을 짠다. 教師們在上課前會寫教案。
* 교원	<教員>	教職員、教師、教育工作者	이번 학기가 끝나면 새로운 교원을 채용할 계획이다. 這學期結束之後，預計會雇用新的教師。
교인	<教人>	教徒、信徒	교인들이 함께 자원봉사에 나섰다. 信徒們一起投入志工服務。
교황	<教皇>	教皇、教宗	천주교인들이 교황을 만나기 위해 기다리고 있다 天主教徒們為了與教皇見面而等待著。

35 교(敎) | 가르치다 敎導、宗敎
태교 조교 종교 불교 유교 기독교 천주교 무교 선교 설교

字尾

* **개신교**	<改新敎>	基督新教、 新教	전 세계 개신교와 천주교 신자들은 부활절을 기념한다. 全世界的新教與天主教信徒都慶祝復活節。
구교 ↔ 신교	<舊敎> ↔<新敎>	舊教、天主教	기독교는 구교와 신교로 갈라졌다. 基督教分裂成舊教與新教。
국교	<國敎> [국꾜]	國教	고려 시대의 국교는 불교였다. 高麗時代的國教為佛教。
도교	<道敎>	道教	도교에서는 자연과 더불어 살아가라고 강조한다. 道教強調與自然共存。
순교 순교(하다)	<殉敎>	殉教	그 선교사는 외국에서 선교하다가 순교했다. 那位傳教士在國外傳教時殉教了。
다신교	<多神敎>	多神教	다신교란 다수의 신을 믿는 것이다. 多神信仰是指相信許多神的宗教。
침례교	<浸禮敎>	浸禮宗、浸信會	침례교는 개신교의 한 교파다. 浸信會是新教的一個教派。
청교도	<淸敎徒>	清教徒	청교도들은 종교적인 이유로 엄격한 삶을 살았다. 清教徒以宗教原因過著嚴格的生活。
포교 포교(하다)	<布敎>	傳教、傳道	대부분의 종교는 활발히 포교 활동을 벌인다. 大部分的宗教都活躍地展開傳教活動。
회교 = 이슬람교	<回敎>	回教、伊斯蘭教	회교에서는 코란을 읽는다. 回教閱讀可蘭經。

UNIT 36 감(感) | 느끼다 感覺

감기 감각 감격 감동 감명 감사 감상 감염 감정 감탄

086

字首

감상 <感傷>	感傷、傷感	비가 오면 사람들은 감상에 빠진다. 一到下雨天，人們就陷入感傷。
감성 <感性>	感性、感覺、感情	이 작품은 한국적인 감성이 잘 드러난다. 這部作品很好地表現出韓國式的感性。
감수성 <感受性> [감수썽]	感受性、感覺、感性	음악가 등 예술가들은 지적이고 감수성이 풍부한 사람이 많다. 音樂家等藝術家們，有許多知性且感受性豐富的人。
감지 감지(하다/되다) <感知>	感知、覺察、察覺、發現	이 장치는 화재를 감지하면 바로 경보가 울린다. 這裝置覺察到火災時，就會馬上響警報。
감촉 <感觸>	觸感、觸覺、手感	이 스카프는 무늬도 예쁘고 감촉도 부드럽다. 這條圍巾的紋路很美，觸感也很柔軟。
감축 감축(드리다) <感祝>	慶賀、慶祝、感恩與祝福	승진을 감축드립니다! 恭喜升職！
감회 <感懷> [감훼]	緬懷、感懷、懷念、懷舊	모교에 오니 감회가 새롭다. 回到母校，記憶猶新。

字尾

거부감 <拒否感>	反感、厭煩、抗拒心理	일부 사람들은 동물 복제에 대한 윤리적인 거부감이 있다. 部分人士對複製動物有道德上的反感。
공포감 <恐怖感>	恐怖感、恐懼感	갑자기 공포감이 엄습했다. 突然間恐懼感襲來。
교감 교감(하다) <交感>	感應交流、交互感應	우리는 동물과도 정서적인 교감을 나눌 수 있다. 我們與動物也可分享情緒上的感應交流。

UNIT 36 감(感) | 느끼다 感覺

공감 독감 동감 민감 소감 실감 예감 호감 자신감 책임감

字尾

* **긴장감**	<緊張感>	緊張感、緊 張氣氛、緊 張狀態	면접이 시작되자 긴장감이 고조되었 다. 面試一開始，緊張感達到巔峰。
▥ **만족감**	<滿足感> [만족깜]	滿足感	양측은 지금까지의 진행에 대해 모두 만족감을 나타냈다. 雙方都對迄今為止的進展表現出滿足感。
* **반감**	<反感>	反感	일부 사람들은 세계화에 대한 반감을 표시했다. 有的人對全球化表示反感。
* **부담감**	<負擔感>	負擔感	시험에 대한 부담감으로 학생들은 스 트레스가 많다. 考試的負擔感令學生們壓力很大。
성취감	<成就感>	成就感	첫 전시회를 통해 성취감을 느꼈다. 透過第一次展覽感覺到成就感。
* **안정감**	<安定感>	安定感、穩 定感	우리 두 사람은 결혼 후 더 안정감을 느낀다. 我們兩人結婚之後感覺到更安定。
* **열등감** ↔ 자신감	<劣等感> ↔<自信感> [열뜽감]	劣等感、自 卑感	사실 사람은 누구나 어느 정도의 열등 감은 있다. 事實上，人，任誰都會有某種程度的自卑感。
* **유대감**	<紐帶感>	團契、紐帶、 鏈接	아기는 엄마와 정서적 유대감을 형성 한다. 孩子形成與媽媽情緒上的鏈接。
* **죄책감**	<罪責感> [줴책깜]	罪惡感	범인은 죄책감을 느껴 경찰에 자수했 다. 犯人感到罪惡感，向警察自首。
* **쾌감**	<快感>	快感、痛快、 愉快	올림픽에서 우리나라 선수가 금메달 을 딸 때 승리의 쾌감을 느꼈다. 在奧運中，韓國選手得到金牌時，體會到勝利 的快感。

087

字首

기미*	<機微／幾微>	徵兆、跡象、苗頭	경제가 좋아질 기미가 보이지 않는다. 看不到經濟好轉的徵兆。
기밀	<機密>	機密、秘密	기밀 서류는 잘 보관해야 한다. 機密文件必須要好好保管。
기선 기선(을 잡다)	<機先>	先機、主動、先發制人、率先、領先	우리 팀은 상대팀의 기선을 제압했다. 我們隊伍抑制住對方隊伍的領先。
기지	<機智>	機智、機靈	그 코미디언은 기지가 넘쳤다. 那位喜劇演員機智過人。

字尾

검사기	<檢查機>	檢查機、檢查器	맞춤법 검사기를 통해서 철자를 쉽게 고칠 수 있다. 透過拼寫法檢查器能夠輕易糾正拼音組字。
▥★★ 계산기	<計算機／計算器> [게산기]	計算機、計算器	계산기를 사용하면 좀더 정확하고 빠르게 계산할 수 있다. 如果使用計算機，能夠更正確、快速地計算。
냉방기	<冷房機>	冷氣機、空調	7-8월에는 냉방기를 많이 튼다. 7-8 月很常開冷氣機。
단말기*	<端末機>	終端機、刷卡機	버스에서 내리기 전에 교통 카드를 단말기에 대세요. 下公車之前請在刷卡機刷交通卡。
▥★★ 동기 ☞unit 29	<動機>	動機、動因、出發點	아이들에게 적절한 동기를 부여하는 것은 매우 중요하다. 賦予孩子們適當的動機是很重要的。
무전기	<無電機>	無線電、無線電發射機、無線電台	경찰들은 무전기로 서로 상황을 보고한다. 警察們使用無線電相互報告狀況。

37 기(機)

기계 機器、飛機、機會
복사기 선풍기 세탁기 전화기 청소기 비행기 항공기 계기
대기 위기

字尾

사진기	<寫眞機>	相機、照相機	요즘에는 많은 사람들이 디지털 사진기를 사용한다. 最近許多人使用數位照相機。
* 승강기	<昇降機>	升降機、電梯	고층 건물에는 반드시 승강기가 있다. 高樓建築必須要有升降機。
* 시기 ☞unit 9	<時機>	時機、機會、時候	불행히 그는 수술할 시기를 놓쳤다. 不幸地，他錯過了手術的時機。
■ *** 자판기 = 자동판매기 ☞unit 33	<自販機> = <自動販賣機>	自動販賣機	1층 로비에 음료수 자동판매기가 있다. 一樓大廳有飲料自動販賣機。
* 전기	<轉機>	轉機、局勢突變	그 나라는 새로운 전기를 맞고 있다. 那個國家正迎來新的轉機。
전투기	<戰鬪機>	戰鬥機	아버지는 오랫동안 전투기 조종사로 일하셨다. 爸爸很長一段時間作為戰鬥機飛行員工作。
제습기	<除濕機> [제습끼]	除濕機	무더운 여름에는 많은 사람들이 제습기를 사용한다. 在悶熱的夏天，許多人會使用除濕機。
* 진공청 소기	<眞空淸掃機>	眞空吸塵器	진공청소기는 먼지를 강력하게 빨아들인다. 眞空吸塵器強力吸入灰塵。
탈수기	<脫水機>	脫水機、脫水器	탈수기를 사용하면 빨래가 빨리 마른다. 使用脫水機的話，洗好的衣物會比較快乾。
* 투기 투기(하다)	<投機>	投機、投機取巧	그는 부동산 투기로 많은 돈을 벌었다. 他靠不動產投機賺了很多錢。

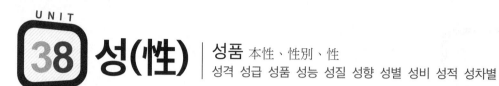

UNIT 38 성(性)

성품 本性、性別、性
성격 성급 성품 성능 성질 성향 성별 성비 성적 성차별

088

字首

성미	<性味>	性情、脾氣、性格	나는 성미가 급해서 자주 실수한다. 我性格急所以經常犯錯。
성관계	<性關係>	性關係	어떤 사람들은 혼전 성관계에 대해서 보수적인 입장을 가지고 있다. 有的人對於婚前性關係保持保守的立場。
성교육	<性教育>	性教育	요즘은 학교에서 정기적으로 성교육을 실시하고 있다. 最近學校定期實施性教育。
성범죄	<性犯罪> [성범줴]	性犯罪	성범죄는 처벌보다 예방에 중요하다. 性犯罪，預防比處罰更重要。
성병	<性病> [성뼝]	性病	성병에 걸리지 않도록 건전한 성생활을 해야 한다. 為了避免染上性病，必須進行健康的性生活。
성폭력	<性暴力> [성퐁녁]	性暴力、強暴、強姦	성폭력에 대한 보다 강력한 처벌이 필요하다. 關於性暴力，必須要有更嚴格的處罰。
성희롱	<性戲弄> [성히롱]	性騷擾	그 직원은 동료를 성희롱해서 고소당했다. 那位職員因為性騷擾同事而被告。

字尾

* 감수성	<感受性> [감수썽]	感受性、感覺、感性	그는 탁월하고 감수성이 뛰어난 피아니스트로 인정받고 있다. 他被認可為一位卓越且感受性傑出的鋼琴家。
* 공정성	<公正性> [공정썽]	公正性	공정성은 언론 보도의 생명이다. 公正性是言論報導的生命。
* 급성	<急性> [급썽]	急性	급성 폐렴으로 병원에 입원했다. 因為急性肺炎住院了。

38 성(性)

성품 本性、性別、性
감성 개성 이성 특성 가능성 다양성 인간성 중요성 남성
이성

字尾

* **독창성**	<獨創性> [독창썽]	獨創性、創造性	이 건축물은 예술적인 독창성이 돋보인다. 這建築物因為藝術的獨創性而很顯眼。
* **본성**	<本性>	本性、本色、天性、本質	사랑받기를 원하는 것은 인간의 본성이다. 想要被愛是人類的本性。
* **속성**	<屬性> [속썽]	屬性、性質	대중음악이 이윤을 위해 생산되고 판매되는 것은 자본주의적 속성이다. 大眾音樂為了利潤被生產然後被販售是資本主義的屬性。
* **유창성**	<流暢性> [유창썽]	流暢性	한국어를 말할 때 정확성만큼 유창성도 중요하다. 在講韓語的時候，與正確性一樣，流暢性也很重要。
* **융통성**	<融通性> [융통썽]	變通性、通融性	회사 일을 할 때는 융통성이 필요하다. 處理公事時是需要通融性的。
* **일관성**	<一貫性> [일관썽]	一貫性、連貫性	교육 정책은 일관성이 있어야 한다. 教育政策必須要有一貫性。
* **정체성**	<正體性> [정체썽]	本質、本性、特性	청소년기는 자아의 정체성을 확립하는 시기다. 青少年期是確立自我特性的時期。
* **정확성**	<正確性> [정확썽]	正確性、精確度	뉴스에서 정확성은 필수적이다. 新聞中正確性是必須的。
* **타당성**	<妥當性> [타당썽]	適當性、妥當性、合理性	정부는 신도시 개발의 타당성을 검토해야 한다. 政府須檢討新都市開發的適當性。
* **현실성**	<現實性> [현실썽]	現實性	이 계획은 현실성이 없다. 這計畫沒有現實性。

UNIT 39 금(金)

쇠 金屬、黃金、金錢、金氏
금속 금요일 금반지 금발 금고 금리 금액 금융 금전 금품

089

字首

금괴	<金塊>	金塊、金條、黃金	금괴는 대부분 은행 금고에 장기간 보관한다. 金塊大部分長期保管於銀行金庫。
* 금메달	<金메달>	金牌	이번 올림픽에서 한국은 금메달 20개를 땄다. 這次奧運韓國得到 20 面金牌。
금상	<金賞>	金獎	친구는 가요제에서 금상을 수상했다. 朋友在歌唱比賽中得到金獎。
금성	<金星>	金星	금성은 지구와 가장 가까운 행성이다. 金星是離地球最近的行星。
* 금지옥엽	<金枝玉葉> [금지오겹]	金枝玉葉、掌上明珠	민수는 부자 부모님 아래에서 금지옥엽으로 자랐다. 敏秀在有錢人父母膝下作為掌上明珠長大。
금일봉	<金一封> [그밀봉]	紅包	대통령은 선수들에게 금일봉을 주었다. 總統給選手們紅包。
금혼식	<金婚式>	金婚、金婚儀式	그 노부부는 금혼식을 올렸다. 那對老夫妻舉行了金婚儀式。
금화	<金貨>	金幣	그 부자는 금화를 은행에 맡겼다. 那位有錢人把金幣存放在銀行。

字尾

▣ ** 계약금	<契約金> [계약끔]	訂金、保證金	주택 구입 시 집값의 10%를 계약금으로 준다. 買房時,支付房價的 10% 作為訂金。
공금	<公金>	公款、公帑、公帳	그는 회사의 공금을 가로챘다. 他掠奪公司的公款。

UNIT 39 금(金)

쇠 金屬、黃金、金錢、金氏

황금 벌금 상금 세금 요금 임금 저금 현금 공과금 등록금

字尾

기부금	<寄附金>	捐款、資助款	기부금은 어린이 환자의 치료비를 마련하는 데 쓰인다. 捐款被使用在準備孩童患者的治療費上。
⏸** 모금 모금(하다)	<募金>	捐款、募款、募捐	소년 소녀 가장을 위한 모금을 하기 위해 공연했다. 為了舉辦失親家庭募款活動，進行公演。
* 비상금	<非常金>	緊急預備金、備用金、私房錢	긴급한 상황에 대비해서 비상금을 가지고 있어야 한다. 為應對緊急狀況，須持有緊急預備金。
* 상여금	<賞與金>	獎金、紅利、紅包	회사는 연말에 상여금을 지급한다. 公司在年末的時候支付獎金。
⏸* 송금 송금(하다) ↔ 입금(하다)	<送金> ↔<入金>	匯款、寄錢	학비를 송금하기 위해 은행에 가야 한다. 為了要匯學費必須去一趟銀行。
* 연금	<年金>	年金、退休金	아버지는 퇴직 후 연금으로 생활하신다. 爸爸退休之後用退休金生活。
⏸** 예금 예금(하다/되다)	<預金>	存款、儲蓄	매달 50만원씩 은행에 예금을 한다. 每個月存 50 萬到銀行做儲蓄。
* 자금	<資金>	資金、資產	자금 부족으로 인해서 그 사업은 실패했다. 因資金不足導致該生意失敗。
⏸** 장학금	<獎學金> [장학끔]	獎學金、助學金	저는 장학금으로 한국에서 공부해요. 我靠獎學金在韓國讀書。
* 퇴직금	<退職金> [퉤직끔]	退休金、退職金	회사를 퇴직할 때 퇴직금을 5천만 원 받았다. 退休時拿到 5 千萬元的退休金。

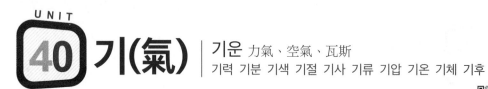

UNIT 40 기(氣)

기운 力氣、空氣、瓦斯
기력 기분 기색 기절 기사 기류 기압 기온 기체 기후

090

字首

*기관지	<氣管支>	支氣管	기관지가 약해서 감기에 자주 걸린다. 因為支氣管不好，所以經常感冒。
기도	<氣道>	呼吸道、氣管	음식을 먹다가 기도가 막히는 위험이 있다. 吃東西的時候，會有堵住氣管的危險。
*기상청	<氣象廳>	氣象廳	기상청에 따르면 이번 토요일에 눈이 올 거라고 한다. 根據氣象廳指示，這週六會下雪。
*기세	<氣勢>	氣勢、氣魄、架勢	상대팀이 무서운 기세로 공격했다. 對方隊伍用可怕的氣勢攻擊。
기진맥진 기진맥진(하다)	<氣盡脈盡> [기진맥찐]	精疲力盡、精疲力竭	빡빡한 일정 때문에 완전 기진맥진한 상태다. 我因為緊湊的行程完全呈現精疲力竭的狀態。
*기질	<氣質>	氣質、性格、天性、秉性	수빈이는 어렸을 때부터 예술가적 기질이 있었다. 秀斌從小就有藝術家的氣質。

字尾

▥** 경기	<景氣>	景氣、經濟狀況	경기 침체로 인해 많은 가게가 문을 닫았다. 由於景氣蕭條，許多商家倒閉。
*냉기 ↔ 온기	<冷氣> ↔<溫氣>	冷氣、冷空氣、寒意	겨울의 냉기가 내 뼈 속에 스며들었다. 冬天的冷空氣滲透進我的骨頭。
*배기가스	<排氣> [배기까쓰]	廢氣、排氣	환경을 보호하기 위해 자동차 배기가스를 줄여야 한다. 為了環境保護，必須要減少汽車廢氣。

UNIT
40 기(氣) | 기운 力氣、空氣、瓦斯
용기 인기 감기 공기 대기 습기 연기 전기 향기 분위기

字尾

* **사기**	<士氣>	士氣、志氣、 鬥志、氣勢	응원 덕분에 선수들의 사기가 높아졌다. 託加油的福，選手們的士氣提升了。
▥** **생기**	<生氣>	生氣、生機、 朝氣、活力	이 재래 시장은 야외 시장이라서 늘 생기가 넘친다. 這傳統市場因為是戶外市場，所以總是充滿生氣。
* **수증기**	<水蒸氣>	水蒸氣	목욕탕 안에 수증기가 자욱하다. 浴室裡瀰漫著水蒸氣。
▥** **열기**	<熱氣>	熱氣、發燒、 熱潮	전국적으로 축구 열기가 가득하다. 全國充滿足球熱潮。
* **오기**	<傲氣>	傲氣、爭強 好勝、拉不 下臉	오기를 부리지 말고 서로 타협하세요. 別爭強好勝的，請互相妥協。
윤기	<潤氣> [윤끼]	光澤、潤澤、 色澤	친구의 긴 머리카락은 윤기가 흘렀다. 朋友的長頭髮明亮有光澤。
정전기	<靜電氣>	靜電	겨울은 여름에 비해 습도가 낮아서 자주 정전기가 발생한다. 冬天與夏天相比，因為濕度低，經常產生靜電。
* **패기**	<霸氣>	霸氣、野心	신입사원들은 언제나 패기가 넘친다. 新進職員總是充滿野心。
화장기	<化粧氣> [화장끼]	化妝的痕跡	화장기 없는 얼굴이라서 안경을 썼다. 因為沒有化妝所以戴了眼鏡。
* **환기** 환기(하다/시키다)	<換氣>	換氣、通風	겨울이라도 자주 환기를 시켜주어야 한다. 即使是冬天，也得經常保持通風。
▥** **활기** 활기(차다)	<活氣>	生氣、朝氣、 活力	아이들이 있으니까 집에 활기가 넘친다. 因為有小孩，所以家裡充滿活力。

UNIT 41 부(部)

나누다 分部、部份、區域
부대 부문 부분 부족 부품 부위 부서 부원 부장 부하

091

字首

부처	<部處>	部門	대통령은 관계 부처 장관들과 대책을 논의했다. 總統與相關部門的長官們商討對策。
부락	<部落>	村子、村落	그 강 옆에는 작은 부락이 있다. 那條河的旁邊有個小村落。
부류	<部類>	種類、類別、分類	나는 비슷한 부류의 사람들과 같이 지내는 게 편하다. 我與相似類型的人在一起感覺比較自在。

字尾

* 국방부	<國防部> [국빵부]	國防部	국방부는 예산을 더 늘리기로 했다. 國防部決定再增加預算。
노동부	<勞動部>	勞動部	노동부는 새로운 노동정책을 발표했다. 勞動部發表了新的勞動政策。
도입부	<導入部> [도입뿌]	序曲	이 노래의 도입부는 정말 아름답다. 這音樂的序曲真的很美。
▐ ** 동부	<東部>	東部	주말에는 동부 지방을 중심으로 비가 내리는 곳이 있겠습니다. 週末以韓國東部地區為中心，將有地方會下雨。
* 복부	<腹部> [복뿌]	腹部、肚子	환자는 수술 후 복부에 통증을 호소했다. 病人在手術之後陳述腹部疼痛。
▐ ** 북부	<北部> [북뿌]	北部	북부와 중부 지방은 계속 눈이 내리겠습니다. 北部與中部地區將會持續下雪。
▐ ** 서부	<西部>	西部	우리는 삼 주 동안 미국 서부를 여행했다. 我們到美國西部旅行三個禮拜。

UNIT 41 부(部) | 나누다 分部、部份、區域
간부 남부 전부 내부 세부 전반부 본부 학부 교육부 법무부

字尾

심장부	<心臟部>	核心部位、心臟地帶、中樞、中心	행사가 열리고 있는 그 호텔은 서울의 심장부에 위치해 있다. 正在舉辦活動的那間飯店位於首爾的中心。
외교부	<外交部>	外交部	외교부는 UN 결의안을 찬성한다고 밝혔다. 外交部表示贊成聯合國決議案。
재무부	<財政部>	財務部	재무부가 새로운 세금 정책을 발표했다. 財政部發表了新的稅金政策。
▥ ** **중부**	<中部>	中部	오늘 중부 지방에는 눈이 내리겠습니다. 今天在中部地區會下雪。
지도부	<指導部>	指導機關、指揮部、指導部	선거 참패 후, 지도부가 교체되었다. 選舉慘敗後，替換指導部。
지부 ↔ 본부	<支部> ↔<本部>	分部	이 단체는 전국에 서른 개의 지부가 있고 회원 수도 많다. 這團體在全國有 30 個分部，會員數也很多。
총무부	<總務部>	總務部	총무부에서 물품의 주문 요청을 승인했다 總務部門批准訂購物品的申請。
편집부	<編輯部>	編輯部	대학을 졸업한 후 신문사 편집부에서 일하고 있다. 大學畢業後在報社編輯部工作。
홍보부	<弘報部>	公關部、宣傳部	홍보부는 신제품 판촉에 온 힘을 쏟고 있다. 宣傳部在新產品促銷上傾注全力。
* **후반부** ↔ 전반부	<後半部> ↔<前半部>	後半部	그 영화는 처음엔 지루했지만 후반부로 가면서 흥미진진해졌다. 那部電影剛開始很沉悶，但進入到後半部就開始變得有趣。

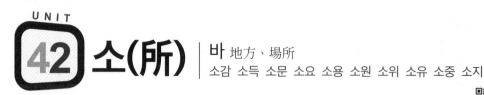

UNIT

42 소(所) | 바 地方、場所
소감 소득 소문 소요 소용 소원 소위 소유 소중 소지

092

字首

⬛ **소망** 소망(하다)	<所望>	願望、心願、期望	의사가 되고 싶은 소망이 이루어졌다. 實現了成為醫生的願望。
* **소속** 소속(하다/시키다)	<所屬>	所屬、所在、隸屬	두 직원은 같은 팀에 소속되어 있다. 兩名職員隸屬於同一組別。
* **소신** 소신(하다)	<所信>	信念、心裡所想的	공무원들은 소신을 가지고 일해야 한다. 公務員須持有信念地工作。
소장	<所長>	所長	그 파출소의 소장은 현재 55세다. 那間派出所所長現年 55 歲。
* **소장** 소장(하다)	<所藏>	收藏、藏品	이 도서관의 소장 도서는 300만 권이다. 這間圖書館收藏圖書有 300 萬本。
* **소재** 소재(하다)	<所在>	所在、下落、行蹤、位於	그 학생은 부산 소재 대학교에서 한국어를 배우고 있다. 那名學生正在位於釜山的大學學習韓語。
⬛ ** **소지품**	<所持品>	攜帶物品、持有物	지하철에서 소지품을 잊고 내렸다. 把攜帶物品遺忘在地鐵上下車了。
소행	<所行>	所作所為、作為、所為	이 사건은 테러범의 소행인 것 같다. 這個事件似乎是恐怖分子的所作所為。
소회	<所懷>	所想的、心懷、心思	대통령은 이번 회담 성공에 대한 소회를 밝혔다. 總統對這次會談成功發表感想。

UNIT
42 소(所) | 바 地方、場所
숙소 요소 장소 주소 매표소 세탁소 안내소 연구소 주유소 파출소

字尾

* **교도소** =감옥	<矯導所> =<監獄> [가목]	監獄、看守所	그 범죄자는 교도소에 수감되었다. 那名犯罪者被收押在監獄。
* **명소**	<名所>	名勝、景點	경복궁은 서울의 관광 명소 중 하나다. 景福宮是首爾的觀光景點之一。
* **발전소**	<發電所> [발쩐소]	發電廠	풍력 발전소는 제주도에 지어질 예정이다. 風力發電廠預計將建在濟州島。
* **보건소**	<保健所>	保健所	보건소는 다양한 의료 서비스를 제공하고 있다. 保健所提供多樣的醫療服務。
* **빈소**	<殯所>	靈堂	많은 조문객들이 아버지의 빈소를 방문했다. 許多弔唁者來到爸爸的靈堂。
▣ ** **사무소**	<事務所>	事務所、辦事處	관리 사무소에서는 내일 아파트 청소를 한다고 밝혔다. 管理辦事處說明天公寓要清掃。
* **산소**	<山所>	墓地、墓	우리는 할아버지 산소에 성묘를 했다. 我們到爺爺的墓地掃墓。
* **업소** ☞unit 24	<業所> [업쏘]	營業場所	정부는 업소들을 대상으로 안전 평가를 실시했다. 政府以營業場所為對象進行安全評估。
투표소	<投票所>	投票所	투표소에는 유권자로 붐볐다. 投票所擠滿選民。
환전소	<換錢所>	換錢所	공항 환전소에서 환전하면 편하다. 在機場換錢所換錢很便利。
* **휴게소**	<休憩所>	休息站、服務區	고속도로 휴게소에서 화장실을 들렀다. 在高速公路休息站去了廁所。

UNIT 43 력(力) | 힘 力氣
역기 역도 역동적 역부족 역량 역설 역작 역점

093

字尾

▦ ** **경쟁력**	<競爭力> [경쟁녁]	競爭力	한국의 국가 경쟁력이 많이 향상되었다. 韓國的國家競爭力提升許多。
* **공권력**	<公權力> [공꿘녁]	公權力、國家權力	정부는 공권력을 행사하여 시위를 진압했다. 政府行使公權力，鎮壓示威。
* **국력**	<國力> [궁녁]	國力、國勢	훌륭한 교육은 미래의 국력을 키우는 힘이다. 優秀的教育是培養未來國力的力量。
* **근력**	<筋力> [글력]	精力、肌力	나이가 들수록 근력 운동을 해야 한다. 年紀越大，越是得做肌力運動。
* **동력**	<動力> [동녁]	動力、能源	중소기업은 우리 경제 성장의 동력이다. 中小企業是我們經濟成長的動力。
* **무력**	<武力>	武力、暴力、武裝	두 나라 간에 무력 충돌이 일어났다. 兩國之間的武裝衝突爆發。
* **사고력**	<思考力>	思考力、思考能力	독서는 사고력을 키우는 데 도움이 된다. 讀書有助於培養思考力。
* **설득력**	<說得力> [설뜩녁]	說服力	검사는 설득력 있는 증거들을 많이 제시했다. 檢察官提出許多有說服力的證據。
* **속력**	<速力> [송녁]	速度	자동차는 고속도로에 진입하자 속력을 내기 시작했다. 汽車一進到高速公路就開始加速。
* **암기력**	<暗記力>	記憶力、背誦能力	동생은 암기력이 좋아서 시험을 항상 잘 본다. 弟弟記憶力很好，所以考試經常考得不錯。

UNIT 43 력(力) | 힘 力氣

권력 기억력 노력 능력 매력 세력 시력 실력 압력 영향력
폭력 협력

* **잠재력**	<潛在力> [잠재력]	潛力	그 소녀는 세계적인 음악가가 될 잠재력이 충분하다. 那名少女有充分成為世界級音樂家的潛力。
* **재력**	<財力>	財力	나는 아직 집을 살 만한 재력이 없다. 我還有沒能購買房子的財力。
* **전력**	<全力> [절력]	全力、全部 力量	정부는 올림픽을 유치하기 위해 전력을 기울였다. 政府為了要申辦奧運，傾注全力。
* **전력**	<電力> [절력]	電力	원자력은 한국의 주요 전력 공급원이다. 核能是韓國的主要電力供應來源。
* **주력** 주력(하다)	<主力>	主力、中堅	반도체는 한국의 주력 산업 중의 하나이다. 半導體是韓國的主力產業之一。
* **중력** ↔ 무중력	<重力> ↔<無重力> [중녁]	重力	모든 물체는 중력 때문에 땅으로 떨어진다. 所有的物體都會因為重力而掉到地上。
* **창의력**	<創意力> [창이력]	創意力、創 造力	이 교수법은 아이들의 창의력을 키워준다. 這個教學方法培養孩子的創意力。
* **탄력**	<彈力> [탈력]	彈力、彈性	고무줄을 당기면 탄력이 생긴다. 如果拉橡皮筋的話，就會產生彈力。
* **효력**	<效力>	效力、效果、 效用	계약서에 서명이 없으면 법적 효력을 갖지 못한다. 如果契約書沒有簽名的話，不具有法律效力。
▥ **이해력**	<理解力>	理解力、理 解能力	선생님은 학생들의 이해력에 놀라셨다. 老師對學生們的理解力感到訝異。

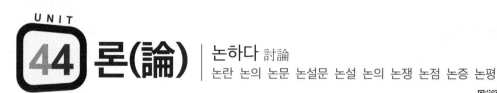

094

字首			
논객	<論客>	論客、能言善辯的人、辯論家、評論員	문 교수님은 한 일간지의 논객으로 활동하고 계신다. 文教授作為一家日報的評論員活動著。
논거	<論據>	論據、證據	변호사는 설득력 있게 논거를 제시할 수 있어야 한다. 律師必須要能具有説服力地提出論據。
❶** 논리적 ↔ 비논리적	<論理的> ↔<非論理的> [놀리적]	有邏輯的、有條理的	이 논문의 주장은 매우 논리적이다. 這論文主張是非常有邏輯的。
논박 논박(하다)	<論駁>	駁斥、反駁、辯駁	토론자는 그 학자의 주장을 논리적으로 논박했다. 討論者有條理的反駁那位學者的主張。
논설 논설(하다)	<論說>	論說、評論、社論	나는 한 잡지에 수년간 논설을 써 왔다. 我在一家雜誌寫了數年評論。
논자	<論者>	議論者、議論的人	토론회에서 논자들은 서로 다른 주장을 하고 있다. 在討論會中，議論的人相互提出不同論點。
논저	<論著>	論著、著述	요즘 유명한 학자의 논저를 읽고 있다. 最近在讀知名學者的論著。
논제	<論題>	議題	오늘의 가장 중요한 논제는 기후변화이다. 今天最重要的議題是氣候變遷。
논조	<論調>	論調、說法	이 신문의 논조는 대체로 매우 보수적이다. 這新聞的論調大致上非常保守。
논지	<論旨>	主旨、論點、中心思想	토론자는 지금 논지에서 벗어난 주장을 펴고 있다. 討論者現在正在鋪陳跳脱中心思想的主張。

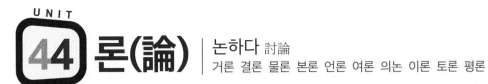

UNIT 44 론(論) | 논하다 討論

거론 결론 물론 본론 언론 여론 의논 이론 토론 평론

字尾

강경론	<強硬論> [강경논]	強硬主張、強硬觀點、強硬姿態	노동자들은 회사와 협상 대신 파업을 하겠다며 강경론을 펴고 있다. 勞工們說要用罷工來代替與公司協商,擺出強硬姿態。
개론	<概論>	概論、概述	이번 학기에 경제학 개론을 듣고 있다. 這學期正在上經濟學概論。
공론	<公論> [공논]	公論、興論、公議、公眾意見	그 문제는 공론에 따르기로 했다. 那項問題決定遵循公眾意見。
공론	<空論> [공논]	空論、空談、空話	현실성이 없는 논의는 공론에 불과하다. 不現實的討論只是空談罷了。
국론	<國論> [궁논]	社會興論、民意、民眾的觀點	이제 국론을 통일해야 할 때이다. 現在是必須統一民意的時候。
막론 막론하고	<莫論> [망논]	不論、不管、無論	남녀노소를 막론하고 그 게임을 좋아한다. 不論男女老少都喜歡那遊戲。
* 반론 반론(하다)	<反論> [발론]	異議、反對意見、反駁、駁斥	변호사는 검사의 주장에 반론을 제기했다. 律師針對檢察官的主張提出異議。
변론 변론(하다)	<辯論> [별론]	辯論、辯護	변호사는 자신의 고객을 위해 변론하고 있다. 律師正為了自己的客戶進行辯論。
찬반양론	<贊反兩論> [찬반냥논]	毀譽參半、贊成與反對的意見	낙태에 대한 찬반양론이 있다. 關於墮胎有贊成與反對的意見。
추론 추론(하다)	<推論>	推論、推理	문맥을 통해서 내용을 추론할 수 있다. 透過文章脈絡能夠推論內容。

UNIT 45 정(定)

정하다 選定、決定

정가 정량 정시 정식 정액 정원 정착 정각 정의 정기

095

字首

정립 정립(하다/되다)	<定立> [정닙]	確立、樹立、 定立	허준은 한국의 전통의학에 대한 이론을 정립했다. 許浚定立韓國傳統醫學相關理論。
정석	<定石>	老規矩、固定 模式、慣例	태권도를 잘 하고 싶으면 정석대로 배워야 한다. 如果想練好跆拳道，必須按老規矩學習。
정설	<定說>	定論、定說	김 박사님의 최근 연구 결과는 그간의 정설을 뒤엎었다. 金博士最近的研究結果推翻了在此期間的定論。
정처 정처(없이)	<定處>	固定住所、定 所	우리는 정처 없이 거리를 떠돌아다녔다. 我們居無定所在街上遊蕩。
정평	<定評>	定論、公認、 好評	그 배우는 뛰어난 연기력으로 정평이 나 있다. 那位演員以精湛的演技獲得好評。

字尾

* **개정** 개정(하다/되다)	<改定>	改動、修改、 修訂	운영회는 경기 규칙의 개정이 이루어졌다고 밝혔다. 營運會宣布比賽規則的修改已完成。
▣ ** **규정** 규정(하다/되다/짓다)	<規定>	規定、規則、 評定、裁定	그 선수는 규정을 어겨서 대회에 나갈 수 없게 되었다. 那位選手因違反規定而無法參賽。
내정 내정(하다/되다)	<內定>	內定、暗中決 定、非正式決 定	대통령은 이미 새로운 대사를 내정했다. 總統已經內定新的大使。
▣ ** **긍정적** ↔ 부정적	<肯定的> ↔ <否定的>	肯定的、正面 的、積極的	나는 항상 긍정적으로 생각하고 최선을 다하려고 노력한다. 我時常正向思考，竭盡全力並努力。
** **단정** 단정(하다)	<斷定>	斷定、判定	이번 프로젝트가 실패라고 단정하기에는 이르다. 斷定這次計畫是失敗的為時尚早。

UNIT 45 정(定) | 정하다 選定、決定
고정 가정 결정 인정 선정 설정 안정 예정 지정 특정

字尾

★ **미정** 미정(이다)	<未定>	未定	결혼식 날짜는 아직 미정이다. 結婚典禮日期仍然未定。
▥ ★★ **일정** 일정(하다) ☞unit 10	<一定> [일쩡]	一定、固定	대학을 졸업했지만 아직 일정한 수입이 없다. 雖然大學畢業了，但還沒有固定收入。
★ **작정** 작정(하다/되다/이다)	<作定> [작쩡]	打算、決定、準備	이번 달 내에 직장을 그만 둘 작정이다. 我打算在這個月內離職。
★ **제정** 제정(하다/되다)	<制定>	制定、制訂	정부는 환경 보호를 위해 새로운 법을 제정했다. 政府為了環境保護制定了新法。
★ **추정** 추정(하다/되다)	<推定>	推定、斷定	이번 마라톤 참가자 수는 10,000명으로 추정된다. 這次馬拉松參加者人數推定有 10000 名。
★ **측정** 측정(하다/되다)	<測定> [측쩡]	檢測、測定、測量	이 기계는 자동차의 속도를 측정하는 데 사용된다. 這機器是用來測量汽車速度的。
★ **판정** 판정(하다/되다)	<判定>	判定、裁定	심판은 선수들에게 공정한 판정을 내려야 한다. 裁判必須要對選手們下公正的裁定。
★ **한정** 한정(하다)	<限定>	限定、限度、限制、限	이 제품은 백 개 한정 판매이다. 這項產品限量販售 100 個。
★ **협정** 협정(하다/되다)	<協定> [협쩡]	協定、公約	새로운 무역 협정을 체결하는 데 시간이 걸린다. 簽訂新貿易協定花費了一些時間。
★ **확정** 확정(하다/되다)	<確定> [확쩡]	確定、落實、敲定	이제 자세한 일정을 확정지어야 한다. 如今必須敲定詳細行程。

UNIT 46 리(理) | 다스리다 管理、理由
이발 이사 이과 이념 이론 이상 이성 이유 이치 이해

096

字首

이상적 ↔ 현실적	<理想的> ↔<現實的>	理想的	이곳은 자녀 교육에 이상적인 환경이다. 此處是子女教育的理想環境。
이상형	<理想型>	理想型	내 이상형은 유머 감각이 있는 사람이다. 我的理想型是有幽默感的人。
이지적	<理智的>	理智的、知性的	지수는 아름답고 이지적이다. 智秀是美麗且知性的。

字尾

교리	<教理>	教理、教義	그 목사님은 기독교 교리를 오랫동안 연구했다. 那位牧師長時間研究基督教教義。
궁리 궁리(하다)	<窮理> [궁니]	深究、探究、思考、琢磨	우리가 경기에서 어떻게 이길 수 있는지 궁리했다. 我們琢磨要如何才能贏得比賽。
대리 대리(하다)	<代理>	代理、代替	술 마시면 대리 운전을 불러서 집에 간다. 如果喝酒的話，就叫代理駕駛回家。
도리	<道理>	道理、本分、情義	부모를 공경하는 것은 자식의 도리이다. 敬重父母這件事是子女的本分。
무리 무리(하다)	<無理>	沒有道理、不合理、過分	무리한 운동은 건강을 해칠 수 있다. 過度的運動有害健康。
물리	<物理>	物理、物理學、道理、原理	어제 물리 시간에 여러 가지 실험을 했다. 昨天物理課上進行了各種實驗。
부조리 부조리(하다)	<不條理>	不合理、荒謬	사회의 부조리를 제거해야 한다. 必須消除社會的不合理現象。

다스리다 管理、理由
관리 수리 요리 정리 처리 총리 논리 심리 원리 진리

字尾

비리 *	<非理>	不正之風、不合理	그 정치인은 여러 가지 비리를 저질렀다. 那名政治人物犯下各種貪腐行為。
사리 *	<事理>	事理、道理、情理	그분의 말은 사리에 맞지 않는다. 他的話不合情理。
생리 생리(하다)	<生理> [생니]	生理、月經、生活習慣	대부분 여성들은 생리 기간에 예민해진다. 大部分的女性在生理期間都會變得很敏感。
섭리 *	<攝理> [섬니]	調理、調養、攝政、自然法則	누구나 자연의 섭리를 따라야 한다. 所有人都必須遵循大自然的自然法則。
윤리 *	<倫理> [율리]	倫理、道德、人倫	대통령은 공직자의 기본 윤리를 강조했다. 總統強調公職人員的基本倫理。
의리 *	<義理>	道理、事理、義氣、結拜、情義	친구 간에는 의리가 있어야 한다. 朋友之間必須要有義氣。
조리 ▣★★ 조리(하다)	<調理>	調養、調理、烹調、做菜、調製	조리 시간은 재료에 따라서 다르다. 料理時間根據材料而有所不同。
지리 *	<地理>	地理、地勢、地形	아직 이곳 지리에 익숙하지 않다. 我還不熟悉這個地方的地理。
추리 추리(하다)	<推理>	推理、推論	경찰은 과학적 추리로 사건을 해결했다. 警察以科學推理來解決事件。
합리적 ▣★★ ↔ 비합리적	<合理的>↔ <非合理的> [함니적]	合理的	그 가격은 정말 합리적이라고 생각해요. 我認為那價格真的很合理。

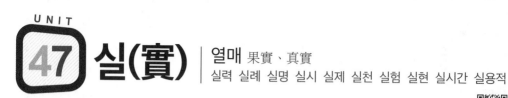

UNIT 47 실(實) | 열매 果實、真實
실력 실례 실명 실시 실제 실천 실험 실현 실시간 실용적

097

실감 🔲★★ 실감(나다/하다/ 되다) ☞unit 36	<實感>	真實感、生動、逼真、實際感	아직도 내가 우승을 했다는 게 실감이 나지 않는다. 我對我贏得勝利仍沒有真實感。
실무 ★	<實務>	業務、事務	신입 사원은 아직 실무 경험이 부족하다. 新進員工業務經驗尚且不足。
실물 ★	<實物>	實物、實際物品、現貨	사진보다 실물이 훨씬 낫네요. 實際物品比照片好多了。
실상 ★	<實狀> [실쌍]	實際上、事實上、其實、實際情況	그분의 증언을 통해 그 나라의 실상을 알게 되었다. 透過他的證詞了解到那個國家的實際情況。
실습 🔲★★ 실습(하다)	<實習> [실씁]	實習、見習	교사가 되기 전에 학교에서 실습해야 한다. 成為教師之前必須在學校實習。
실적 ★	<實績> [실쩍]	業績、實績、成績	직원들이 실적을 올리기 위해 노력하고 있다. 職員們為了提升業績正在努力。
실정 ★	<實情> [실쩡]	實情、實際情況	우리나라 실정에 맞는 대체 에너지 개발이 필요하다. 需要符合我國實際情況的替代能源開發。
실체 🔲★★	<實體>	實質、本質、真相、實際情況、實體	마음이란 것은 실체가 없는 것이다. 所謂的心，是沒有實體的。
실태 ★	<實態>	實相、實情、實況	그 시민 단체는 환경오염의 실태를 조사하고 있다. 那個市民團體正在調查環境汙染的實情。
실행 ★ 실행(하다/되다)	<實行>	施行、實施、實踐	그는 계획을 세우면 바로 실행에 옮긴다. 他如果制定計畫，就會立刻轉往實踐。

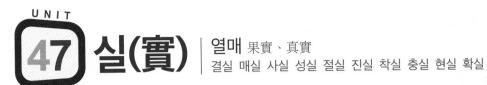

UNIT 47 실(實) | 열매 果實、真實
결실 매실 사실 성실 절실 진실 착실 충실 현실 확실

字首

* 실화	<實話>	真實故事	이 영화는 실화를 바탕으로 만들어졌다. 這部電影是以真實故事為基礎改編的。

字尾

과실 = 과일	<果實>	果實、孳息	가을이 되니까 과실이 점점 익어간다. 到了秋天，果實漸漸成熟。
건실하다	<健實하다>	健全、紮實、牢固、踏實	그 기업의 재무구조가 매우 건실하다. 那家企業的財務結構非常健全。
견실 견실(하다)	<堅實>	可靠、牢靠、穩妥	그 기업은 작지만 견실하다. 那間企業雖然小，但很穩妥。
구실	<口實>	口實、藉口、託辭	김 과장은 감기 등 여러 구실로 회사에 오지 않았다. 金課長以感冒等許多藉口不來公司。
* 내실	<內實>	內情、內幕、內涵、紮實、實在	이 행사는 규모는 작지만 내용은 내실이 있었다. 這場活動規模雖小，內容卻很紮實。
명실상부	<名實相符>	名副其實、名實相符	한국은 명실상부한 IT 강대국이다. 韓國是名副其實的 IT 強國。
* 부실 부실(하다)	<不實>	不老實、不可靠、不實惠、虛弱	부실한 음식이 건강을 해쳤다. 不良飲食損害健康。
유명무실	<有名無實>	有名無實、名存實亡	그 제도는 제대로 시행되지 않아 유명무실하다. 該制度沒有徹底實行，有名無實。
행실	<實行>	品行、為人、行為表現	데이지는 항상 행실이 발라서 선생님들로부터 늘 칭찬을 받는다. 黛西總是品行端正，經常受到老師們的稱讚。

UNIT 48 도(道)

길 道路、原則、方法、省
도구 도덕 도로 도리 도립 도민 도복 도장 도지사 도청

098

* **도덕성**	<道德性> [도덕썽]	道德性、道 德品質	지도자가 도덕성을 잃으면 리더십도 무너진다. 如果指導者失去道德品質，領導力也會崩塌。
도의적	<道義的>	道義上的、 道義的	대표는 이번 사고에 대한 도의적인 책임을 지고 물러났다. 代表針對這次事故負起道義的責任，辭職了。

* **국도**	<國道> [국또]	國道	고속도로보다 국도를 타는 것이 더 빠른 경우도 있다. 比起高速公路，有時候走國道更快。
* **궤도**	<軌道>	軌道、車道、 軌跡	인공위성이 정상적으로 궤도에 진입하였다. 人工衛星正常進入軌道。
기도	<氣道>	呼吸道、氣 管	음식을 먹다가 기도가 막히는 위험이 있다. 有吃東西吃到一半氣管堵塞的危險。
검도	<劍道>	劍道、劍術	검도는 싸움의 기술이 아니라 칼을 가지고 정신을 수련하는 것이다. 劍道並不是打架的技術，而是拿劍修練精神。
다도	<茶道>	茶道、茶藝	외국인 학생들이 서예, 다도 등 한국의 전통 문화를 배우고 있다. 外國學生們正學習書法、茶道等韓國傳統文化。
방도	<方道>	方法、辦法、 途徑	우리는 문제를 해결할 방도를 찾고 있다. 我們正在找解決問題的方法。
* **수도** 수도(하다)	<修道>	修道、修行	자신의 마음을 다스리는 것이 수도의 첫 걸음이다. 管理自己的內心是修行的第一步。

UNIT 48 도(道)

길 道路、原則、方法、省
복도 수도 인도 차도 철도 지하도 횡단보도 태권도 효도 보도

식도	<食道>[식또]	食道	목이 아파서 검사해 보니까 식도에 염증이 있었다. 喉嚨痛做了檢查，發現食道發炎。
* 역도	<力道>[역또]	舉重	나는 중학교 때부터 역도를 시작했다. 我國中開始舉重。
왕도	<王道>	王道、捷徑	외국어 공부에는 왕도가 없다. 學習外國語沒有捷徑。
외도 외도(하다)	<外道>[웨도]	歧途、歪路、外遇、嫖妓、不務正業	배우자의 외도는 큰 상처를 남긴다. 配偶的外遇留下很大的傷痛。
* 유도	<柔道>	柔道	기회가 되면 유도나 태권도 같은 무술을 배우고 싶다. 如果有機會的話，想要學習柔道或跆拳道等武術。
* 인도적 ↔ 비인도적	<人道的> ↔ <非人道的>	人道的、人道主義的	유엔은 가난한 나라에게 인도적 지원을 하고 있다. 聯合國給予貧苦國家人道支援。
* 적도	<赤道>[적또]	赤道	그 섬나라는 적도에 가까워서 열대성 기후를 가지고 있다. 該島國因接近赤道，具有熱帶性氣候。
중도	<中道>	中庸之道、中立	그 정치인은 진보도 보수도 아닌 중도 노선을 걷고 있다. 那位政治人物既不激進也不保守，而是走在中立的路線上。
편도 ↔ 왕복	<片道> ↔<往復>	單程、單方面	편도 승차권만 구입했다. 我只買了單程車票。
합기도	<合氣道>[합끼도]	合氣道	합기도를 통해 마음을 수련하고 있다. 透過合氣道來修鍊內心。
경기도	<京畿道>	京畿道	경기도는 한국에서 가장 많은 인구가 있다. 京畿道在韓國有最多的人口。

UNIT
49 불(不) | 아니다 不、否定的字首
부족 부동산 부정 부정확 부주의 불가능 불가피 불균형
불리 불만

099

字首			
★ **부당** 부당(하다) ↔ 정당(하다)	<不當> ↔<正當>	不當、不 妥、無理	노동자들은 이번 해고가 부당하다고 주장했다. 勞工們主張這次的解雇是不當的。
★ **부도덕** 부도덕(하다) ↔ 도덕	<不道德> ↔<道德>	不道德	탈세는 부도덕한 행위이다. 逃漏稅是不道德的行為。
★ **부실** 부실(하다) ↔ 우량(하다)	<不實> ↔<優良>	不老實、不 可靠、不實 惠、虛弱	이번 사고의 원인은 부실 공사였다. 這次事故的原因是施工不老實。
★ **부재** 부재(하다), 부재(중)	<不在>	不在、不存 在、缺失	정책의 부재는 심각한 문제이다. 政策缺失是嚴重的問題。
▣ ★★ **불가** 불가(하다)	<不可>	不可、不正 確、反對	그 영화는 폭력성 때문에 개봉 불가 판정을 받았다. 那部電影因暴力獲判不可上映。
★ **불경기** ↔ 호경기	<不景氣> ↔<好景氣>	不景氣、蕭 條	불경기로 인해서 일자리를 찾기가 힘 들다. 因為不景氣，所以很難找工作。
불공평 불공평(하다) ↔ 공평(하다)	<不公平> ↔<公平>	不公平	많은 국민들이 부의 분배가 불공평하 다고 느낀다. 許多國民感覺到財富分配不公平。
★ **불과** 불과(하다)	<不過>	不過、只不 過	그는 불과 1년 만에 팀장이 되었다. 他不過一年就成為組長。
▣ ★★ **불규칙** ↔ 규칙	<不規則> ↔<規則>	不規則、不 規律	불규칙 동사를 이해하는 것이 어렵 다. 理解不規則動詞很困難。
▣ ★★ **불만족** 불만족(스럽다/하다) ↔ 만족(스럽다/하다)	<不滿足> ↔<滿足>	不滿、不滿 足	그 배우는 자신의 연기가 불만족스러 웠다. 那位演員對自己的演技感到不滿。

49 불(不)

아니다 不、否定的字首
불법 불안 불편 불이익 불충분 불친절 불평
불평등 불행 불확실

字首

* **불면증**	<不眠症>	失眠症	요즘 불면증 때문에 늘 피곤하다. 最近因為失眠總是感到疲累。
* **불분명** 불분명(하다) ↔ 분명(하다)	<不分明> ↔<分明>	不清楚	멀리서 말해서 목소리가 불분명했다. 因為在很遠的地方說話，所以聲音不清楚。
* **불신** 불신(하다) ↔ 신뢰(하다)	<不信> ↔<信賴> [불씬]	不信任、不 相信	주부들은 식품의 안전에 대해서 불신 하고 있다. 主婦們對食品的安全不信任。
▣** **불완전** 불완전(하다) ↔ 완전(하다)	<不完全> ↔<完全>	不完全、殘 缺、不完備	새로운 호텔의 시설이 아직 불완전하 다. 新飯店的設施仍然不完備。
* **불참** 불참(하다) ↔ 참석(하다)	<不參> ↔<參席>	不參加、不 出席	개인적인 사정으로 회의에 불참했다. 因個人因素不參加會議。
* **불치병**	<不治病> [불치뼝]	不治之症	그 화가는 불치병을 앓고 있지만 계 속 그림을 그렸다. 那位畫家雖然得了不治之症，但還是繼續作 畫。
▣** **불쾌** 불쾌(하다) ↔ 유쾌(하다)	<不快> ↔<愉快>	不愉快、不 舒服	쓰레기 때문에 불쾌한 냄새가 났다. 因垃圾散發出不舒服的味道。
* **불투명** 불투명(하다) ↔ 투명(하다)	<不透明> ↔<透明>	不透明、混 濁、不明 確、不明朗	협상 결과가 아직 불투명하다. 協商結果還是不透明。
▣** **불필요** 불필요(하다) ↔ 필요(하다)	<不必要> ↔<必要> [불피료]	不必要	앞으로 불필요한 지출을 줄여야 한다. 往後必須減少不必要的支出。
불합격 불합격(하다/되다) ↔ 합격(하다)	<不合格> ↔<合格> [불합격]	不合格、落 榜、滑鐵盧	취직 시험에 여러 번 불합격했다. 求職考試好多次都不合格。

UNIT 50 적(的) | 과녁 目標、字尾（形容詞、名詞）
적중

100

字首

적확하다	<的確> [저콱]	明確、確實、確鑿	적확한 표현을 사용해야 한다. 必須使用明確的表現。

字尾

■** **개인적**	<個人的>	個人的、私人的	개인적인 사정으로 일주일간 가게를 닫았다. 因為個人的事情而關店一週。
■** **경제적**	<經濟的>	經濟的、實惠的、省錢的	대량으로 제품을 구입하는 것이 더 경제적이다. 大量購買產品的方式更省錢。
■** **공적** ↔ 사적	<公的> ↔<私的> [공쩍]	公家的、官方的、公共的	공적인 자리에서는 예의를 갖춰야 한다. 在公共場合上必須要有禮節。
■** **과학적** ↔ 비과학적	<科學的>↔ <非科學的> [과학쩍]	科學的	한글은 가장 과학적인 언어 중 하나로 평가된다. 韓語被評定為最科學的語言之一。
■** **기본적**	<基本的>	基本的、基礎的	모든 사람은 기본적인 욕구를 가지고 있다. 所有人都具有基本的欲望。
* **낙관적** ↔ 비관적	<樂觀的> ↔<悲觀的> [낙꽌적]	樂觀的	전문가들은 경제에 대해 낙관적인 전망을 한다. 專家對經濟保持樂觀的看法。
* **단계적**	<階段的> [단계적]	階段性的、分階段的	회사는 임금 인상을 단계적으로 도입하기로 했다. 公司決定階段性引入加薪。
■** **대표적**	<代表的>	代表性的、典型的	김치는 한국의 대표적인 발효 음식이다. 辛奇是韓國代表性的發酵食物。
■** **물질적** ↔ 정신적	<物質的> ↔<精神的> [물찔쩍]	物質的	정부는 홍수 피해자들에게 물질적인 지원을 했다. 政府對水災受害者給予物質的支援。
* **보수적** ↔ 진보적	<保守的> ↔<進步的>	保守的	아버지께서는 매우 보수적인 분이시다. 爸爸是個非常保守的人。

UNIT 50 적(的)

과녁 目標、字尾（形容詞、名詞）

목적 간접적 감동적 객관적 공식적 구체적 규칙적 긍정적
내성적 논리적 사회적 성공적 인상적 일반적 장기적
적극적 전체적 정신적 직접적 효과적

字尾

비교적 = 상대적	<比較的> ↔<相對的>	比較、較為	이번 입시는 비교적 쉬웠다. 這次入學考試比較簡單。
비판적 ↔ 무비판적	<批判的>↔ <無批判的>	批判的、批判性的	일부 사람들은 다른 나라의 문화에 대해 매우 비판적이다. 部分人士對於其他國家的文化非常有批判性。
심리적	<心理的> [심니적]	心理的、心理上的	아이가 조금씩 심리적 안정을 되찾았다. 小孩逐漸找回心理上的安定。
일시적 ↔ 지속적	<一時的> ↔<持續的> [일씨적]	一時的、暫時的	경기가 비 때문에 일시적으로 중단되었다. 比賽因為下雨的關係暫時中斷。
전문적 ↔ 비전문적	<專門的>↔ <非專門的>	專門的、專業的	이제 농업도 전문적인 기술이 필요하다. 如今農業也需要專業的技術。
전통적 ↔ 현대적	<傳統的>↔ <現代的>	傳統的	설날은 한국의 가장 큰 전통적인 명절 중 하나이다. 春節是韓國最大的傳統節日之一。
정기적 ↔ 비정기적	<定期的>↔ <非定期的>	定期的	나는 대학 친구들과 정기적으로 만난다. 我與大學朋友們定期見面。
정상적 ↔ 비정상적	<正常的>↔ <非正常的>	正常、順利、常規	양국은 정상적인 외교관계를 재개했다. 兩國重啟正常的外交關係。
필수적 ↔ 선택적	<必須的> ↔<選擇的> [필쑤적]	必須的、必要的、必備的	이제 젊은이들에게 스마트폰은 필수적이다. 如今對年輕人來說智慧型手機是必須的。
합리적 ↔ 비합리적	<合理的>↔ <非合理的> [함니적]	合理的	우리는 늘 합리적인 선택을 하려고 노력한다. 我們總是努力想做出合理的選擇。
현실적 ↔ 비현실적	<現實的>↔ <非現實的> [현실쩍]	現實的	자동차 구입은 아직 현실적으로 불가능하다. 買車從現實來看依然不可能。
효율적 ↔ 비효율적	<效率的>↔ <非效率的> [효율쩍]	有效率的、有效的	컴퓨터는 대량의 정보를 처리하는 데 매우 효율적이다. 電腦在處裡大量資料上是非常有效率的。

常見同義字尾與字首
以組合出現頻率為順序

1. 人

자 <者> 者、人員	관계자 <關係者>	相關人員	기자 <記者>	記者、撰稿人
	교육자 <教育者>	教職人員	부자 <富者>	有錢人、富翁、富豪
	근로자 <勤勞者>	白領階級、勞工	저자 <著者>	作者、著者、著作人
	기술자 <技術者>	技術人員	필자 <筆者>	筆者、撰稿人、作者
	노동자 <勞動者>	藍領階級、工人	학자 <學者>	學者
	소비자 <消費者>	消費者、用戶	환자 <患者>	患者、病人、病患、傷兵
-인 <人> 人、同伴	대변인 <代辯人>	發言人、辯護人、代言人	군인 <軍人>	軍人、當兵的
	방송인 <放送人>	廣播員、電台主持人	노인 <老人>	老人、老年人
	언론인 <言論人>	媒體人、新聞工作者	부인 <夫人>	夫人、太太、女士
	연예인 <演藝人>	演藝人員、藝人	성인 <成人>	成人、成年人、大人
	외국인 <外國人>	外國人	시인 <詩人>	詩人、騷人
	직장인 <職場人>	上班族、職場人士	주인 <主人>	主人、丈夫、東道主
-관 <官> 官員	경찰관 <警察官>	警察、警官	장관 <長官>	部長、長官
	외교관 <外交官>	外交官	차관 <次官>	次官、次長、副部長、副國務卿
	사령관 <司令官>	司令官、指揮官、主將		
	소방관 <消防官>	消防警察人員、消防員		

-가 \<家\> 專家	사업가 \<事業家\>	企業家、事業家	작가 \<作家\>	作家
	소설가 \<小說家\>	小說家	화가 \<畫家\>	畫家
	예술가 \<藝術家\>	藝術家		
	음악가 \<音樂家\>	音樂家		
	전문가 \<專門家\>	專家、行家、內行		
-생 \<生\> 學生	대학생 \<大學生\>	大學生、大學學生	학생 \<學生\>	學生、學員
	모범생 \<模範生\>	模範生、模範學生		
	신입생 \<新入生\>	新生		
	유학생 \<留學生\>	留學生		
	졸업생 \<卒業生\>	畢業生、結業生		
-원 \<員\> 成員、 職員	간호원 \<看護員\> *간호사的舊稱	護士	사원 \<社員\>	員工、職員
	공무원 \<公務員\>	公務員、公職人員	위원 \<委員\>	委員
	연구원 \<研究員\>	研究員	의원 \<議員\>	議員
	은행원 \<銀行員\>	銀行行員	점원 \<店員\>	店員、營業員
	종업원 \<從業員\>	職員、從業人員、員工	직원 \<職員\>	職員、員工
	회사원 \<會社員\>	公司職員、上班族、公司員工	회원 \<會員\>	會員
-사 \<士\> 學者、 有資格者	변호사 \<辯護士\>	律師、辯護士	군사 \<軍士\>	軍人、士兵、士官
	법무사 \<法務士\>	書記官、軍法官	기사 \<技士\>	技師、技士、技術人員
	세무사 \<稅務士\>	記帳士、稅務士	박사 \<博士\>	博士、博學多聞的人
	비행사 \<飛行士\>	飛行員、機師、飛機駕駛員	석사 \<碩士\>	碩士、居士
	회계사 \<會計士\>	會計師	학사 \<學士\>	學士、學者

-사 **\<師\>** 師、專家	간호사 \<看護師\>	護理師	강사 \<講師\>	講師
	마술사 \<魔術師\>	魔術師	교사 \<教師\>	教師、老師、教職員
	요리사 \< 理師\>	廚師	목사 \<牧師\>	牧師、神父
			약사 \<藥師\>	藥劑師
			의사 \<醫師\>	醫師、醫生、大夫
-장 **\<長\>** 長	공장장 \<工場長\>	廠長	교장 \<校長\>	校長 高中以下
	위원장 \<委員長\>	委員長、主席	부장 \<部長\>	部長
	이사장 \<理事長\>	理事長、董事長	사장 \<社長\>	社長、總經理、老闆
			시장 \<市長\>	市長
			원장 \<院長\>	院長
			총장 \<總長\>	總長、大學校長
			회장 \<會長\>	會長、董事長
-객 **\<客\>** 客人	관광객 \<觀光客\>	觀光客、遊客	고객 \<顧客\>	顧客、客戶、客人
	관람객 \<觀覽客\>	觀眾	관객 \<觀客\>	觀眾
	등산객 \<登山客\>	登山客、登山者、山友	승객 \<乘客\>	乘客
	입장객 \<入場客\>	入場的客人、進場的客人		
-사 **\<事\>** 官			검사 \<檢事\>	檢察官、檢查員
			영사 \<領事\>	外交領事人員
			이사 \<理事\>	理事、董事
			판사 \<判事\>	法官、審判長

-민 <民> 民	수재민 <水災民>	水災災民	국민 <國民>	國民
	난민 <難民>	難民、災民	피난민 <避難民>	難民、避難民 眾
			농민 <農民>	農民、莊稼人
			서민 <庶民>	平民百姓、民 眾、平民
			시민 <市民>	市民
-파 <派> 派	보수파 <保守派>	保守派、頑固派	우파 <右派>	右派、右翼
	진보파 <進步派>	進步派	좌파 <左派>	左派、左翼
-주 <主> 主	건물주 <建物主>	建築物所有人、 屋主		
	경영주 <經營主>	老闆、業主		
	고용주 <雇用主>	雇主		
	소유주 <所有主>	所有人、物主		
-수 <手> 有技術者	공격수 <攻擊手>	攻擊手、前鋒	가수 <歌手>	歌手、歌星
	무용수 <舞踊手>	舞者	선수 <選手>	選手、運動 員、高手

-장 \<場\>（大且開放的）場地	경기장 \<競技場\>	競技場、運動場、體育場	공장 \<工場\>	工廠
	공사장 \<工事場\>	工地、施工現場	광장 \<廣場\>	廣場
	공연장 \<公演場\>	公演場地、劇場	극장 \<劇場\>	劇場、劇院、電影院
	수영장 \<水泳場\>	游泳池	농장 \<農場\>	農場、園圃
	야구장 \<野球場\>	棒球場	매장 \<賣場\>	賣場、商場
	운동장 \<運動場\>	操場、運動場、體育場、競技場	시장 \<市場\>	市場、集市
	정류장 \<停留場\>	停車場、車站	직장 \<職場\>	職場、單位、工作崗位
	주차장 \<駐車場\>	停車場	현장 \<現場\>	工地、現場、產線
	축구장 \<蹴球場\>	足球場		
-실 \<室\> 房、企業單位	관리실 \<管理室\>	管理室	거실 \<居室\>	客廳
	미용실 \<美容室\>	美容院、美髮廳	교실 \<教室\>	教室
	사무실 \<事務室\>	辦公室	병실 \<病室\>	病房
	응급실 \<應急室\>	急診室	욕실 \<浴室\>	浴室
	화장실 \<化粧室\>	廁所、化妝室、洗手間	침실 \<寢室\>	寢室
	휴게실 \<休憩室\>	休息室、茶水間		
-소 \<所\> 場所、機構	사무소 \<事務所\>	事務所、辦事處	산소 \<山所\>	墳墓、墓地
	세탁소 \<洗濯所\>	洗衣店、乾洗店	숙소 \<宿所\>	住宿地點、下榻處、住處
	연구소 \<研究所\>	研究所	장소 \<場所\>	場所、地點
	이발소 \<理髮所\>	理髮廳	주소 \<住所\>	地址、住所
	파출소 \<派出所\>	派出所、警察局		

-원 <院> 公共機構、組織	감사원 <監查院>	監察院	법원 <法院>	法院
	고아원 <孤兒院>	孤兒院、育幼院	병원 <病院>	醫院、診所
	대학원 <大學院>	研究所、研究院	학원 <學院>	學校、補習班
	양로원 <養老院>	養老院、敬老院、安養院		
	연구원 <研究院>	研究院		
-국 <局> 分部、商店	방송국 <放送局>	廣播電台、電視台	약국 <藥局>	藥局、藥房
	우체국 <郵遞局>	郵局		
-지 <地> 地點、土地	거주지 <居住地>	居住地、住處、住址		
	관광지 <觀光地>	景點、旅遊勝地	묘지 <墓地>	墓地、墳墓、墳場
	목적지 <目的地>	目的地	단지 <團地>	住宅區、社區
	유적지 <遺蹟地>	遺址、遺跡	육지 <陸地>	陸地、大陸
	중심지 <中心地>	中心、中樞	토지 <土地>	土地、地畝、田地
	휴양지 <休養地>	渡假村	현지 <現地>	現場、當地
-점 <店> 店	백화점 <百貨店>	百貨公司	상점 <商店>	商店
	음식점 <飲食店>	小吃店、餐廳、食堂	서점 <書店>	書店、書局
	편의점 <便宜店>	便利商店、超商	지점 <支店>	分店、分行
-관 <館> 館	대사관 <大使館>	大使館	여관 <旅館>	旅館、旅社
	도서관 <圖書館>	圖書館	회관 <會館>	會館
	미술관 <美術館>	美術館		
	박물관 <博物館>	博物館		
	영화관 <映畫館>	電影院		
	체육관 <體育館>	體育館		

-사 <社> 公司	방송사 <放送社>	廣播公司	본사 <本社>	總公司、總部
	신문사 <新聞社>	報社	지사 <支社>	分公司、分店、分行
	여행사 <旅行社>	旅行社	회사 <會社>	公司、商號
	출판사 <出版社>	出版社		

3.金錢

-금 <金> 利用金錢	계약금 <契約金>	訂金、定金	벌금 <罰金>	罰金、罰款
	기부금 <寄附金>	捐款、資助款、善款	상금 <賞金>	賞金、獎金
	등록금 <登錄金>	學費、註冊費	세금 <稅金>	稅金、稅款、稅
	보증금 <保證金>	保證金、押金	예금 <預金>	存款、儲蓄
	장학금 <獎學金>	獎學金、助學金	요금 <料金>	費用、酬金
	찬조금 <贊助金>	贊助金	임금 <賃金>	薪水、租金
	축하금 <祝賀金>	禮金	자금 <資金>	資金
	퇴직금 <退職金>	退休金、養老金、退職金	현금 <現金>	現金、現鈔
-비 <費> 支出、 收費	과외비 <課外費>	家教費、課業輔導費	경비 <經費>	經費、款項
	교육비 <教育費>	教育費、教育支出	차비 <車費>	車費、車資
	교통비 <交通費>	交通費、車馬費	학비 <學費>	學費
	생활비 <生活費>	生活費		
	숙박비 <宿泊費>	住宿費、房費		
	양육비 <養育費>	養育費、扶養費		
	인건비 <人件費>	人工費用		

-료 <料> 收費、 費用	관람료 <觀覽料>	票價、票錢	무료 <無料>	免費、無償
	수수료 <手數料>	手續費	유료 <有料>	收費、有償
	수업료 <授業料>	學費		
	시청료 <視聽料>	收視費用		
	이용료 <利用料>	使用費		
	임대료 <賃貸料>	租金		
	입장료 <入場料>	入場費、門票費		
	전기료 <電氣料>	電費		
	통화료 <通話料>	電話費		

4. 否定字首

104

불 <不>- 不能 （做、跟 者）做某 事情 注意：불 <不> 如果放在ㄷ、 ㅈ之前就會變成 부，其他只用불 （除了부실）。	불가능 <不可能> （하다）	不可能	불리 <不利> （하다）	不利
	불가피 <不可避> （하다）	不可避免、無法 避免	불만 <不滿>	不滿、不滿 足、抱怨
	불경기 <不景氣>	不景氣、蕭條	불법 <不法>	違法、非法、 不法
	불공정 <不公正> （하다）	不公平、不公 正、不公	불안 <不安> （하다）	不安、緊張、 動盪
	불공평 <不公平> （하다）	不公平、不平衡	불편 <不便> （하다）	不方便、不 適、不舒服

불 <不>-	불규칙 <不規則>	不規則、不規律、沒有規律	불평 <不平>（하다）	不平、埋怨、不滿
不能（做、跟者）做某事情	불균형 <不均衡>	不均衡、不平衡	불행 <不幸>（하다）	不幸、倒楣
	불안정 <不安定>（하다）	不安定、不穩定	불효 <不孝>（하다）	不孝、忤逆
	불완전 <不完全>（하다）	不完全、不完備、不徹底	부재 <不在>	不在、不存在、缺失
	불이익 <不利益>	無益、受損害、沒有好處	부정 <不正>	不正當、違法、非法、邪魔歪道
注意：불 <不>如果放在ㄷ、ㅈ之前就會變成부，其他只用불（除了부실）。	불충분 <不充分>（하다）	不充分、不充足	부족 <不足>（하다）	不足、缺乏、不夠
	불친절 <不親切>（하다）	不親切、冷淡		
	불평등 <不平等>（하다）	不平等		
	불합격 <不合格>（하다）	不合格、不及格、落第		
	불확실 <不確實>（하다）	不確定、不確實		
	부도덕 <不道德>（하다）	不道德		
	부자연 <不自然>（스럽다）	不自然、彆扭、做作		
	부자유 <不自由>（스럽다）	不自由、不方便		
	부적절 <不適切>（하다）	不合適		

무 <無>- 無	무관심 <無關心>	不關心、無動於 衷、冷漠	무료 <無料> (로)	免費、無償、 義務
	무보수 <無報酬>	無償、免費、義 務	무리 <無理> (이다 / 하다)	強人所難、沒 有道理、勉 強、不合適
	무사고 <無事故>	沒有事故、安全	무사 <無事> (하다)	沒事、平安、 無恙
	무의미 <無意味> (하다)	無意義、沒有價 值、無聊	무시 <無視> (하다)	無視、藐視、 視而不見
	무자비 <無慈悲> (하다)	冷酷、無情、毫 不手軟		
	무조건 <無條件>	無條件、一昧、 總是		
	무책임 <無責任> (하다)	沒有責任、不負 責任		
비 <非>- 不成為某 人或某事	비공개 <非公開>	非公開、機密	비리 <非理>	不合理、不正 之風
	비공식 <非公式的>	非正式、非官方	비상 <非常>	緊急、非常、 不同凡響
	비논리적 <非論理的>	不合邏輯的	비행 <非行>	惡行、胡作非 為、不良行為
	비무장 <非武裝>	非武裝、解除武 裝		
	비민주적 <非民主的>	非民主的、不民 主的		
	비생산적 <非生產的>	非生產的、非生 產性		

비 \<非\>- 不成為某 人或某事	비양심적 \<非良心的\>	沒良心的		
	비위생적 \<非衛生的\>	不衛生的		
	비인간적 \<非人間的\>	非人的、仙境		
	비폭력 \<非暴力\>	非暴力		
	비현실적 \<非現實的\>	非現實的、不切 實際		
	비합리적 \<非合理的\>	不合理的		
	비효율적 \<非效率的\>	沒有效率的、無 效率的		
미 \<未\>- 尚未完成 某事	미완성 \<未完成\>	未完成、沒做完	미래 \<未來\>	未來、將來
	미개척 \<未開拓\>	未開拓、未開墾	미만 \<未滿\>	未滿、不到
	미성년 \<未成年\>	未成年	미안 \<未安\> （하다）	抱歉、對不 起、過意不去
	미해결 \<未解決\>	未解決、懸宕	미혼 \<未婚\>	未婚
반 \<反\>- 反對、 某事相反	반정부 \<反政府\>	反政府	반대 \<反對\>	反對、否定、 相反
	반체제 \<反體制\>	反體制	반면 \<反面\>	反面、反之、 然而
	반독재 \<反獨裁\>	反獨裁	반칙 \<反則\>	違規、違例、 違禁
			반미 \<反美\>	反美
			반일 \<反日\>	反日
			반전 \<反戰\>	反戰、非戰

몰 <沒>- 沒有 某事情	몰상식 <沒常識> (하다)	無知、愚昧、沒常識		
	몰인정 <沒人情> (하다)	沒有人情味、無情、不人道		
	몰가치 <沒價值> (하다)	沒價值		
	몰염치 <沒廉恥> (하다)	無恥、寡廉鮮恥		
	몰이해 <沒理解> (하다)	不理解		

I * **가구** ❶	<家具>	傢俱	가구 배치를 바꿨더니 집이 더 넓어 보여요. 改變家具配置後發現，家裡空間看起來更寬。
* **가구**	<家口>	家、戶	최근 일인 가구가 늘어나는 추세이다. 最近一人家庭有增加的趨勢。
II * **가정** ❷	<家庭>	家、住所、家庭	나는 화목한 가정에서 자랐다. 我在和睦的家庭中長大。
II * **가정** 가정(하다)	<假設>	假定、假設、假說、暫定	경찰은 그가 범인이라는 가정 하에 수사를 진행했다. 警察以他是犯人的假設下進行調查。
II * **대비하다** ❸	<準備하다>	防備、針對、防範、應對	노후를 대비해서 열심히 저축하고 있다. 為了應對老年生活，正努力儲蓄。
II * **대비** 대비(하다/되다)	<對比>	對比、比較、反差、對照	우리 회사는 작년 대비 10%의 성장률을 보였다. 我們公司對比去年呈現出 10% 的成長率。
* **대상** ❹	<大賞>	大獎	이 작가는 이번 사진전에서 대상을 수상했다. 這名攝影作家在這次攝影展中得到大獎。
II * **대상**	<對象>	對象	그 연구는 십대들을 대상으로 했다. 那項研究以 10 幾歲年輕人為對象進行。
II * **동기** ❺	<動機>	動機、出發點、緣起	아이들에게 적절한 동기를 부여하는 것은 매우 중요하다. 賦予孩子們適當的動機是很重要的。
II * **동기**	<同期>	同期、同屆、同年級	회사의 매출액이 작년 동기보다 10% 증가했다. 公司的銷售額比去年同期增加 10%。

6	**발전** **I** ★★ 발전(하다/되다/시 키다)	< 發展 > [발쩐]	發展、進步、 進展	과학 기술은 빠른 속도로 발전되 고 있다. 科學技術以很快的速度發展。
	발전 ★ 발전(하다/되다/시 키다)	< 發電 > [발쩐]	發電	이 지역은 바람이 많아 풍력 발전 에 적합하다. 這地區風很多，適合風力發電。
7	**부인** **I** ★★★ ↔ 남편	< 夫人 >	夫人、太太、 女士	대사님이 파티에 부인과 함께 오 셨다. 大使與夫人一起來參加派對。
	부인 **II** ★★	< 婦人 >	婦人、已婚 婦女	부인들은 남편과 아이들에 대한 이야기를 주로 했다. 婦人們主要都聊丈夫與孩子的話題。
8	**부자** **I** ★★★	< 富者 >	有錢人、富 翁、富豪	부자라고 해서 항상 행복한 것은 아니다. 並不是被稱為有錢人就時時刻刻感到幸 福。
	부자 **II** ★★	< 父子 >	父子	그 부자는 아침마다 같이 수영을 배운다. 那對父子每天早上一起學游泳。
9	**부정** **II** ★★ 부정(하다) ↔ 시인(하다)	< 否定 >	否定	피의자는 자신의 범행을 계속 부 정하고 있다. 嫌疑犯正不斷否認自己的罪行。
	부정 **II** ★★ ↔ 공정	< 不正 >	不正當、違 法	회사는 부정행위를 한 직원을 해 고했다. 公司解雇做出不正當行為的員工。
10	**사회** ★	< 司會 > [사훼]	主持人、司 儀、播報員	그 아나운서는 이번 행사에서 사 회를 보았다. 那位主播在這次活動擔任司儀。
	사회 **II** ★★	< 社會 > [사훼]	社會、圈子、 世界	우리 사회는 다양한 문제들에 직 면하고 있다. 我們社會正面臨許多問題。

상품 ⑪	<商品>	商品、貨品	주문하신 상품은 내일 발송된다. 您訂購的商品明天寄出。
상품	<賞品>	獎品	정답을 맞히는 사람에게는 상품이 있다. 回答出正確答案的人有獎品。
성인 ⑫	<成人>	成人、成年人、大人	성인은 입장료가 15,000원이다. 成人的入場費是 15000 韓元。
성인	<聖人>	聖人、聖賢	그 수녀는 교황으로부터 성인으로 추대되었다. 那位修女被教皇推舉為聖人。
수도 ⑬	<首都>	首都、國都	서울은 한국의 수도다. 首爾是韓國的首都。
수도	<水道>	水管、上水道、下水道	수도가 공급되면서 생활이 매우 편리해졌다. 隨著下水道的供給，生活變得很方便。
수입 ↔ 지출 ⑭	<收入> ↔<支出>	收入、所得	그 부부는 적은 수입으로 알뜰하게 생활한다. 那對夫婦以微薄的收入節儉地生活。
수입 수입(하다/되다) ↔ 수출(하다/되다)	<輸入> ↔<輸出>	進口、引進、輸入	최근 자동차 수입이 증가하고 있다. 最近汽車進口正在增加。
수행 수행(하다) ⑮	<遂行>	完成、執行、旅行、落實、實行	회사는 매년 직원들의 업무 수행 능력을 평가한다. 公司每年評價員工們的業務執行能力。
수행 수행(하다)	<隨行>	陪同、隨行、隨從	비서실장은 대통령을 수행하여 미국을 방문했다. 秘書室室長陪同總統訪問美國。
시장 ⑯	<市場>	市場、集市	시장에 과일과 야채를 사러 갔다. 我去市場買水果與蔬菜。
시장	<市長>	市長	새로 선출된 시장은 지역 경제를 살리는 데 노력하고 있다. 新選出的市長為了挽救地區經濟而努力著。

이해 ■ ★★★ 이해(하다/되다/시키다)	<理解>	理解、體會、體諒、諒解、懂得	선생님의 설명 덕분에 잘 이해할 수 있었다. 託老師說明的福得以好好理解。
이해 ★ 이해(관계)	<利害>	利弊、得失	모든 나라는 서로 이해관계에 따라 일한다. 所有的國家都根據彼此的利害關係行事。
인사 ■ ★★★ 인사(하다)	<人事>	打招呼、寒暄、行禮、拜訪	우리는 만나고 헤어질 때마다 서로 인사한다. 我們每次見面與分手時都相互打招呼。
인사 ★ 인사(과, 문제)	<人事>	人事、人資	인사과에서 승진 등 여러 가지 인사 문제를 다룬다. 人事部門處理升職等各種人事問題。
인사 ★	<人士>	人士	유명 인사들이 기념식에 참석했다. 許多知名人士參加紀念儀式。
입장 ■ ★★ 입장(하다) ↔ 퇴장(하다)	<入場> ↔<退場> [입짱] ↔ [퇴장]	入場、進場	공연 20분 전부터 입장할 수 있다. 開場前 20 分鐘可以入場。
입장 ■ ★★	<立場> [입짱]	立場、處境	대화를 통해 서로의 입장을 잘 이해하게 되었다. 透過溝通得以理解彼此的立場。
자신 ■ ★★ 자신(하다)	<自信>	自信、信心	그 외국인은 자신 있게 한국어로 대답했다. 那位外國人有自信地用韓語回答。
자신 ■ ★★★	<自身>	自己、自身、本身	자신의 기준으로 남을 평가하면 안 된다. 不能以自身的標準來評價別人。

17
18
19
20

解答 | Answers

Unit 1

1. ① 노인 老人 ② 부인 夫人
   ③ 외국인 外國人 ④ 장애인 殘障人士
   ⑤ 인간 人類 ⑥ 인사 打招呼
   ⑦ 인생 人生 ⑧ 인구 人口
2. ① 성인 ② 개인 ③ 인력 ④ 인권
3. ① 주인 主人 ② 인형 玩偶
   ③ 연예인 藝人 ④ 인재 人才
   ⑤ 직장인 上班族 ★ 미인 美人

Unit 2

1. ① 인생 人生 ② 탄생 出生 ③ 평생 終生
   ④ 졸업생 畢業生 ⑤ 생산 生產
   ⑥ 생활 生活 ⑦ 생선 鮮魚
   ⑧ 생맥주 生啤酒
2. ① 생존 ② 생방송 ③ 고생 ④ 유학생
3. ① 생일, 생신, 탄생 ② 평생, 생명, 고생, 인생
   ③ 생산 ④ 생선, 생맥주, 생머리
   ⑤ 졸업생, 신입생, 모범생

Unit 3

1. ① 위대하다 偉大 ② 관대하다 寬大
   ③ 막대하다 莫大
   ④ 여대=여자 대학 女子大學
   ⑤ 대형 大型 ⑥ 대량 大量
   ⑦ 대회 比賽
   ⑧ 대가족 大家族
2. ① 대통령 ② 대중 ③ 최대 ④ 확대(하다)
3. ① 증대(하다/되다/시키다) 增加
   ② 대기업 大企業 ③ 중대하다 重大
   ④ 대도시 大都市 ⑤ 성대하다 盛大
   ★ 대사 大使

Unit 4

1. ① 입학 入學 ② 방학 放假
   ③ 과학 科學 ④ 진학 升學
   ⑤ 학기 學期 ⑥ 학습 學習
   ⑦ 학과 學科 ⑧ 학원 補習班
2. ① 학자 ② 학위 ③ 유학 ④ 문학
3. ① 학습, 학자 ② 입학, 휴학, 진학, 학비, 학력, 학위
   ③ 수학, 문학, 과학, 법학

Unit 5

1. ① 양국 兩國
   ② 출국 出國

③ 귀국 回國
④ 선진국 先進國家 ⑤ 국내 國內
⑥ 국제 國際 ⑦ 국민 國民
⑧ 국방 國防
2. ① 국적 ② 국회 ③ 각국 ④ 천국
3. ① 입국 入境
   ② 국립 國立
   ③ 국경 國境 ④ 국기 國旗
   ⑤ 전국 全國
   ★ 고국 祖國

Unit 6

1. ① 작가 作家 ② 화가 畫家
   ③ 사업가 企業家 ④ 예술가 藝術家
   ⑤ 가사 家事
   ⑥ 가출 離家出走
   ⑦ 가계 家計 ⑧ 가정 家庭
2. ① 가구 ② 가구 ③ 소설가 ④ 전문가
3. ① 양가 兩家
   ② 귀가(하다) 返家 ③ 가축 家畜
   ④ 음악가 音樂家 ⑤ 가훈 家訓
   ★ 작곡가 作曲家

Unit 7

1. ① 내일 明天 ② 매일 每日
   ③ 요일 星期
   ④ 휴일 公休日 ⑤ 일어 日語
   ⑥ 일상 日常 ⑦ 일정 日程
   ⑧ 일식 日式料理
2. ① 일출 ② 일기 ③ 평일 ④ 일교차
3. ① 기념일 紀念日 ② 종일 整天
   ③ 당일 當日
   ④ 일기 예보 天氣預報
   ⑤ 일광욕 日光浴 ★ 금일 今日

Unit 8

1. ① 작년 去年 ② 금년 今年 ③ 소년 少年
   ④ 청년 靑年
   ⑤ 연간 年度 ⑥ 연세 歲數
   ⑦ 연말 年末 ⑧ 연봉 年薪
2. ① 연금 ② 연상 ③ 정년 ④ 청소년
3. ① 매년 每年 ② 연대 年代
   ③ 수년 數年 ④ 연평균 年平均
   ⑤ 중년 中年 ★ 예년 歷年

Unit 9

1. ① 동시(에) 同時
   ② 일시 時日 ③ 잠시 暫時
   ④ 임시 片刻 ⑤ 시계 時鐘
   ⑥ 시각 時刻 ⑦ 시대 時代
   ⑧ 시일 時日
2. ① 시속 ② 시기 ③ 즉시 ④ 비상시
3. ① 시기 時機 ② 시사 時事
   ③ 수시(로) 隨時
   ④ 당시 當時 ⑤ 평상시 平時
   ★ 시절 時節

Unit 10

1. ① 만일 萬一 ② 유일(하다) 唯一
   ③ 단일(하다) 單一 ④ 통일(하다) 統一
   ⑤ 일단 暫且 ⑥ 일부 一部分
   ⑦ 일반 一般 ⑧ 일행 一起的
2. ① 일회용 ② 일방적 ③ 일시불 ④ 획일적
3. ① 동일(하다) 同樣 ② 일치(하다) 一致
   ③ 균일(하다) 平均
   ④ 일대일 一對一
   ⑤ 택일하다 擇一 ★ 일종의 一種

Unit 11

1. ① 적중 命中
   ② 열중 熱衷 ③ 시중 市中心
   ④ 공중 空中 ⑤ 중동 中東
   ⑥ 중반 中局
   ⑦ 중앙 中央 ⑧ 중독 中毒
2. ① 중급 ② 중단 ③ 집중 ④ 주중
3. ① 중순 中旬
   ② 수중(에) 水中
   ③ 도중(에) 途中
   ④ 부재중 不在的期間
   ⑤ 중부 中部 ★ 중고 中古

Unit 12

1. ① 교외 郊外 ② 시외 郊區
   ③ 야외 野外 ④ 국외 國外
   ⑤ 외출 外出 ⑥ 외식 外食
   ⑦ 외박 外宿
   ⑧ 외삼촌 舅舅
2. ① 외교 ② 외제 ③ 과외 ④ 예외
3. ① 내외 左右 ② 의외 意外
   ③ 외과 外科
   ④ 제외 除外 ⑤ 외부 外部
   ★ 외화 外幣

Unit 13

1. ① 수출 出口 ② 대출 貸款 ③ 지출 支出
   ④ 탈출 逃脫 ⑤ 출국 出境
   ⑥ 출근 出勤 ⑦ 출석 出席
   ⑧ 출신 出身
2. ① 출산 ② 출장 ③ 제출 ④ 진출
3. ① 배출 排放
   ② 연출 演出
   ③ 출연 演出
   ④ 출판 出版
   ⑤ 출구 出口 ★ 출입(하다) 出入

Unit 14

1. ① 구입 購買 ② 개입 介入
   ③ 도입 導入 ④ 진입 進入
   ⑤ 입국 入境
   ⑥ 입금 存錢
   ⑦ 입력 輸入 ⑧ 입사 加入公司
2. ① 입원 ② 입양 ③ 수입 ④ 수입
3. ① 입대 入伍
   ② 편입 插入
   ③ 입시 入學考試 ④ 신입 新來的
   ⑤ 출입 出入 ★ 입장 立場

Unit 15

1. ① 기분 心情 ② 덕분(에) 託福
   ③ 인분 人份 ④ 충분(하다) 充分
   ⑤ 분량 份量 ⑥ 분류 分類
   ⑦ 분단 分割 ⑧ 분야 field
2. ① 분석 ② 분배 ③ 신분 ④ 친분
3. ① 분리(하다) 分離
   ② 분포(하다) 分布 ③ 수분 水分
   ④ 구분(하다) 區分
   ⑤ 성분 成分 ★ 분기 季度

Unit 16

1. ① 예문 例句
   ② 작문 作文
   ③ 공문 公文 ④ 영문 英文
   ⑤ 문법 文法 ⑥ 문서 文書
   ⑦ 문장 句子 ⑧ 문화 文化
2. ① 문구점 ② 문맥 ③ 논문 ④ 문학
3. ① 한문 文言文 ② 본문 本文
   ③ 문명 文明 ④ 안내문 介紹
   ⑤ 감상문 心得感想 ★ 문신 紋身

Unit 17

1. ① 외식 外食 ② 곡식 穀類

③ 분식 麵食 ④ 과식 暴飲暴食
⑤ 식구 家人 ⑥ 식사 用餐 ⑦ 식초 食用醋
⑧ 식품 食品
2. ① 식비 ② 식욕 ③ 간식 ④ 후식
3. ① 식기 餐具 ② 식량 糧食
③ 식탁 餐桌 ④ 채식 素食
⑤ 양식 西餐
★ 편식 偏食

Unit 18
1. ① 시장 市場 ② 공장 工廠
③ 운동장 運動場 ④ 공연장 劇場
⑤ 장소 場所 ⑥ 장면 場面
⑦ 장외 場外
⑧ 장바구니 購物籃
2. ① 주차장 ② 등장 ③ 입장 ④ 입장
3. ① 현장 現場 ② 당장 當場
③ 경기장 賽場 ④ 매장 賣場
⑤ 정류장 車站 ★ 광장 廣場

Unit 19
1. ① 단지 住宅區 ② 현지 當地
③ 묘지 墓地 ④ 관광지 觀光勝地
⑤ 지도 地圖 ⑥ 지역 地區
⑦ 지진 地震 ⑧ 지하 非法
2. ① 지위 ② 지구 ③ 유적지 ④ 휴양지
3. ① 지형 地形 ② 목적지 目的地
③ 지옥 地獄 ④ 지상 地上
⑤ 중심지 中心地區 ★ 각지 各地

Unit 20
1. ① 보물 寶物 ② 선물 禮物 ③ 인물 人物
④ 농산물 農產品
⑤ 물량 分量 ⑥ 물가 物價
⑦ 물품 物品 ⑧ 물질 物質
2. ① 물류 ② 물리학 ③ 동물 ④ 분실물
3. ① 해물 海產 ② 물체 物體 ③ 물정 人情世故
④ 사물 事物 ⑤ 유물 遺物 ★ 괴물 怪物

Unit 21
1. ① 관심 關心 ② 열심히 (do) 熱誠地
③ 안심(하다) 安心 ④ 진심 誠心
⑤ 심술 壞心眼 ⑥ 심혈 心血
⑦ 심정 心情 ⑧ 심신 身心
2. ① 심리 ② 심취 ③ 양심 ④ 조심(하다/스럽다)
3. ① 의심(하다) 猜疑 ② 심란하다 心煩意亂
③ 핵심 關鍵 ④ 심경 心境
⑤ 심성 心情 ★ 욕심 慾望

Unit 22
1. ① 언어 語言 ② 단어 單字
③ 검색어 關鍵字 ④ 외래어 外來語
⑤ 어학 語學
⑥ 어색(하다) 艦尬 ⑦ 어순 語序
⑧ 어감 語感
2. ① 어원 ② 어휘 ③ 관용어 ④ 모국어
3. ① 표준어 官方語言
② 국어 國語
③ 용어 用語 ④ 어조 語調
⑤ 어록 語錄 ★ 불어 法語

Unit 23
1. ① 인사 打招呼 ② 공사 工程
③ 기사 記載 ④ 판사 法官 ⑤ 사고 事故
⑥ 사례 案例 ⑦ 사건 事件
⑧ 사물 事物
2. ① 사무실 ② 사실 ③ 행사 ④ 검사
3. ① 사전(에) 事先 ② 사정 緣由
③ 사항 事項 ④ 무사 平安
⑤ 농사 農耕 ★ 시사 時事

Unit 24
1. ① 공업 工業 ② 기업 企業
③ 사업 事業 ④ 농업 農業
⑤ 업무 業務 ⑥ 업소 營業場所
⑦ 업종 產業種類
⑧ 업체 公司
2. ① 업계 ② 업적 ③ 실업 ④ 취업
3. ① 상업 商業 ② 업주 老闆
③ 산업 產業 ④ 영업 營業
⑤ 졸업 畢業
★ 창업 創業

Unit 25
1. ① 대회 比賽 ② 교회 教會
③ 송별회 送別會
④ 발표회 發表會
⑤ 회의 會議 ⑥ 회원 會員
⑦ 회식 聚餐 ⑧ 회장 會長
2. ① 회비 ② 회계 ③ 사회 ④ 사회
3. ① 회견 會晤 ② 회담 會談
③ 회화 會話 ④ 전시회 展覽
⑤ 연주회 演奏會
★ 국회 國會

Unit 26
1. ① 신용 信用 ② 이용(하다) 利用

③ 작용(하다) 作用
④ 적용(하다) 適用 ⑤ 용건 要事
⑥ 용법 用法
⑦ 용지 專用紙 ⑧ 용품 用品
2. ① 용어 ② 용례 ③ 비용 ④ 인용(하다)
3. ① 용무 公務 ② 용의(가 있다/없다) 用意
③ 용도 用途 ④ 전용 專門
⑤ 복용(하다) 服用
★ 유용(하다) 有用

Unit 27

1. ① 학자 學者 ② 기자 記者
③ 과학자 科學家 ④ 기술자 技術人員
⑤ 지도자 領袖 ⑥ 피해자 被害者
⑦ 근로자 勞工 ⑧ 희생자 死者
2. ① 환자 ② 노약자 ③ 독자 ④ 저자 ⑤ 실업자
⑥ 소비자 ⑦ 시청자 ⑧ 배우자 ⑨ 가입자
⑩ 합격자

Unit 28

1. ① 재발 復發 ② 고발 擧報
③ 개발 開發 ④ 도발 挑撥
⑤ 발표 發表
⑥ 발견 發現 ⑦ 발생 發生
⑧ 발명 發明
2. ① 발행 ② 발전 ③ 적발 ④ 폭발
3. ① 유발 誘發 ② 발급 發放
③ 발음 發音
④ 계발 啟發
⑤ 폭발 爆發 ★ 발전 發展

Unit 29

1. ① 이동 移動 ② 자동 自動
③ 노동 勞動 ④ 행동 行動
⑤ 동력 動力 ⑥ 동사 動詞 ⑦ 동작 動作
⑧ 동향 動向
2. ① 동기 ② 동영상 ③ 감동 ④ 진동
3. ① 동작 動作／작동 啟動
② 동원 動員 ③ 동요 動搖
④ 동맥 動脈 ⑤ 변동 變動
★ 출동(하다) 出動

Unit 30

1. ① 절대 絕對
② 적대 敵對 ③ 응대 應對
④ 상대 對象 ⑤ 댓글 留言
⑥ 대등 對等 ⑦ 대상 對象
⑧ 대립 對立

2. ① 대응 ② 대조 ③ 대책 ④ 대북 ⑤ 대처
⑥ 대비 ⑦ 대비 ⑧ 일대일 ⑨ 대결 ⑩ 대화

Unit 31

1. ① 교장 校長 ② 가장 家長
③ 사장 社長 ④ 성장(하다) 成長
⑤ 장점 優點 ⑥ 장어 鰻魚
⑦ 장거리 長途 ⑧ 장기간 長時間
2. ① 장수 ② 장관 ③ 총장 ④ 원장
3. ① 장점, 장기간, 연장(하다), 장수
② 교장, 장관, 사장, 부장, 원장
③ 장남, 장녀 ④ 성장

Unit 32

1. ① 비행 飛行 ② 은행 銀行 ③ 통행 通行
④ 시행 實施
⑤ 행동 行動
⑥ 행위 行為 ⑦ 행진 行進 ⑧ 행정 行政
2. ① 행사 ② 행사(하다) ③ 유행 ④ 폭행
3. ① 행렬 隊伍 ② 운행 行駛
③ 행방 行蹤
④ 진행 進行／행진 行進 ⑤ 행적 蹤跡
★ 동행(하다) 同行

Unit 33

1. ① 자국 自己的國家
② 자립 獨立
③ 자살 自殺 ④ 자신 自信 ⑤ 자아 自我
⑥ 자연 自然 ⑦ 자유 自由
⑧ 자택 自宅
2. ① 자신 ② 자신 ③ 자제 ④ 자가용 ⑤ 자판기
⑥ 자발적 ⑦ 자전거 ⑧ 자부심 ⑨ 각자
⑩ 독자적

Unit 34

1. ① 작성(하다) 撰寫
② 조성(하다) 建造
③ 합성(하다) 合成
④ 달성(하다) 達成
⑤ 성과 結果 ⑥ 성인 成人
⑦ 성년 成年 ⑧ 성장 成長
2. ① 성적 ② 성형(하다) ③ 구성(하다)
④ 찬성(하다)
3. ① 성립(하다) 成立
② 성사(되다) 成事
③ 형성(하다) 形成 ④ 생성(하다) 生成
⑤ 양성(하다) 培養
★ 결성(하다) 成立

Unit 35

1. ① 선교 傳教
   ② 무교 無宗教信仰
   ③ 유교 儒教 ④ 불교 佛教
   ⑤ 교실 教室 ⑥ 교육 教育
   ⑦ 교재 教材 ⑧ 교수 教授
2. ① 교과서 ② 교훈 ③ 설교 ④ 조교
3. ① 천주교 天主教
   ② 태교 胎教
   ③ 교직 教職 ④ 교양 培育
   ⑤ 기독교 基督教 ★ 교인 教徒

Unit 36

1. ① 독감 重感冒 ② 동감 同感
   ③ 실감 真實感
   ④ 호감 好感
   ⑤ 감사 感謝
   ⑥ 감동 感動 ⑦ 감정 感情
   ⑧ 감상 感想
2. ① 감각 ② 감염 ③ 민감(하다) ④ 예감(하다)
3. ① 감탄(하다) 感嘆
   ② 감명 感觸
   ③ 감격(하다) 感激 ④ 자신감 自信
   ⑤ 책임감 責任感
   ★ 반감 反感

Unit 37

1. ① 대기 待命 ② 전화기 電話
   ③ 복사기 影印機
   ④ 세탁기 洗衣機 ⑤ 기기 機器
   ⑥ 기장 機長
   ⑦ 기내 機內 ⑧ 기회 機會
2. ① 기능 ② 기관 ③ 기회 ④ 위기
3. ① 전화기, 청소기, 승강기, 계산기, 기관
   ② 기체, 기장, 기내
   ③ 기회, 대기, 계기, 위기, 동기

Unit 38

1. ① 개성 個性
   ② 특성 特性 ③ 감성 感性
   ④ 가능성 可能性 ⑤ 성급 性急
   ⑥ 성능 性能 ⑦ 성별 性別
   ⑧ 성차별 性別歧視
2. ① 성질 ② 다양성 ③ 이성 ④ 이성
3. ① 중요성 重要性 ② 성향 嗜好
   ③ 성비 性別比例 ④ 성적 性
   ⑤ 성품 品行 ★ 유창성 流暢性

Unit 39

1. ① 벌금 罰金 ② 세금 稅金 ③ 황금 黃金 ④ 현금 現金
   ⑤ 금반지 金戒指 ⑥ 금액 金額
   ⑦ 금발 金髮 ⑧ 금고 金庫
2. ① 금리 ② 금융 ③ 공과금 ④ 등록금
3. ① 금전 金錢 ② 임금 薪水
   ③ 금품 錢財
   ④ 저금 存款 ⑤ 상금 獎金
   ★ 송금 匯款

Unit 40

1. ① 대기 空氣 ② 습기 濕氣
   ③ 인기 人氣 ④ 향기 香氣
   ⑤ 기력 心力 ⑥ 기압 氣壓
   ⑦ 기온 氣溫 ⑧ 기후 氣候
2. ① 기류 ② 기체 ③ 전기 ④ 분위기
3. ① 용기 勇氣 ② 기절(하다) 昏厥
   ③ 연기 煙霧 ④ 감기 感冒
   ⑤ 기상 天氣 ★ 활기 朝氣

Unit 41

1. ① 남부 南部 ② 내부 內部
   ③ 학부 學院
   ④ 법무부 法務部 ⑤ 부대 部隊
   ⑥ 부위 部位 ⑦ 부원 成員
   ⑧ 부장 部長
2. ① 부품 ② 부서 ③ 본부 ④ 전반부
3. ① 부하 部下 ② 간부 幹部
   ③ 교육부 教育部
   ④ 세부 細部 ⑤ 부문 部門 ★ 복부 腹部

Unit 42

1. ① 숙소 住所 ② 요소 要地
   ③ 장소 場所 ④ 세탁소 洗衣店
   ⑤ 소감 感想
   ⑥ 소유 所有
   ⑦ 소중 珍貴 ⑧ 소원 願望
2. ① 소득 ② 소위 ③ 주유소 ④ 매표소
3. ① 소지 持有 ② 파출소 派出所
   ③ 소요 需要
   ④ 연구소 研究所
   ⑤ 안내소 服務中心
   ★ 명소 名勝

Unit 43

1. ① 능력 能力 ② 매력 魅力 ③ 권력 權力
   ④ 실력 實力 ⑤ 역량 力量 ⑥ 역설 強調

⑦ 역작 傑作 ⑧ 역도 擧重
2. ① 역동적 ② 역점 ③ 폭력 ④ 협력
3. ① 세력 勢力 ② 압력 壓力
　　③ 기억력 記憶力
　　④ 영향력 影響力
　　⑤ 역부족 力量不夠 ★ 국력 國力

Unit 44

1. ① 물론 當然 ② 결론 結論
　　③ 토론 討論
　　④ 이론 理論 ⑤ 논리 邏輯
　　⑥ 논문 論文 ⑦ 논점 論點
　　⑧ 논란 辯論
2. ① 논쟁 ② 논설문 ③ 여론 ④ 언론
3. ① 본론 正文 ② 평론 評論
　　③ 논증 爭論
　　④ 논술 論述
　　⑤ 의논 討論／논의 商議
　　★ 추론 推論

Unit 45

1. ① 결정 決定 ② 선정 選定
　　③ 안정 安定 ④ 예정 計畫
　　⑤ 정가 定價 ⑥ 정량 定量
　　⑦ 정착 定居
　　⑧ 정각 準時
2. ① 정기 ② 정의 ③ 가정 ④ 설정
3. ① 인정 認定 ② 정액 定額
　　③ 정식 定食 ④ 지정 指定
　　⑤ 특정 特定 ★ 작정(이다) 打算

Unit 46

1. ① 관리 管理 ② 수리 修理
　　③ 논리 邏輯 ④ 총리 總理
　　⑤ 이해 理解
　　⑥ 이발 理髮 ⑦ 이사 理事 ⑧ 이성 理性
2. ① 이념 ② 이론 ③ 요리 ④ 진리
3. ① 이치 情理 ② 원리 原理
　　③ 이과 科科 ④ 처리(하다) 處理
　　⑤ 심리 心理 ★ 무리 不合理

Unit 47

1. ① 결실 收穫 ② 성실 誠實
　　③ 착실하다 踏實 ④ 확실하다 確實
　　⑤ 실력 實力 ⑥ 실명 實名
　　⑦ 실시 實施
　　⑧ 실제 實際
2. ① 실용적 ② 실험 ③ 진실 ④ 현실

3. ① 실천(하다) 實踐 ② 사실 事實
　　③ 절실하다 迫切
　　④ 실시간(으로) 即時 ⑤ 충실하다 充實
　　★ 실습 實習

Unit 48

1. ① 차도 車道 ② 복도 走廊
　　③ 수도 下水道 ④ 효도 孝道 ⑤ 도구 道具
　　⑥ 도복 道服
　　⑦ 도리 道理
　　⑧ 도립 道立
2. ① 도덕 ② 도지사 ③ 보도 ④ 지하도
3. ① 차도, 도로, 인도, 수도, 철도, 지하도
　　② 도덕, 도리, 도장, 태권도, 효도
　　③ 도구 ④ 도민, 도청

Unit 49

1. ① 불안 不安 ② 불편 不方便
　　③ 불가능 不可能 ④ 불충분 不充分
　　⑤ 부정 違法 ⑥ 불평 抱怨
　　⑦ 부정확 不正確 ⑧ 불평등 不平等
2. ① 불가피(하다) ② 부동산 ③ 불리하다
　　④ 불확실하다
3. ① 불법 ② 불균형 ③ 부주의 ④ 불

Unit 50

1. ① 전체적 整體的 ② 효과적 有效的
　　③ 규칙적 規律的 ④ 공식적 官方的
　　⑤ 사회적 社會的 ⑥ 일반적 一般的
　　⑦ 정신적 精神上的 ⑧ 논리적 有邏輯的
2. ① 적중하다 ② 인상적 ③ 감동적 ④ 객관적
3. ① 장기적 ② 내성적 ③ 긍정적 ④ 적극적
　　⑤ 구체적

索引 Index

공포감	<恐怖感>	284	교실	<敎室>	150	국민	<國民>	30	금반지	<金半指>	166
공학	<工學>	221	교안	<敎案>	282	국방	<國防>	30	금발	<金髮>	166
공휴일	<公休日>	227	교양	<敎養>	150	국방부	<國防部>	294	금상	<金賞>	290
과식	<過食>	79	교외	<郊外>	59	국보	<國寶>	222	금성	<金星>	290
과실	<果實>	307	교원	<敎員>	282	국산	<國産>	222	금속	<金屬>	166
과외	<課外>	59	교육	<敎育>	150	국어	<國語>	99	금식	<禁食>	247
과장	<課長>	275	교육부	<敎育部>	175	국왕	<國王>	222	금액	<金額>	166
과학	<科學>	27	교육자	<敎育者>	266	국외	<國外>	59	금요일	<金曜日>	166
과학자	<科學者>	118	교인	<敎人>	282	국익	<國益>	222	금융	<金融>	166
과학적	<科學的>	312	교장	<校長>	135	국장	<局長>	275	금융업	<金融業>	260
관계자	<關係者>	266	교재	<敎材>	150	국적	<國籍>	30	금일	<今日>	227
관광지	<觀光地>	87	교직	<敎職>	150	국정	<國政>	222	금일봉	<金一封>	290
관대	<寬大>	23	교황	<敎皇>	282	국제	<國際>	30	금전	<金錢>	166
관리	<管理>	195	교회	<敎會>	111	국회	<國會>	30	금지옥엽	<金枝玉葉>	290
관심	<關心>	95	교훈	<敎訓>	150	군계일학	<群鷄一鶴>	233	금품	<金品>	166
관심사	<關心事>	259	구교	<舊敎>	283	군사	<軍事>	103	금혼식	<金婚式>	290
관용어	<慣用語>	99	구분	<區分>	71	군용	<軍用>	264	금화	<金貨>	290
괄목상대	<刮目相對>	273	구사일생	<九死一生>	233	군인	<軍人>	15	급성	<急性>	288
광업	<鑛業>	260	구성	<構成>	147	궁리	<窮理>	304	급식	<給食>	247
광장	<廣場>	248	구실	<口實>	307	권력	<權力>	182	긍정적	<肯定的>	210
광합성	<光合成>	280	구어	<口語>	256	궤도	<軌道>	308	기계	<機械>	158
괴물	<怪物>	252	구입	<購入>	67	귀가	<歸家>	35	기관	<機關>	158
교감	<交感>	284	구체적	<具體的>	210	귀국	<歸國>	31	기관지	<氣管支>	292
교과	<敎科>	282	구출	<救出>	239	규정	<規定>	302	기구	<機構>	158
교과서	<敎科書>	150	국가	<國家>	30	규칙적	<規則的>	210	기기	<機器>	158
교구	<敎具>	282	국경	<國境>	30	균일	<均一>	51	기내	<機內>	158
교권	<敎權>	282	국경일	<國慶日>	222	극대화	<極大化>	219	기념일	<紀念日>	39
교단	<敎壇>	282	국교	<國敎>	283	극장	<劇場>	82	기능	<機能>	158
교대	<敎大>	219	국군	<國軍>	222	근력	<筋力>	298	기도	<氣道>	292
교도소	<矯導所>	297	국기	<國旗>	30	근로자	<勤勞者>	118	기독교	<基督敎>	151
교리	<敎理>	282	국내	<國內>	30	금고	<金庫>	166	기력	<氣力>	170
교무실	<敎務室>	282	국도	<國道>	308	금괴	<金塊>	290	기류	<氣流>	170
교사	<敎師>	150	국력	<國力>	298	금년	<今年>	43	기미	<機微>	286
교수	<敎授>	150	국론	<國論>	301	금리	<金利>	166	기밀	<機密>	286
교시	<校時>	47	국립	<國立>	30	금메달	<金 ->>	290	기본적	<基本的>	312

단어	한자	쪽
문자	<文字>	74
문장	<文章>	74
문체	<文體>	244
문학	<文學>	74
문헌	<文獻>	244
문형	<文型>	244
문화	<文化>	74
문화재	<文化財>	244
물가	<物價>	90
물건	<物件>	90
물량	<物量>	90
물론	<勿論>	187
물류	<物流>	90
물리	<物理>	304
물리학	<物理學>	90
물물교환	<物物交換>	252
물색	<物色>	252
물심양면	<物心兩面>	252
물욕	<物慾>	252
물의	<物議>	252
물자	<物資>	90
물정	<物情>	90
물증	<物證>	252
물질	<物質>	90
물질적	<物質的>	312
물체	<物體>	90
물품	<物品>	90
미녀	<美女>	215
미성년자	<未成年者>	229
미술가	<美術家>	225
미인	<美人>	215
미정	<未定>	303
민감	<敏感>	155
민사	<民事>	259
민심	<民心>	255

ㅂ

단어	한자	쪽
박람회	<博覽會>	262
반감	<反感>	285
반대	<反對>	131
반론	<反論>	301
반입	<搬入>	241
반장	<班長>	275
발간	<發刊>	268
발견	<發見>	122
발굴	<發掘>	268
발급	<發給>	122
발단	<發端>	268
발달	<發達>	122
발령	<發令>	268
발매	<發賣>	268
발명	<發明>	122
발명가	<發明家>	225
발발	<勃發>	269
발병	<發病>	268
발사	<發射>	122
발상	<發想>	268
발생	<發生>	122
발신자	<發信者>	266
발언	<發言>	268
발음	<發音>	122
발전	<發展>	329
발전	<發電>	268
발전소	<發電所>	297
발표	<發表>	122
발표문	<發表文>	245
발표회	<發表會>	111
발행	<發行>	122
발효	<發效>	268
밤중	<밤中>	235

단어	한자	쪽
방도	<方道>	308
방학	<放學>	27
배기가스	<排氣gas>	292
배우자	<配偶者>	119
배출	<排出>	63
백년해로	<百年偕老>	229
백발백중	<百發百中>	235
벌금	<罰金>	167
범인	<犯人>	215
법대	<法大>	219
법률가	<法律家>	225
법무부	<法務部>	175
법학	<法學>	221
변동	<變動>	127
변론	<辯論>	301
병행	<竝行>	277
보건소	<保健所>	297
보도	<報道>	203
보물	<寶物>	91
보수적	<保守的>	312
보행자	<步行者>	266
복도	<複道>	203
복부	<腹部>	294
복사기	<複寫機>	159
복용	<服用>	115
복학	<復學>	221
본국	<本國>	223
본론	<本論>	187
본문	<本文>	75
본부	<本部>	175
본성	<本性>	289
본업	<本業>	260
본인	<本人>	215
부담감	<負擔感>	285
부당	<不當>	310

단어	한자	쪽
부대	<部隊>	17
부도덕	<不道德>	31
부동산	<不動産>	20
부락	<部落>	29
부류	<部類>	29
부문	<部門>	17
부분	<部分>	7
부서	<部屬>	17
부실	<不實>	31
부원	<部員>	17
부위	<部位>	17
부인	<夫人>	1
부인	<婦人>	21
부자	<富者>	11
부자	<父子>	32
부작용	<副作用>	26
부장	<部長>	13
부재	<不在>	31
부재중	<不在中>	5
부정	<不正>	20
부정	<否定>	32
부정확	<不正確>	20
부조리	<不條理>	30
부족	<部族>	17
부족	<不足>	20
부주의	<不注意>	20
부처	<部處>	29
부품	<部品>	17
부하	<部下>	17
북부	<北部>	29
분간	<分揀>	242
분교	<分校>	242
분기	<分期>	242
분납	<分納>	242
분단	<分斷>	70

343

단어	한자	쪽	단어	한자	쪽	단어	한자	쪽	단어	한자	쪽
선생님	<先生님>	217	성원	<成員>	280	소설가	<小說家>	35	수입	<收入>	6
선언문	<宣言文>	245	성인	<成人>	15	소속	<所屬>	296	수입	<輸入>	6
선입견	<先入見>	241	성인	<聖人>	330	소식	<小食>	247	수중	<水中>	5
선장	<船長>	275	성인병	<成人病>	280	소신	<所信>	296	수중	<手中>	23
선정	<選定>	191	성장	<成長>	135	소외	<疏外>	237	수증기	<水蒸氣>	29
선진국	<先進國>	31	성적	<成績>	146	소요	<所要>	178	수출	<輸出>	6
선출	<選出>	239	성적	<性的>	162	소용	<所用>	178	수학	<數學>	2
선풍기	<扇風機>	159	성적표	<成績表>	280	소원	<所願>	178	수행	<遂行>	27
선행	<善行>	277	성질	<性質>	162	소위	<所謂>	178	수행	<隨行>	330
설교	<說敎>	151	성차별	<性差別>	162	소유	<所有>	178	수험생	<受驗生>	21
설득력	<說得力>	298	성충	<成蟲>	280	소장	<所長>	296	숙성	<熟成>	28
설명문	<說明文>	245	성취감	<成就感>	285	소장	<所藏>	296	숙소	<宿所>	17
설정	<設定>	191	성층권	<成層圈>	280	소재	<所在>	296	순교	<殉敎>	28
섭리	<攝理>	305	성패	<成敗>	280	소중하다	<所重->	178	스키장	<ski場>	24
섭외	<涉外>	237	성폭력	<性暴力>	288	소지	<所持>	178	습기	<濕氣>	17
성격	<性格>	162	성품	<性品>	162	소지품	<所持品>	296	승강기	<昇降機>	28
성공	<成功>	146	성향	<性向>	162	소행	<所行>	296	승강장	<昇降場>	24
성공적	<成功的>	211	성형	<成形>	146	소회	<所懷>	296	승용차	<乘用車>	26
성과	<成果>	146	성혼	<成婚>	280	속력	<速力>	298	시각	<時刻>	4
성관계	<性關係>	288	성화	<成火>	280	속성	<速成>	281	시간	<時間>	4
성교육	<性教育>	288	성희롱	<性戲弄>	288	속성	<屬性>	289	시간표	<時間表>	230
성급	<性急>	162	세금	<稅金>	167	속어	<俗語>	257	시계	<時計>	4
성년	<成年>	146	세력	<勢力>	183	송금	<送金>	291	시국	<時局>	230
성능	<性能>	162	세부	<細部>	175	송년	<送年>	229	시급하다	<時急하다>	230
성대	<盛大>	23	세차장	<洗車場>	248	송별회	<送別會>	111	시기	<時期>	4
성립	<成立>	146	세탁기	<洗濯機>	159	수년	<數年>	43	시기	<時機>	4
성미	<性味>	288	세탁물	<洗濯物>	253	수도	<水道>	203	시기상조	<時機尙早>	230
성범죄	<性犯罪>	288	세탁소	<洗濯所>	179	수도	<修道>	308	시대	<時代>	4
성별	<性別>	162	소감	<所感>	155	수도	<首都>	330	시동	<始動>	27
성병	<性病>	288	소년	<少年>	43	수리	<修理>	195	시력	<視力>	183
성분	<成分>	71	소동	<騷動>	271	수분	<水分>	71	시사	<時事>	4
성비	<性比>	162	소득	<所得>	178	수산업	<水産業>	260	시사회	<試寫會>	26
성사	<成事>	146	소망	<所望>	296	수시	<隨時>	47	시세	<時勢>	230
성숙	<成熟>	146	소문	<所聞>	178	수업	<授業>	107	시속	<時速>	4
성실	<誠實>	199	소비자	<消費者>	119	수영장	<水泳場>	82	시시각각	<時時刻刻>	230

단어	한자	쪽	단어	한자	쪽	단어	한자	쪽	단어	한자	쪽
업체	<業體>	106	연일	<連日>	227	외과	<外科>	58	용무	<用務>	114
여대	<女大>	23	연장	<延長>	135	외교	<外交>	58	용법	<用法>	114
여론	<與論>	187	연주회	<演奏會>	111	외교부	<外交部>	295	용어	<用語>	99
여행	<旅行>	139	연중	<年中>	55	외국	<外國>	31	용의	<用意>	114
여행가	<旅行家>	225	연초	<年初>	228	외국인	<外國人>	15	용지	<用紙>	114
여행지	<旅行地>	87	연출	<演出>	63	외근	<外勤>	236	용품	<用品>	114
역기	<力器>	182	연평균	<年平均>	42	외도	<外道>	309	우발적	<偶發的>	269
역도	<力道>	182	연하	<年下>	228	외래	<外來>	236	우방국	<友邦國>	223
역동적	<力動的>	182	연회비	<年會費>	228	외래어	<外來語>	99	우편물	<郵便物>	253
역량	<力量>	182	열기	<熱氣>	293	외면	<外面>	236	운동	<運動>	127
역부족	<力不足>	182	열등감	<劣等感>	285	외모	<外貌>	58	운동장	<運動場>	83
역사가	<歷史家>	225	열심	<熱心>	95	외박	<外泊>	58	운수업	<運輸業>	260
역설	<力說>	182	열중	<熱中>	55	외부	<外部>	58	운행	<運行>	139
역작	<力作>	182	염분	<鹽分>	243	외삼촌	<外三寸>	58	원리	<原理>	195
역점	<力點>	182	영문	<英文>	75	외숙모	<外叔母>	236	원문	<原文>	245
연가	<年暇>	228	영사	<領事>	259	외식	<外食>	58	원산지	<原産地>	251
연간	<年間>	42	영어	<英語>	99	외신	<外信>	236	원어민	<原語民>	257
연구소	<研究所>	179	영업	<營業>	107	외유내강	<外柔內剛>	236	원장	<院長>	135
연구자	<研究者>	267	영입	<迎入>	241	외적	<外的>	236	월경	<月經>	216
연금	<年金>	42	영향력	<影響力>	183	외제	<外製>	58	위기	<危機>	159
연기	<煙氣>	171	예감	<豫感>	155	외출	<外出>	58	위대	<偉大>	23
연기자	<演技者>	267	예금	<預金>	291	외투	<外套>	236	위생	<衛生>	217
연대	<年代>	42	예년	<例年>	229	외형	<外形>	236	위원회	<委員會>	263
연도	<年度>	42	예문	<例文>	75	외화	<外貨>	237	유교	<儒敎>	151
연령	<年齡>	42	예물	<禮物>	253	외환	<外換>	237	유권자	<有權者>	267
연로	<年老>	228	예술가	<藝術家>	35	요금	<料金>	167	유대감	<紐帶感>	285
연말	<年末>	42	예식장	<禮式場>	249	요리	<料理>	195	유도	<柔道>	309
연배	<年輩>	228	예외	<例外>	59	요소	<要素>	179	유명무실	<有名無實>	307
연봉	<年俸>	42	예정	<豫定>	191	요일	<曜日>	39	유물	<遺物>	91
연상	<年上>	42	예정일	<豫定日>	227	욕심	<慾心>	255	유발	<誘發>	123
연세	<年歲>	42	오기	<傲氣>	293	용건	<用件>	114	유사시	<有事時>	231
연소자	<年少者>	228	완성	<完成>	147	용기	<勇氣>	171	유용	<有用>	265
연식	<年式>	228	왕도	<王道>	308	용도	<用途>	114	유일	<唯一>	51
연예인	<演藝人>	15	외갓집	<外家집>	236	용돈	<用돈>	114	유입	<流入>	241
연인	<戀人>	215	외계인	<外界人>	236	용례	<用例>	114	유적지	<遺跡地>	87

한글	漢字	쪽	한글	漢字	쪽	한글	漢字	쪽	한글	漢字	쪽
창성	<流暢性>	289	이성	<理性>	163	인재	<人材>	14	일시적	<一時的>	231
학	<留學>	27	이성	<異性>	163	인정	<認定>	191	일식	<日食>	38
학생	<留學生>	19	이외	<以外>	237	인종	<人種>	214	일어	<日語>	38
행	<流行>	139	이용	<利用>	115	인체	<人體>	214	일용직	<日傭職>	226
성	<育成>	281	이용자	<利用者>	267	인출	<引出>	239	일원	<一員>	233
식	<肉食>	247	이유	<理由>	194	인형	<人形>	14	일인당	<一人當>	233
지	<陸地>	87	이지적	<理智的>	304	일간지	<日刊紙>	226	일일	<日日>	226
기	<潤氣>	293	이치	<理致>	194	일거양득	<一舉兩得>	232	일일이	<一一이>	233
리	<倫理>	305	이해	<理解>	194	일과	<日課>	226	일장일단	<一長一短>	233
동	<律動>	271	이해	<利害>	331	일관성	<一貫性>	232	일전	<日前>	226
통성	<融通性>	289	이해력	<理解力>	299	일광욕	<日光浴>	38	일정	<日程>	38
행	<銀行>	139	이행	<履行>	277	일교차	<日較差>	38	일정	<一定>	50
식	<飲食>	79	인간	<人間>	214	일기	<日記>	38	일제히	<一齊히>	233
식물	<飲食物>	253	인간성	<人間性>	163	일기예보	<日氣豫報>	38	일조량	<日照量>	226
악가	<音樂家>	35	인격	<人格>	214	일념	<一念>	232	일종	<一種>	233
악회	<音樂會>	263	인공	<人工>	14	일단	<一旦>	50	일주	<一周>	233
대	<應對>	131	인구	<人口>	14	일당	<日當>	226	일지	<日誌>	226
용	<應用>	265	인권	<人權>	14	일대	<一帶>	232	일출	<日出>	38
논	<議論>	187	인기	<人氣>	14	일대일	<一對一>	51	일치	<一致>	50
리	<義理>	305	인내심	<忍耐心>	255	일등	<一等>	50	일행	<一行>	50
심	<疑心>	95	인도	<人道>	214	일등석	<一等席>	232	일회용	<一回用>	50
외	<意外>	59	인도적	<人道的>	309	일류	<一流>	232	임금	<賃金>	167
장	<議長>	275	인력	<人力>	14	일리	<一理>	232	임시	<臨時>	47
학	<醫學>	221	인류	<人類>	214	일몰	<日沒>	226	임업	<林業>	260
회	<議會>	263	인물	<人物>	91	일반	<一般>	50	임용	<任用>	265
과	<理科>	194	인분	<人分>	71	일반적	<一般的>	211	임지	<任地>	251
기심	<利己心>	255	인사	<人事>	14	일방적	<一方的>	50	입고	<入庫>	240
념	<理念>	194	인사	<人士>	331	일병	<一兵>	232	입구	<入口>	66
동	<移動>	127	인삼	<人蔘>	214	일부	<一部>	50	입국	<入國>	31
론	<理論>	187	인상	<人相>	214	일사병	<日射病>	226	입금	<入金>	66
발	<理髮>	194	인상적	<印象的>	211	일상	<日常>	38	입단	<入團>	240
사	<理事>	259	인생	<人生>	14	일생	<一生>	232	입당	<入黨>	240
상	<理想>	194	인심	<人心>	214	일석이조	<一石二鳥>	232	입대	<入隊>	66
상적	<理想的>	304	인용	<引用>	115	일시	<日時>	38	입력	<入力>	66
상형	<理想型>	304	인원	<人員>	214	일시불	<一時拂>	50	입사	<入社>	66

台灣廣廈 國際出版集團
Taiwan Mansion International Group

國家圖書館出版品預行編目（CIP）資料

我的第一本韓語語源記單字/李英熙著.
-- 新北市：國際學村出版社, 2022.12
面；　公分
ISBN 978-986-454-243-7(平裝)

1.CST: 韓語 2.CST: 詞彙

803.22　　　　　　　　　　　　　　111014021

國際學村

我的第一本韓語語源記單字

作　　　者／李英熙	編輯中心編輯長／伍峻宏
譯　　　者／張芳綺	編輯／邱麗儒
內文插畫／鄭秀彬	封面設計／林珈仔・內頁排版／菩薩蠻數位文化有限公司
封面插畫／朱家鈺	製版・印刷・裝訂／東豪・弼聖・紘億・明和

行企研發中心總監／陳冠蒨	線上學習中心總監／陳冠蒨
媒體公關組／陳柔彣	產品企製組／顏佑婷
綜合業務組／何欣穎	

發　行　人／江媛珍
法律顧問／第一國際法律事務所 余淑杏律師・北辰著作權事務所 蕭雄淋律師
出　　　版／國際學村
發　　　行／台灣廣廈有聲圖書有限公司
　　　　　　地址：新北市235中和區中山路二段359巷7號2樓
　　　　　　電話：(886) 2-2225-5777・傳真：(886) 2-2225-8052

代理印務・全球總經銷／知遠文化事業有限公司
　　　　　　地址：新北市222深坑區北深路三段155巷25號5樓
　　　　　　電話：(886) 2-2664-8800・傳真：(886) 2-2664-8801
郵政劃撥／劃撥帳號：18836722
　　　　　　劃撥戶名：知遠文化事業有限公司（※ 單次購書金額未達1000元，請另付70元郵資。）

■出版日期：2022年12月
ISBN：978-986-454-243-7